KÖLN
Bibliothek

2

Emons

Peter Meisenberg

Klüttenmann

Gesammelte Geschichten
aus dem Halbschatten

»Freitags kommt der
Klüttenmann«, »Geh mal
zur Seite, Kleiner« und
andere Texte

Mit einem Vorwort von
Alexander Kudascheff

EMONS VERLAG

© Hermann-Josef Emons Verlag
Alle Rechte vorbehalten
Umschlaggestaltung: Atelier Schaller, Köln
Satz & Gestaltung: Lutz Scheer, DieVierfarben, Köln
Litho: DieVierfarben, Köln
Druck und Bindung: Clausen & Bosse GmbH, Leck
Printed in Germany 1998
ISBN 3-89705-129-X

Für Balthasar
Non omnis morieris

Inhalt

Geh mal zur Seite, Kleiner

Erstveröffentlichung »Geh mal zur Seite, Kleiner. Geschichten aus dem Halbschatten« 1988 Emons Verlag

Rechts vom Ring

Erstveröffentlichung als Radio-Geschichten im WDR, Forum West, zwischen 1989 und 1995

Vorwort

*P*eter Meisenberg ist ein Entdecker. Wie Bruce Chatwin exotisch-entlegene Weltgegenden erforscht Meisenberg die Geheimnisse Kölns: Nicht alle Geheimnisse der Stadt, nein, die verborgenen Seiten, die unentdeckten Ecken, die verschwiegenen Menschen. Meisenbergs Köln ist das andere Köln. Glamour, die Medienschickeria, die Treffs der Wichtigen, Einflußreichen und Mächtigen, die Parties, auf denen sich die immer Gleichen treffen, der Klüngel, der sich gegenseitig hilft, weil er sich kennt – all das taucht in den Reportagen Meisenbergs nicht auf, nicht einmal als Schattengewächs, als Gegenlicht. Das hat Meisenberg nicht nötig. Er konzentriert sich auf ein Köln, das er kennt, ein Köln von unten, aber nicht als Stereotyp, sondern als wirkliches Leben. Sein Köln ist das volkstümliche Köln, sein Köln sind Kölner, an denen man achtlos vorbeigeht, aber nicht weil man an ihnen vorbeigeht wie an Pennern, sondern weil man sich nicht für sie interessiert.

Peter Meisenberg ist ein Reporter. Er schildert Menschen und Schicksale, die er kennt. Er erzählt von Menschen, auf die er sich eingelassen hat. Er beschreibt Milieus, in denen er zu Hause ist. Er ist emphatisch zu den Personen, wird im Ton zärtlich, ja liebevoll. Der schneidende Duktus ist nicht seine Tonart. Er hat Respekt vor Menschen und ihren Geschichten. Schmuggler, die nie in ihrem Leben gearbeitet haben, Boxer, Fleischhauer, Klüttenmänner, Gangster – sie alle werden in Miniaturen por-

trätiert, in denen Meisenberg zeigt, wie man Menschen nah und
näher kommen kann, ohne sie zu desavouieren. Die Seite des
modernen Reportagejournalismus, die enthüllt, um zu provo-
zieren und zu schocken, verachtet Meisenberg. Wie Simenon
will Meisenberg den »l'homme nu« zeigen, den nackten Menschen, aber er liefert ihn nicht den voyeuristischen Anzüglich-
keiten sensationsgeiler Leser aus. Er nähert sich den Menschen,
um sie uns näher zu bringen. Er ist niemals kalt, sondern interessiert und fürsorglich. Seine Reportagen dringen ins Innere, aber sie verletzen nicht. Und doch sind sie modern, schnör-
kellos im Stil, präzise in der psychologischen Durchdringung
und Wahrnehmung der Atmosphären und des Ambientes.

Peter Meisenberg ist ein Schriftsteller. Seine Reportagen
sind Geschichten. Er verachtet die Fakten nicht, aber er will
auch erzählen. Seine Porträts lesen sich wie Kalendergeschich-
ten. Dabei verzichtet Meisenberg darauf, die Leser zu belehren.
Die Moritat ist nicht seine Welt, eher die vergnügliche Knapp-
heit. Und doch ist Meisenberg ein Moralist, unaufdringlich, aber
beharrlich. Das ist die hohe Kunst seines erzählerischen Talents.
Er hebt die Trennlinie zwischen Reportage und Kurzgeschich-
te auf: seine Kurzgeschichten sind Reportagen, seine Reportagen sind Kurzgeschichten. Er erfindet seine Personen nicht, und
doch wirken sie allesamt literarisch, selbst wenn es sich um
Gangster handelt. Man liest und wird unterhalten und schlägt
sich auf die Seite dieser underdogs aus Köln.

Peter Meisenberg ist ein Chronist. Er schreibt auf, was in
Köln verschwindet. Denn er liebt Originale, verschrobene, ver-
sponnene Typen, liebenswerte Käuze, Grantler. Seine Welt ist
eine Seite Kölns, die langsam zugeschlagen wird. Hier findet
man noch Menschen, die einen wie aus einer anderen Epoche
ansprechen. Hier findet man Menschen und Viertel, die gerade ihre Charaktere verlieren, die in der Unwirtlichkeit der Groß-
städte aufgehen. Hier wird von Menschen erzählt und berichtet, die unsere Kinder in ihrer Welt der Aliens staunend wie
»Kannitverstan« nur wahrnehmen könnten. Die Schmuggler
und Gangster, die Boxer und Türsteher – sie sind allesamt Verlierer in der Globalisierung. Sie sind ein Denkmal ihrer selbst,

denn selbst das Verbrechen wird heute global von Triaden und Mafias gesteuert. Anders gesagt: die Viertel und die Menschen verschwinden, dieses Köln geht unter, Meisenberg aber hält die Erinnerung aufrecht. Er bleibt auf der Seite dieser Verlierer. Peter Meisenberg ist ein Kölner. Doch sein Köln ist nicht der Dom und der Karneval, nicht der FC und Ford, nein, sein Köln sind Kohlemänner und Boxer, ist Kalk und der Friesenwall, ist das Köln der Arbeiter und des Volks. Das wofür Köln weltweit berühmt ist, sei es Weiberfastnacht oder die romanischen Kirchen, sei es seine katholische Liberalität oder seine rheinische Gelassenheit, das alles fehlt in Meisenbergs Geschichten. Und doch sprechen sie den singenden Tonfall des Rheinländers, und doch sind sie geprägt vom Stil und der Lebensart der Stadt und der Kölner. Und obwohl Meisenberg damit kokettiert, kein richtiger Kölner zu sein, weil er in Fritzdorf geboren sei, beweisen seine Reportagen aus dem Alltag und der Nacht: Peter Meisenberg ist ein Kölner.

Peter Meisenberg ist ein schnurrender Realist. Mehr als zehn Jahre sind vergangen, seit die Reportagen Meisenbergs zum ersten Mal erschienen sind. Inzwischen ist Deutschland vereinigt, der Kommunismus implodiert, existiert die Sowjetunion nicht mehr, reden alle von der Globalisierung und ihren Fallen. Die Welt scheint noch unwirklicher als sie war, Staaten werden durch Devisenhändler in den Bankrott getrieben, die virtuellen Welten triumphieren. Meisenbergs Geschichten dagegen sind von dieser Welt. Sie sind unverbraucht, sie haben Kraft, sie sind gut erzählt. Ihre Lakonie schottet sie gegen die Moden der Zeit ab, ihre Sympathie für die Menschen macht sie widerstandsfähig gegen den Zynismus als Geisel der Moderne. Meisenbergs Reportagen aus dem Bauch von Köln sind sensibel und seismographisch, sie sind realitätsnah, aber nicht wirklichkeitsblind, sie fangen die Momente ein, aber verflüchtigen sich nicht in der Hektik des Alltags. Und Meisenberg kennt auch das Melodram der Verlierer, für die Glück flüchtiger ist als ein hingehauchter Kuß.

Peter Meisenberg ist ein Virtuose. Seine Geschichten aus dem Halbschatten und aus dem Alltag sind Erkundungsfahrten. Er entdeckt die Menschen, aber er entblößt sie nicht. Er will die Wahrheit, aber nicht die Sensationsgier. Er braucht die Wirklichkeit, aber sie ist nicht nur kalte Welt bloßer Fakten, sondern warmherzig in der Niederlage. Stadtteile, Viertel, Märkte, Kneipen, Boxställe, die Straße – das ist das Köln, das Meisenberg kennt und beschreibt. Und er liebt die Menschen dort, die Nachtschattengewächse, die Typen, die aussterben. Und deswegen sind seine Geschichten unnachahmliche Miniaturen – geschrieben voller Neugier und Mitgefühl.

Alexander Kudascheff, Köln, im Juni 1998

Freitags kommt der Klüttenmann

Jüppchen

Ein alter Mann ist stets ein fremder Mann,
Er spricht von alten, längst vergangenen Zeiten,
Von Toten und verschollenen Begebenheiten.
Wir denken: Was geht uns das an?

Ein alter Held ist nur ein alter Mann.
Wie uns die Gräber trennen!
Erfahrung war umsonst.
Die Menschen starten für das Rennen,
Und jeder fängt für sich von vorne an.

Kurt Tucholsky, Oller Mann

Viele Gebäude der Riehler Heimstätten sind so alt wie ihre Bewohner und manche sind noch älter. Vor rund siebzig Jahren, im ersten Weltkrieg, waren die Riehler Heimstätten noch kein Altersheim, sondern ihre Häuser beherbergten Soldaten und hießen Barbara-Kaserne. So kommt es, daß, wenn Jüppchen heute aus seinem Fenster schaut, er gleich gegenüber auf die trotzig-kahle Fassade des Gebäudes sieht, in dem er 1918 als neunzehnjähriger Soldat »lag«, wie man im Militärjargon treffenderweise sagt: Infanterieregiment Nr. 65.

Das trostlose Haus, in dem Jüppchen heute lebt, heißt »P1«, wobei das P für »Pflegestation« steht. Jüppchen will nicht wahrhaben, daß er ein Pflegefall ist. »Als ich hier reinkam«, erzählt er, »da hab ich zu der Schwester gesagt: die sind doch all verrückt hier! Wat soll ich hier? Da kann ich mich doch mit keinem Menschen vernünftig unterhalten! Und da hat die Schwester gesagt: Warten Se ab. In einem Jahr sind Se genau so verrückt wie die anderen auch.« Jüppchen kneift mit einem Anflug von Verbissenheit die Augen zusammen: »Genau so verrückt wie die anderen? Do han se sich ävver jeschnedde!« Jüppchen fällt es schwer, in sich nicht mehr den Hundert-Kilo-Mann zu erkennen, der er einmal war. Er ist jetzt fünfundachtzig. Ein Darmleiden hat ihn zum Schatten abmagern lassen, ein Schlaganfall seine linke Hand fast gelähmt, er geht am Stock, humpelt. Vor fünf Jahren, nachdem Lilo, seine Frau, gestorben war, kam er ins Altersheim. Man könnte meinen: Jüppchen ist ein Rentner, wie es viele gibt. Doch Jüppchen ist kein Rentner. Jüppchen hat sein Leben lang keinen Pfennig in die Rentenkasse eingezahlt, denn Jüppchen hat nie gearbeitet. »Wenn ich dat Wort Arbeit schon höre, dann bricht mir der Schweiß aus«, ist einer seiner Lieblingssprüche, die er losläßt, wenn er, wie jeden Morgen gegen elf Uhr, mit kurzen, stockenden Schrittchen zum »Pörling« am Friesenplatz hereingehumpelt ist und sich kerzengerade auf die Eckbank gesetzt hat. Das erste Frühstückskölsch im »Pörling« ist, neben dem einen oder anderen Gespritzten, der dem ersten und dann dem zweiten und dritten Kölsch folgt, also überhaupt Kölsch und Gespritzte sind die einzige Nahrung, die Jüppchen noch zuträglich ist. »Ich hab mein Leben lang nicht gearbeitet«, teilt er jedem mit, der es hören will; und nach einer kleinen Kunstpause: »Ich han immer nur jemaggelt! Und dat ich dafür nur insgesamt zehn Monate in der Blech gesessen hab, dat ist doch en Leistung, oder?« Seine Stimme, wenn er so etwas erzählt, ist hoch, krächzig, die gebrochene Stimme eines alten Mannes. Alten Männern will niemand mehr so recht die Heldentaten längst vergangener Tage glauben. Ein alter Mann ist ein alter Mann.

Der starke, mutige, draufgängerische Mann – und all dies war Jüppchen einmal – ist ihm nicht mehr anzusehen, von seinen Taten kann er nichts weiter als erzählen, und schaut man Jüppchen an, wenn er erzählt, fällt es wirklich schwer sich vorzustellen, daß der früher einmal Bäume ausgerissen hat. Vielleicht deswegen flieht Jüppchen jeden Morgen um halb elf die Gemeinschaft der alten Männer in den Riehler Heimstätten und humpelt zum »Pörling« am Friesenplatz und

später zum »Päffgen« auf der Friesenstraße. Denn hier kennen ihn alle noch, und alle wissen, wer Jüppchen einmal war. Den Männern im »Pörling« und im »Päffgen« braucht er nicht zu erzählen, daß er einmal Kölns größter Schmuggler war. Auf der B 264 fahren wir von Köln in Richtung Düren. Jüppchen ist diese Strecke seit über zwanzig Jahren nicht mehr gefahren, immer wieder schüttelt er den Kopf, zieht hastig an seiner Zigarre und sagt: »Wat sich dat alles verändert hat! Ich kenn mich bald überhaupt nicht mehr aus!« Wir holpern über ein Bahngleis, die Schranken sind offen. Plötzlich erkennt Jüppchen den Bahnübergang wieder: »Hier haben die vom Zoll uns mal versucht zu stellen. Da kam ich mit meinem Chauffeur, dem Fandlers Hans, vollbeladen von der Grenze zurück. Und kurz vor der Schranke hier, da hielten die uns an, Gewehre im Anschlag, hinter uns auch welche. Ich sag zu dem Hans: Jev Jas! Und der gab Gas! Durch die Männer durch, durch die geschlossene Schranke durch, Kopf runter, hinter uns schossen die. Aber nix ist passiert, dem Auto auch nix, dat war ja schon die Zeit, wo wir die Autos gepanzert hatten. Ein paar Kilometer weiter sind wir dann von der Straße runter, bei nem Bauern rein und haben den Wagen abgestellt. Waren nur ein paar Blötsche dran.« Die Geschichte muß Anfang der dreißiger Jahre gespielt haben, in einer Zeit, in der Jüppchen bereits groß im Geschäft war, Herr über einen Park von gepanzerten Lieferwagen, die von seinen Chauffeuren gesteuert wurden. Er selbst leistete sich die elegantesten Limousinen. 1928 war es der Studebaker »Erscine«, »der tat damals schon 160 bringen!«. 1930 kaufte er sich den Jubiläums-Buick und später dann sogar den Acht-Zylinder Horch.

Angefangen mit der Schmuggelei hatte Jüppchen allerdings viel bescheidener. 1918 brach er nach zwei Jahren die Lehre beim Schweinemetzger Breuer auf der Poststraße ab und kam noch für sechs Wochen zu den Soldaten. Dann stand er auf der Straße. Jüppchen wußte sich schon damals zu helfen. Zuerst versuchte er es in seinem alten Beruf, denn es gab damals viel zu schlachten, schwarz, versteht sich. Und dann besann er sich darauf, daß er ja ein Fahrrad besaß. Dieses Fahrrad schob er bald Abend für Abend zum Hauptbahnhof. Dort ging Punkt 20 Uhr 20 der Zug nach Aachen, und mit Jüppchen stieg eine ganze Schar kölscher Schmuggler in diesen Grenz-Expreß. Jeder hatte sein Fahrrad im Gepäckwagen verstaut. Genau um Mitternacht war der Zug in Aachen, und die Schmuggler traten in die Pedale. Anderthalb Stunden später waren sie in Herzogenrath, und von dort ist es nur noch ein Katzensprung bis zur Grenze nach Holland. Das Ziel der Schmuggler war Pannesheide. Pannesheide ist ein Ort, der durch eine Straße in zwei Hälften geteilt wird. Die östliche Hälfte ist deutsch, die westliche niederländisch. Gleich an dieser Straße, auf der westlichen Seite, war eine geräumige Kneipe der Treffpunkt der Schmuggler. Der Kneipenwirt hatte in einer Garage im Hinterhof all die Waren verstaut und gelagert, die Schmuggler-Herzen höher schlagen ließen; Kaffee und Tabak waren das vor allem. Ein Bier wurde getrunken, Geld über die Theke geschoben. Der Wirt ging mit nach draußen, beaufsichtigte das Beladen der Fahrräder, und morgens um fünf Uhr waren die Schmuggler wieder auf deutschem Boden. Von Pannesheide den Beckerberg hinunter, über Feldwege, die Satteltaschen voll Kaffee und Zigaretten. Geschnappt wurde damals selten einer, es war ein recht risikoarmes Geschäft; kostete nur die endlose Fahrt zur Grenze und die Strampelei auf dem Fahrrad. Der Gewinn, den man auf dem Gepäckständer eines Fahrrades erwirtschaften konnte, war allerdings nicht eben berauschend. Man mußte schon die Satteltaschen vollgepackt, den Gepäckträger hoch beladen und obendrein noch einen prallen Rucksack auf den Rücken geschnallt haben, um mehr als hundert Mark in einer Nacht zu verdienen. Viele der Kölner Schmuggler gingen dann auch, als sich die Zeiten normalisierten, wieder geregelteren Beschäftigungen nach. Jüppchen blieb bei der nächtlichen Radelei. Jüppchen blieb ein Schmuggler. 1922 überquerte er das erste Mal mit dem eigenem Auto den Grenzweg in Pannesheide.

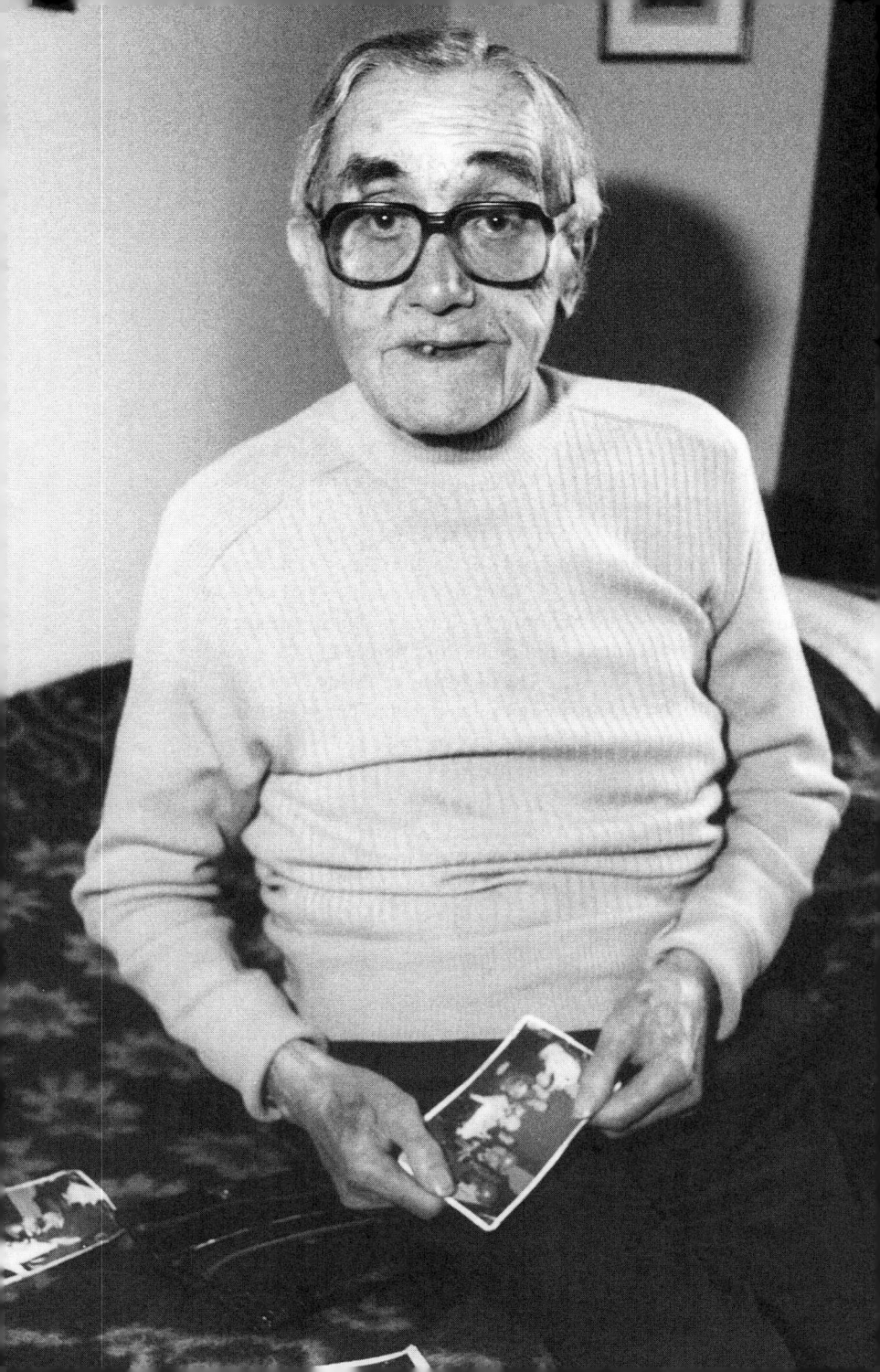

Wir sind immer noch auf der B 264, durchqueren Golzheim. Jüppchen, des Hochdeutschen nicht mächtig, sagt »Golzem«. Am Ortsende packt er mich plötzlich am Arm: »Fahr hier mal rechts eran!« Wir halten vor einem Gasthaus. Es heißt »Golzheimer Hof«. Wir steigen aus, gehen hinein. In der Schankstube, gegenüber dem Eingang, sitzt ein kräftiger, schwerer Mann, an die siebzig schon. Es ist der Wirt. Er starrt mich an, dann fixiert sein Blick Jüppchen, der mit wachen, neugierigen Äuglein neben mir hereinhumpelt. Es dauert zwei, drei Augenblicke, dann hat der Wirt ihn wiedererkannt. »Dat ist doch dat Jüppchen!« ruft er, »dat Ööcher Jüppchen!« Und im nächsten Augenblick sitzen der Wirt und Jüppchen über Bier und Gespritztem, und es ist, als wäre Jüppchen immer noch der Schmuggelheld aus Köln. Für den bäuerischen Wirt war Jüppchen eine schillernde Gangstergestalt aus der Großstadt: Draufgänger, Frauenheld, Millionär. Der Wirt kennt noch alle Autos, mit denen Jüppchen früher vorfuhr, kennt noch die Namen der Frauen, die der Schmuggler manchmal mitbrachte, die Namen der Chauffeure. Er erzählt von Jüppchens Heldentaten, so, als seien es seine eigenen gewesen und begeistert sich über die samsonhafte Kraft Jüppchens, als könne der heute noch Hufeisen über dem Tisch geradebiegen. Ja, er war dabei, hier in der Kneipe, als der Golzheimer Schmied es gewagt hatte, Jüppchens gewaltige Kraft anzuzweifeln. Jüppchen hatte den Schmied schweigend angeschaut, gab dann seinem Chauffeur ein Zeichen, und der brachte aus dem Wagen ein Montiereisen. Immer noch schweigend hatte Jüppchen die beiden Enden des Eisens in seine Fäuste genommen, sich dann zum Schmied heruntergebeugt und ihm das Eisen vors Knie gehalten. Mit einem plötzlichen, heftigen Ruck bog er ihm das Stück Metall ums Knie herum, so daß es festsaß wie eine Handschelle. Dem Schmied war der Mund offen stehengeblieben, und das einzige, was er sagte, war: »Wie krieg ich das denn wieder weg?« Der Wirt vom »Golzheimer Hof« könnte noch stundenlang weitererzählen, aber wir wollen ja noch zur Grenze.

Wirtshäuser wie das in Golzheim, Bauernhöfe am Rande der Straßen, die von der Grenze zurück in Richtung Köln führten, waren ein wichtiges logistisches Element im Leben des Schmugglers Jüppchen. Denn immer konnte es geschehen, daß er oder seine Fahrer verfolgt wurden, daß es dabei zu Karambolagen kam. Da war es unverzichtbar, alle paar Kilometer rechts oder links der Straße eine Station zu haben, wo man, mit abgeschaltetem Licht, urplötzlich von der Straße abbiegend, unterschlüpfen konnte. In der man die Ware verstecken, das Auto unterstellen und gegebenenfalls reparieren, in der man eine oder zwei Nächte in Sicherheit verbringen konnte. Die Wirte und Bauern zwischen Aachen und Köln leisteten solche Dienste natürlich nicht gegen Gotteslohn. Sie waren mit im Geschäft, und vielleicht deshalb hatte der Golzheimer Wirt Jüppchen so gut in Erinnerung behalten.

Wir fahren durch Düren, und wieder sagt Jüppchen: »Fahr mal rechts ran!« Diesmal halten wir vor einem gepflegten Einfamilienhaus. Jüppchen erzählt, daß hier Fred wohne, Fred, ein Schmuggel-Genosse aus den dreißiger Jahren. Wir klingeln, es ist niemand zu Hause. Bewundernd zeigt Jüppchen auf das bronzene Türschild: »Der Fred, der hat et durch die Schmuggelei zu wat jebracht, der fährt auch den 350iger Mercedes!« Wir steigen wieder ins Auto, fahren durch Düren hindurch. Fast am Ende der Stadt halten wir noch einmal, diesmal vor einer Kohlenhandlung. Die gehörte einem anderen Kumpel aus vergangenen Tagen. Doch der ist schon lange tot. Wir bleiben im Auto sitzen, Jüppchen wollte mir nur das Geschäft zeigen, das sich der Freund zusammengeschmuggelt hatte, noch vor dem Krieg. Es gehört jetzt seinem Sohn. »Weshalb«, frage ich, »weshalb ist es den anderen so gut gegangen, weshalb haben die ihr an der Grenze verdientes Geld so gut anlegen können? Was hast Du mit dem Geld gemacht? Du warst doch mal Millionär!« »Ja, ja, bestimmt!« sagt Jüppchen. Und dann erzählt er Geschichten. Die Geschichte, wie ihn die Zöllner 1933 erwischt und, statt ihn ins Gefängnis zu stecken, ihm einfach eine Zollschuld von 700.000 Mark aufgebrummt hatten. »Von da an konnt' ich kein Geld mehr anlegen, ich mußte alles ausgeben!« Die Geschichte, wie er nach dem Krieg mit Lilo, seiner Frau, eine Fernfahrerkneipe aufgemacht und nach einem halben Jahr wieder zugemacht hatte »Dat wor nix für mich! Ich bin keine Mensch, der irgendwo stillsitzen kann. Ich muß immer unterwegs sein!« Jüppchen, der Schmuggel-Millionär, bezahlt heute sein Bier beim »Pörling« und beim »Päffgen« von den hundertdreißig Mark Taschengeld, die es im Altersheim monatlich gibt. Es ist ihm anzusehen, daß er Schmerzen im Magen, in der Darmgegend hat. Gekrümmt, nach vorn gebeugt, sitzt er im Wagen. Aber er klagt nicht, läßt sich nicht anmerken, daß es ihm nicht gut geht. Er hat den ganzen Tag noch nichts gegessen, nur die paar Bier und den Gespritzten getrunken. Die Bundesstraße führt weiter Richtung Aachen. Aber wir biegen rechts ab und fahren bergauf, kommen in ein kleines Dörfchen, Lucherberg. Mitten im Dorf ein großes Gehöft, Jüppchen streckt seinen Zeigefinger danach aus, und ich fahre unter der gewaltigen backsteinernen Toreinfahrt auf den Hof. Ein Bauer kommt uns entgegen, ein stämmiger Mann in Stiefeln, im blauen Arbeitsanzug, Anfang vierzig. Er beugt sich zum Wagenfenster hinunter, und auch er erkennt Jüppchen fast beim ersten Anschauen wieder. Es ist der Sohn von Mattes Hahn, einem der ältesten Freunde Jüppchens, und es sind fast zwanzig Jahre her, daß Jüppchen hier zum letzten Mal war. Mattes und Jüppchen lernten sich Ende der zwanziger Jahre in Aachen kennen, »in der Blech«, also im Gefängnis, wie Jüppchen später grienend zugibt. Er saß damals die ersten fünf seiner insgesamt zehn Monate Knast, wegen Zollvergehens, versteht sich. Mattes brummte, weil er zu ungeschickt eine seiner Scheunen »warm abgebrochen« hatte. Im Aachener Knast schlossen die beiden Freundschaft, und die Freundschaft hielt so lange, wie Mattes lebte, bis in die sechziger Jahre. Als sie entlassen wurden, hatte Berta, Jüppchens erste Frau, die Scheidung eingereicht, aber der Schmuggler hatte keine Lust, an »dem Theater« teilzunehmen und nach Köln zurückzukehren. Er blieb auf Mattes' Hof in

Lucherberg, einen ganzen Sommer lang. Und Lucherberg sollte künftig seine wichtigste Station zwischen dem holländisch-belgischen Grenzland und Köln werden.

Wir sitzen mit dem jungen Hahn um einen Tisch herum auf dem Hof, trinken klaren Schnaps. Jüppchen nippt mit kleinen Schlucken an seinem zweiten Glas. Es geht ihm besser. Frech fragt er die Bäuerin:»Macht ihr hier eigentlich noch die Wurst selber? Die war immer eso gut!« Sie holt zwei dicke Würste – eine Blut- und eine Leberwurst – aus der Tiefkühltruhe. Jüppchen begutachtet sie fachmännisch, belehrt mich, daß es sich bei ihrer Umhüllung um Natur- und nicht um Kunstdarm handelt und sagt:»Die kanns du han, ich esse sujet jo nit mehr.« Wir gehen über den Hof, vorbei an den Schweineställen zur Scheune. Der Bauer öffnet eine Tür. Ein kahler, dunkler Bau, von dem aus eine Treppe in einen Keller führt. Hier unten war das Lager des Schmuggelkönigs, hier stapelten sich vor und nach dem Krieg dutzendweise Säcke mit Kaffee und Tabak.»Und 1938«, weiß der junge Hahn noch von seinem Vater,»da hattest du doch auch mal ne ganze Reihe Juden hier unten versteckt?«»Ja, ja«, Jüppchen nickt,»dat ist lange her.«

Wir sind durch Aachen gefahren. Hier kennt sich Jüppchen fast ebensogut aus wie in Köln. Aachen war einmal seine zweite Heimat. Hier hatte er seine zweite Frau, Elisabeth,»dat schönste Mädchen von Aachen«, kennengelernt und geheiratet. Jüppchen hatte nicht nur als Schmuggler Erfolg. Doch die Ehe mit dem»schönsten Mädchen« ging 1934 in die Brüche. Jüppchen behielt trotzdem in Aachen ein Zimmer, denn von hier aus ließen sich die nun immer verzweigteren Geschäfte in Antwerpen, in Brüssel und in Amsterdam zügiger abwickeln als vom grenzfernen Köln aus. In Köln bekam Jüppchen zu dieser Zeit den Namen:»Et Ööcher Jüppche«.

Von Aachen führt eine Straße in die Eifel hoch, nach St. Vith und Monschau, und weil diese Straße schier endlos bergan steigt, heißt sie die»Himmelsleiter«. Wir fahren die»Himmelsleiter« etliche Kilometer hoch, bis Jüppchen sagt:»Paß ens op!« Ich fahre langsamer, Jüppchens Augen glänzen, unruhig rutscht er auf seinem Sitz hin und her. Hier, erklärt er, auf beiden Seiten der Straße, das ist alles belgisches Gebiet! Die grüne Grenze! Wir nähern uns einem Bahnübergang. »Fahr ens rechts eran!« Wir steigen aus, gehen ein paar Schritte den Bahnkörper entlang. Die Geleise führen durch einen Wald und kurz bevor sie in einer Biegung verschwinden, ist ein kleines Streckenwärterhäuschen zu erkennen. Wir gehen darauf zu, und hier erfahre ich, was es mit den in Lucherberg versteckten Juden auf sich hatte.

Nach der sogenannten Reichskristallnacht, nach jener Nacht, in der SA-Horden die Synagogen angesteckt und unter dem Gejohle des arischen Pöbels die Schaufenster jüdischer Geschäftsleute zerschlagen und jüdische Bürger auf offener Straße verprügelt hatten, war es für die Juden in Deutschland nicht mehr möglich, einfach zu emigrieren. Sie bekamen kein Ausreisevisum mehr, kamen nicht mehr über die Grenzen. Nun gab es aber doch Fachleute auf dem Gebiet des Grenzübertritts, des illegalen. Fachleute wie zum Beispiel den Kölner Schmuggler Jüppchen, der die grüne Grenze und die verschlungenen Pfade um die Zöllner und Grenzposten herum kannte wie kein Zweiter! Vorurteile gegen Juden hatte Jüppchen nicht, und gegen die Nazis war er allemal. So wechselte er die Branche. Aus dem Kaffeeschmuggler Jüppchen wurde 1938 der Menschenschmuggler Jüppchen.

Die Initiative zu diesem Menschenschmuggel kam von Essers Franz, einem der Fahrer aus Jüppchens Schmuggelorganisation. Franz hatte nämlich eine Freundin, die hieß Fanny, und Fanny war Jüdin. Fanny wurde zur Anlaufstelle für Juden aus ganz Deutschland, die von Köln oder von Aachen aus eine der letzten Chancen wahrnehmen wollten, dem Massenmord der Nazis zu entkommen. Fanny residierte in der Hermann-Becker-Straße Nr. 2, in der Küche von Essers Franz' Mutter. Von hier aus wurden Kontakte gemacht, wurden Unterkünfte besorgt, hier wurden die Transporte zusammengestellt. Klar, umsonst macht ein kölscher Schmugg-

ler nichts, tausend Mark pro Person kostete die gefahrvolle Reise von Köln nach Antwerpen oder nach Brüssel. Ob tausend Mark damals viel Geld war, frage ich Jüppchen. Lakonisch, was sonst seine Art nicht ist, antwortet er: »Dafür, dat ich jedesmal den Kopf halb auf'm Schafott hatte, wenn ich fuhr, war dat nit viel Geld.« Dreihundert von diesen tausend Mark bekam der Kölner Fahrer, noch einmal dreihundert der belgische Fahrer und hundert Mark der Mann, der im Streckenwärterhäuschen neben der »Himmelsleiter« saß, dafür, daß er nichts tat. Den Rest steckte Jüppchen ein, der Chef und Koordinator der komplizierten Grenzaktionen. Abends, wenn eine solche Aktion losging, stand er mit seinem Wagen als erster am Treffpunkt, Eingang Melaten-Friedhof auf der Aachener Straße. Dann fuhr der Fahrer, Essers Franz oder Fandlers Hans, mit einem der gepanzerten Lieferwagen vor, in denen kurz zuvor noch Tabak oder Kaffee geschmuggelt worden war. Die Flüchtlinge kamen einzeln, und während Jüppchen das Gelände im Auge behielt, stiegen sie in den Lieferwagen ein, fünfzehn, zwanzig Personen pro Transport. Die Reise ging los. Nachts um ein oder zwei Uhr waren sie auf der »Himmelsleiter«. Meistens ging es gut, nicht immer.

Zweimal ist es zu Katastrophen gekommen. Treffpunkt war anfangs nicht der Melaten-Friedhof in Köln gewesen, sondern, weil näher zur Grenze, das Hotel »Schloß« in Aachen. Zweimal war von hier aus der Menschentransport ohne Schwierigkeiten über die Grenze gelotst worden. Als Jüppchen eines Nachts vor dem Hotel vorfuhr, um die Leute abzuholen, konnte er nur noch mit ansehen, wie sie von der Gestapo abgeführt wurden. Beim nächsten im Hotel »Schloß« vereinbarten Treff das gleiche. Doch ein Schmuggler wie Jüppchen ist ein Mann von Welt. Und ein Mann von Welt hatte damals auch Kontakte zur Geheimpolizei. Jüppchen nutzte diese Kontakte, mied eine Zeitlang das Hotel und anderthalb Wochen später wußte er, daß es einen Verräter gab. Der Verräter hieß Fritz Oster und war Kellner im Hotel »Schloß«. Von da an starteten alle Transporte nur noch vom Melaten-Friedhof in Köln aus.

Im Sommer 1939 bekam Jüppchen dann noch einmal einen Tip: In der kommenden Nacht sollten verstärkte Grenzkontrollen die »Himmelsleiter« unsicher machen. Das erfuhr Jüppchen in Düren, zwanzig Menschen saßen im Transporter. Kurzentschlossen bog er in Lucherberg von der Straße ab und versteckte die Leute für zwei Tage bei seinem Freund Mattes in der Scheune, bevor er sie nach Belgien brachte.

Wir sind etwa 150 Meter den Bahnkörper entlang gestolpert und nähern uns dem Streckenwärterhäuschen. Jüppchen weist auf den Wald links von uns: »Natürlich sind wir damals nicht hier entlang, sondern durch den Busch da oben gelaufen, zwei Kilometer weit. Einmal ist ein Mann während der Fahrt von Köln hierher gestorben, den hab ich dann rübergetragen.« Vom Wald abwärts führt ein Pfad aufs Streckenwärterhäuschen zu, von dort dann entlang der Gleise, vielleicht zweihundert Meter, auf eine Straße. Hier stand der belgische Fahrer, der die Leute dann nach Brüssel oder Antwerpen brachte. »Belgien«, sagt Jüppchen, »war das einzige Land, wo wir Juden damals noch sicher hinbringen konnten. In Holland war das nicht möglich. In Amsterdam waren die zwar sicher, aber oft genug wurden die auf dem Weg dahin von der Polizei angehalten und zurück zur Grenze gebracht. Aber immerhin: fünfhundert oder sechshundert werden wir wohl damals hier rübergefahren haben.« Wir fahren zurück nach Köln, diesmal über die Autobahn. Der alte Mann ist müde, die Fahrt hat ihn angestrengt. Ich frage ihn, was danach war, während des Krieges, nach dem Krieg. Er winkt ab: »Mit dem Krieg war es vorbei mit dem Schmuggeln.« Ende 1939 wurde er eingezogen, war zum zweitenmal Soldat: Fahrer beim Jagdgeschwader Mölders. Er zählt die Kraftfahrzeuge auf, die er da gefahren hat. Und ja, kurz vor der Einberufung hat er das dritte Mal geheiratet, die blonde Lilo. Nach dem Krieg? Nach dem Krieg hat er natürlich weitergeschmuggelt. Vor und nach der Währungsreform, ging das noch in dem großen Stil, den er gewohnt war. Und dann, in den fünfziger, sechziger Jahren? Seine Erzählung, für die Zeit vor dem Krieg präzise und voller Details, stockt, wird schwammig. »In Gold gemacht« habe er, die Schmuggelei hätte sich nicht mehr gelohnt.

Wir biegen auf den Friesenplatz ein. Jüppchen geht schon vor zum »Pörling«. Es ist früher Abend, und als ich nachkomme, sehe ich ihn mit ein paar Männern um einen Tisch herum sitzen. Er ist wieder munter, trinkt Kölsch, erzählt den anderen von seiner Fahrt zur Grenze und wie sich alles verändert hat in den letzten zwanzig Jahren. Die Männer hören zu, wissen auch noch die eine oder andere Geschichte von der Grenze, damals. Irgendwann sind sie alle einmal mit Jüppchen auf Kaffee-Fahrt gewesen. Schmuggler unter sich. Dann weist Jüppchen stolz auf die Plastiktüte, in der die beiden Würste stecken, die er für mich erbeutet hat. Ich muß die Würste herzeigen, die Kellnerin wird nach einem Messer geschickt, schließlich bleiben mir noch von jeder Wurst zwei winzige Enden. Schmuggler unter sich.

Unsere Alträucher

Dä ahle Krom dä es jetz jroß in Mode
Doröm es dä Alträucher
'ne Neureiche jewode.
Dä wonnt enem schöne jroße Bungalow
Un unse' ahle Spejel
dä hängk jetz op singem Klo.

Bläck Fööß

Es gibt in Köln drei Kategorien von Alträuchern. Nein, vier.
Oder doch fünf. Je mehr Alträucher, deren Bekanntschaft ich
einmal gemacht habe, mir Revue passieren, in um so mehr
Kategorien erweitert sich meine Vorstellung vom Alträucher.
Vom richtigen Alträucher. Von dem, der auf keinen Fall mit
einem Antiquitätenhändler zu verwechseln ist. Den man also niemals auch für einen Apotheker oder für einen Juwelier halten könnte. Der keinesfalls seiner Kundschaft im
Tweed oder Flanell entgegentritt.

Jedenfalls sind Alträucher Menschen, die genau wie ich
nur vom Hörensagen wissen, daß Ming-Vasen ab siebenein-
halb- und Empire-Höckerchen ab dreieinhalbtausend gehandelt werden. Denn Alträucher handeln nicht mit Antiquitäten. Sie handeln bestenfalls mit Altertümchen, also
wirklich noch mit Omas Pißpott. Und da sie mit Pißpötten
und zerbrochenen Kronleuchtern und dergleichen handeln,
beruht der Charakter ihres Geschäftes nicht auf der spezifi-
schen Atmosphäre, die gepflegte Antiquitäten ausstrahlen,
sondern auf ihrer eigenen Persönlichkeit. Wahrscheinlich
deswegen gibt es so viele Kategorien von Alträuchern. Und
deshalb ist auch der Alträucher ein aussterbender Beruf. Man
schaue sich nur einmal auf den Flohmärkten um! Wer glaubt,
da noch irgendein Schnäppchen machen zu können, der muß

sehr, sehr früh aufstehen. Denn all die Alträucher, die früher die Flohmärkte bevölkerten, haben sich mittlerweile in Antiquitätenhändler verwandelt. Bei denen geht eine abgebeizte Fichtenkommode aus Omas Beständen nicht mehr unter vierhundert Mark weg. Längst ist das sozusagen klassische Kölner Antiquitäten-Viertel St. Apern-Straße und Steinfelder Gasse weit durch die ganze Innenstadt expandiert, und selbst Karstadt und Kaufhof bieten mittlerweile Antikes feil.

Weil ich Geld nur in schnelle Geschäfte wie Bier und Flipper investiere und eine angeborene Scheu davor habe, mehr als hundert Mark auf einmal auszugeben, kam mir bisher noch nie die Idee, Antiquitäten anzuschaffen. Da ich trotzdem ab und an Bedarf an dem habe, was man langlebige Konsumgüter nennt, kam ich frühzeitig mit Alträuchern in Kontakt. Denn diesen Bedarf auf anspruchslose und zugleich originelle Art und Weise zu decken, ist die Aufgabe des Alträuchers.

Mein erster Alträucher war der Studenten-Lui auf dem Zülpicher Wall, gleich hinter der neuen Uni-Mensa. Ich brauchte einen Schreibtisch, einen möglichst großen, mächtigen Schreibtisch aus dunklem Holz; schließlich wähnte ich mich damals am Beginn einer wissenschaftlichen Laufbahn. Nach einem mittäglichen Mensa-Gang stand ich dann eines Tages, hundertfünfzig Mark in der Tasche, vor Luis Laden. Er war verschlossen. Und es sah so aus, als wenn er schon länger geschlossen wäre und nie wieder aufmachen würde. Zwei große eiserne Riegel sicherten die Türe, so als würden im Innern geheimnisvolle Kostbarkeiten gehütet.

Hineinschauen konnte man nicht. Die Scheiben waren geschwärzt von Staub und Dreck. Im Schaufenster lag zerbrochenes Gerümpel: Kerzenleuchter, Madonnenbilder, Kaffeekannen. Ich wartete, ging auf und ab an den halb verfallenen Häusern und Trümmergrundstücken vorbei, die hier das Straßenbild bestimmen. Lui tauchte nicht auf. So ging es mehrere Tage. Lui wurde zu einem Rätsel: Weshalb machte er den Laden nicht auf? Was trieb er? Ich war neugierig geworden, und statt mich anderswo nach einem Schreibtisch umzusehen, wartete ich weiter auf Lui.

Als ich mir eine Woche später wieder einmal die Nase an der Scheibe der verschlossenen Türe plattdrückte, stieß mich plötzlich jemand hart in die Seite. Es war Lui. Ein kleines altes Männlein. Er sah aus, als hätten böse Erfahrungen ihn verbittert. Er wirkte noch kleiner als er war, und seine hängenden schmalen Schultern und die lose herunterbaumelnden Arme gaben seiner Gestalt den Ausdruck eines deprimierten Hominiden. Ruppig sprach er mich an:»Wat willste?« – »Mal umsehen.« – »Umsehen jit et nit.« Pause. Lui trug eine schmutzige Baskenmütze, das Gesicht darunter zerfurcht von tiefen Falten und übersät mit schwarzen Mitessern. Ich muß ihn ziemlich dämlich angestarrt haben. Er drehte an Schlössern, knallte die beiden Riegel zur Seite:»Ich muß sowieso ens eren, do kannste jrad ens metkumme.« Endlich war ich in Luis' geheimnisvollen Verkaufsräumen. Zwei Zimmer, vollgepackt mit Mobiliar: auseinandergenommene Bettgestelle, Schränke, Tische, aufgetürmte Kommoden, Stühle. Ich rückte hier herum, da etwas zur Seite.»Mach he nix kapott, dat es alles wertvoll!« Lui, im Hintergrund, tat so, als suche er etwas. Ich entdeckte einen Schreibtisch, nicht das, was ich suchte, dafür war er zu klein. Aber um eine Vorstellung von Luis Preisen zu bekommen, fragte ich ihn nach dem Wert des Stückes. Ich fiel fast in die verstaubten Kulissen, als er kurz und völlig uninteressiert»zweitausend«sagte. Mit einem Bilderrahmen für dreißig Mark und voller Ingrimm gegen den kleinen Halsabschneider verließ ich den Laden. Doch meine Neugierde überwog den Zorn. Welches Geheimnis hatte Studenten-Lui zu hüten? Weshalb war er so unwirsch und verprellte mögliche Kunden? Wie ein Privatdetektiv schlich ich durch den Zülpicher Wall und entdeckte – nichts! Lui hatte kein Geheimnis. Oder doch, ein kleines schon.

Nachdem ich es gelüftet hatte, habe ich so manches preiswerte Möbelstück bei ihm erstanden. Lui hatte nämlich sozusagen zwei Läden oder besser: einen Laden und ein Lager. In dem Laden, vor dem ich so oft vergeblich gewartet hatte,

da hütete Lui, das glaube ich heute zu wissen, seine Kostbarkeiten, seine Lieblingsstücke, das, was ihm besonders wertvoll erschien. Weshalb, das bleibt wirklich sein Geheimnis.

Zwei Häuser neben diesem Hort der unbezahlbaren Altertümer gibt es eine breite Toreinfahrt, die in zwei hintereinander liegende Hinterhöfe führt. Meterhoch stapeln sich hier ausrangierte Betten, wackelige Tische und windschiefe Kommoden. Im ersten Hinterhof, Parterre, wohnt Lui mit seiner Frau. Kommt Kundschaft, verläßt er seinen Beobachtungsposten am Fenster und kommt mal nachsehen. Hier, in der Toreinfahrt, fand ich dann schließlich auch meinen Schreibtisch. Ganze achtzig Mark hat der Studenten-Lui mir damals für das Prachtstück abgenommen, an dem ich heute noch sitze. Im Hinterhof war Lui wie ausgewechselt: lustig, freundlich, ja sogar witzig. Selbst handeln ließ er mit sich, ging vierzig Mark von seiner ersten Forderung herunter. Und als wir einig waren, half er noch, das schwere Möbel aufs Autodach zu hieven.

Langlebige Konsumgüter, das sind ja nicht nur die Schreibtische, Küchenstühle und Kleiderschränke. Dazu gehören auch Fernsehgeräte, Kühlschränke, Elektroherde oder Waschmaschinen. Der echte Alträucher handelt gerade auch mit solcher Ware. Auf dem Gereonswall, in friedlicher Nachbarschaft zu den Halbweltkneipen, im Herzen von Klein-Istanbul, gibt es noch zwei oder drei dieser Sorte, und sie sind zuverlässiger und solider, als man nach einem Blick auf die Umgebung meinen könnte. Zugegeben, mein Kühlschrank hat unten Rost angesetzt, und der Herd funktioniert mittlerweile nur noch auf zwei Platten. Aber die beiden unentbehrlichen Gerätschaften verrichten bei mir auch bereits seit sechs Jahren ihren Dienst. Ganze hundertvierzig Mark zahlte ich damals für alles, und die Jungs vom Gereonswall, bei denen ich die Geräte kaufte, lieferten sie mir gegen fünf Mark Aufpreis auch noch frei Haus. Der Handel mit Gebrauchtem hat auf der Weidengasse Tradition. In den Läden, in denen heute unter rotem Halbmond vergoldetes Kaffeegeschirr und Eßbesteck, Tisch-Springbrunnen und Marmor-Feuerzeuge feilgeboten werden, dort war einmal das Handelszentrum dieser Zunft. Zum Beispiel Kleidung! Auch wenn ich nie Bedarf an getragenen Schuhen, ausgeleierten Zweireihern und tausendmal gereinigten Trenchcoats hatte. Aber, so attraktiv wie solcherlei Ware in Josefine Rohes Schaufenster drapiert war, da mußte ich schon als Schuljunge vor stehenbleiben.

1982 gab die alte Frau Rohe ihren wunderbaren Laden auf. Mit neunzig Jahren zog sie sich aufs Altenteil zurück. Ich war damals beim Ausverkauf dabei, und zum ersten Mal betrat ich das Innere ihres Ladens. Zwischen all den wild durcheinander aufgehäuften Schlipsen, Schuhen, Socken, Hüten, Schirmen lagen noch so manche vergoldete Armbanduhr, fast neue Fotoapparate, gebrauchte Spazierstöcke, Pfeifen und sogar ein komplettes Gebiß.

Man sollte meinen, daß derjenige, der mit solchem Plunder handelt, das mit einem ausgesprochen problematischen Selbstwertgefühl tun müßte. Aber Josefine Rohe verkörper-

te alles andere als eine gedrückte Seele. Sie war stolz auf ihr Gewerbe:»Das ist jetzt seit 1918 mein Laden. Ich hatte immer ein eigenes Geschäft, auch als ich dann verheiratet war. Mein Mann? Der hat mich aus Liebe verlassen.« An durchhängenden verrosteten Eisenstangen hingen noch stattliche Reihen von Wintermänteln, imitierten Lederjacken, Anzügen, Kleidern, Röcken. In Regalen bis unter die Decke waren Schlittschuhe, Sandalen, Reitstiefel und einfache ausgetretene Straßenschuhe gestapelt. Der Ausverkauf ging schlecht. Türken sind wählerisch, und Türken waren seit Jahren Josefines Kunden, die einzigen. Jetzt, nachdem der trübe Schick der 50er Jahre Wiederauferstehung feiert, und für öde Pfeffer-und-Salz-Mäntel abenteuerliche Preise gezahlt werden, wäre Josefines Geschäft vielleicht noch einmal in eine Hausse geraten. Doch scheint es mit Alträuchern à la Josefine endgültig vorbei zu sein. Möge sie eingehen in den Himmel der Alträucher als die letzte Vertreterin ihrer Gattung.

Man wird es bemerkt haben: eigentlich mag ich, abgesehen von Kleidung, keine neuen Sachen. Wenn ich beispielsweise ein Nachttischlämpchen brauche, dann gehe ich immer zuerst zum Alträucher und schau mir an, was es da gibt. Das ist nicht nur eine Frage des Geldes. Bei Woolworth oder in der Kaufhalle gibt es sicherlich billigere Nachttischlampen als beim Alträucher. Aber das Nachttischlämpchen, das man beim Alträucher findet, das ist eben wirklich noch ein Nachttischlämpchen, hat ein originelles Ornament am Sockel, einen witzigen Schirm oder sonst etwas Unverwechselbares, das es liebenswert macht. Leute, die bei Alträuchern herumstöbern, haben, glaube ich, noch diesen sozusagen persönlichen Bezug zu Gebrauchsdingen, der ihnen nicht unbedingt Schönheit, dafür aber einen Hauch von Originalität abverlangt.

In der Palmstraße gibt es einen Laden mit dem Namen »Version originale«. Der Blick durchs Schaufenster eröffnet eine Sicht auf die Trostlosigkeiten der Wirtschaftswunderjahre. In dem kahlen Verkaufsraum sind sie alle versammelt, fein säuberlich geordnet. Ein junger Mann sitzt einsam in dem Geschäft, und wenn seine auf Kreppsohlen hastig die Regale abschreitende Kundschaft ihn nicht zufällig einmal abhält, schaut er auf die andere Straßenseite. Dort steht eine Ladentüre offen, meistens den ganzen Tag.

Kunden, alte und junge, Nachbarn, Freunde und Bekannte des Besitzers gehen aus und ein, und über der Ladentür hängt ein buntes Schild:»Hans Becker – Trödel und Kurioses«. Hier organisieren die Altertümchen mit dem Alträucher in ihrer Mitte einen Lebenszusammenhang. Daß es den da gibt, daß da Leute zusammensitzen, Schwätzchen halten und nicht nur kaufen, das liegt einerseits an den Kuriositäten, die dort umgeschlagen werden. Nicht daß diese etwas Besonderes wären. Im Gegenteil: es ist tatsächlich nichts weiter als Trödel, wenn sich auch ab und zu wirklich brauchbare Dinge darunter finden lassen. Aber erst Hans Becker gibt all diesen verstaubten Dingen die Aura, die sie zu etwas Besonderem werden läßt. Allein schon wie er handelt! Sagt er»vierzig«, dann ziehe ich einen Zwanziger heraus. Das mache ich immer so, denn das Überreichen eines Geldscheines löst beim Verkäufer einen Greifimpuls aus, der in ihm die Bereitschaft wachsen läßt, das Angebot zu akzeptieren. Nicht so beim Beckers Hans. Er schaut dann gar nicht auf den Geldschein, sondern mir in die Augen, und sein Gesicht nimmt den Ausdruck an, den man bei einem Cocker-Spaniel beobachten kann, wenn man ihm den Futternapf wegnimmt. Dann wendet er sich ab, seine ganze Körperhaltung drückt nun einen Zustand tiefster Verbitterung aus, und mit brechender Stimme sagt er: »Peter!« Das reicht dann meistens, und ich lege noch einen Zehner zu.

Reich, wie die»Bläck Fööß« meinen, wird bestimmt so mancher Alträucher; die nämlich, die sich in Antiquitätenhändler verwandelt haben. Ob der Beckers Hans mit seinen 78 Jahren zu Reichtümern gekommen ist, daran zweifle ich. Zum Reichwerden gehört ein hartes Herz. Davon kann beim Hans nicht die Rede sein. Wer hartherzig ist, der muß»nein« sagen können. Und das kann der Beckers Hans nicht. Zweimal die Woche kommt der»Hoflieferant«, ein schon betagter, glatzköpfiger und nach Bier riechender, ja man muß sagen: Alträucher. Der führt seine Altertümchen allesamt in einem hochbeladenen Kinderwagen bei sich, den er zu Sperrmülltagen in der Marienburg, Rodenkirchen und Lindenthal immer wieder auffüllt. Und wenn er dann in den Kinderwagen greift und den oft schrottreifen Inhalt vorm Beckers Hans ausbreitet:»Nein« sagen, kann der Hans nicht. Und so kommt es, daß sein Laden überquillt von Trödel, den so recht niemand kaufen will. Doch bei einem Alträucher kommt es, wie gesagt, erst in zweiter Linie auf die Qualität seiner Altertümchen an. Worauf es ankommt, ist, daß der Alträucher »Häz« hat.

Neulich hab ich noch einmal beim Studenten-Lui vorbeigeschaut. Dem ist das Alträucherherz inzwischen fast gebrochen: »Ich könnt mich in den Hintern beißen«, sagte er, »dat ich euch damals der ganze Kram fast umsonst gegeben hab. Ich darf gar nicht daran denken, wat ich heut dafür kriegen könnte.«

Plisch und Plum
und die Schwarze Ökonomie

Plisch und Plum, wie leider klar,
Sind ein niederträchtig Paar;
Niederträchtig, aber einig,
Und in letzter Hinsicht, mein ich,
Immerhin noch zu verehren;
Doch wie lange wird es währen?
Bösewicht mit Bösewicht –
Auf die Dauer geht es nicht.

Wilhelm Busch, Plisch und Plum

*P*lisch und Plum gibt es nicht nur einmal. Es gibt auch ganz verschiedene Versionen dieses Pärchens. Einmal natürlich das Ur-Paar, Wilhelm Buschs »Quadrupeden«, der eine dick, der andere dünn. Zwei Hunde-Bösewichter, die, nachdem sie ihre Umwelt eine Zeitlang terrorisiert hatten, es doch noch zu einer wohldotierten Stellung bei einem englischen Gentleman brachten. So ist die Urversion des Paares zunächst also *böse, schwarz.* Die *gute* Version des ungleichen Paares ist neueren Datums. Die Inkarnation der *weißen* Plisch und Plum verkörperten zu Zeiten der »großen Koalition« zwei Politiker. Da drückten der dicke Franz-Josef Strauß und der dünne Karl Schiller gemeinsam die Regierungsbank und hielten als Finanz- und Wirtschaftsminister die ökonomischen Geschicke des Landes in ihren vier Händen. Naturgemäß besteht zwischen den weißen und den schwarzen Plisch und Plum ein Konkurrenzverhältnis. Hätten die weißen Plisch und Plum der Großen Koalition bereits etwas von der Existenz der beiden schwarzen Plisch und Plum und ihrer Schwarzen Ökonomie gewußt, mit Sicherheit wären sie mit ihnen so verfahren wie weiland Kaspar Schlich:

Wozu – lauten seine Worte –
Wozu nützt mir diese Sorte?
Macht sie mir vielleicht Pläsier?
Einfach nein! erwidr' ich mir.
Wenn mir aber was nicht lieb,
Weg damit! ist mein Prinzip.

»Plisch«, meldet sich eine unwillige Stimme am Telefon.
»Spreche ich mit Herrn Plisch?«
»Hab ich doch gesagt.«
»Spreche ich mit der Autoreparatur-Werkstatt ›Plisch & Plum‹?«
»Nein, noch nie was von gehört.«
»Aber ich spreche doch mit Herrn Plisch?« Keine Antwort.
»Herr Plisch?«
»Ja.«
»Herr Plisch, ich habe ein Problem an meinem Auto ...«
»Das tut mir aber leid.«
»... Und da möchte ich Sie fragen, ob Sie mir vielleicht helfen können?«
»Was fahren Sie denn für einen Wagen?«
»Einen VW-Passat.«
»Dann rufen Sie doch am besten bei Fleischhauer an, die werden Ihnen bestimmt weiterhelfen.«
»Aber ich dachte, Sie könnten mir vielleicht ...?«
»Ich repariere keine Autos.«
»Aber man hat mir doch gesagt, daß Sie ...«
»Da hat man Sie eben auf den Arm genommen, nehmen Sie's nicht so schwer.«
»Also, dann entschuldigen Sie vielmals.«
Wütend legt der weiße Plisch den Hörer auf die Gabel seines schwarzen Diensttelefons zurück. Das schwarze Diensttelefon des weißen Plisch steht im vierten Stock eines klotzigen Gebäudes am Rothgerberbach. Das Gebäude ist das Finanzamt, und auf der Tür, hinter der der weiße Plisch soeben mit der Faust erbost auf den Schreibtisch schlägt, steht »Steuerfahndung«. Am anderen Ende der Leitung hat die schwarze

Faust des schwarzen Plisch behutsam ein ehemals weißes, mittlerweile eher graues Telefon in eine öl- und schmutzsichere Ecke zurückgestellt, gleich neben ein Regal, in das Dutzende von Auto-Glühlämpchen gestapelt sind. Das Regal und das grau-weiße Telefon könnte man in der Ecke einer geräumigen Garage finden. Dazu brauchte man aber viel Zeit, denn die Garage verbirgt sich in einem dichten Gestrüpp wildwachsender Brombeerhecken, umstellt von alten, hochwachsenden Birnbäumen, am Rande einer heruntergekommenen Schrebergartenkolonie, irgendwo am Stadtrand der großen Stadt Köln.

»Mach voran!« tönt eine Grabesstimme aus dem Inneren der Garage, »der Kunde kommt um fünf, und du mußt noch die Ventile einstellen.« Die dumpfe Stimme gehört Plum. Plum ist nicht zu sehen, denn Plum steht in einer Grube unter einem VW-Golf und zieht soeben die Schellen der Auspuff-Anlage an. »Mach mich nicht an!« zischt der schwarze Plisch zurück, der gerade die Lehre aus einem stählernen Schrank zieht, »irgendeiner muß ja wohl für die Kunden am Telefon sein, oder?«

Alltag in der Autoreparatur-Werkstatt »Plisch & Plum«, die keine Autoreparatur-Werkstatt ist. Sie existiert – eben haben wir's aus Plischs eigenem, Marlboro paffenden, ölverschmierten Mund selbst gehört – sie existiert überhaupt nicht. Eine Autowerkstatt, eine wirkliche Autowerkstatt, die es überhaupt nicht gibt? Ist das nicht Schwarze Magie? Nein! Das ist Schwarze Ökonomie! Von größerem Bekanntheitsgrad unter dem Begriff »Schattenwirtschaft«. Aber bleiben wir bei dem Attribut »schwarz«. Plisch und Plum sind von oben bis unten schwarz, schwarz von altem Autoöl, ebenso wie ihre Seele schwarz ist, schwarz wie ein nächtlicher Schatten, schwarz wie die Schattenwirtschaft.

Plisch und Plum, weil ohne Sitte,
Kommen in die Hundehütte:
Seht, da sitzen Plisch und Plum
Voll Verdruß und machen brumm!

Denn zwei Ketten, gar nicht lang,
Hemmen ihren Tatendrang.

Ein Schattenökonom ist ohne Sitte, ist ohne Moral. Er betrügt den Staat, er betrügt unser gutes altes Handwerk, betrügt den kleinen Steuerzahler, weil er sich der Gewerbesteuer entzieht, überhaupt jeder Steuer, er betrügt die Sozialversicherungen, kurz, er betrügt uns alle! Plisch und Plum, die Schwarzen, führen in der Tat eine nichtswürdige Existenz. Gegen halb elf morgens erst bequemen sie sich aus ihren Lotterbetten, die sie mit Damen teilen, die – wie könnte es anders sein – ebenfalls in einem nicht existierenden Wirtschaftszweig ihr Auskommen finden. Mit diesen Damen und mit einigen anderen schwarzen Existenzen versammeln sie sich gegen halb zwölf – es ist heller Tag – zum Frühstück. Und zu welch einem Frühstück! Während der anständige Handwerksgeselle fünf Stunden zuvor – soeben graute der Morgen – eine halbvertrocknete Scheibe Schwarzbrot mit dünnem Kaffee hinunter zu spülen gerade noch Zeit fand, um dann trotzdem um dreieinhalb Minuten nach sieben vom Meister wegen Zuspätkommens angezischt zu werden, ist Plisch und Plums Frühstück mehr als fürstlich. Schon daran, daß sie sich fast zwei Stunden Zeit dafür lassen, ist das ganze Ausmaß ihrer Niedertracht abzulesen.

Oh nein! Nicht, daß wir sie in irgendwelchen Wohngemeinschaftsküchen herumsitzen sähen. Sie gehen aus zum Frühstück. Täglich. Seit Jahren! Im Süden der Stadt kehren sie allmittäglich ein in das Restaurant einer Dame mit französischem Akzent, lassen sich zum Wachwerden provencalisches Obst und später kalte gebratene Hähnchen aus Brest reichen, und Plum schüttet zum Entsetzen der französischen Dame statt des zweiten Kaffees bereits die sechste Dose Cola in sich hinein. Um halb eins dann endlich – der tüchtige Geselle im blauen Overall bei Fleischhauer stürzt gerade völlig erschöpft zur Mittagspause – begeben sich Plisch und Plum gemächlich zu ihren Autos, um sich auf den Weg in die Schrebergartenkolonie zu machen.

Es ist klar, daß den weißen Plisch und Plum so etwas ein Dorn im Auge ist. Deshalb sind die unausgesetzt unterwegs, um die schwarzen Plisch und Plum an die Kette vor eine Hundehütte namens Fleischhauer oder Maletz zu legen. Was die weißen Plisch und Plum an den schwarzen Plisch und Plum aber am meisten ärgern muß, ist, daß deren um die Mittagszeit einsetzender Tatendrang überhaupt keine, nicht die Spur einer positiven Wirkung in den Statistiken der weißen Ökonomie zeigt. Und darum gehts den weißen Quadrupeden, denn schließlich lebt die weiße Ökonomie vom Wirtschaftswachstum.

Während sich ein weißer Plum vor dem Finanzamt an der Inneren Kanalstraße schwerfällig in seinen Dienstopel quetscht, um in Nippeser Hinterhöfen nach Niederlassungen anderer schwarzer Ökonomen zu fahnden, ist der schwarze Plum bereits auf dem Weg von der Schrebergartenkolonie nach Vogelsang. In Vogelsang befindet sich das Ersatzteillager der »Plisch & Plum« Autowerkstatt: Schrotthändler. Schrotthändler sind nicht unbedingt schwarz, auch wenn sie offiziell meist keine Einnahmen zu verzeichnen haben. Es gibt eine Reihe korrekter Schrotthändler, und nur zu solchen fährt Plum. Denn das ist das A und O seiner schwarzen Ökonomie: die Ersatzteile müssen einwandfrei sein, und sie müssen billig sein. Während der fleißige Geselle im blauen Overall in der großen weißen Autoschmiede lediglich kaputte Teile gegen neue, teure Teile austauscht, muß der schwarze Plum einigen Erfindungsgeist aufbieten, um mit gebrauchten Teilen den gleichen Effekt zu erzielen.

»Ich brauch 'nen Audi-80-Motor.«

»Hab ich nicht.«

»Was haste denn?«

»Nimm den 75-PS-Golf.«

»Da muß ich doch 'ne andere Ölwanne und 'nen anderen Vergaser dranbasteln.«

»Audi hab ich nicht.«

»Also, wieviel?«

»Vier Scheine, wie immer.«

»Ist der auch okay?«

»Der ist astrein. Auf allen vier Pötten volle Kompression.«

»Ist gekauft. Und wenn der nix ist, dann werf ich ihn dir durchs Fenster.«

»Geht klar. Paul!« ruft der Mann mit der Zigarre, den Kopf ein wenig zum Fenster hindrehend. Paul erscheint in der Tür des Schrotthändler-Büros. Die schwarze Version des tüchtigen Mechanikers, der sich eben in Fleischhauers Kantine den Bauch mit Kartoffelpüree füllt. Paul reißt hier am Tag drei bis vier Unfallwagen auseinander und stapelt deren Innereien fein säuberlich in Regalen neben dem Büro. Klar, daß man bei solch einer Arbeit nicht sauber bleibt. Pauls Overall steht im Gegensatz zu dem des Fleischhauer-Gesellen vor Schmutz, Öl und Fett. Aber Paul ist nicht träge, rackert für drei Scheine in der Woche von morgens bis abends und bringt jetzt prompt den Golf-Motor auf einem kleinen Handwägelchen. Der Schrott-Boss schaut sich nicht um, läßt die Füße auf dem Schreibtisch, kassiert von Plum, ohne die Zigarre aus dem Mund zu nehmen, vier Hundertmarkscheine und weist dann mit dem feisten Daumen über seine Schulter: »Paul bringt ihn dir zum Wagen.«

Plums Diesel schraubt sich mit tiefhängendem Heck die Auffahrt zur Schrebergartenkolonie hoch, dreht eine Kurve und setzt dann rückwärts in den schmalen Weg zur Werkstatt. Plisch sitzt auf einer alten Batterie, raucht und unterhält sich mit einem Kunden. Sie trinken Kaffee. Kaffee ist die Seele der »Plisch & Plum« Autowerkstatt. Eine Kaffeemaschine steht im Zentrum des als Büro verwendeten Bretterbüdchens. Milchdosen und Kartons mit Würfelzucker daneben, an der Wand ein Spender für Einwegkaffeetassen aus Plastik. Ein riesiger Berg von Lappen, tausend Ersatzteilchen in allen Ecken, Bücher mit Reparaturanleitungen, alles gleichmäßig mit einer Schicht von Altöl bedeckt.

Der Kunde, mit dem Plisch soeben plauscht, ist Lehrer, und er hat mit den weißen Autoreparatur-Werkstätten die allerschlechtesten Erfahrungen gemacht. Zweimal eine neue Kupplung, und immer noch klemmen die Gänge! Der kleine schwarze Plisch breitet die Arme aus und zieht die Schultern hoch, als wolle er sagen:»Warum bist du denn nicht gleich zu uns gekommen?« Dann erklärt er dem aufmerksam lauschenden Pädagogen, daß der Fehler überhaupt nicht an der Kupplung lag. Er steht auf und demonstriert dem Staunenden an einem ausgebauten Motor, was da nicht funktionierte:»Das kostet an Ersatzteilen dreißig Mark. Arbeit, na sagen wir, hundert, macht zusammen hundertfünfzig.« Dankbar wie ein Beagle klappt der Lehrer, der in der weißen Kfz-Werkstatt für den zweimaligen Kupplungsaus- und -einbau achthundert Mark losgeworden war, die Augenlider rauf und runter. Sensibel seufzt er:»Weißt du Plisch, zur Autoreparatur zu fahren, ist für mich, wie wenn ich zum Zahnarzt gehe – Vertrauen ist alles!«

»Kannst deine Kiste morgen abholen«, sagt Plisch,»und keinen Scheck, wir haben nämlich kein Konto. Cash, klar?«

Plisch ist sozusagen die ökonomische Seele der Werkstatt, weiß Gott, eine schwarze Seele. Das Handeln und Feilschen scheint ihm angeboren. Plisch fordert keck und hält frech die Hand auf. So kaltschnäuzig und beweglich sein Mundwerk ist, so elastisch und flink ist der ganze kleine Kerl. Er schreitet nicht durch die Werkstatt wie der gewaltige Plum, nein, er hopst und purzelt um die Autos herum, springt wie ein Dilldop, bastelt, flickt, um im nächsten Augenblick die eine Arbeit fallen zu lassen und sich der nächsten zuzuwenden. Nicht daß er nicht auch sorgfältig arbeiten könnte, das kann er vor allem dann, wenn Plums dicker schwarzer Zeigefinger ihm den Platz unter einer Motorhaube zuweist.

Ohne den mächtigen Zweieinhalbzentner-Mann Plum wäre»Plisch & Plum« eben keine richtige Autoreparatur-Werkstatt, denn dazu gehört der detailverliebte Spürsinn für all die verzwickten mechanischen Tücken, die in halbverrosteten Automobilen schlummern können. Und genau den hat Plum. Dazu gehört absolute Gelassenheit. Und die hat Plum. Bringt ihm ein Kunde ein Auto, schaut Plum den Wagen erst einmal an. Aus der Ferne sozusagen ruht sein Blick auf dem Gefährt, so als wolle er sich mit dem Wagen erst einmal be-

kannt machen. Hört der Kunde dann endlich Plums: »Mach mal die Haube auf«, dann weiß er, Plum hat sich der Sache angenommen, und er weiß, in Plums überaus schwarzen Pfoten wird sie reifen. Der kleine Plisch und der große Plum, sie ergänzen sich in geradezu idealer Weise: Jeder der beiden verfügt in ausreichendem Maße auch über die wesentlichen Eigenschaften des anderen, und das macht sie so erfolgreich.

Bald sind beide kunstgeübt,
Daher allgemein beliebt,
Und, wie das mit Recht geschieht:
Auf die Kunst folgt der Profit.

Bei Plisch und Plum Kunde zu werden, ist nicht leicht. Ist man durch irgendeinen Zufall an ihre Telefonnummer gekommen, und das kann nur durch Zufall geschehen sein, denn im Telefonbuch sind sie nicht zu finden, wird das wenig nützen. Riefe man einfach an, erginge es einem wie dem weißen Plisch, man würde kurz und trocken abserviert. Um Kunde zu werden, bedarf es einer langen Stafette von Freunden, Freunden von Freunden und wiederum deren Freunden. Die sind dann vielleicht auch Freunde von Plisch & Plum. Ohne zumindest zwei solcher Gewährsleute läuft man bei den schwarzen Ökonomen in der Schrebergartenkolonie glatt vor die Mauer. Hat man's dann aber endlich bis ins Allerheiligste der Schrebergartenkolonie geschafft, ist das Auto fast so gut aufgehoben wie in Abrahams Schoß. Nicht daß es hier umhätschelt würde wie ein Baby, nicht daß jeder Abdruck von Plums schwarzen Ölfingern auf der Motorhaube von Plisch gleich mit einem weißen Lappen weggewischt würde – das ist ja auch nicht der Sinn der schwarzen Ökonomie. Plisch & Plums Werkstattphilosophie läuft auf den einen Satz hinaus: Autos sind dazu da, daß sie fahren.

Es ist klar, daß Fahrer von weißen Golf GTI's, 190iger Mercedes mit Alufelgen oder Alfa Romeos der letzten fünf Baujahre nicht den Weg zur Schrebergartenkolonie finden. Plisch & Plum sind spezialisiert auf Fahrzeuge, und zwar

Fahrzeuge aller Marken, die für eine weiße Werkstatt das Zeitliche eigentlich schon gesegnet haben und dort mit einem verächtlichen Seitenblick von »antik« bis »Schrott« eingestuft würden. Aber gerade solche Mülleimer sind es, die dem dicken großen Plum und dem kleinen windigen Plisch am meisten Spaß machen. Und ohne Spaß machen sie keinen Finger krumm. Sensibelchen, Hyperempfindliche, Klapperneurotiker machen ihnen keinen Spaß. Jemand, der ankommt und klagt: »Da vorne klappert irgend etwas«, hat keine Chance, daß Plum eine Hand rührt. »Was erwartest du denn von einem Auto, das zehn Jahre alt ist?« Und Plisch setzt noch eins drauf: »Fahr damit! Fahr solange, bis es wirklich kaputt ist, dann kannst du noch mal vorbeikommen.«

Spaß haben Plisch und Plum vielmehr an heimtückischen Vergaserproblemen: »Bring die Kiste morgen Mittag vorbei, dann kannste sie abends wieder abholen.« Und dann nimmt Plum den Vergaser raus, schraubt ihn auseinander, schaut nach und tüftelt und bastelt, schraubt und schweißt solange, bis das Ding wieder funktioniert. Das kostet natürlich Zeit, und Plum und Plisch setzen ihren Stundenlohn wahrlich nicht auf Hilfsarbeiterniveau an. Statt Ersatzteile reinzuschrauben, mit Köpfchen werkeln, das macht ihnen Spaß! Und das ist ja das Unverschämte an diesen schwarzen Ökonomen: Daß sie so völlig unökonomisch arbeiten!

Der blaue Fleischhauer-Geselle hat den Nachmittag damit verbracht, im Akkord Bremsbeläge zu erneuern. Der dicke weiße Plum ist durch Kölns Norden gekreuzt, vorbei an einer Baustelle auf der Niehler Straße, wo eine halbe Hundertschaft polnischer Schwarzarbeiter schuftet. Aber das fällt nicht in des weißen Plums Zuständigkeit, die arbeiten ja für eine völlig legale Leasing-Gesellschaft. Ihn interessieren die Hinterhöfe, Laubenkolonien und Schrottplätze. Er schnüffelte in drei Toreinfahrten auf der Siebachstraße, aus denen verdächtig geschäftiger Lärm drang, steckte seine Nase in einen neueröffneten Biokost-Laden, umfuhr einmal den Blücherpark und wurde endlich in Zollstock fündig, wo er einen Arbeitslosen beim schwarzen Tapezieren erwischte.

Die schwarzen Plisch & Plum waren den Nachmittag über auch nicht untätig. Sie hievten den neu erworbenen gebrauchten Schrott-Golf-Motor in den Audi-80-Motorraum, schraubten ihn fest, prüften ihn, sagten »okay«, kassierten vom Kunden 800 Mark und teilten sie brüderlich. Zwischendurch war noch eine Kundin wegen eines defekten Blinkerlämpchens gekommen. Plum mußte die Arbeit am Motor unterbrechen, ging hinaus, kam wieder zurück, bleich vor Zorn: »Wenn du gleich die Polizeisirenen hörst, dann holen sie mich ab! Wegen Totschlags!« Er ging wieder raus, baute mit gesträubtem Quadrupeden-Nackenhaar das Lämpchen ein und vertrieb die Kundin.

Jetzt ist es halb acht abends, und Plum und Plisch lassen Wasser in eine alte Badewanne laufen. Jeder nimmt sich eine Handvoll Handwaschpaste, und brüderlich, der Dicke neben dem Kleinen, vollziehen sie das feierabendliche Waschritual an ihren schwarzen Pfoten. Es wird auch Zeit! Denn um acht sind sie in der Grillstube mit ihren Bräuten verabredet. Wie jeden Abend gehen diese niederträchtigen Schwarzen Ökonomen natürlich aus zum Essen!

Ach, da stehn sie ohne Scham
Mitten in dem süßen Rahm
Und bekunden ihr Behagen
Durch ein lautes Zungenschlagen.

Von Wirtlichem und Unwirtlichem

Der Friesenwall

Der Blick auf die wachsenden Gebilde, die einstmals Städte waren, zeigt uns, daß sie einem Menschen gleichen, der verzerrt wird durch krebsige Tochtergeschwülste. Vielleicht gibt es keinen Todestrieb; aber Umstände, die tödlich wirken. Davon ist hier die Rede, obgleich wir wie alle, die je auf dem Pulverfaß saßen, so tun, als wäre alles unstörbar in bester Ordnung.

*Alexander Mitscherlich,
Die Unwirtlichkeit unserer Städte*

Entlang der mittelalterlichen Stadtmauer, im Innern der Stadt, lief, von Torburg zu Torburg, eine Gasse, gleichsam die vorderste Linie der befestigten Stadtzivilisation. Es war der innere »Wall« der Stadt, und dieser Begriff hat sich bis heute erhalten: Severinswall, Kartäuserwall, Pantaleonswall, Mauritiuswall, Friesenwall, Gereonswall und Thürmchenswall heißen, von Süden nach Norden, die Straßen, die den alten Stadtkern Kölns entlang der abgerissenen mittelalterlichen Stadtmauer umschließen. Umrundete man vor ein paar Jahren noch auf ihnen die Stadt, so marschierte man durch die unansehnlichsten Viertel Kölns, die nach dem Krieg von der alten Innenstadt übriggeblieben waren. Viertel mit düsteren Häusern, heruntergekommenen Kneipen, schummrigen Rotlicht-Bars. Während das vor allem auf dem Gereonswall heute noch so ist, beginnt sich der Friesenwall allmählich zu wandeln.

Daß es Morgen ist, merkt man im Friesenwall nicht unbedingt daran, daß es hell wird. Dazu müßte man weit hochblicken und sähe dann bestenfalls doch nur den Widerschein der Sonne auf den Giebeln und Dächern der westlichen Häuserzeile. Morgens um neun bekommt das dritte Stockwerk noch keinen Sonnenstrahl ab. Aber daß es neun Uhr ist, das weiß man, wenn in diesem Stockwerk ein Fenster aufgeht, eine dunkelgrüne Einkaufstasche sich zögernd über den Sims schiebt und dann an einer Schnur gemächlich fünfzehn Meter tief sich dem Trottoir zusenkt. Frau Mahlberg rüstet zum Frühstück. Ein paar Minuten zuvor hat der Beckers Hans die Gitter von seinen Schaufenstern geschoben und in den Flur gestellt. Wobei das Klappern der eisernen Läden das Signal gab für das Herunterschweben des Frühstücksbeutels. Nun schreitet Herr Antiquitätenhändler Becker, bereits im weißen Kittel, zur Bäckerei Zimmermann auf der Ehrenstraße, derweil der Korb überm Bürgersteig und Frau Mahlberg hungrig im Fenster hängt.

Die Büros bevölkern sich, und deshalb herrscht bei Zimmermanns jetzt Hochbetrieb. Natürlich wird hier der Herr Becker bevorzugt bedient, und er kehrt bald mit der Brötchentüte zurück. Vorm pendelnden Einkaufskorb bleibt er stehen, greift zwei Milchbrötchen aus seiner Tüte, läßt sie in den Korb fallen, und dieser entschwindet sofort in die höheren Regionen der Frau Mahlberg. Das Kaffeewasser kocht. Nicht nur bei Frau Mahlberg.

In Beckers berühmtem Hinterzimmer war inzwischen Traudel tätig. Traudel kommt morgens zum Kaffeekochen und abends zum Putzen und zum Spülen der Kaffeetassen in den Salon des Beckerschen Antiquitätengeschäfts. Und während hier nun Traudel und der Antiquitätenhändler beim ersten Tässchen sitzen, stürmt auf der gegenüberliegenden Straßenseite mit gesenktem Haupt, die Lucky-Luke-Kippe im Mundwinkel und die Schusterschürze umgebunden, als wäre er darin geboren, Schuhmachermeister Jores in seinen Laden. Er verschwindet darin bis zum Mittag, und nur das Schild »Orthopädische Schuhmacherei« auf der weiß gestrichenen Schaufensterscheibe läßt auf sein Tun schließen.

Von »Tun« im Sinne von Arbeit kann beim Antiquitäten-

händler Becker freilich noch nicht die Rede sein. Denn der sitzt immer noch beim Kaffee in seinem Hinterzimmer. Kunden, wenn es die um zehn Uhr morgens schon gäbe, müßten sich durch den engen Gang voll antiken Gerümpels zu ihm hin bemühen. Aber es gibt noch keine Kunden. Dafür kommt Frau Franziska, hoch in den Siebzigern, jetzt »fürn Päuschen« ins Hinterzimmer. Der Beckersche Laden liegt genau auf der Hälfte der Strecke, die sie zwischen ihrer Wohnung und dem »Plus-Supermarkt« auf der Ehrenstraße zurückzulegen hat. Eine ziemlich weite Strecke ist das, wenn man nicht mehr so gut zu Fuß ist, zudem verschönt der Kaffee natürlich die Rast beim Becker. Doch nicht nur zur Rast kehrt Frau Franziska hier ein. Manchmal gibt es auch etwas zu besorgen. Zum Beispiel gibt sie, wenn der Klüttenmann kommt, ihren Wohnungsschlüssel beim Becker ab. Der Klüttenmann weiß Bescheid und holt sich dann den Schlüssel beim Trödler.

Inzwischen ist es halb elf, und Frau Franziska, Herr Becker und die ersten Dauerkunden des Trödelladens, die nicht zum Kaufen, sondern zum Klaafen regelmäßig hier einkehren, sitzen im Hinterzimmer des Antiquitätenladens und besprechen das Fernsehprogramm vom Vorabend. Währenddessen macht Alfred, der Besorger des »Bijou«, den gerade vor diesem Lokal immer besonders vollgepinkelten Bürgersteig sauber. Das »Bijou« ist eines der vier Animierlokale hier auf dem Friesenwall, kein besonders exklusives, eher im Gegenteil. Vielleicht deswegen schlagen die Freier, die drinnen nicht fündig geworden sind oder denen das Bier und der Piccolo für die Damen zu teuer war, nachts so gern draußen unter der roten Laterne ihr Wasser ab. Alfred aber schüttet jeden Morgen gleichmütig ein paar Eimer Seifenlauge gegen die Hauswand, kehrt den Bürgersteig ab, trägt seine Putzutensilien wieder ins Haus, steckt sich eine Zigarette an und geht hinüber auf die andere Straßenseite zu Frau Berg. Die alte Frau Berg trat soeben nämlich zu ihrer ersten Fensterrunde an. Sie bewohnt die Parterre-Wohnung neben Schuhmachermeister Jores und liegt viermal am Tag für jeweils eine halbe Stunde oder länger im Fenster, um mit den Vorübergehenden ein Schwätzchen zu halten. Hat jemand ihrer Bekannten ein ganz besonderes Klaaf-Bedürfnis, und liegt sie gerade nicht im Fenster, dann braucht er nur zu klopfen, und sie kommt zu einer kleinen Extra-Runde ans Fenster. Jetzt erzählt sie wahrscheinlich gerade dem Alfred, daß sie schon die Kohlen für den nächsten Winter im Keller hat. Das erzählt sie jedem. Und da diese Tatsache sehr wichtig für sie zu sein scheint, beginnt sie überhaupt jedes Gespräch mit der Feststellung: »Ich hab schon den Winterbrand im Keller.« Und dabei ist es so ein schöner Juni-Morgen! Vögel zwitschern keine auf dem Friesenwall, doch dafür kann man jetzt, blickt man hoch, den Widerschein der Sonne schon auf dem ersten Stockwerk der westlichen Häuserzeile sehen. Auch die Ecke Ehrenstraße liegt voll im Sonnenlicht, und vor der Eduscho-Kaffeebude ist Hochbetrieb. Da stehen die Fensterputzer und die Lkw-Fahrer um den Expreß-Automaten, auf dem sie die Tassen abstellen, und machen sich lustig über die vorüber rauschenden Sekretärinnen. Ein neuer Tag im alten Friesenwall hat begonnen. Ist das nicht eine schöne nostalgische Milieu-Atmosphäre? So hätten wir doch alle gern unser Viertel. Wie in den guten alten Zeiten. Schuhmachermeister Jores ist inzwischen umgezogen worden. Der Inhaber der »Zitrone« (Austern und Sekt ab 21 Uhr) konnte das fünffache der Miete für das Ladenlokal bieten. Jetzt kann man wenigstens reinsehen in das Lokal: blitzendes Chrom, blankes Resopal, kalt aber schick. Auf dem Bürgersteig davor stehen jetzt abends die Porsches. Und Frau Mahlberg ist im Altersheim. Erstens ist sie da gut aufgehoben, und zweitens war das Haus, in dem sie wohnte, doch wirklich baufällig. Von diesem Haus steht jetzt nur noch die Fassade. Darum hat sich nun wirklich sehr verdienstvoll unsere Stadtkonservatorin gekümmert. Hinter dieser hübschen Fassade sind brandneue praktische Single-Appartements für neunhundertfünfzig warm im Monat entstanden. Das Parterre ist für Ladenlokale reserviert, für elegante Ladenlokale selbstverständlich. Da kann sich der Friesenwall bald wirklich neben den tollen Läden von der Pfeilstraße und der Ehrenstraße

und der Kettengasse sehen lassen! Gut, daß die Stadt den
»Blauen Engel« geschlossen hat, eines von diesen widerwärtigen, schmutzigen Animierlokalen auf dem Friesenwall.
Übrigens, das Haus, in dem der Antiquitätenhändler Becker
mal seinen Laden hatte, das ist auch bald fertig!
Wer glaubt, das alles wäre einfach der Lauf der Dinge
(schließlich gibt es diese »Luxusmodernisierung« in den alten Vierteln vieler Städte), wer glaubt, daß dieses Verdrän-
gen und Abschieben der Alten, das Zerstören von Nachbar-
schaften, das Wegkaufen von Kleingewerbe, von Lädchen
und Büdchen, das Zerschneiden von feingesponnenen so-
zialen Netzen, gefolgt vom Hinrotzen großkotziger edel-
schicker Einkaufs- und Freß-Zentren, wer glaubt, daß dies
gleichsam naturwüchsig geschieht, so wie beispielsweise das
Gras wächst, der irrt.
Schließlich haben wir in Köln, wie überall, Stadtplaner.
Das sind Leute, die sorgfältig die Gestalt unserer Stadtvier-
tel in die Zukunft hinein entwerfen. Und wir haben Ratsherren, die diesen Stadtplanern die demokratisch legitimierten
Direktiven geben. Und die haben – schließlich werden sie
dafür von uns bezahlt – schon ein Auge auf das, was im Viertel geschieht, keine Bange! Die wissen, was sie tun oder nicht
tun, bzw. tun oder nicht tun lassen.
Da gibt es zum Beispiel einen Ratsherren von der CDU,
der meinte zum Friesenviertel: »Wir haben in Köln eine ganz
klare Konzeption, die die Attraktivität dieser Bereiche er-
höhen soll. Sie müssen in einer Großstadt eine bestimmte
Qualität von Geschäften anbieten. Und es ist vernünftig, im
Friesenviertel eine sicherlich in manchen Bereichen auch als
luxuriös zu bezeichnende Geschäftszone zu bringen.« Und
ein Ratsherr von der SPD: »Das ist so eine Zone, in der wird
sicherlich, was etwa die geschäftliche Nutzung der Erdge-
schosse angeht, da wird es viel Wechsel geben, daran muß
man sich gewöhnen, das ist ein völlig normaler Vorgang. Das
Wohnen sollte man auf der anderen Seite dann aber auch
nur solchen Menschen dort anraten und zumuten, die das in
Kauf nehmen. Es wird eine Wohnnutzung ermöglicht zu Mie-

ten, die, ähm, gut Verdienende, die wir auch in der Stadt halten wollen, noch tragen können.«

Es dämmert im Friesenwall. Ein kalter Januarnachmittag, Straße und Bürgersteige sind regennaß, und in der »Zitrone« geht die Leuchtreklame nicht an. Da hat es tatsächlich den »Wechsel« gegeben, von dem der Ratsherr sprach. Nach einem halben Jahr war der Laden pleite. Doch keine Sorge: der Schuster kommt nicht wieder. Die Miete ist mittlerweile doppelt so hoch wie sein Monatsumsatz. Die »Zitrone« bleibt dem schicken Stadtprofil erhalten. Das nächste Opfer hat sich bereits gefunden. Das Haus, in dem Frau Mahlberg einmal wohnte, nebenan, ist jetzt fertig und heißt »Stadtvilla«. Das bedeutet, daß es dort im Erdgeschoß ein hinreißend edles Restaurant mit Gartenterrasse im Hinterhof gibt. Zu der Jahrhundertwende-Fassade hat man für das Erdgeschoß eine Stahlverkleidung im Stil des Centre Pompidou gewählt. Und die alte Frau Berg lebt tatsächlich immer noch. Eben hat sie die Fensterläden zugeklappt, denn im Winter gibt es naturgemäß weniger Klaaf-Runden als im Sommer.

Auf den einen oder anderen unverbesserlichen Nostalgiker mag das anrührend wirken. Aber eigentlich paßt das doch nicht mehr ganz ins Bild, diese alte Frau in ihrem schmuddeligen Fenster, so zwischen »Stadtvilla« und »Zitrone«! Und dann ist ja auch schon der neue Laden bezogen in dem Haus, in dem der Antiquitätenhändler Becker mal seinen Trödelkram und sein Hinterzimmer hatte: »Haute Couture« gibt es jetzt dort, und im ersten Stock, erzählt die Frau Berg, hat sich ein berühmter Fernsehstar schon sein Stadtappartement eingerichtet. Den alten Antiquitätenhändler Becker, den gibt es hier im Viertel tatsächlich auch noch. Er hat sich nicht von den Luxus-Spekulanten kleinkriegen lassen! Der »Express« brachte einen zu Tränen rührenden Artikel über den »Beichtvater vom Friesenwall«, den Trödler ohne Trödelladen auf der Suche nach einem neuen Ladenlokal, und jetzt residiert er um die Ecke in der Palmstraße. Beckers Trödelkram in einem Neubau! Ein Hinterzimmer gibts nicht mehr. Hans und Traudel und die Dauerkunden sitzen jetzt zwischen antiken

Lampenschirmen, gebrauchtem Christbaumschmuck und echtem Hotelsilber mitten im Ladenlokal.

Und die Frau Franziska? Frau Franziska hängt doch zu sehr am alten Hinterzimmer und den gemütlichen Kaffeepläuschchen da auf dem Friesenwall, als daß sie jetzt noch oft hier in den neuen Laden käme. »Dat wör doch ene Ömwech«, argumentiert sie weise und einfühlsam, denn dem Hans würde das ja auch ein bißchen weh tun, wenn man ihm sagte, daß es in der Palmstraße nicht so schön sei wie auf dem Friesenwall, damals.

Auch das »Bijou« hat übrigens eine neue, den modernen Verhältnissen angepaßte Fassade bekommen, ganz aus weißem Marmor. Geändert hat sich allerdings nur die Fassade, drinnen ist noch alles beim alten: die gleichen Mädchen, die gleiche Musik, die immer gleichen besoffenen Freier. Alfred, bei dessen unartikuliertem und kaum verstellbaren Sprechen man immer im Zweifel ist, ob er unter einem Sprachfehler leidet oder ob er einfach nur zuviel Alkohol in seinem Leben getrunken hat, zerschlägt immer noch morgens die leeren Piccolo-Fläschchen, die jeden Abend anfallen.

Alfred ist mittlerweile auch zum Besorger vom »Lorien« avanciert. Nachdem der »Blaue Engel« zugemacht worden ist, hat der Besitzer dieses dritte Animierlokal auf dem Friesenwall, gleich gegenüber dem »Wallstreet«, ganz edel renovieren lassen und es »Lorien« genannt. Das »Lorien« ist jetzt etwas für die Messegäste der gehobenen Kategorie. Alfred aber hat sich, nachdem er auch noch das »Lorien« als Aufwarter übernommen hat, ein kleines Handwägelchen anschaffen müssen, um die hundertfünfzig Meter zwischen »Bijou« und »Lorien« bewältigen zu können. Das Handwägelchen zieht er nun von einem zum anderen Lokal und wieder zurück und dann zum »Plus« auf der Ehrenstraße, um, hochbeladen mit Klopapier, Papierservietten und Tempotaschentüchern, wieder zurückzukommen. Und weil dieser Weg vom Friesenwall zur Ehrenstraße genau der tägliche Einkaufsweg der Frau Franziska ist, nimmt Alfred jetzt deren Wunschliste für den »Plus« mit. Wenn Alfred überlastet ist mit seinen vielfältigen

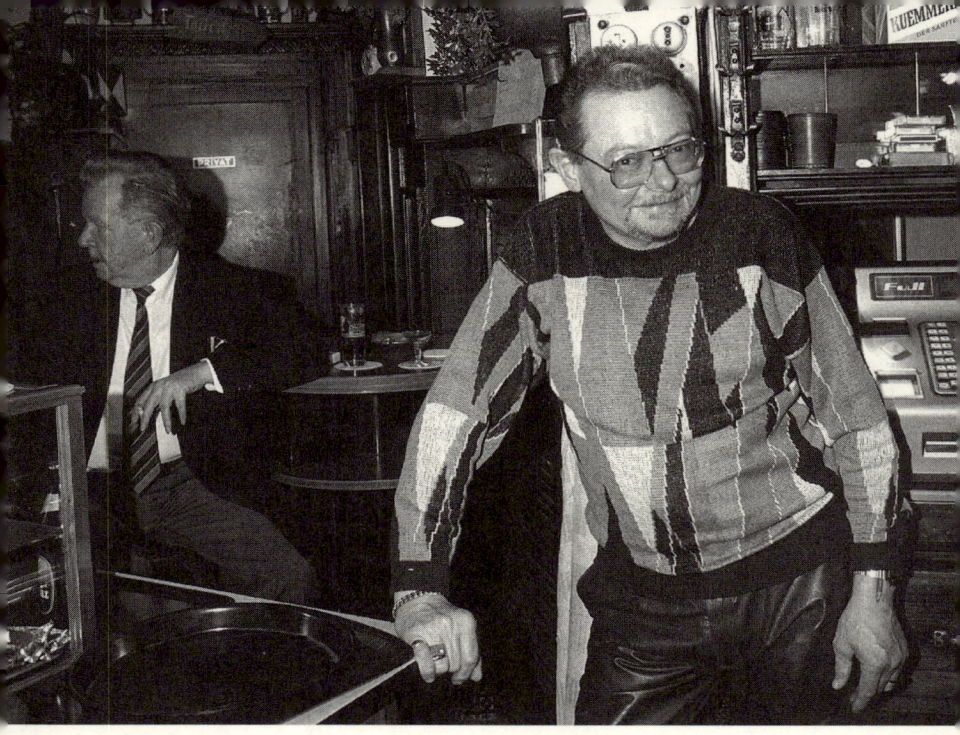

Tätigkeiten für die beiden Damen-Etablissements, dann hilft ihm Wolfgang, der arbeitslose Seemann, der sonst beim alten Becker das Tafelsilber poliert.

Es ist halb sieben durch, Feierabend auf dem Friesenwall, und es regnet immer noch. Wolfgang, der arbeitslose Seemann, steht einsam an Eddies Theke. Eddie hat den »Korting«, das Lokal auf der Ecke Friesenwall-Palmstraße, in dem Frau Franziska vor fünfundfünfzig Jahren Verlobung feierte, von seinen Eltern geerbt. Doch Eddie legt keinen allzugroßen Wert mehr auf Kundschaft. Er kann es sich leisten, so gegen sieben Uhr abends die ersten Schnäpse zu kippen, um dann in der rauhen Art, die er dabei annimmt, mit seinen ausgewählten Gästen Konversation zu treiben. »Niemals«, sagt Eddie, »dat bliev alles esu, wie et immer war!« Der weitgereiste und welterfahrene Wolfgang weiß es natürlich besser. Schließlich kommt er im Viertel rum und steht vor allem jeden Tag mindestens eine halbe Stunde im Büdchen auf der Palmstraße, und da werden nun wirklich die allerheißesten Neuigkeiten gehandelt. Eddie glaubt nichts.»Un wenn ich dir et sage, do deit sich nix! Loß dir dat jesagt sin!« Es geht ums»Wallstreet«. Drei Polizeieinsätze pro Woche. An manchen Tagen macht der Laden noch nicht mal auf. Man kennt das Vorspiel solcher Räumungen. Und ist ja auch ganz klar: vier Animierlokale sehr zweifelhafter Qualität in einer Straße wie dem Friesenwall, die es gerade geschafft hat, den Anschluß an das moderne, aufgeschlossene, schicke, dynamische Geschäftsleben der umliegenden Straßen zu finden, das muß doch die seriöse Kundschaft vergraulen. Da kann Alfred noch so kräftig jeden Morgen die bepißten Trottoirs säubern. Und da kommt auch schon Alfred zum»Korting« rein und stellt sich neben Wolfgang. Was aus den Mädchen werden mag, die sind ja schließlich auch nicht mehr die jüngsten, und die schönsten waren sie sowieso noch nie. Und nicht nur die Mädchen, da hängen ja noch ein paar andere dran, an den Läden hier, die Putzfrauen und schließlich auch wir selbst.»Da brocht ihr üvverhaupt kein Angst zu han!« tönt Eddie.»Dat bliev alles esu wie et es, loßt üch dat jesagt sin!«

Kamine

Im passenden Kostüm der Zeit,
stets aus dem Ei gepellt,
hat er mit knappen Gesten
eure Träume dargestellt –
der Sohn einer Serviererin,
der Horsti, schmal und blond,
mit jenem Zug zum Höheren
um Nase, Kinn und Mund.

Franz Degenhardt, Horsti Schmandhoff

Die meisten kennen ihn nur unter diesem Namen, obwohl es einmal eine Zeit gab, in der er auch seinen bürgerlichen Namen auf seine Visitenkarten drucken ließ. Jetzt steht nur noch »Kamine« und »Berate Sie in allen Angelegenheiten« auf den billigen weißen Kärtchen, die er überall verteilt. Wahrscheinlich wissen die wenigsten, die ihn so nennen, wie er vor vielen Jahren zu diesem Namen gekommen ist. Und viele kennen wohl noch nicht einmal die Bedeutung des Begriffs »Kamine«. Das ist verständlich. Denn tritt bei solchen Namen wie »Nas« oder »Banane« die Bedeutung offen zutage, und werden die Namensträger so durch ihr hervorstechendstes und eigentümlichstes Körperteil charakterisiert, steht also das Teil mehr oder minder bedeutungsvoll für den ganzen Kerl, steht »Kamine« für ein charakteristisches Tun, mehr noch: für eine geistig-moralische Haltung. Kamine ist ganz einfach die Kurzform für »Kamine bauen«, und das – die etymologische Herkunft der Bedeutung liegt im Dunkeln – bedeutet ganz einfach: Mehr Schein als Sein.

Oft ist es so, daß uns ein Name, den wir auf einem Höhepunkt unserer irdischen Laufbahn erworben haben, uns das Leben lang begleitet, gleichgültig, wohin diese Laufbahn spä-

ter führen mag. Der Feldherr beispielsweise, der in seiner Jugend die eine große Schlacht gewonnen hat, – er mag später dem Alkohol oder dem Spiel verfallen, er mag herunterkommen bis zum Bettel, für die, die ihn aus seiner Glanzzeit kennen, wird er immer mit den Resten einer verblichenen Aura umgeben bleiben, er bleibt »Der Große«.

So verhält es sich auch mit Kamine. Kamines Jugend dauerte bis zu seinem achten Lebensjahr. Bis dahin waren alle Spuren kindlicher Naivität und jugendlicher Unbekümmertheit, die sich in Waisenhäusern und Fürsorgeanstalten zu erhalten vermögen, von ihm getilgt. So stand der kleine Kamine vom neunten Lebensjahr an, wie man sagt, voll im Leben. Vielleicht war aber auch das Leben unter Aufsicht der Fähnleinführer und Blockwarte besonders dazu angetan, Kamines spezifische Talente frühzeitig auszuformen. Denn Kamine war, das zeigt schon seine leicht zur Fettleibigkeit neigende Statur, kein Kämpfer, der es versteht, sich physisch Respekt zu verschaffen, sich durchzusetzen. Aber auch kein Wiesel war der junge Kamine, nicht vom Typ dieser rattenflinken Diebe und Taschenspieler. Etwas dazwischen war er, eher undefiniert, anpassungsfähig, wandlungsbereit. Er war der geborene Schauspieler. Wen wundert es, daß er bald wie Horsti Schmandhoff, mit Ehrendolch und Schwänzelschritt sich im Kostüm der Zeit präsentierte und aufstieg in die Kaste der Fähnleinführer? Wie Horsti Rußland als Panzerführer zu erobern, war Kamine freilich nicht vergönnt.

Als er siebzehn Jahre alt war, wurde er in die Heimatfront eingegliedert. Kurz darauf, auf dem Südbahnhof, vor Kälte bibbernd, wartend auf den Güterwaggon, der ihn zum Einsatz in die noch kältere Eifel bringen sollte, ging Kamine eine Ahnung auf, daß er nicht zum Kämpfer, geschweige zum Helden geboren sei. Ganz abgesehen von den Entbehrungen und Mühen, die dem Heldentum im allgemeinen und bei einer Winteroffensive gegen einen übermächtigen Feind im besonderen, vorausgesetzt sind. Was winkte als Lohn solcher Anstrengungen? Der Materialwert, überlegte der die eingefrorenen Füße stampfende Kamine, den ein solches Blechkreuz mit Firlefanz darstellt, lohnt keine, aber auch nicht die geringste Bemühung. Schließlich besaß er doch zu der Zeit bereits drei solcher Kreuze, die ihn zwei Päckchen Zigaretten gekostet hatten. Dies alles bedenkend, kam Kamine sehr rasch zu einer recht realistischen Einstellung zum real praktizierten Heldentum. Noch bevor der Zug in den Südbahnhof einrollte, ereignete sich infolge einer merkwürdigen Verkettung sehr unglücklicher Umstände ein Unfall, in dessen Verlauf dem jungen Kamine ein Geschoß aus dem Sturmgewehr eines seiner Kameraden den Unterschenkel des linken Beines durchschlug und dabei das Wadenbein zertrümmerte. Mitten in Köln, einhundertfünfzig Kilometer vor den feindlichen Linien, erwischte Kamine ein, wie man damals sagte, Heimatschuß. In dessen Folge, und zwar exakt bis zum Zusammenbruch des Blockwart-Reiches am 8. Mai 1945, humpelte Kamine stark und wurde nie ohne Krücken gesehen. Nach dem 8. Mai verschwand dieses Humpeln wie durch ein Wunder, ohne daß er der schwarzen Madonna, die sowieso in Trümmern lag, eine Kerze hätte aufstecken müssen.

Kamine konnte sich nun ganz und gar dem widmen, was seiner eigentlichen Berufung entsprach: Kompensation und Distribution, also Maggeln auf Teufel komm raus. Zunächst war das Maggeln eine schlicht lebensnotwendige Tätigkeit und diente allein dem Erhalt seiner physischen Existenz. »Gefringste« Briketts – dazu war er sich keineswegs zu schade – gegen Fallschirmseide, Fallschirmseide gegen Zigaretten, Zigaretten gegen Kartoffeln, die Hälfte der Kartoffeln wieder gegen Zigaretten, die Hälfte der Zigaretten für eine Armbanduhr, die Armbanduhr für zwei Pfund Speck. Kamine wäre nie Kamine geworden, wenn es ihn bei solchem Schieben im Rahmen des bloß Lebensnotwendigen gehalten hätte. Spätestens bei den Tauschgeschäften unter der Eigelstein-Torburg offenbarte sich ihm seine Berufung zu Höherem. Wäre er doch nicht imstande gewesen, irgendeine gewöhnliche Armbanduhr zum Tausch anzubieten! Nein! Dieses in rostfreiem Edelstahl gefaßte, mit phosphoreszierendem Zifferblatt versehene Chronometer, militärisch einfach, aber ab-

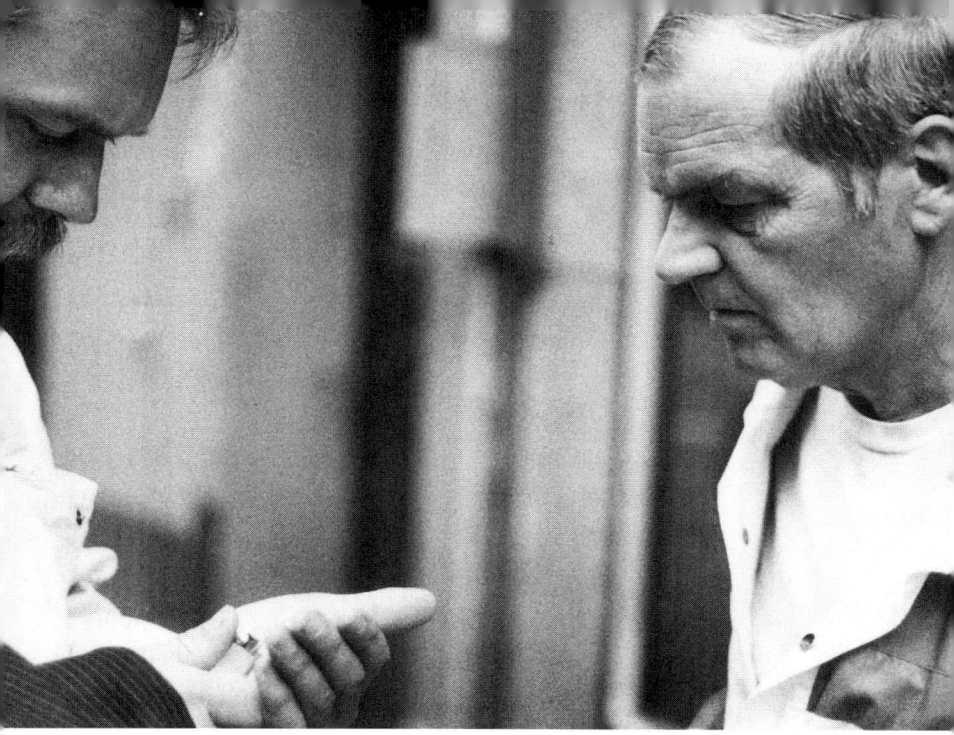

solut präzise, dieser hundertprozentige Zeitmesser mit ein-
gebauter Stoppuhr, ja, der hat keinem geringeren gehört als
dem General Eisenhower! Doch nicht allein diese luzide
Fähigkeit zur Überhöhung des Alltäglichen bildete sich bei
Kamine zu höchster Reife. Eine geradezu künstlerische Begabung, das Unmögliche, ja, das Absurde zur Darstellung und
zum reizvollen Kaufangebot zu bringen, griff zur Zeit der
Währungsreform im nun auch bürstenhaarschnittigen und
kaugummikauenden Kamine Platz. Ob Gänse, Hühner, Enten,
für die meisten unerreichbare Leckerbissen damals und dementsprechend hochkarätige Tauschobjekte, selbstverständlich
handelte Kamine auch mit solchen Vögeln. Aber im Winter
48/49 für eine Tube englischer Zahnpasta einen neunzig-
jährigen Papageien zu erstehen und den »Heil Hitler!« kräch-
zenden Vogel dann noch für einen Zentner Kartoffeln an einen Bauern in Sinnersdorf loszuschlagen, solches Glanzlicht
konnte nur Kamine der Kunst des Handelns aufsetzen.
    Doch während Kamine noch mit antiken Glasaugen, ver-

silberten Kronleuchtern, Bakelit-Wärmflaschen und handge-
schmiedeten Autohupen durch Köln eilte, hatte in aller Stil-
le und überall der Aufbau begonnen. Nicht, daß es Kamine
deshalb etwa schlecht gegangen wäre. Eher andersherum:
Die, die Pflichtgefühl und Ordnungssinn wiederentdeckten,
Familien gründeten und auf den Kleinwagen zu sparen begannen, die liefen noch in den verknitterten grauen Anzügen von Müller-Wipperfürth zur Arbeit, als Kamine schon
die erste Isabella lenkte, sich einen englischen Schnauzbart
wachsen ließ, gelbe Seidensocken, sommers schneeweiße Anzüge und im Winter einen prächtigen Biberpelz am Mantel-
Revers zu tragen pflegte. In Verbindung mit dem entsprechende Solidität und zuverlässige Solvenz ausstrahlenden
Auftreten gehörte solche Schale von Beginn der Republik an
zu Kamines Erscheinungsbild. Doch – und das war wohl ein
weiterer Baustein für den Namen, den er bald erhalten sollte – irgendwie hatte Kamine den Zug der Zeit verpaßt. Seine stattliche, übertrieben seriöse Erscheinung stand plötzlich
nicht mehr in Einklang mit der Art von Geschäften, die er
betrieb. Wer handelte schon noch mit Unikaten jener Sorte,
die Kamine so glänzend unter die Leute zu bringen vermochte, wenn es galt, in richtiges Geld zu investieren und
auf langfristige Dividende zu setzen? Hätte Kamine andere,
zeitgemäßere Talente besessen als die, die ihm ohnehin zu-
eigen waren, vielleicht wäre aus ihm ein kongenialer Kujau
der 50er Jahre geworden! Doch so, wie die Dinge nun einmal standen, war für den stetig mehr Fett ansetzenden Kamine, mit der Ware, mit diesen Methoden, auf Dauer keine
Mark mehr zu machen.

Aber Kamine blieb zunächst in seinem Metier. Er wechselte nur den Schauplatz seiner Auftritte. Das Straßendrei-
eck Eigelstein, Weidengasse, Gereonswall wurde zu seinem
Revier, kleine Diebe, mittlere Diebe, Mietwagenfahrer, kleine Hehler, kleinste Hehler sein nächtlicher Umgang. Seine
täglichen Anlaufstationen waren Leute, die so zwischendurch
mal Verwendung für seine angestaubte Ware hatten. »Angestaubte Ware« war das Stichwort, das Markenzeichen sozu-

sagen, unter dem Kamine fortan lief. Während Horsti Schmandhoffs Spuren für eine Zeitlang sich im Dunkeln verlieren, nachdem er – Blondine auf dem Beifahrersitz – zuletzt im dunkelroten Jaguar gesehen wurde, taucht Kamine in das Halbdunkel der Halbwelt eines, – eben eines Händlers von angestaubter Ware hinein. Hinein dann auch bald und eigentlich konsequenterweise in die Verliese des alten backsteinroten Klingelpütz. Für ein halbes Jahr nur, aber das halbe Jahr war lange genug, um die Crème der Gesellschaft gründlicher kennenzulernen, die mit Halbwelt so unzutreffend umschrieben ist. Kontaktschwierigkeiten gab es für Kamine nicht. Denn nicht nur sein Äußeres spiegelte den Gentleman. Seine Umgangsformen, die Konzilianz seiner Gesprächsführung, die betonte Hilfsbereitschaft, Entgegenkommen in allen menschlichen und geschäftlichen Belangen, all dies machte ihn zu einem hinlänglich zuverlässigen Freund und Helfer für die einen, zu einem brauchbaren Faktotum für die anderen. Die einen, das waren die kleinen Autodiebe, Schränker und Schieber, die Kamine ohnehin schon aus dem Eigelsteinviertel kannte; die anderen, weit wichtiger, das waren die, die sich anschickten, in den 60er Jahren zu einschlägiger Berühmtheit zu gelangen.

Mit solchen Verbindungen entlassen, war für Kamine nach dem Aufenthalt im Klingelpütz der Schritt ins richtige Leben geebnet. Nein! Nicht, daß man ihn von nun ab zu den echten Jungs zu zählen hätte! Abgesehen davon, daß Kamine für solch eine Position nicht die notwendigen körperlichen Voraussetzungen mitbrachte, er besaß, bei allem Glamour, den zu entfalten er imstande war, einfach nicht die mentale Stärke, die Risikobereitschaft und Nonchalance, die für eine solche Existenz unabdingbar sind.

Nach Solidität dürstete den aus dem Klingelpütz Entlassenen. Als Hehler, als Händler in angestaubter Ware mochte er nicht länger gehen, vorläufig jedenfalls nicht. An dem Tag, an dem die Kumpels aus Wanne-Eickel ihren Horsti Schmandhoff in der »Quick« als einzigen Ratgeber des Präsidenten von Ukalula abgebildet sahen, inmitten dreißig Weibern, alle nackt und schwarz und prall, an dem Tag eröffnete Kamine auf der Severinstraße einen Frisiersalon. Mit den Kenntnissen, die er vor langer Zeit in einer von der Fürsorge finanzierten, abgebrochenen Ausbildung erworben hatte, machte er sich daran, der Kölner Halbwelt die Locken zu ondulieren. Im weißen Kittel, sich mit dem Flair eines wissenden Frauenarztes umgebend, empfing er die Jungs aus dem Milieu an der Ladentür und scherte ihnen dann die Köpfe zum Bürstenschnitt. Kamines kommunikative Fähigkeiten als Frisör waren beachtlich, und obwohl ein wahrer Steinbruch an Informationen, war seine Diskretion, eine Errungenschaft der sechs Monate Klingelpütz, der eigentliche Garant seines Erfolges als Figaro. Fachlich war er überdies kaum gefordert, denn im Leben war damals, wie gesagt, Bürstenschnitt angesagt. Aber eben nur im Leben, und vom Leben allein konnte Kamine nicht leben. Es galt, auch andere Kundschaft anzulocken, zu blenden mit Künsten, wie sie sonst niemand besaß, sie abzuwerben der Konkurrenz, die nicht eben schwach im Severinsviertel vertreten war.

Wie sieht im Jahr 1959 ein Frisiersalon von außen aus? Vorhänge oder zur Hälfte weiß verstrichene Schaufenster, vielleicht ein paar Flaschen Haarwasser, zwei Tuben Frisiercreme im Fenster, was sonst sollte man ausstellen? Der erste Pokal, den Kamine protzig in der Mitte seines Schaufensters plazierte, stammte von einem abgewrackten Boxer. Kamine stellte den silbrig blinkenden Pokal natürlich so, daß man von außen die Inschrift »Dritter der Mittelrheinmeisterschaft 1953« nicht einsehen konnte. Eindeutig also wohl ein Meisterpokal, verliehen für herausragende Fähigkeiten in der Kunst der Figaros. Und so ergab ein Pokal den anderen. Ralleyfahrer, Ringer, Boxer und Radrennfahrer aus Kamines Um- und Kundenkreis misteten ihre Vitrinen aus und stellten die hart errungenen Trophäen bei Kamine als Leihgabe ein. Ein Pokalsegen, von dem Kilian, der Großmeister aller Frisöre nur hätte träumen können, ergoß sich in Kamines Schaufenster. Kamine! Der Name war geboren! Kamine, der Mei-

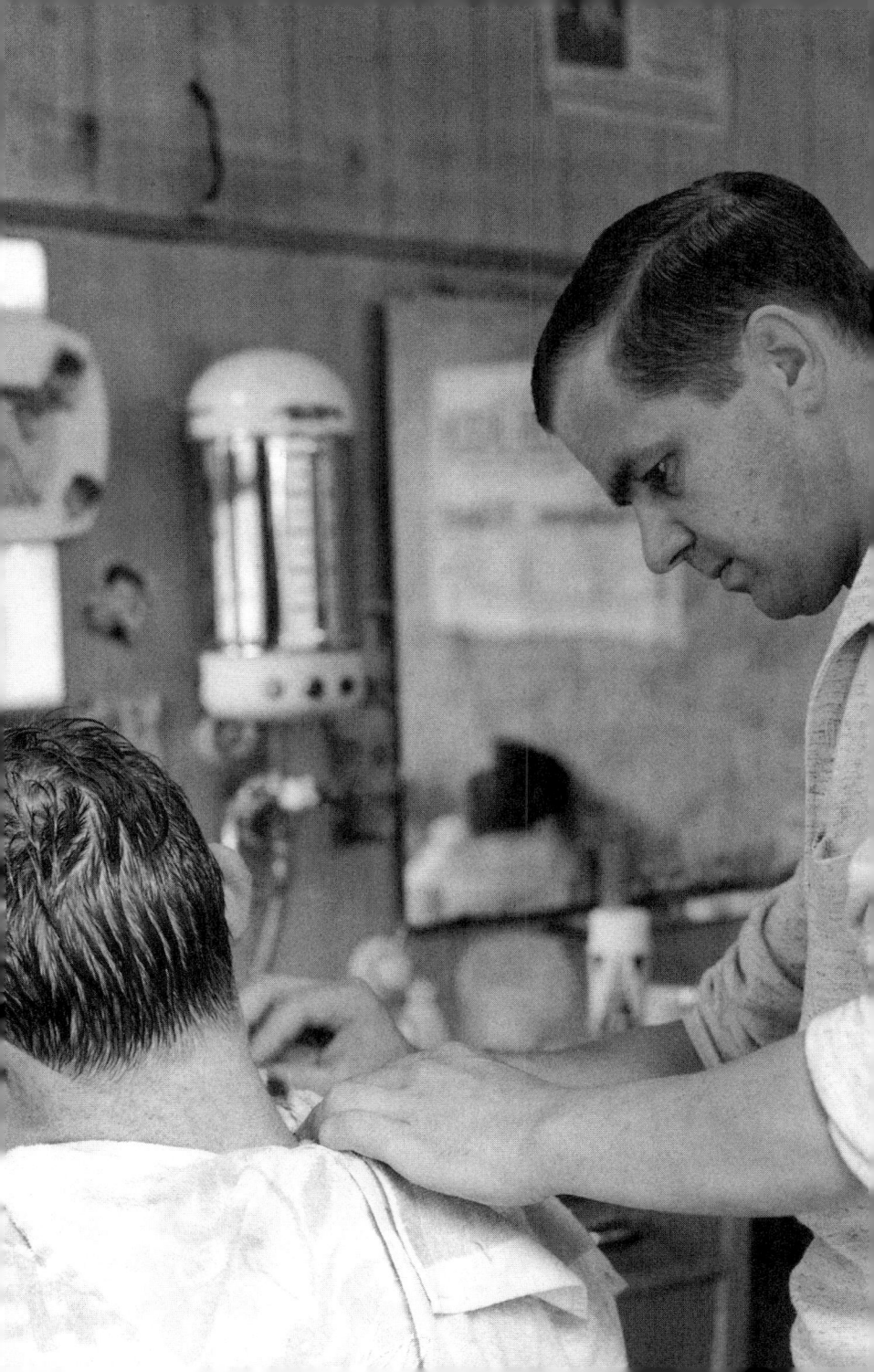

ster der Blendung, der Cagliostro des Bluffs, Zampano des Scheins. Kamine zeigte allen, wer er eigentlich war! Nicht lange dauerte es, nachdem die Pokale sein Schaufenster überfluteten, den Salon überschwemmten, und darüber hinaus Fotos aller Großen, die damals die Illustriertenseiten zierten, die Wände des Salons bedeckten, – da nannte alle Welt ihn bloß noch »Kamine«. »Kamine, mach se nit esu koot, die Pläät krieje ich noch fröh jenoch!« – »Kamine, häste hück schon dä Fuss gesinn?« – »Kamine, kannste mir nit en Autoradio besorge?«

Kamine hatte den Höhepunkt seiner Laufbahn erreicht. Er war eine Adresse. Und so trug er nun wieder einmal, abends, wenn er den weißen Kittel auszog, feines englisches Kammgarn, sein dunkelgrüner Triumph TR 6 hatte Lederpolster, das Appartement zierten weißer Flokati und Spiegelwand.

Die Zeit vergeht rasch, wenn man sich in der Sonne des Erfolgs badet. In der erinnernden Nachbesinnung erscheint sie dagegen unendlich gedehnt, so als wären es Jahre über Jahre gewesen, die der Glanz der Triumphe durchstrahlte. So jedenfalls mag es Kamine heute erscheinen. Doch in Wirklichkeit waren noch keine drei Monate vergangen, nachdem die blinkenden Pokale in seinem Frisörladen dafür gesorgt hatten, seinen Kundenkreis zu vergrößern, als auch schon das Gewerbeaufsichtsamt sich einstellte und Kamines Meisterbrief sehen wollte. Die Herren in den dünnen C&A-Mäntelchen hörten sich gern seine komplizierten Geschichten über den Verbleib des Diploms, seine unwahrscheinliche und bemerkenswerte Wanderung durch Luftschutzkeller, verschiedene Evakuierungsorte im Siegerland, Besatzungs- und Entnazifizierungsbüros an. Kaum ein halbes Jahr später, da stand Kamine wieder einmal vor einem Richter. Einem gnädigen diesmal, der lächelnd über seine weitschweifigen Geschichten hinweghörte und ihn mahnte, nun bald seine Anmeldung zur Meisterprüfung zu betreiben. Wie aber will man vor der Kölner Haarkunst-Innung den Meister »betreiben«, wenn man noch nicht einmal einen Gesellenbrief vorzeigen kann? Kamine ließ es treiben und stellte vorläufig und für alle Fälle ein silbern umrahmtes Täfelchen ins Schaufenster: »Meister seines Fachs«. Womit er nicht gelogen hatte. Doch was schert die Innung, was schert einen dem Strauchelnden noch so gewogenen Amtsrichter letztendlich die Kunst der Camouflage, die Kunst des schönen Scheins, die Kunst, die Kamine zu Kamine gemacht hatte und in der er in der Tat ein Meister war? Kurz vor Weihnachten, ein knappes Jahr nach der Eröffnung seines Salons, ließ Kamine auf lila Pappe mit silbernen Buchstaben seine erste Visitenkarte drucken: »Frisierkunst – Kamine«. Er kam dann aber nicht mehr dazu, sie an seine Kunden zu verteilen. Kurz nach Neujahr hatte der Frisierkünstler Kamine keine Kunden mehr.

Doch ein Kamine gibt so schnell nicht auf. Schließlich hatte er Gefallen daran gefunden, sich in den Gefilden der Bürgerlichkeit und Wohlanständigkeit aufzuhalten. Und in gewisser Weise war sein nächster Job ein Fortschritt. Zumindest ein Fortschritt in Kamines Einsicht, worin seine eigentliche Begabung liegt – in der Fähigkeit eben, Schein zu erzeugen durch Auftritt, Gesten, Mimik, vor allem aber durch Reden.

Kamine wurde Propagandist. Propagandist zu sein, ist in Köln durchaus nichts Anrüchiges. Kamine machte vor dem Hertie am Neumarkt in Gemüseschälgeräten. Eine ausgefuchste Apparatur führte er da dem von seinen Wortkaskaden gleichermaßen erheiterten wie eingelullten Publikum Tag für Tag hinter einem Berg von Kohlrabi, Kartoffeln, Möhren und Weißkohl vor: sauber schälen, rasend schnell häckseln, schneiden, würfeln. Tag für Tag tat er das, richtige Arbeit übrigens, die nicht viel einbrachte. Aber nicht bloß das vergleichsweise geringe Einkommen bei hohem Einsatz gab bald den Ausschlag dafür, daß Kamine sich schnell wieder aus diesem Geschäft zurückzog. Bei der Arbeit als Propagandist überkam ihn vielmehr allzu oft das unbestimmte Gefühl, Perlen vor die Säue zu werfen. Nicht daß er beim Propagieren seines Gemüseschäl- und Zerkleinerungsapparates sich nicht einzureden vermochte, dies sei wirklich das einzigartige und wundertätige Instrument, als das er es vorstellte. Es war die

Biederkeit seines Publikums, die ihn abstieß. Das kleinliche Gemäkel und Abwägen läppischer Siebenmarkfünfzig, die pingelige Feilscherei, ob das Gerät denn nun wirklich so funktioniere, wie er es fingerfertig vorführte. Das alles erschien ihm auf längere Sicht eine Nummer zu klein für einen, der doch noch vor einem halben Jahr das Herzstück der Kölner Lebewelt gewesen war.

So schließt sich der Kreis und bald ging Kamine wieder als Händler in angestaubter Ware, immer eine Uhr, ein Armband oder ein anderes Kleinod in der Jackentasche, besorgte dem einen dieses, dem anderen jenes, lieferte pünktlich und zahlte jedem vernünftige Preise. In diesem Milieu der mickrigen Typen und kleinen Diebe, aus dem er, immer noch in Kamelhaarmantel und Nadelstreifen einherschreitend, herausblinkte wie ein aus dem Sperrmüll sortierter Silberpokal, blieb er.

Alle Geschichten haben einen Schluß. Ihr Ende bleibt uns überlassen. Der Schluß ist etwas zum Aufheben, zum Verwahren. Horsti Schmandhoffs Geschichte schließt auf dem Höhepunkt seiner Karriere als fetter erster Ratgeber des Königs von Ukalula. Horsti bleibt uns erhalten im Illustriertenbild mit seinem gesunden, brutalen Lächeln, mit dem Schwanzquast in der Hand. Kamines Geschichte hat keinen Schluß. Sie ist noch nicht einmal zu Ende. Seine knapp sechshundert Mark Sozialrente bessert er heute mit kleinen Botengängen auf, die er »Immobiliengeschäfte« nennt, das heißt, er versucht, windigen Bauherren gegen kleine »Vermittlungsgebühren« Mieter zu besorgen, die bereit sind, bescheuerte Mieten zu zahlen.

Manchmal möchte Kamine schon gern noch mal als Propagandist arbeiten, aber seitdem ihn vor drei Jahren ein Autofahrer auf die Stoßstange genommen hat, fehlen ihm die Schneidezähne, und ein unüberhörbares Pfeifen verunstaltet seine früher so geschmeidige Stimme. Auch aus dem Handel mit angestaubter Ware ist er jetzt raus, obwohl er immer noch so tut, als wäre er drin. Die alten Kontakte sind sozusagen leergelaufen, die Jungs von früher machen schon lange nicht mehr die kleinen Sachen, denen Kamine ein Leben lang treu geblieben ist.

Sein Revier ist jetzt die Aachener Straße und das Viertel rund um den Rudolfplatz. Umwickelt von seinem abgetragenen Kamelhaarmantel, aber immer noch sehr aufrecht, läuft er da tagtäglich rum, von Laden zu Laden, Kneipe zu Kneipe, maggelt hier ein bißchen, da ein bißchen, manchmal wirklich noch ein kleines Pöstchen »Ware« feilbietend. Und wenn man ihn fragt: »Häste nix für mich, Kamine?«, dann antwortet er mit Sicherheit immer noch: »Doch Jung, ene Flanellanzog, prima Stöffchen.«

Das Herz eines Boxers
Die Faustkämpfer Kalk 1951 e.V.

Das Herz eines Boxers kennt nur eine Liebe:
den Kampf um den Sieg ganz allein.
Das Herz eines Boxers kennt nur eine Sorge:
im Ring der erste zu sein.
Und schlägt einmal sein Herz
für eine Frau stürmisch und laut.
Das Herz eines Boxers muß alles vergessen,
sonst schlägt ihn der nächste knock-out.

*H*amburg, 21. Januar 1967

Die Halle tost, gleich zu Beginn der ersten Runde will der
Herausforderer es dem Meister zeigen, kommt mit der Rechten heraus, versucht dem Gegner die Deckung herunterzu-
ziehen, noch einmal die Rechte, Begeisterungsrufe, die Zuschauer sind auf seiner Seite. Aber da fängt ihn der Meister
mit der Führhand ab, kommt zum Körper des anderen durch,
schlägt die Linke auf den Handschuh des Herausforderers und
schickt eine schwere rechte Hand sofort hinterher. Volltreffer auf die Kinnspitze, und der Herausforderer klatscht wie
ein Mehlsack auf die Bretter. Reinhardt Dampmann liegt im
Ringstaub. K.o. in der ersten Runde nach 27 Sekunden. Der
Meister, Jupp Elze, hat seinen Titel das vierte Mal erfolgreich
verteidigt. Jupp Elze steht auf dem Höhepunkt seiner Karriere. Am 29. Mai 1964 war er, nachdem Peter Müller auf den
Titel verzichtet hatte, durch einen Punktsieg über Manfred
Hass Deutscher Meister im Mittelgewicht der Berufsboxer geworden. Als Peter Müller zwei Jahre später ein Comeback
versuchte, kam es zu einer Sternstunde des Kölner Boxsports:
Vor zwanzigtausend Zuschauern trat am 2. September 1966

in der Müngersdorfer Hauptkampfbahn der kölsche Champ
der 50er Jahre gegen den der 60er an. Ohne viel Federlesens
schlug Jupp Elze Peter Müller in der zweiten Runde buchstäblich durch die Seile. Oberbürgermeister Burauen gratu-
lierte, Exweltmeister Max Schmeling schickte ein Telegramm.
Durch Jupp Elze kam die Kölner Boxtradition in den 60er
Jahren noch einmal zu Ehren. Eine Tradition, die bis ins Jahr
1911 zurückreicht, bis in das Jahr, in dem der eben gegrün-
dete Sport-Club Colonia soviel Geld zusammengekratzt hatte, um den berühmten englischen Boxer Jack Slim nach Köln
holen zu können. Jack Slim hatte bis dahin in Berlin gearbeitet. Als Boxtrainer der Hohenzollern-Prinzen machte er
die im Deutschen Reich bis dahin verpönte Sportart sozusagen hoffähig.
    Die Investition in den englischen Boxer zahlte sich in
Köln aus. Er brachte »Stil« in den brutalen Kampf, und in seiner Nachfolge entwickelte der SC-Colonia-Trainer Ludwig
Neecke in den 20er Jahren einen dem Florettfechten abge-
schauten Kampfstil der »edlen Kunst der Selbstverteidigung«,
wie er im wesentlichen heute noch praktiziert wird. Als »Kölner Schule« ging er in die Boxgeschichte ein: Die lang ge-
stochene Führhand bereitet den Angriff der Schlaghand vor,
wobei der Körper des Boxers nicht mehr frontal, sondern seitwärts dem Gegner zugewandt ist. Die »Kölner Schule« produzierte Meister reihenweise. 1927 holten gleich drei Kölner
Boxer, Männi Dübbers, Jakob Domgörgen und Hein Müller,
Europameisterschaftstitel. 1930 wurde Jupp Besselmann Europameister im Weltergewicht. Zahllos sind die Kölner Boxer im Gefolge dieser Großmeister, nicht zu zählen die Zuschauer im Colonia-Haus, im »Kristallpalast«, in der »Har-
monie« oder im »Metropoltheater«.
    Die Glanzzeiten des Kölner Boxsports gingen mit Jupp
Elze zu Ende. Dreiundvierzig Profikämpfe hat Elze bestrit-
ten, fünfunddreißig davon gewonnen. Am 12. Juni 1968
boxte er in seinem dreiundvierzigsten und letzten Kampf als
Herausforderer gegen Mittelgewichts-Europameister Carlos
Duran in Köln. In der fünfzehnten Runde landete Duran ei-

ne Serie ungeheuer harter Kopftreffer an Elze. Der nahm sie
ohne erkennbare Abwehr hin, ging zu Boden, schleppte sich
in seine Ecke und brach ohnmächtig zusammen. Die Ärzte
stellten fest, daß er gedopt in den Kampf gegangen war. Neun
Tage später starb er an den Folgen des Niederschlags in der
Kölner Uniklinik. Jupp Elze kam aus Kalk. Bei KHD hatte er
als Gießer gearbeitet und 1952 zu boxen angefangen, bei den
»Faustkämpfern Kalk«.

Montagabend, im Sommer 1985

Das Deutz-Kalker Bad auf der Deutz-Kalker Straße ist seit einigen Jahren für den Publikumsverkehr geschlossen. Im
grüngekachelten Becken der Schwimmhalle, die trotz zahl-
loser Renovierungen immer noch ein wenig an die Budape-
ster Badepaläste vergangener Zeiten erinnert, schreien tagsüber die Schulkinder, abends die Trainer eines Schwimm-
vereins. Neben der Kasse, rechts in der Eingangshalle, klebt
ein Plakat, das eine überdimensionale Faust zeigt. Hinter der
Tür hört man ein dumpfes, rhythmisches Klopfen, dazwischen Kettenrasseln, dann wieder ein schnelles, stakkatoar-
tiges Hämmern, und immer wieder heiser gebellte Kommandos: »Hopp! Pick! Zack!« Die Faustkämpfer Kalk trainieren.
»Arbeitszeit ist Arbeitszeit!« feuert Jakob Gilles seine Truppe an, die mit Schutzhandschuhen Sandsäcke, Maisbirnen
und zwei Schlagwände bearbeitet. Auf ein paar Quadratme-
tern hängen und stehen die Geräte, weiter hinten im Raum
hat gerade noch ein Übungsring Platz. »Gerätewechsel!« Die
schwitzenden Körper rücken ein Gerät weiter, schlagen darauf ein, einige heftig, blind, andere besonnen, berechnend.
Ein bunter Haufen ist das, der sich da abmüht. Die einen
mit entblößtem Oberkörper, die andern dick verpackt in Pla-
stik-Trainingsanzügen, die Köpfe verhüllt unter Kapuzen. Die
Dickverpackten, das sind die Alten Herren, die verbissen Seil-
chen springen und sich selbst mit vielen »Ähs« und »Ahs« an-
feuernd, auf die Geräte eindreschen, ächzend die Illusion

nähren, wieder fit zu werden durch die Mühsal des Boxtrai-
nings. Dicke Männer, die vor sechs, sieben oder zehn Jahren
das letztemal im Ring standen. Die anderen, die ohne Ver-
packung, das sind die Hungrigen. Ihr Ziel ist der nächste
Kampf. Nicati heißen sie und Ali und Mustafa. Nach jedem
Training drängen sie zur Waage. Hinter der Waage steht ein
Nicht-Boxer, Fred Sauer, Kassierer, Gerätewart, Organisati-
onsseele der »Faustkämpfer«. »Türkenvater« haben sie ihn in
Kalk lange Zeit genannt, denn die »Faustkämpfer« waren in
den letzten Jahren ein nahezu exklusiv türkischer Verein. Das
ist kein Wunder, denn in Kalk leben sehr viele Türken. Kalk
ist ein Arbeiterviertel, und in manchen Straßen sieht es aus
wie in einem Slum.

Kalk, könnte man irrtümlich denken, heißt Kalk, weil hier
Kalk verarbeitet wird. So dicht stehen die Schornsteine, so
viele rot und gelb verstaubte Fabrikhallen der Chemischen
Fabrik überragen die kleinen dreigeschossigen Mietshäuser.
Sie wirken wie ein Anhängsel der Fabrik, und sie sind es

auch. Doch Kalk hieß schon Kalk, bevor 1858 die Gründer der »Chemischen«, Hermann Grüneberg und Julius Vorster, beschlossen, hier Kali zu produzieren. Sie taten das, weil der Baugrund in Kalk der billigste in ganz Köln war. Kalk war damals nichts anderes als eine Ansammlung von Bauernhöfen rund um die Gnadenkapelle mitten im freien Feld. Die »Chemische« gedieh, und Schornstein reihte sich an Schornstein. Kalk wurde ein Zentrum der deutschen Düngemittelherstellung und entwickelte sich zu einer Fabrikstadt, einer Arbeiterstadt. Zwischen den Kriegen war es dann auch eine Hochburg des Arbeitersports: Kölner Radrennfahrer, Kölner Ringer, Kölner Boxer, – viele von ihnen kamen aus Kalk. Nach dem Krieg waren es die »Faustkämpfer«, die diese Tradition fortschreiben wollten. »Faustkämpfer«, das waren alles Kalker Arbeiter aus den Fabriken, die sich hier rund um die »Chemische« niedergelassen hatten. Da war die Batteriefabrik Hagen, die Maschinenfabrik Stühlen, die Stahlbaufirma Liesegang. Anfang der 80er Jahre machten Liesegang, Hagen und Stühlen in Kalk dicht. Dann kam die Stadtverwaltung, untertunnelte Kalk mit einem U-Bahn-Labyrinth und verschönte die Kalker Hauptstraße zu einem Aldi-Einkaufs-Paradies. Doch blieb Kalk, was es war: eine Proletenstadt, die Seitenstraßen rechts und links der Hauptstraße so heruntergekommen wie früher, die Häuser bewohnt von immer mehr Türken.

Die Söhne der türkischen Arbeiter und Putzfrauen werden nach der Hauptschule ins Berufsvorbereitungsjahr gesteckt, danach stehen sie auf der Straße und können froh sein, wenn sie irgendwo einen Hilfsarbeiterjob bekommen. Zum Beispiel Hussein. Hussein ist sechzehn Jahre alt, ohne Ausbildung, Anstreichergehilfe. Hussein ist klein, untersetzt und dreimal in der Woche beim Training. Er ist Gilles' fleißigster Mann, arbeitet mit ernstem Gesicht, ist ehrgeizig beim Sparring, im Ring ein technisch sauberer Boxer; sein Fehler, wenn's denn einer ist: er sucht in jedem Kampf zu früh die Entscheidung, geht mit der Brechstange an den Gegner, kassiert viel durch Konter und hat sich oft schon in der ersten

Runde verausgabt. Zu sehr will er den Erfolg, zu unbedingt den Sieg, um sich seine Kraft für drei Runden einzuteilen. Trotzdem ist er einmal Vize-Mittelrheinmeister geworden, dank seiner Kondition, seiner Kraft und dank der Wut, die in seinen Fäusten steckt.

Ali Cakir ist ein Mann, der die Wut der türkischen Jungs zu kanalisieren versteht. Ali hat früher in der türkischen Nationalstaffel geboxt und war später Trainer. Heute ist er Sozialarbeiter im Quäker-Nachbarschaftsheim am Westbahnhof, einer Jugendtagesstätte, in der fast nur türkische Jugendliche verkehren. Ali erneuerte, als er dort anfing zu arbeiten, seine Trainerlizenz. Der Grund: alle zwei Wochen nahmen seine Halbstarken das Nachbarschaftsheim auseinander. Ali hing ein paar Sandsäcke auf, schaffte Boxhandschuhe an, und später installierte das Jugendamt sogar einen Übungsring im Quäker-Heim. Seitdem gibt es da keine Krawalle mehr.

Die Jungs trainieren mit Ali, und Ali schickt sie, wenn sie »soweit sind«, zu den Faustkämpfern und zu Trainer Gilles, der sie auf Kämpfe vorbereitet. So kam es, daß Sauer, Gilles und der Vorsitzende der Faustkämpfer, Tönnes, in Kalk zu »Türkenvätern« wurden, – und eigentlich sind sie das heute noch. Denn zwar sind die »Faustkämpfer« jetzt wieder zur Hälfte mit deutschen »Kalker Jungs« bestückt, doch außer Thomas Bel und dem zweimaligen deutschen Meister, Jörg Bonn, sind keine großen Lichter mehr darunter. Die »Faustkämpfer« boxen in keiner Liga mehr, nehmen nicht mehr mit kompletter Staffel an Meisterschaften teil. Allzuviele Lorbeeren gibt es hier nicht zu erkämpfen. Nicht mehr.

Kalk, im April 1966

Adi Beiden beschließt, ein Fotoalbum seiner Boxerlaufbahn anzulegen. Am 13. März hatte er diese Laufbahn beendet mit seinem 125. Kampf für die Faustkämpfer Kalk. Es war leider kein Sieg aus Adis Abschiedsvorstellung geworden. Zu ehrgeizig, zu raffiniert war Dieter Albrecht vom BC Westen, einem Ehrenfelder Club, in diesem Kampf gewesen, und zudem war es für Albrecht ein Heimspiel: Nicht im Festsaal der »Chemischen«, sondern in der Sporthalle Everhardstraße hatte der rein kölsche Boxvergleich zwischen den »Faustkämpfern« und den Ehrenfeldern stattgefunden. Die »Faustkämpfer« mußten sich schließlich mit 5:15 Punkten geschlagen geben. Adi Beiden hatte sich tapfer gehalten, aber dann doch nach Punkten verloren. Sei's drum, es war nicht seine erste Niederlage, und immerhin gab es viel mehr Siege als Niederlagen in seiner Laufbahn.

Zwischen blauen Kunstleder-Deckeln hält Adi auf dreißig schwarzen Fotoalbum-Seiten diese Laufbahn in Bildern fest: Adis Geschichte und zugleich die Geschichte der Kalker Boxer. Die ersten Bilder sind fast schwarz. Aus dem Dunkel der Unterbelichtung erscheint ein dünner Kämpfer im schwarzen Trikot der »Faustkämpfer«. Er steht mit dem Rücken zur Kamera und fixiert, mit erhobenen Fäusten, einen Gegner, dessen Gesicht vom Ringseil verdeckt ist. Kampfszenen mit Adi Beiden, überdimensional die Ringseile, dahinter unscheinbar die Boxer. Einmal eine scharfe Aufnahme, auf der deutlich Adi zu erkennen ist, wie er auf dünnen Beinen mit gesenktem Kopf in den rechten Aufwärtshaken seines Gegners hineinläuft. Dann Gruppenaufnahmen: die Staffel der Faustkämpfer nach dem Training. Sie stehen, Hände auf dem Rücken, die Blicke ernst in die Kamera gerichtet, vor einer Brandmauer. Das war im Luftschutzbunker in der Remscheider Straße, in dem sie in den 50er Jahren trainierten. Arbeitergesichter, die Haare nach dem Duschen frisch pomadisiert, straff nach hinten gekämmt. Neben dem schmalen Adi der etwas kleinere, kompaktere Jupp Elze. Dann die Staffel im Freien, alle in Regenmänteln, Trainer Heinz Abels mit Hut im Hintergrund, sie lachen. Damals hießen sie noch die »Möbelwagenstaffel«, denn keiner von ihnen hatte damals ein Auto, und deshalb fuhr sie der Lüpsche Hubert immer mit seinem Möbelwagen zu den Kämpfen, und sie schlugen im Rheinland alles, was Rang und Namen hatte. Wieder Ring-

Fotos: Adi im Kampf. Sein Gegner nach einem Treffer im Fallen, die Haare strähnig in der Stirn, offensichtlich schwer K.o. Adi hat die rechte Schlaghand bereits wieder zur Deckung hochgenommen, lauert noch, beobachtet den besiegten Gegner. Zeitungsausschnitte: »Beiden wurde K.o.-Sieger!« »Beidens hundertster Kampf ein K.o.-Sieg!« Zeitungsfotos: Neben Adi ein stolzer Jupp Elze mit Blumengebinde in den Fäusten. Adi war fünfzehn Jahre der Star der Faustkämpfer, bevor er nach seinem 125. Kampf aufhörte und ihr Trainer wurde.

Der schmale, dünnbeinige Leichtgewichtsboxer Adi Beiden ist jetzt ein stämmiger, schnauzbärtiger Fünfziger, Großvater schon, die Haare leicht angegraut, Arbeiter bei KHD seitdem er sechzehn ist. Sein Vater wollte ihn Gärtner werden lassen, doch daß Adi auf dieses Vorhaben nicht ansprach, hatte sich der Vater selbst zuzuschreiben. Adi hatte von Kindheit an im väterlichen Schrebergarten mitarbeiten müssen, hatte Schubkarren voll Kartoffeln und Kappes von den Poller Wiesen nach Kalk karren müssen. Gärtner? Niemals! Lieber ging er als Hilfsarbeiter zu KHD. Auf den letzten Seiten seines Fotoalbums schließlich einige großformatige Pressefotos von ihm, dem Mittelrheinmeister. Fotos von der Staffel im schwarzen Trikot, neben Adi der immer lächelnde Jupp Elze. Eine Flut von Zeitungsausschnitten, ohne chronologische Ordnung. Die Reihenfolge seiner vielen Siege und seiner Niederlagen scheint Adi nicht zu interessieren. Selbst auf dem Foto, auf dem Jupp Elze in Kämpferpose zu sehen ist, quer überschrieben mit der Widmung »Meinem Freund Adi Beiden, Jupp Elze«, hat Adi zwar in der oberen rechten Ecke mit Kugelschreiber das Todesdatum seines Freundes Jupp, »21. Juni«, notiert, das Jahr, 1968, hat er vergessen.

Köln, im Februar 1986

Ein silbergraues 280er Sportcoupé bremst scharf, stoppt vor dem »Klein Köln« in der Friesenstraße, parkt schließlich in der zweiten Reihe. Der nachfolgende Verkehr gerät ins Stocken, quält sich dann mühselig an dem Mercedes vorbei. Den Fahrer scheint's nicht zu stören. Der sich da mit selbstverständlicher Gelassenheit aus dem Sportwagen hebt, dem ist nicht mehr anzusehen, daß er einmal zu Kölns talentiertesten Leichtgewichtsboxern gehörte. Von seiner Boxerkarriere ist nur noch sein Name geblieben: »Beckers Schmal«.

Dieter Becker schiebt seine zweieinhalb Zentner lässig in sein Lokal. Er will nur mal eben die frisch gedruckten Plakate für den nächsten Kampf aufhängen. »René Weller – Moussa Sangare, Köln, Sartory-Festsaal, 1. März 1986«. Dieter Becker ist Kneipenwirt, Ex-Boxer, Fußball-Promoter, Box-Promoter, und er ist Kalker und deshalb auch zweiter Vorsitzender der »Faustkämpfer Kalk«, seines alten Vereins.

Das »Klein Köln« ist buchstäblich gepflastert mit Fotografien aus Kölner Boxertagen. Gleich wenn man hereinkommt, blickt einem Jupp Elze entgegen. Sein stilisiertes Porträt hängt über einer Reproduktion von Oskar Kokoschkas Köln-Ansicht. Gleich daneben klebt Becker das neue Plakat an die Wand. Seit langem die größte Boxveranstaltung, die er organisiert. Nichts mehr richtig los mit dem Boxen in Köln, auch mit seinen Kalker »Faustkämpfern« nicht. Die sind für ihn zu einem Altherrenclub heruntergekommen, seitdem sie nicht mehr in der Liga boxen. Er wäre ja bereit, den einen oder anderen guten Boxer zu kaufen und zu promoten, so daß wieder eine komplette Staffel auf die Beine käme, aber die anderen vom Vorstand ziehen da nicht mit. Sie wollen ein Kalker Verein bleiben, wollen die Jungs aus dem Viertel von der Straße in ihren kleinen Trainingsraum im Deutz-Kalker Bad holen, ihnen liegt nichts an dazugekauften Kämpfern. Dieter Becker winkt resigniert ab, wenn von den »Faustkämpfern« die Rede ist. Er kümmert sich nicht mehr drum, will seinen Vorstandsposten drangeben. Zu mickrig ist ihm die Wirklichkeit der kölschen Amateurboxszene. Er träumt noch immer von den großen Kämpfen, den starken Fightern, von tosenden Ring-Arenen. Die Plakatrolle unterm Arm schreitet er so gelassen, wie er hereingekommen ist, aus dem »Klein Köln«, ignoriert die hupenden Autos, schwingt sich hinters Lenkrad und braust zur nächsten Kneipe, um seine Plakate aufzuhängen und sich seinem neuen Hobby, einer Fußballmannschaft, zu widmen.

Köln, 1. März 1986

Dieter Becker ist in seinem Element. Er braucht sich nicht umzuziehen, den kanariengelben Jogginganzug hat er ohnehin immer an. Der Sartory-Saal ist fast voll. Dreizehnhundert Zuschauer umlagern den Ring, drängeln im Foyer, sitzen bereits an den vornehm weiß gedeckten Tischen rings auf den Emporen oberhalb des Ringgevierts. Begrüßungen, Schulterklopfen, die Szene der Box-Aficionados unter sich. Die erste Profi-Boxveranstaltung in Köln seit über zwei Jahren. Fred Sauer von den »Faustkämpfern« ist natürlich auch dabei, schließlich läuft ohne ihn nichts hier, denn von den »Faustkämpfern« stammt der Ring, den die Kalker heute morgen aufgestellt haben und um den sich jetzt alles dreht wird. Es brodelt nicht gerade im Sartory, aber ein bißchen gespannte Erwartung klingt doch mit im Stimmengewirr. Jetzt wird die Saalbeleuchtung gedämpft, und nur noch der Ring steht in grellem Licht. Quäkend prustet so etwas wie eine Siegesfanfare durch die Lautsprecher, es folgt mit Getöse Wagners Walkürenritt. Der Ringsprecher verkündet die erste Begegnung des Abends: Graziano Rocchigiani, der Italiener aus Berlin, gegen den schwarzen James Cook aus England im Mittelgewicht. Scheinwerfer verfolgen die in ihre grellfarbenen Mäntel gewickelten Boxer auf ihrem Gang von den Kabinen durch die Zuschauer hindurch bis zu ihren Ecken. Der Saal verstummt, der erste Gong des Abends ertönt.

Während »Grazze« und der Engländer abtastend Führhände kreuzen, fintieren und die ersten »Ohs« und »Ahs« durch die Zuschauer gehen, bemuttert Beckers Schmal in der Kabine seinen Boxer. Mario Guedes, dem in Aachen lebenden Argentinier, steht der dritte Profi-Kampf bevor, der zweite unter Dieter Beckers Regie. Endlich hat sich Dieter einen alten Traum erfüllt: er hält sich einen Profi! Fürsorglich wickelt er dem Schwergewichtler die Bandagen um die Fäuste, zurrt sie mit den Zähnen fest, verklebt die Enden mit Lassoband, prüft, ob sie fest genug um die Daumen herum sitzen. Dann steht Mario auf. Fotografentermin. Der »Pampas-Stier« reckt sich, läßt unterm Sweatshirt seine gewaltigen Brustmuskeln tanzen, so daß man leicht die Fettwülste am Bauch und um die Hüften übersehen könnte. Dieter streckt dem Boxer spielerisch seine zierlichen Hände entgegen, der schlägt danach, kurz und trocken. Dann lachen beide in die Kameras und stellen sich den Reportern.

Draußen im Saal muß »Grazze« unterdessen über die volle Distanz gehen, muß viel vom giftigen, gefährliche linke Haken austeilenden Engländer nehmen, um mühevoll einen Punktsieg zu erringen. Siegesfanfare, dann geht der Boxzirkus weiter, Runde um Runde. Das Publikum reagiert zurück-

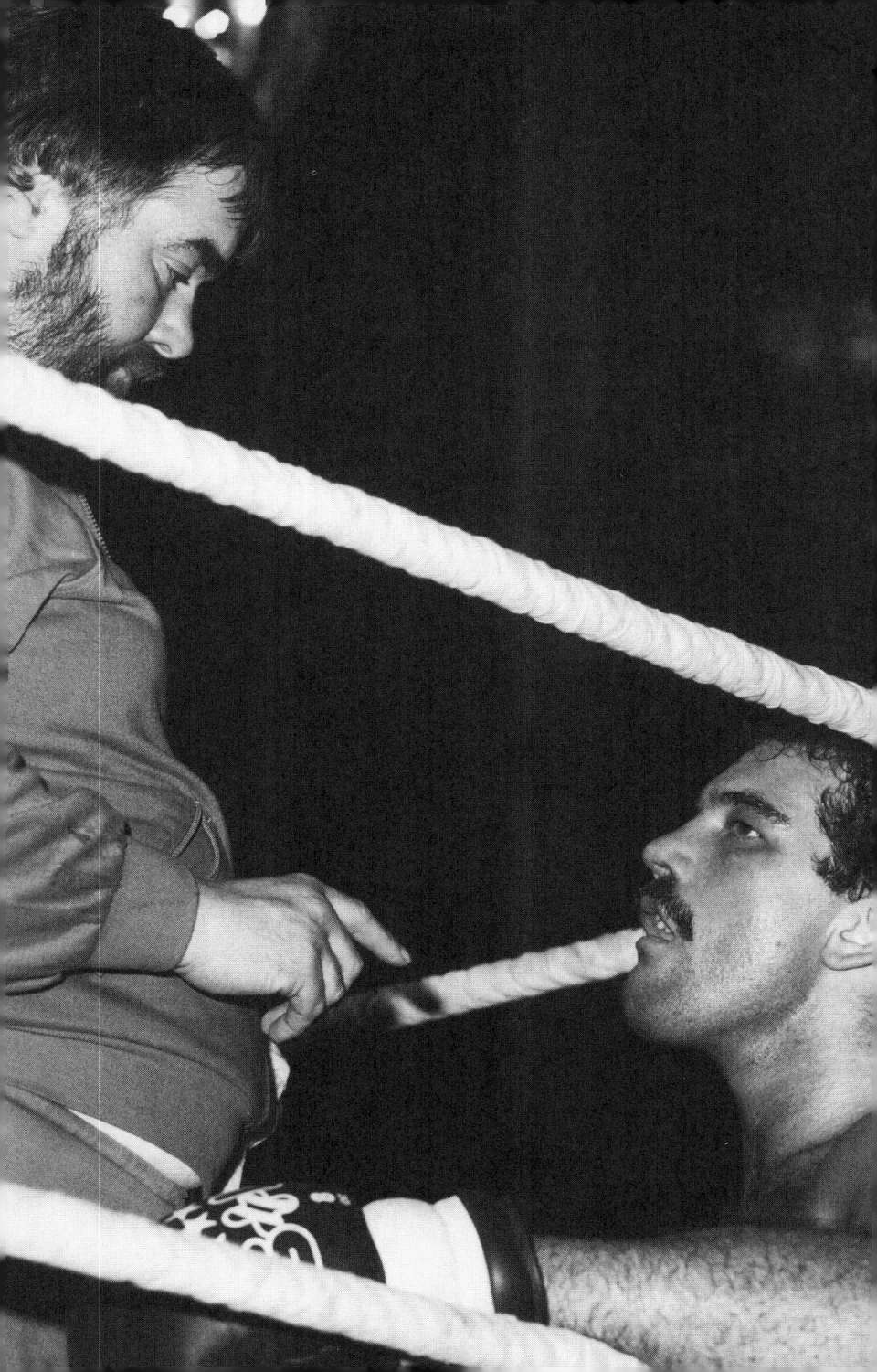

haltend, kommentiert fachmännisch nur die wirklich gelungenen Aktionen der Fighter. Zwei Schwarze, der eine aus Namibia, der andere aus Uganda, schlagen sich tapfer acht Runden lang. Dann ist »Grazzes« Bruder Ralf an der Reihe und gewinnt, weil sein Gegner dreimal wegen Klammerns verwarnt wurde. Pause. Schon wieder die Siegesfanfaren aus den Lautsprechern, jetzt wird »Sportprominenz« in den Ring geholt, Peter Müller frenetisch bejubelt. Ein lebender Mythos. Er verbeugt sich, wirft Kußhändchen ins Publikum, verbeugt sich wieder. Immer noch ist er Kölns größter Boxer. Kein einziger Kölner Boxer ist heute abend im Programm! Nicht daß es überhaupt keine Profiboxer in Köln gäbe. Aber Boxmethusalem Horst Lang oder der mehr als übergewichtige Werner Pelz bezogen beim letzten Profi-Treff vor einem halben Jahr in Aachen dermaßen Prügel, daß sich keiner der Veranstalter traute, sie in die Schau heute abend aufzunehmen und sie in eine Reihe zu stellen mit dem »Golden Boy« René Weller, der den Hauptkampf machen wird und der die Zuschauer lockt.

Die Pause geht zu Ende. Wieder verdunkelt sich die Saal-Beleuchtung, wieder Wagner-Klänge. Der »Pampas-Stier« klettert in den Ring. Hinter ihm gleich Dieter Becker, es ist schon erstaunlich, mit welcher Behendigkeit sich der Zweieinhalbzentnermann hier bewegt. Gong. Guedes stürzt in die Ringmitte, wirklich, wie ein Stier! Dreizehn Kilo ist er schwerer als sein Gegner, Nowak Radanoviç, und entsprechend langsamer auf den Beinen. Doch vom ersten Augenblick an treibt er ihn vor sich her, der Jugoslawe stellt sich nicht, weicht immer wieder aus, duckt und dreht sich weg, die gewaltigen, weit ausgeholten Schwinger und Haken des Argentiniers gehen ins Leere.

Gong. Pause. Beckers Schmal in seinem kanarienvogelgelben Jogginganzug jetzt voll in Aktion. Abtupfen, Mineralwasser, Hose auf, Handtuchwedeln. Zwischendurch – Beckers Zeigefinger ist ermahnend ausgestreckt – flüstert er seinem Schützling Instruktionen ein. Dieter sekundiert mit unglaublicher Geschicklichkeit und mit konzentrierten, genauen Bewegungen seinen Boxer. Doch es hilft nichts. Guedes kriegt seinen Mann nicht in den Griff. Immer noch läuft der Jugoslawe weg, und wenn Guedes ihn in die Enge getrieben hat, geht er sofort in den Clinch, klammert, verteilt Nackenschläge, puncht auf die Nieren. Guedes wird wütend, stellt sich schließlich in die Ringmitte und hebt die Arme: Was soll ich denn machen? Das Publikum pfeift den Jugoslawen aus, johlt, die Stimmung ist für Beckers Mann: »Jetzt knips ihn aus! Den will ich fallen sehen!« Dann endlich, in der siebten Runde, landet Guedes einen weit ausgeholten rechten Haken am Kopf des Gegners. Der schwankt, wird ausgezählt. Die Pause, die letzte, rettet ihn. In der nächsten Runde dann das Aus: eine links-rechts-Kombination des wutschnaubend prügelnden Guedes holt ihn buchstäblich von den Beinen. K.o.-Sieg! Der erste des Abends! Dieter Becker tanzt vor Freude wie ein Irrwisch. Ist ein neuer Stern am Kölner Boxhimmel aufgegangen? Nein. Es gibt keinen Boxhimmel mehr in Köln. Mario Guedes wird sehr bald wieder in der Versenkung verschwinden, und kein neuer Jupp Elze wird so bald erscheinen. Doch abends im Deutz-Kalker Bad trainiert weiter der Arbeiter-Boxclub »Faustkämpfer Kalk«: »Hopp! Pick! Zack!«

Im Bauch von Köln

Florent ging auf und ab im Duft des Thymians, er war
zutiefst glücklich über den Frieden und die Reinlich-
keit dieser Erde. Seit fast einem Jahr kannte er nur
vom Rütteln der Karren zerquetschtes, am Abend vor-
her ausgerissenes, noch blutendes Gemüse. Er freute
sich, es hier, wo es daheim war, zu finden, ruhig im
Humus und an all seinen Gliedern gesund. Die Kohl-
köpfe hatten ein breites, wohlgenährtes Gesicht, die
Möhren waren vergnügt, und die Salatköpfe gingen im
Gänsemarsch mit der Nachlässigkeit von Nichtstuern.
Die Markthallen, die Florent am frühen Morgen
verlassen, erschienen ihm wie ein weites Beinhaus,
eine Stätte des Todes, wo nur Kadaver von Wesen her-
umlagen, ein Leichenschauhaus voller Gestank und
Verwesung. In den Markthallen war alles im Sterben.
Die Erde war das Leben, die ewige Wiege, das Heil der
Welt.

Emile Zola, Le Ventre de Paris

Doppelscheinwerfer blitzen, 30-Tonner rumpeln, bocken,
fauchen aus dem Dunkel, in das Bonner- und Brühler Straße
noch getaucht sind. Es ist halb zwei Uhr nachts. Schranken
schwingen in die Höhe, die Laster hoppeln über Gleisanla-
gen, im Scheinwerferlicht huschen einzelne Gestalten. Die
runde Kuppel der Markthalle, eben noch von schwarzer
Nacht umgeben, hebt sich jetzt gegen das fahle Licht der
Neonleuchten ab, die das Gelände beleuchten. Motoren dröh-
nen auf dem freien Platz vor der Halle, Luftdruckbremsen zischen, die Fahrer springen aus ihren Führerhäusern, sie lö-
sen die Planen ihrer Züge und Anhänger. Aus den seitwärts
liegenden, flachen Gebäuden rollen die ersten Gabelstapler,

in die vom Scheinwerferlicht der Lkw jetzt hell erleuchtete Nacht. Hinter den Lenkrädern vermummte Männer. Es ist kalt. Die Lastzüge werden entladen, die Gabelstapler reißen ihnen große Blöcke, mit Kisten beladene Paletten, aus den prall gefüllten Eingeweiden: Tomaten aus Italien, Porree aus Holland, Apfelsinen aus Spanien. 300 Lastwagen, jede Nacht. Der Strom der Gabelstapler und Elektrokarren ins Innere der Halle beginnt zu fließen. Die Halle füllt sich. Der Bauch von Köln wird vollgepumpt, Hunderte, Tausende Tonnen Gemüse, Käse, Fische, Obst. Um vier Uhr wird der Kölner Großmarkt offiziell geöffnet.

Die halbdurchsichtige Tür aus schwerer Plastikfolie schwingt auf, klappt zu. Unten rollt ununterbrochen das Band, transportiert Schweinehälften. Von der Decke sirren Zugkabel, breite, blutverschmierte Hände greifen nach Sägen. Stählerne Manschetten, Schürzen aus Stahlplättchen, zusammengefügt wie mittelalterliche Schuppenpanzer, verklebt von geronnenem Blut, schützen die Körper der Männer. Zwischendurch immer wieder das scharfe Zischen der Klingen am Wetzstahl. Messer werden durchs Fleisch geführt, um Knochen herum geschält, Fettreste fallen, werden zu Boden geworfen, bilden ekelhaften weißgelben Brei auf eisernen Rosten und roten Kacheln.

Firma Wilpütz, Schlachthof Köln, Liebigstraße, Ehrenfeld. Anderthalb dutzend Metzger, Fleischarbeiter, zerlegen hier von 10 Uhr in der Nacht bis in den frühen Morgen einige Tausend Schweine. 25 Tausend Schweine pro Woche sind es, die hier im Kölner Schlachthof verarbeitet werden. Fünf Millionen Schweinefleischesser werden in Köln und Umgebung mit dem rosa-weißlichen Fleisch der so überaus menschenähnlichen Tiere versorgt. Nur zweitausend davon werden allerdings hier, gleich nebenan, im Schlachtgang geschlachtet. Die anderen kommen in Kühlwagen aus den kleineren Schlachthöfen im Münsterland, aus der Oldenburger Gegend. Ihre in Hälften zerschnittenen, ausgebluteten und

entweideten Leichname werden im Kölner Schlachthof bloß in vermarktbare Teile zerschnitten, zersägt, in Folien eingeschweißt und an Haken gehängt. Klack, Klack, macht das stählerne Förderband an der Decke. Schweinbäuche, Schweinerücken, Schweineschinken wandern nach draußen. Kühlwagen füllen sich. Metzgergesellen in blauen Kapuzenkitteln stochern die Haken von den Fließbändern mit Stangen in die Kühlwagen. Nicht versiegend der Strom toter halber Schweine in den Raum mit dem Förderband. Sägen knirschen, Messer schlitzen, Schwarten fliegen in fahrbare Stahlkörbe. Hier Beine, da Ohren, da halbierte Köpfe, aus denen Zähne blecken. Fließbandarbeit. Wie bei Ford der Escort entlang der unentwegten Förderstraße wächst, schrumpfen hier Schweine zu Hämchen, Schinken, Koteletts.

Kisten voll Kiwis, voll roter und grüner Paprikaschoten, Mandarinen, Zucchini, Artischocken. Stapel von Kisten. Dutzende, Hunderte. Gerd Zerres kontrolliert den Aufbau vor seinem Stand in der Markthalle. Winkt Ferdi, seinen Gabelstaplerfahrer, ein. Ein Dutzendpack Paprika hierhin, ein anderes dahin, Zerres stellt die obersten Kisten eigenhändig schräg auf die anderen, so daß nachher die durch die schmalen Gänge der Markthalle äugenden Käufer seine Ware begutachten können. Gerd Zerres ist Importeur. Als er hier auf dem Großmarkt im Süden Kölns anfing, 1948, da waren die Funktionen noch scharf getrennt. Es gab die Importeure und die belieferten die Großhändler. Die Großhändler hatten hier ihre Stände, und morgens ab vier Uhr kamen die Einzelhändler, um mit den Großhändlern um die Preise zu feilschen. Für Zerres übrigens die Erklärung, weshalb der Großmarkt traditionell so früh aufmacht: »Die Käufer brauchen die Zeit, um die Großhändler weichzukneten.« Heute gibt es die scharfe Trennung der Funktionen nicht mehr: Importeure sind gleichzeitig Großhändler, Großhändler sind Importeure. Und selbst die Makler, Leute, die früher lediglich Kontakte zwischen Erzeugern und Importeuren herstellten, müssen ihre Ware oft genug selber handeln. Im Obst- und Gemüsehandel ist die Decke dünn geworden, und seitdem ist auch die alte Marktordnung dahin. Dahin die Zeit, in der noch vor jedem Stand Trauben von Käufern und Verkäufern feilschten wie die Kesselflicker, in der Scharen Kölner Einzelhändler mit ihrem Opel Kapitän samt Anhänger Schlange standen vor der Markthalle. Jeder Importeur, jeder Großhändler hat jetzt seine eigene Kolonne von Lieferwagen, mit denen er die Stadt versorgt.

Einzelhändler kommen nicht mehr so oft wie früher zum Großmarkt, obwohl es – Ausdruck eines gestiegenen Qualitätsbewußtseins beim Endverbraucher – gerade wieder Mode wird. Eine teure Mode, denn Zerres und seine Kumpane verschenken an solche Kleinabnehmer wahrhaftig nichts! Trotzdem: im »Bauch von Köln« wird nur noch ein Drittel dessen umgeschlagen, was die Stadt im Laufe des Tages verzehren wird. Die beiden anderen Drittel an Obst und Gemüse, die durch kölsche Verdauungsgänge wandern werden, gehen am Großmarkt vorbei, gleich in die Supermarktketten.

Der Bulle will nicht den Steg vom Viehwagen hinunter. Er senkt den Kopf, stemmt sich mit den Vorderklauen gegen eine Holzleiste, machtlos zieht der Viehhändler an dem Strick um den Hals des Tieres. Er schreit, schlägt mit einem Knüppel auf das Hinterteil. Endlich bewegt sich der Bulle, vorsichtig eine Klaue über die Leiste hebend. Alles Vieh hat Angst, in die Tiefe zu steigen. Wieder zerrt der Händler am Strick, der Bulle verliert das Gleichgewicht, strauchelt, stürzt vom Steg, kommt unten zu Fall. Alle vier Beine hilflos in die Luft gestreckt, die Hinterbeine schlagen wild aus. Er kommt nicht hoch, die Vorderbeine greifen ins Leere. Der Händler läuft zu ihm, gibt ihm Hilfestellung, indem er mit seinem Fuß der Vorderklaue des Tieres Halt gibt.

Endlich richtet es sich auf, setzt sich in Gang, den anderen Bullen hinterher, mächtigen, anderthalbjährigen Stierkälbern, die sich zwischen Eisengittern vor dem Schlachtgang drängen, ihre Kraft sinnlos in Stoßen und Schubsen verausgabend, so als ginge es an den Futtertrog und nicht in

den Tod. Der Viehhändler treibt sie mit Stockschlägen in den Gang. Hinten wartet der Schlächter. Der erste Bulle steht jetzt bei ihm, eingezwängt zwischen Eisengittern, hinter ihm senkt sich ein weiteres Gitter von oben herab. Das Tier kann seine Kraft nicht mehr einsetzen, ist endgültig gefangen.

In einem Kasten am Kopfende des Pferchs liegt die Waffe, zylindrisch, schwarz, ein Bolzenschußapparat. Der Schlächter öffnet die Kammer, legt eine Patrone hinein, schließt die Kammer. Er hebt die Hand mit dem Apparat über den Kopf des Bullen. Eine selbstverständliche, routinierte, eine vollkommen sachliche Geste. Der Zylinder liegt für eine halbe Sekunde über dem Ohr des Tieres, ein Knopfdruck, tief dringt der Bolzen ins Gehirn des Bullen. Dem schlägts die Beine weg, alle vier auf einmal rutschen kraftlos unter den Bauch. Acht Zentner Stier schlagen dumpf auf die Kacheln, über seine Stirn läuft Blut.

Die Kette. Der Kopfschlächter schlingt sie dem Tier, das noch drei-, viermal zuckt, um ein Hinterbein. Knopfdruck, die Kette ist oben an einem Laufband befestigt, sie strafft sich, das Bein des Tieres wird gestreckt, dann schwebt der massige Körper frei, wandert jetzt ein Stück weiter. Der Kopf hängt über einem Becken, er bewegt sich nicht mehr. Der Schlächter greift in den Köcher, der an seinem Gürtel über der Schürze hängt, zieht das Messer heraus, sticht es dem Tier in den Hals, gleich unterm Ohr, dicht am Schädel, zieht das Messer vom Kopf weg, durchtrennt den Hals. Lose baumelt der Kopf jetzt noch an ein paar Halswirbeln. Blut, eimerweise Blut, dunkles, schweres, dickflüssiges Blut stürzt aus dem Leib des Tieres. Es dauert noch einige Augenblicke, dann wandert die Kette oben am Förderband schon weiter, und der Schlächter schiebt den Stier voran auf die Schlachtstraße. Der Viehhändler hat das hintere Gitter der Tötungsbucht geöffnet, den nächsten Stier hineingetrieben, die Großtierschlachtung kommt in Gang. Siebzig Bullen warten draußen vor dem Schlachthof.

Ein scharfer Wind geht über die schwarzen Felder, Nebel kriecht aus allen Furchen, quellend zuerst, dann vom Wind in Fetzen gerissen, es ist kalt am frühen Morgen. Johann Frechen kommt nicht dazu, seine Hände zum Aufwärmen aneinander zu reiben. Der Diesel stottert sich rund, Schwiegersohn Walter sitzt wartend hinterm Lenkrad. Der alte Frechen hievt die letzten Kisten mit fettem, kurzstieligem Porree auf die Ladefläche. Gertrud kommt aus der Toreinfahrt des rot verputzten Häuschens, läuft, zurrt sich im Lauf ihre Wollmütze über die Ohren, klettert zu Schwiegersohn und Tochter ins Führerhaus. Johann klinkt die Ladeklappen zu, der Diesel stößt beim Anfahren eine böse schwarze Wolke aus dem Auspuff. Es wird Zeit! Nach acht Uhr läßt der Marktmeister keinen Verkäufer mehr auf den Auerbachplatz in Sülz.

Seit fünf Jahren erst produzieren die beiden Gemüsebauern aus Alfter bei Bonn – Johann Frechen und sein Schwiegersohn Walter Rieck – für Kölner Wochenmärkte. Davor hatten sie es eigentlich nicht nötig, ihren Kappes und ihre

Kirschen an Hausfrauen zu verkaufen. Früher und das fünfzig Jahre lang – brachte Johann Frechen seinen dicken Porree, den Kappes, die Erdbeeren, Himbeeren, Johannisbeeren, die Tomaten – schwere, süße Tomaten – fünfzig Jahre lang brachte Frechen all seine Gartenzier zur Versteigerung auf den Roisdorfer Großmarkt. Jetzt lohnt sich das nicht mehr. Jetzt sind die Treibhausanbieter aus dem Ausland zu übermächtig geworden. Sie liefern ihre Ware ab, wie gemalt. Eine Tomate wie die andere, rund und blaß, und sie schmecken nach nichts, – Handelsklasse I A! In Roisdorf wird jetzt nur noch diese, die »beste« Handelsklasse versteigert. Und das ist der Grund, weshalb Frechen nicht mehr nach Roisdorf fährt, nicht mehr fahren kann!

Denn welcher kleine Selbsterzeuger – Frechen hatte früher gerade zehn Morgen Land, sein Schwiegersohn hat jetzt vielleicht das Doppelte – welcher Gartenbauer kann immer nur diese plastikgenormte Erste Qualität abliefern? Höchstens zwei Drittel – und das auch nur, wenn man spritzt wie der Teufel – höchstens zwei Drittel der Garten- und Feldproduktion sind eben I A. Der Rest gilt auf den Großmärkten als minderwertige Ware, ist nicht absetzbar. Soll man die wegschmeißen? Das ist einer der Gründe, weshalb Bauer Frechen jetzt nach Köln fährt. Der andere: mit den Preisen der Holländer und Bulgaren kann er einfach nicht mithalten. Auf den Wochenmärkten in Köln, Bonn oder Brühl gehen Obst, Gemüse und Blumen bombig, seit die Leute wieder Wert auf »Naturnahes« legen. Und Gemüse »naturnah« aussehen zu lassen, das ist für einen alten Bauern wirklich kein Problem! Johann schließt das Haustor, geht, erstaunlich aufrecht und elastisch für seine 75 Jahre – 60 davon hat er gebückt, kniend auf dem Feld verbracht –, über den Hof in die Küche. Es ist noch ein Rest Kaffee in der Thermoskanne.

Zerres steht am Schreibpult, telefoniert. Seit einer Dreiviertelstunde klebt der Hörer ununterbrochen an seinem Ohr. Er keift in die Sprechmuschel, stößt zwischen den bärtigen Lippen trocken Zahlen aus, horcht, nennt neue Zahlen. Legt auf.

Klingeln. Hebt ab. Zahlen. Zahlen. Zerres handelt Preise aus. Die Großmarktromantik hat sich aufs Telefonieren reduziert. Trotzdem wird hier auch heute noch so mancher Faden gezogen. Angebote kommen, Aufträge kommen. Manchmal importiert Zerres auch noch für einen Großen. Mangofrüchte für Karstadt. Doch wer im Februar gleich einen ganzen Sattelschlepper Erdbeeren aus Valencia bestellt, der braucht die Zwischenstation Großmarkt nicht mehr. Der Sattelschlepper rollt von Valencia durch bis zum Edeka-Lager in Bocklemünd. Zerres hat sich rechtzeitig umgestellt. Neuorientierung an der Restaurant-Freßwelle. Immer noch steht er am Telefon, schiebt sich zornig die Baskenmütze auf die Halbglasbrille: »Einsneunundsechzig kostet die lote Paplika, odel gal nichts!« Seine Kunden sind fernöstlich oder mediterran, sind die Feinschmecker-Restaurants, Küchen, die sich aufs Exotisch-Exklusive verlegt haben. Damals, als Zerres mit dieser Spezialisierung anfing, lachten ihn die anderen Großmarkt-Händler aus: »Nur eine Idiot schreibt hundert Rechnungen, um tausend Markt zu verdienen!«

Jetzt wimmelt der Großmarkt nur noch von solchen Idioten. Nicht daß sie jetzt alle ganz kleine Brötchen backen müßten. Aber die ganz dicken Brötchen auch nicht mehr. Natürlich gibt es auch noch die Großen, die Millionäre, aber auch die haben sich spezialisiert. Peter Heep, ein alter Großmarkthase, macht mittlerweile 100 Millionen Umsatz im Jahr, auch mit exotischen Früchten. Horst Kröger handelt im Winter ausschließlich mit Kernobst, im Sommer mit Brombeeren und Himbeeren. Kröger handelt »mit« der Saison. Zerres handelt »gegen« die Saison, obwohl das eigentlich nicht nach seinem Geschmack ist: »Kirschen im Januar, dat ist doch Quatsch!« Trotzdem wird der Restaurantbesitzer, der mit dem Nobel-Porsche von Kassel kommt, um im Februar frische Himbeeren servieren zu können, von Zerres natürlich prompt und liebenswürdig bedient. Wenn er dann weg ist, sagt Zerres bloß mit leichtem, weisen Kopfwiegen: »Die spinnen, die Köche!« Dann klingelt wieder das Telefon. Zum drittenmal seit vier Uhr heute morgen fragt der gleiche Kunde, wieviel zehn Kisten Aprikosen kosten. Zerres wird bald weich geknetet sein, es ist kurz nach fünf.

Peter Mertz macht das seit siebzehn Jahren, hunderte Mal, an jedem Morgen, an dem geschlachtet wird. Seine Bewegungen sind konzentriert und lässig zugleich. Sein Werkzeug: ein Scherapparat, ähnlich dem des Frisörs, nur sehr viel größer und blutverschmiert. Sein Material: Rinderbälge, Pferdebälge. Sein Produkt: enthäutete Rinder- und Pferdebälge. Die Schlachtstraße hat Hochbetrieb. Die Schlachterkolonne, vierzehn Männer in hohen Gummistiefeln, blauweißen Kitteln, arbeitet. Klack. Klack. Klack. Tod in Serie. Tierleichen am Fließband. 50 Stück Großvieh in der Stunde. Akkordarbeit. An Ketten aufgehängt, wandern sie am Band, das unter der Decke der Schlachthalle entlang führt. Rund ein Dutzend Stationen durchlaufen sie, bevor der Metzger, der sie eben vom Viehhändler gekauft hat, letzte Hand an sie legt, hier mal ein Stück Fett wegschneidend, da ein paar verbliebene Haare wegkratzend.

Mertz ist die dritte Station. Vor ihm der Mann, der tötet, dann der, der den Hals aufschneidet und das Blut auffängt. Auch das wird verwendet, als Düngemittel. Dann auf einer Empore dicht unter dem Transportband der Mann, der das oben freischwebende Bein absägt. Wie eine gefährliche Waffe, eine tödliche Hornisse klingt seine Säge. Zack, der Fuß landet im Korb. Unten sägt ein anderer, auf der gleichen Station die Vorderfüße ab. Beide präparieren mit scharfen Messern das Fell, kerben es am Bauch, am After, an den Beinstummeln vom darunter liegenden Fettgewebe ab.

Die nächste Station. Mertz hängt einen Fleischerhaken in das Fell am Hals, der Fleischerhaken hängt an einer Kette an der Winde, und die Winde zieht gemächlich aber unerbittlich das Fell in die Höhe. Mertz kerbt mit seinem Scherapparat nach. So wird verhindert, daß es zu Rissen im Fell oder zu Abrissen vom Muskelfleisch kommt. Fertig. Die Kette strafft sich. Plop! Das Fell überm Schwanz hatte einen letz-

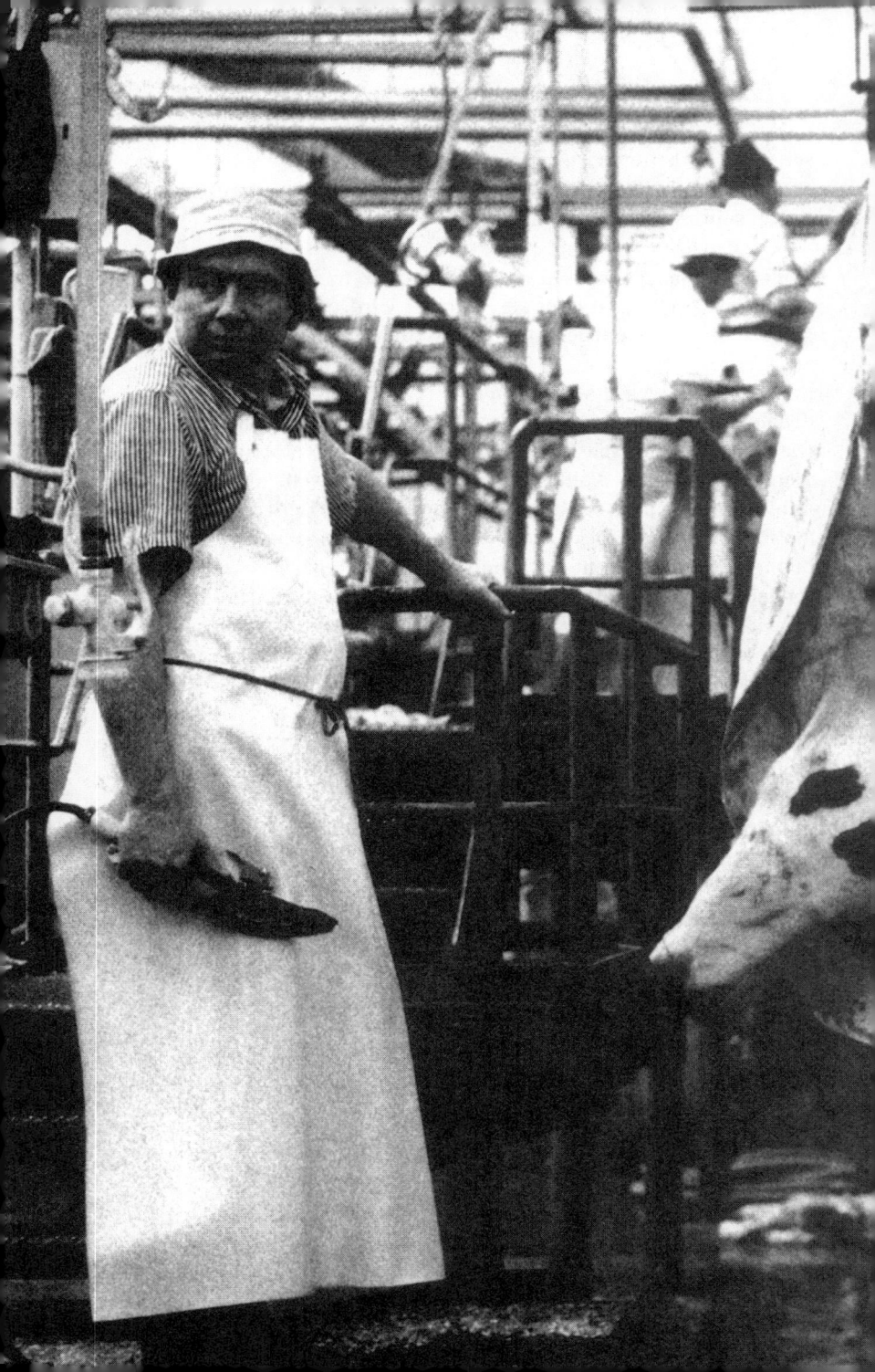

ten Widerstand geleistet. Doch jetzt löst sich die Haut und klatscht auf die Erde. Der nackte Schwanz wippt auf und ab, und es geht weiter. Hundert mächtige Rinderleiber hängen von der Decke. Köpfe werden abgetrennt. Augen wandern in große Bottiche. Zungen werden herausgeschnitten. Die Leiber werden geöffnet, Eingeweide herausgekramt, sorgfältig getrennt. Übers Fließband wandern die nicht eßbaren Teile in die Kaldaunerei. Veterinäre nehmen Proben, hauen Stempel auf Rinderzungen. Heute ist Schlachttag. Es wird später Nachmittag werden, bis die Schlachterkolonne Feierabend haben wird. Schlächter trinken viel Schnaps.

Die Kellnerin balanciert gleich vier Teller mit Strammem Max in der Linken, drei Kännchen Kaffee in der Rechten, muß sich durch eine Schar eben ins Lokal hereinbrechender schwitzender, schmutziger Lkw-Fahrer quetschen. Der Laden ist jetzt voll. Schwankend bringt sie ihre Fracht an den Tisch, an dem Zerres mit drei Freunden tafelt. Das Hauptgeschäft am Großmarkt ist gelaufen. Die Gabelstaplerfahrer sind damit beschäftigt, den Bauch wieder zu leeren, den sie vor ein paar Stunden vollgepumpt haben. Gegen den fahlen und unerbittlich heller werdenden Himmel glimmen die Neonröhren auf dem Platz vor der Markthalle vergeblich an. Es wird Tag. Lieferwagen, Kombis, Kleinlaster werden beladen, die Lkw-Ungeheuer dieseln allmählich ab, Richtung Autobahn. Fahrer stapeln die Obstkisten von Paletten auf die Ladeflächen der kleinen Lastwagen. Ein paar Restaurant- und Feinkostladenbesitzer stehen daneben, Hände im Lammfellmantel. Drinnen, am anderen Ende der Markthalle, im Lokal, bestellen die übernächtigten Lkw-Fahrer aus Holland Kaffee und Weinbrand. An der Theke hockt ein in der Markthalle alt gewordener Kistenschlepper, sein Lederschurz ist völlig abgewetzt, an den Rändern zerfranst. Er kippt seinen siebten oder achten Frühstücksschnaps. Vor ein paar Jahren noch hätte er hier nicht allein gesessen. Doch ist die Gattung der tagelöhnernden Kisten-Kulis rar geworden. Auch

für die Penner aus der nahen Annostraße, die früher vor der Markthalle Schlange standen, gibt es so gut wie keine Arbeit mehr. Solide und festangestellte Elektrokarren- und Gabelstaplerfahrer haben das leichter gewordene Geschäft übernommen. Am Tisch gegenüber der Theke steckt sich einer die erste Havanna des Morgens an, schlägt im »Express« eine Seite weiter, am kleinen Finger schimmert Platin, blitzt ein Brillant. Der Kistenkuli starrt ins Gläserregal, schiebt den Ellbogen auf die nasse Theke, um festeren Halt zu bekommen. Die Holländer kippen den letzten braunen Fusel vor der Rückfahrt, Zerres schlürft noch am Kaffee, als Ferdi, sein Fahrer hereinkommt: »Kundschaft!« Noch ist hier nicht Feierabend.

Der Marktmeister schreitet, den Klingelbeutel um den Hals gehängt, die fertig aufgebauten Stände ab und kassiert. Erste Kunden flitzen zielstrebig über den Auerbachplatz. Gertrud Frechen zieht die Markise über ihrem Stand gerade,

Schwiegersohn Walter nippt aus einem fingerhutgroßen Plastikbecher ein Schlückchen Korn. Es ist Tag.

Peter Mertz spritzt seine Stiefel und seine Schürze mit einem starken Strahl heißen Wassers sauber. Dann geht er mit seinen Kolonnen-Kollegen zur Kaffeepause in die Schlachthof-Kantine. Nebenan, bei den Metzgern in den Verkaufshallen, wechseln Rinderhälften ihre Besitzer. Schulkinder steigen in Straßenbahnwagen ein. Zerres steht über sein Schreibpult gebeugt, das Telefon schweigt. Zerres addiert, fährt mit dem Bleistift Zahlenkolonnen ab. Ferdi ist in die Kneipe gegangen, sich »mal eben ein bißchen frisch machen«.

Acht Schläge geben die Glocken von St. Aposteln, ganz oben, ganz verhallt, in den Kölner Himmel. Unten hört man sie kaum, unten ist jetzt Markt. Hier wie überall auf den Kölner Wochenmärkten kommen die ersten Kunden. Schulsirenen schrillen. »Obst und Jemüse, aus dem Vorjebirrje, janz frrrisch!« ruft Gertrud Frechen auf dem Auerbachplatz in Sülz, die rote Wollmütze keck in die Stirn gezogen. Bald werden Töpfe auf Herde gestellt werden, Fleischstücke sich in Braten verwandeln, Knochen in Kraftbrühen, Selleriestücke, Möhrenscheiben und Porreestangen zu Gemüseeintöpfen werden. »Der Bauch von Köln« entleert sich in Kölner Bäuche.

Vom Fähnlein der Verlorenen

Leonce: Valerio! Valerio! Wir müssen was anderes
treiben. Rate! (...)
Valerio: So wollen wir nützliche Mitglieder der
menschlichen Gesellschaft werden!
Leonce: Lieber möchte ich meine Demission als
Mensch geben.
Valerio: So wollen wir zum Teufel gehen!
Leonce: Ach, der Teufel ist nur des Kontrastes
wegen da, damit wir begreifen sollen, daß am
Himmel doch eigentlich etwas sei.

Georg Büchner, Leonce und Lena

Daß Stadtstreicher ein für die Gesellschaft unnützes Dasein
fristen, ist ein Vorurteil. Natürlich ist der Umgang mit ihnen
häufig lästig. Komme ich bei Gängen durch die Stadt durch
ihre Reviere und erwecke dabei für einen Augenblick nicht
den Anschein von Eile, schon sind sie da und fordern mit
den immer gleichen Sprüchen Zigaretten, Fünfzigpfennig-
stücke oder gar Regenschirme. So habe ichs mir zur Ge-
wohnheit gemacht, sobald ich eines ihrer bevorzugten Quar-
tiere in der Innenstadt betrete, meinen Schritt zu beschleu-
nigen, um zügig und unnahbar die Gefahrenzone zu durchqueren. Das kostet sinnlose Energie, ist also gesellschaftlich
unnütz. Vor zwei Jahren im Mai habe ich dann aber erfahren, daß Penner durchaus nützliche Bewohner einer Stadt
sein können, oder besser: sein könnten. Denn im letzten Augenblick ist es dann doch noch anders gekommen.

Ein milder Maiabend stimmt gelassen. Ganz ohne Eile ra-
delte ich über den Wallrafplatz, stellte das Fahrrad vor dem
alten Funkhaus ab und ließ das Speichenschloß einrasten.
Dort auf den Bänken vor dem Funkhaus sitzen sie immer.

Das heißt die, die Publikum brauchen. Zum Beispiel Egon, der silberhaarige Ritterkreuzträger, verzehrt ein Kotelett in Aspik und klärt kauend mit gesenktem Blick, aber dafür lautstark, darüber auf, was alles verkehrt ist in der Welt, und wie er das alles anders machen würde. Egon war an diesem Abend nicht da, dafür drei jüngere Kollegen. Ich wußte schon, in welche Gefahr ich mich damit begeben hatte, gut gelaunt auszuschauen. Aber ich war bereit, die Konsequenzen zu tragen. Als einer der drei die Bierflasche abstellte und sich erhob, da hatte ich die Hand schon an der Zigarettenpackung, noch ehe er sich auf mich zu bewegte. Das war Fehler Nummer eins: »Haste mal 80 Pfennig für mich?« Ich steckte die Zigaretten wieder ein, lächelte und griff zum Portemonnaie. »Ich komme nämlich vom Süddeutschen Rundfunk«, erläuterte er seine Forderung, »davor hab ich im April gesessen.« – »Aha. Und wie kommst du ausgerechnet auf 80 Pfennige?« »Das ist so 'ne Zahl. Hab ich mir angewöhnt.« Ich gab ihm eine Mark, ohne Wechselgeld zurückzuverlangen. Dadurch fühlte er sich offensichtlich zu einer einleuchtenderen Erklärung für die ungewöhnliche Summe verpflichtet: »80 Pfennig, weißt du, auch weil wir jetzt 1984 haben.« Das war wirklich einleuchtend, und ich ging. Als er sah, daß ich mich aufs Funkhaus zu bewegte, rief er mir noch nach: »Orwell-Jahr!«

Eine Stunde später trat ich wieder auf die Straße und war immer noch gut gelaunt. Das nutzten die Herren natürlich schamlos aus, und ich wurde noch drei Roth-Händle los. Ich drehte den Schlüssel im Fahrradschloß, einmal, zweimal, er war abgebrochen. Meine mangelnde technische Begabung und meine reichlichen Gaben von vorhin führten zur entscheidenden Fehlreaktion: »Könnt ihr mir mal helfen, Freunde?«

Später habe ich mir überlegt, daß, nachdem das Fahrradschloß nicht mehr aufzuschließen war, ich mich sofort zurück zum Funkhaus begeben und es durch einen Seitenausgang hätte verlassen müssen. Doch dazu war es jetzt zu spät. »Klar, Fahrradschloß im Eimer, he?« Mir schwante schon, daß das hier mehr kosten würde als drei Zigaretten. »Fürn Heiermann kriegt ihr das doch wohl auf?« Ein älterer Kumpel erhob sich.

Obwohl schwer angetrunken, schaffte er es, während er aus der Jackentasche tatsächlich eine Nagelfeile zog, seinen Bewegungen die überlegene Lässigkeit des erfahrenen Facharbeiters zu geben. Gekonnt setzte er die Nagelfeile am Fahrradschloß an. Dann, urplötzlich, wurde er nüchtern. Bedächtig steckte er die Feile wieder ein, kam aus seiner gebückten Haltung hoch und schaute an mir vorbei in unbestimmte Fernen. Nach einer kleinen Pause sagte er: »Weißt du, was ich an deiner Stelle machen würde?« – »Nee.« – »Ich würde da hinten zur Baustelle gehen, mir 'ne Rohrzange besorgen und ...«

In diesem Augenblick wurde mir die Situation klar. Von dem Moment an, wo ich gefragt hatte, »Könnt ihr mir mal helfen?« war mein Fahrrad verloren. Es gab keine Möglichkeit zur Rettung. Sicher, ich hätte es mir auf den Rücken laden und nach Hause tragen können. Aber der schöne Maiabend und der Gedanke an die Schöne, die seit einer halben Stunde im Volksgarten auf mich wartete, ließen mir keine Wahl: »Weißt du was?« sagte ich zu dem mit der Nagelfeile, »ich schenke dir das Fahrrad!« Während ich, weggehend, Abschied nahm von meinem Fahrrad und unsere gemeinsame Geschichte Revue passieren ließ, hallte hinter mir das Lachen der Penner über den Wallrafplatz.

Wie dieses Erlebnis zeigt, ist die Frage nach der Nützlichkeit der Penner nicht leicht zu beantworten. Sie verweigern sich – und das ist eines ihrer wesentlichen Merkmale – den Nützlichkeitsansprüchen der Kosten-Nutzen-Gesellschaft. Andererseits entwickeln sie, ausgegrenzt aus dem bürgerlichen Alltag, symbiotisch allerdings von ihm abhängig, ein eigenes gesellschaftliches System, das bei näherem Hinsehen einen erstaunlich hohen Organisationsgrad aufweist.

Es war ein wunderschöner Sommermorgen, ich hatte gut gefrühstückt und keine Lust zu arbeiten. Also schlenderte ich von der Agneskirche über die Neusser Straße zum Ebertplatz, fuhr die Rolltreppe hinunter und wollte dann wieder hinauf

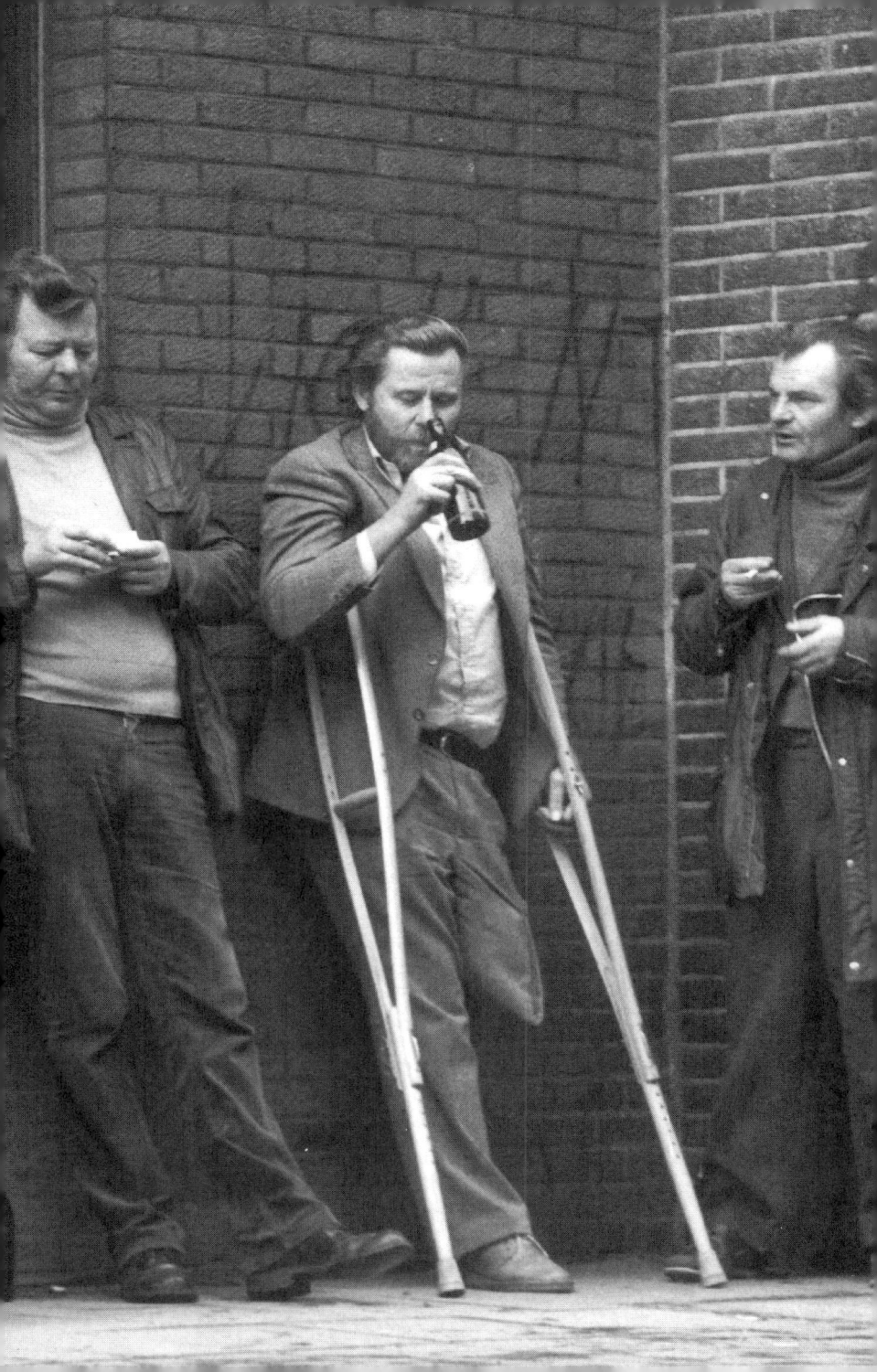

zum Eigelstein. Da sah ich, wie sich im Gebüsch, zwanzig Meter vor mir, ein Bierkasten bewegte. Normalerweise, wenn ich solche Erscheinungen habe, gehe ich weiter und tue so, als wäre nichts gewesen. Aber an diesem Morgen war ich, wie gesagt, in allerbester Verfassung, und so entschloß ich mich, der Sache auf den Grund zu gehen und stapfte ins Gebüsch. Tatsächlich fand ich dort, von einem dichten Wachholderstrauch gegen unbefugte Blicke geschützt, Hugo, der eben damit beschäftigt war, den von mir erspähten und, wie sich herausstellte, wohl gefüllten Bierkasten zu verstecken. Das war ihm nun mißglückt. Ich blieb stehen und beobachtete Hugos Tun schweigend.

In seinen stoppeligen, bläulichen Gesichtszügen stellte sich sofort jenes Mißtrauen ein, das man bei Stadtstreichern – wie bei anderen Alkoholabhängigen – findet, wenn es ums Trinken geht. »Alles klar?« sagte ich und setzte mich auf die betonierte Einfassung der städtischen Grünanlage. Hugo brummte etwas Unverständliches und hielt dann in seinen jetzt nutzlos gewordenen Bemühungen inne, den Bierkasten unsichtbar werden zu lassen. »Was haste denn vor?« Hugo sah mich von der Seite an, und dann, statt zu antworten, zog er langsam eine Flasche aus dem Kasten und reichte sie mir: »Willste?« Nun wurde ich mißtrauisch. Hatte Hugo außer dem Bierkasten anderes, vielleicht schlimmeres zu verbergen? Unsinn, er opferte einen Teil, um das Ganze zu retten! Ich nahm das Fläschchen Reissdorf an, und Hugo zückte dienstfertig einen Flaschenöffner. So kamen wir ins Gespräch, Hugo und ich, und später auch die anderen vom Ebertplatz.

Es stellte sich heraus, daß Hugo an jenem Morgen die Rolle des Vorratbewachers zugeteilt bekommen hatte. Jawohl, zugeteilt. Fast wie beim Kommiß gings bei den Pennern vom Ebertplatz zu. Die anderen waren ausgeschwärmt, um die für die ordnungsgemäße Gestaltung des Tages notwendigen Besorgungen zu erledigen, während Hugo den am frühen Morgen gemeinsam organisierten Alkoholnachschub zu sichern hatte. Mir wurde klar, daß das Pennerdasein längst nicht so bequem und unkompliziert ist, wie es für Außenstehende den

Anschein hat. Es sieht nur so aus, wenn wir sie irgendwo in Grüppchen herumlungern sehen, als seien sie faul, untätig und arbeitsscheu. Nein! Rastlos sind sie unterwegs. Ihr Tag ist durchzogen von einem engmaschigen Netz von Terminen, Erledigungen, Besorgungsgängen, informellen Treffs und Besprechungen.

Während Hugo den Ebertplatz hielt, waren zwei Kameraden losgezogen, um Nahrungsvorräte zu besorgen. Ein dritter, »die Brill«, ein bärtiger Brillenträger, hatte einen Kontakt zum Pfarrer der Agneskirche und war bei ihm wegen einer kleinen Geldzuwendung für die Tageskasse der Truppe vorstellig geworden. Ein anderer, in Sachen Sozialamt unterwegs, kam erst mittags mit einem Stapel von Formularen zurück. Diese zu würdigen, zu diskutieren und Beschlüsse darüber zu fassen, füllte dann das frühe Nachmittagsprogramm der Gemeinde, bis es Zeit wurde, den nächsten Kasten Bier zu organisieren.

Wie sie den Abend verbrachten, weiß ich nicht. Ich hatte irgendeine Verabredung und kehrte zurück in den chaotischen Alltag der Kleinbürger, in dem niemals etwas wirklich gut organisiert ist. Meine Verabredung platzte, und ich langweilte mich den Rest des Abends vor der Glotze. Seit jenem Tag weiß ich, daß der Anblick herumlungernder Pennergruppen zu falschen Schlüssen verführt. Was sich da für die Augen des eilig Vorübergehenden als faules Nichtstun und träge-verwahrloste Biergeselligkeit darbietet, dahinter verbirgt sich für den Wissenden ein wohldurchdachtes System der Lebenserhaltung und der Lebensgestaltung.

Ich weiß nicht, ob es eine besondere Eigenart der kölschen Penner ist, sich in Gruppen zusammenzutun. Aber daß wir Kölner eine unbedingte Vorliebe fürs Leben in der Geselligkeit haben, ist ja bekannt. Diese Vorliebe überträgt sich sogar auf andere Wesen, die bevorzugt in Gruppen leben. Zum Beispiel auf Spatzen. Vor kurzem stand ich irgendwo an einer Theke. Ein Mann kommt rein, stellt sich zu den anderen Gästen und erzählt ganz beiläufig, er habe gerade vor der Tür einer Taube »gegen den Kopp« getreten. Allgemeine

Empörung! Der Wüstling sieht sich zu einer Rechtfertigung gezwungen:»Ich hab die doch bloß erlöst! Die wär doch über kurz oder lang sowieso kaputt gegangen, dat dreckelige Vieh!« Der Unmut an der Theke über seine Untat hielt trotz der Erklärung an. Der Unhold mußte weiter ausholen, mußte an die Eckpfeiler kölscher Wert- und Ordnungsvorstellungen erinnern:»Tauben! Dat ist doch wirklich dat Allerletzte! Habt ihr denn noch nie gesehen, wie die zum Beispiel fressen? Wie die picken? Sowat von gierig! Ein Körnchen aufgepickt und dann direkt mit dem Schnabel nach dem Nachbarn gehackt, damit der nur janichts mitkriegt. Und eso dreckig sind die. Ich meine, die sollten se alle kaputt machen!«

Schweigen an der Theke. Der Taubenfeind fühlt sich bestätigt, holt jetzt aus zu einem Gegenbeispiel:»Aber dagegen die Mösche! Dat sind doch lustige Burschen! Da kommt so ene kleine Spatz angeflogen, sitzt auf einem Strauch, sieht, dat da unten wat zum Fressen liegt. Und wat macht dat Tierchen? Nicht, dat ihr meint, der flög jetzt da herunter und fängt an zu picken! Nein!« Der Vogelkundler macht eine Kunstpause und spitzt die Lippen:»Trilili, trilili, trilili. Da werden die anderen dazugerufen: Kutt erövver, Fründe. He jitt et jet zum Knabbere.« Zustimmendes Schweigen an der Theke. Befriedigt kippt der Spatzenfreund sein Kölsch, stellt es ab und erhebt dann noch einmal seine Stimme zu einer abschließenden Feststellung:»Also Mösche, die sind echt Klasse. Und immer lustig, die Vögelchen. Überhaupt, die Mösch, dat ist für mich der größte Vogel.«

Auf Penner freilich bezieht sich die kölsche Sympathie fürs gesellige Dasein kaum. Vielleicht spüren wir, mit solch einer Klein-Horde konfrontiert, zu sehr das Andere, Fremde. Denn gegen allen Geselligkeitstrieb verbleiben wir Kölner letzten Endes doch am liebsten in unserer Goldschmitts-Jungen-Mentalität: zu sorgen, daß das eigene Schäfchen auf dem Trockenen bleibt. Der, dem es schlecht geht, mit dem es allmählich bergab geht, der erhält unsere gefühlvoll geäußerte Teilnahmslosigkeit und hinter seinem Rücken unsere hä-

mischen Spott. Ist der Abstieg perfekt, der materielle oder psychische Ruin besiegelt, dann schlägt die kölsche Seele wieder zu. Dann wenden wir uns großmütig und bisweilen aufopferungsvoll dem armen Kerl auf dem Trottoir zu. Dann ist der Abstand schon so groß, daß wir keine Angst mehr zu haben brauchen, uns ginge es auch einmal so schlecht. Wie zum Beispiel vor ein paar Jahren das Herz eines ganzen Viertels einem solchen Penner gehörte. Der wurde versorgt, gehätschelt, in die Badewanne gesteckt, zum Frisör geschickt; kurz: er wurde gründlich resozialisiert und schließlich sogar mit einem eigenen Appartement ausgestattet. Der Stadt-Anzeiger brachte die Story ganz groß, mit Foto. Da saß er vor einer geblümten Tapete, Hände tapfer auf die Knie gestützt und lächelte zaghaft!»Das werde ich meinen Gönnern nie vergessen«, war die Bildunterschrift.

Ein solches Schicksal kann natürlich nur dem einzelgängerischen Stadtstreicher widerfahren, vorausgesetzt, es handelt sich überdies noch um einen ortsgebundenen Menschen. Das heißt um einen, der, umgeben von Bergen von Plastiktüten, Pappkartons und Koffern sich Tag und Nacht an ein und der selben Stelle in der Stadt aufhält. Ein typischer Vertreter dieses Typus saß eines Abends auf einer Bank neben dem»Goldenen Kappes« auf der Neusser Straße vor einer Plakatwand, die, von Woche zu Woche wechselnd, die herrlichsten Verlockungen von Freiheit, Abenteuer und Luxus feilbot.

Die Bank hatte er völlig in Beschlag genommen, über ihre ganze Länge sich wohnlich darauf eingerichtet. Grauhaarig war er, das Gesicht fast ganz verdeckt von einem wuchernden dunklen Bart, aus dem von Zeit zu Zeit witzige kleine Äuglein hervorblitzten. Dieses Aufblitzen der Augen war freilich die einzig feststellbare Aktivität des Mannes auf der Bank. Sonst saß er vollkommen reglos, etwas zur Seite gelehnt da, die Füße halb auf die Bank gehoben. In dieser Haltung verharrte er Stunde um Stunde. Auf der Bank neben dem»Goldenen Kappes« blieb er, Tage, Wochen, Monate, einen Herbst, einen Winter, ein Frühjahr. Wenn ich nachts aus dem »Kappes« kam, dann lag er auf der Bank, die Beine angewinkelt, eingehüllt in Jacken, Mäntel, Decken, und über den Kopf hatte er sich zum Schutz gegen das Licht der Laterne ein weiteres Kleidungsstück gezogen. Ein großes, lebendiges Bündel Lumpen. Am Morgen dann wurde die Wohnlichkeit entfaltet, die man auf einer städtischen Bank zustande bringen kann: rechts und links neben ihm, in nachlässiger Ordnung verstreut, Taschen, Koffer, Decken, Mäntel. Manchmal sah es so aus, als sitze er nur da, um diese Schätze zu bewachen. Sein Blick war teilnahmslos nach vorne gerichtet. Niemals folgte der Kopf einem Vorgang auf dem Bürgersteig oder auf der Straße. Oder bedeutete das seltene Aufblitzen seiner Äuglein, daß er auf unmerkliche Weise doch teilnahm am Leben um ihn herum? Vielleicht waren diese Blicke aus dem Hinterhalt des Bartgebüschs der Anlaß für eine der vielen Geschichten, die zuerst im »Kappes« und dann in ganz Nippes über ihn in Umlauf kamen: Bis vor einem Jahr noch, hieß es, sei er Lehrer gewesen. Und dann sei ihm die Frau durchgebrannt. Das hätte er nicht verwunden, wäre immer weiter heruntergekommen, bis er herausgefunden hätte, daß sie jetzt irgendwo in der Mauenheimer oder in der Florastraße lebe. Und dann hätte er sich auf die Bank gesetzt. Ihr leibhaftiges und jammervolles schlechtes Gewissen. Keinen Einkauf könne sie machen, keinen Fuß vor die Tür setzen, ohne an ihre Treulosigkeit gemahnt zu werden. Wahrscheinlich hätte es dieser rührseligen Story gar nicht bedurft, um aus dem bärtigen Lumpenkerl den Liebling von Nippes werden zu lassen. Es dauerte keine zwei Wochen, da pochte das soziale Herz der Nippeser, vor allem das der weiblichen, vernehmlich laut für den Kappes-Penner.

Zuerst sporadisch, dann mit schöner Regelmäßigkeit wurde der Mann versorgt. Unauffällig ließen Hausfrauen Plastiktüten mit Lebensmitteln neben seiner Bank stehen, legten mal ein Päckchen Zigaretten, mal eine Tafel Schokolade dazu. Und der Bärtige wußte sich zu bedanken. Zumindest wußte er sich so zu benehmen, daß die ihm erbrachte Gunst nicht versiegte. Der anrüchige Fusel verschwand aus seiner

Hand. Statt einer Flasche Wermouth stand jetzt immer ein nettes Döschen Cola oder Limo in seiner Griffweite. Gegen Abend pflegte er dann, wie der Arbeitsmann zum Feierabend, ein Fläschchen Bier zu trinken, bevor er sich zur Ruhe begab.

Eines Tages aber brach die Katastrophe über den Liebling von Nippes herein. Arbeiter des Grünflächenamtes kamen und zogen ihm seine Bank unterm Hintern weg. Städtische Bänke werden halt irgendwann frisch gestrichen. Ohne festen Wohnsitz mußte sein Leben durcheinander kommen, die fragile Ordnung zusammenbrechen. Hilflos saß er auf einem Betonsockel nahe der Straße, wirr seine Habe um sich gruppiert, verloren. Würde er verschwinden? Nein! Als ich abends noch einmal an ihm vorbeikam, war von hilfreichen Nachbarn, denen die Not des Mannes wohl zu Herzen gegangen war, alles wieder in Ordnung gebracht. Der Penner saß wieder vor der Plakatwand wie immer. Nur nicht auf der langen weißen städtischen Bank sondern auf einem bequemen altmodischen Wohnzimmersessel.

Zugegeben, meine Angst vor Pennern ist trotz vieler Begegnungen mit ihnen nicht geringer geworden. Ich meine nicht die Angst davor, daß sie mich anbetteln könnten. Ich meine die Angst, selbst, sechs durchgeschlissene Jacken übereinandergezogen, mit schmutzigen Fingernägeln, blauer Trinkernase und triefenden Augen, eines Tages auf einer städtischen Bank zu sitzen und mit zitternden Fingern aus den letzten Tabakkrümeln eine Zigarette drehen zu müssen. Ein Stück Penner steckt vielleicht in jedem. Wahrscheinlich gibt es für den, der einmal Penner ist, keinen Trost mehr, gibt es nur noch den Gedanken ans Überleben. Aber wenn ich wieder einmal denke: So wie der, so könntest du auch einmal aussehen, dann tröste ich mich mit dem Wissen, auch das Überleben kann gut organisiert, kommunikativ gestaltet und mit einer Tafel Schokolade von einer Nippeser Hausfrau versüßt werden.

Freitags kommt
der Klüttenmann

Mama, der Mann mit dem Koks ist da.
Ja wer hat denn den Mann mit dem Koks bestellt?
Ich hab kein Geld, du hast kein Geld.

Wenn es freitags morgens bei Frieda und Gerdi Riedel in
der Ehrenfelder Wahlenstraße klingelt, kann das nur einer
sein: der Klüttenmann! Jeden Freitag, winters wie sommers,
schleppt Christian Sybertz den beiden alten Damen die
Klütten in den dritten Stock. Im Winter, wenn es besonders
kalt ist, muß er viermal mit einem Zentner auf dem Rücken
die Treppen hoch, im Sommer bloß einmal. Klütten sind für
die zwei Schwestern ein Lebenselixier: Klütten wärmen ihnen nicht nur die beiden Zimmerchen unterm Dach, auf
Klütten kann man auch kochen, und Gerdi und Frieda tun
das, jeden Tag, solange sie zurückdenken können. Und
wenn sie zurückdenken, dann führt sie ihre Vorstellung in
jene Zeit, in der Klütten sehr, sehr rar waren und in der sogar ein kölscher Kardinal seinen Namen hergab – für das
Klauen des »schwarzen Goldes«. Aus dieser Zeit, in der
nichts so wichtig und nichts so knapp war wie Klütten,
stammt der geradezu mythische Stellenwert, den viele Ältere noch den Briketts zumessen. War im November vergangenen Jahres in einer Zeitungsmeldung von »Engpäs-
sen bei Rheinbraun« und »Lieferschwierigkeiten der Koh-
lenhändler« die Rede, prompt spannten sich Dutzende von
Kölnern vor rasch aus den Kellern gekramte Leiterwägel-
chen, schoben Sackkarren, mit einem Wort: Katastrophen-
stimmung! Und das alles nur, um beim Klüttenmann um die
Ecke »die letzten Briketts«, wie sie glaubten, ergattern zu
können.

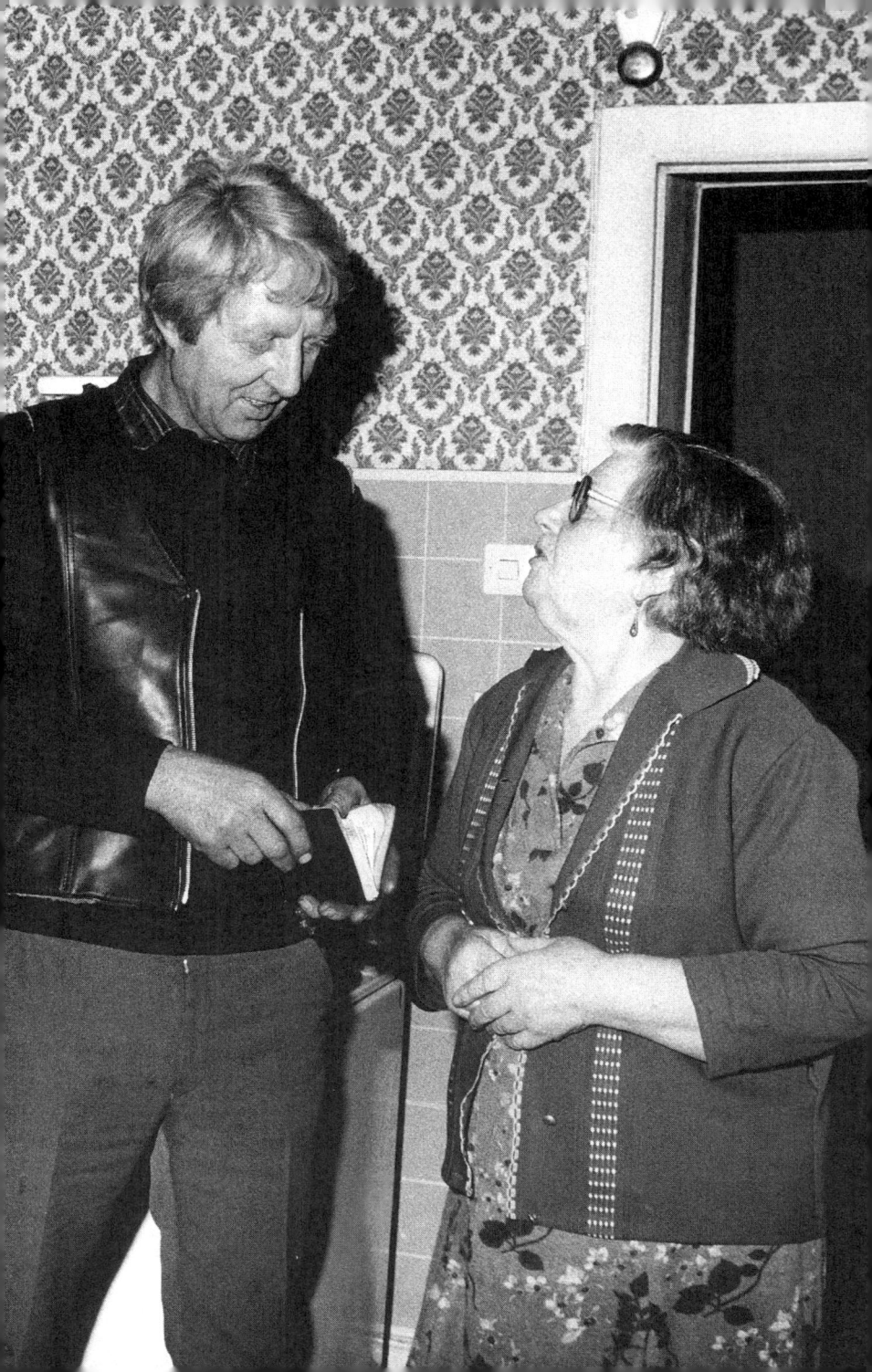

Kohlen, Klütten, Koks, Briketts, Uneingeweihte glauben vielleicht, das wäre alles das gleiche. Aber so einfach ist das ganz und gar nicht! Die Sprache, vor allem die kölsche, macht da feine, also gewichtige Unterschiede, und bevor jetzt weiter vom Klüttenmann und seiner Bedeutung die Rede ist, muß wohl geklärt werden, wie der Stoff denn genau heißt, mit dem er handelt.

Zunächst: Kohlen sind keine Klütten! Frieda und Gerdi Riedel würden es mit Empörung zurückweisen, wenn man behauptete, sie heizten und kochten mit Kohlen. Nein, sie stecken Klütten in den Ofen. Klütten sind Briketts. Briketts sind aus Braunkohle gemacht. Kohle ist Koks. Koks ist aus Steinkohle und kostet dreimal soviel wie Briketts. Briketts sind sozusagen die Kohlen des kleinen Mannes. Ganz abgesehen vom unerschwinglichen Preis, paßt Koks nicht in jeden Ofen. Nicht, daß er zu vornehm für Riedels alten Küchenofen wäre, nein, aber der Koks würde die Herdplatte im wahrsten Sinne des Wortes zur Weißglut bringen, und sie würde auseinanderplatzen. Koks hat einen fünfmal höheren Brennwert als Briketts, und eben das macht Koks so teuer. Ein paar Schaufeln Koks in den entsprechenden Ofen, und er brennt stundenlang. Briketts dagegen muß man häufig nachlegen, dafür sind sie aber auch billig.

Leute, für die die regelmäßige Versorgung mit Briketts mit zum wichtigsten im Alltagsleben gehört, sind die Hauptkundschaft von Christian Sybertz. Mit seinem Vetter Willi Sassenfeld betreibt er seit den frühen fünfziger Jahren die Kohlenhandlung Sassenfeld auf der Weinsbergstraße in Ehrenfeld, gleich hinter dem Melaten-Friedhof. Wenn Sybertz mit seinem Klüttenwagen durch Ossendorf, Bickendorf und Ehrenfeld schaukelt, darf er weder Hut noch Mütze aufhaben. Obwohl das seinen blonden Haaren gut täte, wenn er eine Kopfbedeckung trüge, fiele ihm bald der Arm ab, so oft müßte er sie grüßend vom Kopf nehmen. Hier, in den Vierteln um die Venloer Straße, kennt ihn fast jeder.

Klütten geben nicht nur im Ofen eine wohlige Wärme ab, Klütten schaffen auch lebenslange Vertrauensverhältnisse,

Freundschaften gar. Bei einem Stoff, der für viele Menschen hier noch eine so wichtige Bedeutung hat, ist es klar, daß der Händler dieses Stoffes eine zentrale Figur ist. Daß er ein korrekter, ein ehrlicher Händler ist, ist eine der Voraussetzungen seiner Beliebtheit. Korrekt heißt hier: bei ihm ist ein Zentner ein Zentner. Seine Zentner sind keine kölschen Zentner! Anders: ein kölscher Zentner ist kein Zentner! Oder noch deutlicher: Ein Händler, dem man nachsagen kann: »Dä hätt noch nie ene Zentner em Sack jehatt!« erfreut sich keiner großen Beliebtheit.

Klar jedenfalls ist, daß bei den harten Konkurrenzkämpfen, die die zweiundsiebzig kölschen Klüttenhändler sich liefern, bei manchem der Zentner einfach keine fünfzig Kilogramm wiegen kann. Denn egal ob sie von ihren Kunden dreizehn Mark neunzig, dreizehn Mark zehn oder auch zwölf Mark fünfundachtzig nehmen, beim Monopolisten Rheinbraun zahlen alle Klüttenhändler, ob groß oder klein, den gleichen Preis. Wer weit unter dreizehn Mark anbietet, der hat entweder eine soziale Ader, oder ... Des Klüttenmanns Ehrlichkeit ist freilich nur eine der Voraussetzungen seiner Beliebtheit. Ebenso wichtig ist auch, wie regelmäßig er kommt, und wie pünktlich er ist. Seine Zuverlässigkeit spielt vor allem für die ärmeren Leute eine wesentliche Rolle. Für die Leute nämlich, die es sich nicht leisten können, sich im Juli oder August mit einem Rutsch hundert Zentner Winterbrand – und sei's zum Sommerpreis – in den Keller schütten zu lassen. Sie müssen darauf bauen können, daß der Klüttenmann pünktlich jede Woche oder alle zwei Wochen eine neue Lieferung bringt.

Zum Beispiel die Frau Schall in der Leostraße, die kann nach dem Klüttenmann Sybertz die Uhr stellen, so pünktlich stellt der ihr seit zwanzig Jahren alle vierzehn Tage die drei Bündel Brikett sauber im Hof unter eine Plastikplane. Das ist nämlich das Tolle am Klüttenhändler Sybertz, daß der auch Bündel liefert, obwohl die natürlich etwas teurer sind als die losen Klütten in Säcken. Aber die Frau Schall hat keinen Keller und die Briketts wild auf dem Hof herumliegen haben, will sie nicht. Aber nicht nur wegen der Bündel und der Zuverlässigkeit des Herrn Sybertz hängt das Herz der alten Frau Schall am Klüttenmann. Sybertz ist überdies der letzte und einzige, der ihr rät, auf keinen Fall den Kohleofen und den Küchenherd abzuschaffen, wie es der Hausbesitzer will, der überall im Haus schon Anschlüsse fürs Erdgas hat legen lassen. Eisern und nur mit ihrem Klüttenmann im Rücken verteidigt die Frau Schall ihre Klütten, erstens, weil es überhaupt nichts billigeres gibt und zweitens, weil sie halt immer schon mit Klütten gekocht und gestocht hat.

Ende März, Anfang April ist die Klüttensaison zu Ende. Sobald die ersten frühlingswarmen Sonnenstrahlen den Asphalt wärmen, sparen die Leute an den Klütten, egal wie kalt es in den Zimmern noch sein mag. So sitzen dann die zweiundsiebzig kölschen Klüttenmänner in ihren warmen Büros, reiben sich die Hände, wenn im Fernsehen von einer »kleinen Zwischeneiszeit« die Rede ist, zählen das im Winter hart verdiente Geld, trinken Kaffee und warten auf die nächste Saison, die im Juli mit der Einkellerung für den Winterbrand beginnt. Rechnungen oder gar Mahnungen brauchen sie nicht zu schreiben, Klütten werden in Köln seit alters her bar bezahlt.

Geh mal zur Seite, Kleiner

Nettchen

Der Großteil sandelt dann dahin, die verkommen auf den Straßen. Ich hab ein Glück, daß mich die Herta vom Strich weggebracht hat, sonst würd ich heute noch gehen. Die Herta hat mich als Serviererin angestellt. Sie hat gesagt: »Mizi, horch, scheiß auf die Hackn. Schau, was willst du noch verdienen? Millionen?« »Blöde Sau«, hat sie gesagt, »du schiebst dir einen Beutel eini und hast einen Dreck!« Wenn ich die Herta nicht hätte, ich würde wahrscheinlich auch versandeln.

Mizi

Sie weiß, was los ist. Wußte es, bevor er zur Tür hereinkam. Sie liest ein paar Flusen vom Teppichboden auf. Geht auf und ab im engen, von Fernseher, Schrankwand, Couch, Sessel und Beistelltischchen überfüllten Wohnzimmer. Zupft ein paar weiße Plastikrosen in einer Vase auf dem Fernseher zurecht. Sie weiß es schon lange und wollte es nicht wahrhaben. Er sitzt jetzt im Sessel. Steif hockt er auf der Kante, schweigt, beide Hände um die Knie geklammert. Sie schweigt ebenfalls. Könnte auch nichts sagen. Ihre Kehle ist taub, vereist. Der Kopf dröhnt ihr. Sie unterbricht ihre Wanderung durchs Wohnzimmer, setzt sich ihm gegenüber auf die Couch, zupft im Sitzen noch ein paar Staubflöckchen vom Boden, um ihm nicht ins Gesicht sehen zu müssen.

»Nett!« sagt er.

Sie schaut nicht auf.

»Nett, ich muß dir weh tun.«

Sie hatte es gewußt.

»Nett!«

Sie blickt immer noch nicht auf und ist froh, daß sie das

Schluchzen unterdrücken kann. Es gibt keine Szene. Keinem ihrer Männer hat sie je eine Szene gemacht, selbst nicht, wenn sie betrunken war.

»Nett, ich hab 'ne andere.«

Sie nickt stumm.

»Dat haste doch gewußt, oder?«

Natürlich hatte sie es gewußt. Aber sie hatte nicht gewußt, was sie dagegen hätte tun können. Eigentlich war es klar. Sie ist fast sechsundfünfzig, er mehr als zehn Jahre jünger. Und Geld bringt man in ihrem Alter, in diesem Beruf auch nicht mehr viel nach Hause. Ihr Stenz war er ohnehin nie gewesen. »Behalt deine paar Groschen«, hatte er immer etwas abschätzig gesagt. Er hatte Arbeit und es nicht nötig, sich von einer alternden Hure aushalten zu lassen.

Während sie auf der Couch sitzen bleibt und versucht, den Kloß in ihrem Hals herunterzuschlucken, ohne daß ihr dabei Tränen in die Augen treten, beginnt er nebenan im Schlafzimmer seine Hemden und Hosen aus dem glasverkleideten Schrank in einen Koffer zu packen.

Dreiundzwanzig Mark brachte die Arbeit am Fließband bei Stollwerck ein. In der Woche. Die Mädchen neben ihr am Band waren froh, daß sie überhaupt Arbeit hatten. Und dreiundzwanzig Mark in der Woche waren 1949 zumindest soviel Geld, daß man davon die Miete bezahlen, etwas zu essen kaufen und vielleicht wenn man überhaupt dran kam den einen oder anderen Meter Stoff an Land ziehen konnte, um sich etwas daraus zu nähen. Sie konnte nicht nähen. Und sie haßte diese zusammengeschusterten Kleidchen, mit denen ihre Freundinnen samstagsabends ins *Bloomekörvje* zum Tanzen kamen. »Ich sehe doch nicht schlecht aus!« sagte sie zu ihrer Mutter, mit der zusammen sie in der Zwirnerstraße eine Zweizimmerwohnung teilte. »Was soll ich dann mit so zusammengestoppelten Pluuten rumlaufen?« Die Mutter sagte nichts. Nettchen bürstete vor dem Spiegel ihren rotgefärbten Pony glatt und lächelte sich an.

An einem warmen Juniabend, sie hatte sich nach Feierabend umgezogen, den Pony gekämmt, Lippenstift aufgelegt, stand sie in der Zwirnerstraße vor der Haustür und wartete darauf, daß Heidi vorbeikäme. Heidi war die einzige unter ihren Schulfreundinnen, die nicht in die Fabrik ging. Heidi, munkelten die anderen, Heidi ging »anschaffen«. Nettchens Vorstellung davon, was »anschaffen« bedeutete, war sehr verschwommen. Es schwang etwas Verworfenes mit, wenn vom »Anschaffen« die Rede war. Klar war ihr nur, daß Heidi keine selbstgenähten Kleider trug und nicht in die Fabrik ging.

»'n Abend Heidi!«

»Ach, Nettchen. Haste auf mich gewartet?« Die andere hatte die Situation sofort erfaßt.

»Nee. Ich wollt nur mal wissen, wie es dir so geht?«

»Du wolltest wissen, wo ich anschaffen gehe!«

Nettchen wurde ein wenig verlegen, druckste herum.

»Ich weiß gar nicht, was das überhaupt ist«, sagte sie schließlich.

»Dann komm doch mal mit!«

Der *Tauzieher* in der Holzgasse, an der Ecke zur Rheinuferstraße, war ein Hafenlokal. Seinen Namen hatte er von der in den 20er Jahren gegenüber, am Eingang zum Rheinauhafen installierten Stein-Skulptur entliehen. Arbeiter, Matrosen und Soldaten verkehrten hier. Und leichte Mädchen. Heidi stellte dem Wirt und den anderen Mädchen die neue Kollegin vor. Daß es eine neue Kollegin sein würde, war an diesem Sommerabend sofort allen klar. Sie saßen am Tisch, erzählten. Eine halbe Stunde später kam der Wirt zu den beiden, sagte, zwei Herren dort hinten an dem Ecktisch würden sie gern zu etwas einladen.

»Komm mit«, sagte Heidi.

Nettchen genierte sich. Wurde rot. Bekam den Mund nicht auf.

»Was soll ich denn machen?« flüsterte sie der andern zu, nachdem das unzweideutige Angebot von den Herren schließlich ausgesprochen war.

»Mach immer das, was ich tue«, sagte Heidi, die Kollegin. Das Nachbargebäude des *Tauzieher*, ein langgestreckter Flachbau, beherbergte in den Jahren nach dem Krieg ein Dunlop-Reifenlager. Da Autoreifen zu der Zeit rar waren, gab es einen Nachtwächter im Lager. Mit dem war Heidi ins Geschäft gekommen. Drei Mark nahm er für einen Besuch Heidis mit einem Kunden und dafür, daß er ihr ein ruhiges Plätzchen zwischen zwei Reifenstapeln zur Verfügung stellte.

Zweimal an diesem Juniabend ging Nettchen mit einem Gast aus dem *Tauzieher* nach nebenan ins Reifenlager. Zehn Mark in zwei Stunden, Trinken frei! Es war kein großes Kunststück sich auszurechnen, wieviel mehr mit dem »Anschaffen« zu verdienen war als in der Fabrik, und es überkam sie ein schummriges Glücksgefühl bei der Vorstellung, wieviel Kleider, Schuhe, Blusen und Röcke sie sich würde kaufen können von all dem Geld, das es im *Tauzieher* zu verdienen gab. Jeden Abend, gleich nach Feierabend, zog sie sich um, machte sich fein und ging aus, wie sie der Mutter sagte.

»Du siehst arg mitgenommen aus«, sagte die Mutter nach drei Wochen.

»Das ist das frühe Aufstehen«, sagte Nettchen. »Übrigens, hier haste fuffzig Mark, hab ich gestern auf der Straße gefunden.«

Mißtrauisch nahm die Mutter den Schein. Noch mißtrauischer betrachtete sie im frühen Herbst den neuen Pelzmantel, den Nettchen sich zugelegt hatte.

»Hast du schon wieder Geld gefunden?«

»Nee. Ich hab was zurückgelegt, der alte Mantel war richtig durch, das haste doch gesehen. Den hier hab ich für ganz kleine Maus gekriegt.«

Zweihundert Mark hatte er gekostet, mehr als einen Wochenverdienst im *Tauzieher*. Aber der alte war wirklich nicht mehr zu gebrauchen gewesen. Anders als Heidi konnte sie es anfangs nämlich nicht im Stehen. Also hatte sie ihren Mantel im Reifenlager immer auf den Boden gelegt, um darauf ihre Kunden zu bedienen. Dem Mantel war das natürlich nicht bekommen.

Anfang November wußte die Mutter es dann doch. Der Nachtwächter des Reifenlagers war aufgeflogen mit seinem Nebenverdienst, und so mußten die Mädchen aus dem Tauzieher mit ihren Kunden ins nächste Hotel.

»Was hab ich da gehört?« sagte die Mutter.

»Was denn, Mama?«

»Die Wiehls von nebenan haben dich gesehen, wie du mit einem Kerl vorm *Tauzieher* in ein Taxi gestiegen bist. Und eine halbe Stunde später haste wieder beim *Tauzieher* vor der Tür gestanden!« Nettchen schwieg.

»Jetzt weiß ich, warum du so schlecht aussiehst: du gehst anschaffen!«

Nettchen hob den Blick vom Boden und sah der Mutter ins Gesicht. »Gut Mama, daß du es jetzt weißt! Ich hätt es selbst nicht übers Herz gebracht.«

»Du bist alt genug, um zu wissen was du tust«, sagte die Mutter. »Ich find das zwar nicht gut, aber von mir aus kannste hier wohnen bleiben. Nur Kerle, die bringste mir nicht mit nach Haus!«

Am nächsten Tag ging Nettchen nicht mehr in die Fabrik.

Es sind fast zwanzig Grad unter Null. Schon seit anderthalb Wochen ist es so kalt. Und es ist erst Mitte Januar. Der Winter ist noch lange nicht vorbei. Was das an Heizung kostet! Und das Geschäft ist so gut wie tot. Heute morgen ein einziger Kunde! Statt der verlangten dreißig hat er fünfzig Mark gezahlt. Weil sie nett zu ihm war. »Trinkste ein Täßchen Kaffee mit?« »Nee, brauchs nichts extra. Ich zieh mich auch so ganz aus.«

Fünfzig Mark Tagesumsatz! Damit kommt sie vielleicht auf die Miete und den Strom, das Essen ist da nicht mit gedeckt. Die verdammte Kälte. Da bleiben die Freier zu Hause. Trotzdem sitzt sie bis zum Ende ihrer Schicht am Fenster. Ihre Schicht, sie nennt es so, obwohl es hier im Stavenhof niemanden gibt, der sie kontrollieren würde, ihre Schicht hält sie ein wie eine pflichtbewußte Beamtin. Von morgens um zehn bis abends um acht. Jeden Tag, außer mittwochs, der

Mittwoch ist ihr freier Tag, jeden anderen Tag sitzt sie hinter ihrem Fenster und wartet.

Heute abend nimmt sie kein Taxi, fährt mit der U-Bahn nach Hause, obwohl es so kalt ist. Morgen abend wieder. Morgen ist Dienstag, da kommen zwei Stammkunden. Wenn sie kommen, bei der Kälte.

Taxifahren, zweimal in der Woche zum Frisör, Essen nur aus dem Restaurant. Gewohnheiten aus einer Zeit, in der sie Geld einfuhr wie Heu. Sie hat die Gewohnheiten beibehalten. Sie kann nicht kochen, kann nicht nähen. Den Haushalt hält eine Putzfrau in Ordnung, die zweimal die Woche kommt. Bis vor drei Jahren hat das die Mutter gemacht. Die liegt jetzt auf dem Südfriedhof.

Zu Hause ist es kälter als in dem Zimmer im Stavenhof. Die Zentralheizung schafft die extremen Temperaturen nicht. Sie fröstelt, stellt den Radiator im Wohnzimmer an. Im Fernsehen läuft nichts, was sie interessiert. Sie schaltet wieder ab. Dann ruft sie beim Chinesen an: »Chop Soey, wie immer, hol ich gleich ab.« Sie geht in den Flur, nimmt den Mantel von der Garderobe und zieht ihn über. Der Chinese ist schnell.

Die Zeit der großen Träume, Anfang der 50er Jahre, dauerte nicht allzulange. Jack, den Amerikaner, hatte sie im *Höchsten Punkt* kennengelernt, der ersten Nachtbar in Köln, in der Mariengartengasse. Sie feierten zusammen, schliefen zusammen in einer Pension, machten Pläne. Er wollte, daß sie mit ihm nach Kanada ging. Sie ließ sich die Papiere fertigmachen und sagte zur Mutter: »Nächstes Jahr kommst du uns besuchen!«

Jack, der Soldat, wurde nach Wiesbaden verlegt. Sie zog mit ihm. Anderhalb Jahre lebten sie dort. Die Auswanderungspläne lagen auf Eis. Dann zog Jack für sechs Wochen ins Manöver, irgendwo im Bayrischen Wald. Sie hatte keine Lust, allein in Wiesbaden zu bleiben und ging mit ihm, quartierte sich in einer Pension ein. Abends kam Jack zu ihr. Sie hätte sich dort polizeilich anmelden müssen, tat es aber nicht.

»HWG-Personen« hießen damals bei der Polizei Frauen,

die sich prostituierten: Personen mit häufig wechselndem Geschlechtsverkehr. Unter ihnen waren die »Ami-Bräute«, die mit Vorliebe verfolgten »Kriminellen« der »Gummijahre«. Wenn sie erwischt wurden, steckte man sie ins Zuchthaus. Nettchen wurde erwischt. In einer Bar kontrollierten Polizisten ihre und Jacks Papiere. Sie hatte sich nicht angemeldet, also war sie eine Ami-Hure. Das Jahr Zuchthaus machte sie im Landauer Frauenknast mit Drehen von Matratzenfedern ab.

Als sie raus kam, war Jack weg. Sie fuhr nach Köln, zu ihrer Mutter. Der war das peinlich, denn sie hatte in den letzten Jahren voller Stolz überall erzählt, ihr Nettchen sei nach Kanada ausgewandert: »Der geht es vielleicht gut da!«

Jetzt wusch und bügelte sie die Röcke und Blusen ihrer Tochter und Nettchen ging wieder zum *Tauzieher*. Das Jahr Arbeitshaus in Landau, die von den Matratzenfedern geschundenen Hände hatten ihr die Lust an der Fabrikarbeit endgültig verleidet. Und schließlich war es ja kein schlechtes Geschäft im *Tauzieher*. Sie konnte sich Kleider kaufen, soviel sie wollte, konnte den Morgen in der Wohnung der Mutter in aller Ruhe damit zubringen, ihren roten Pony zu striegeln und die passende Sorte Rouge auszuprobieren. Es war wieder Sommer und an schönen Tagen standen die Mädchen vom *Tauzieher* vor der Wirtshaustür, weniger, um Kunden anzulocken, als vielmehr um die frische Luft und die Sonne zu genießen, das träge Fließen des Rheins zu beobachten und den wenigen Autos, die damals auf der Rheinuferstraße fuhren, nachzuschauen.

Eines Tages flezten sie und die anderen Mädchen sich wieder einmal in der Mittagssonne vor dem *Tauzieher*, zankten sich gerade darüber, wer von ihnen wo und zu welchem Preis die besten Nylons organisieren könne, als zwei Männer in den dunkelblauen Uniformen der Rheinuferbahn-Angestellten vorübergingen, und, die Hände in den Hosentaschen, ein paar anzügliche Bemerkungen in Richtung der Frauen losließen. Nettchen blieb eine passende Antwort im Halse stecken. Sie hatte die beiden erkannt. Es waren Arbeitskollegen ihres Vaters. Und auch die beiden hatten sie erkannt, trotz ihres professionellen Kostüms und der entsprechenden Maquillage. Sie blieben stehen, starrten sie an.

»Kommt rein, schnell!« sagte sie zu den zwei Eisenbahnangestellten.

Zögernd folgten sie ihr in den Gastraum.

Vater und Mutter waren seit 1942 geschieden. Die Kontakte zwischen den Eltern beschränkten sich auf ein bürokratisch notwendiges Minimum und eben auf Nettchen, die der Vater nicht aus den Augen lassen wollte.

»Ihr seht ja, was ist«, beschwor sie die beiden Uniformierten im Dunkel des *Tauzieher* über zwei Kölsch und zwei Korn hinweg, die sie ihnen ausgegeben hatte. Die Kollegen grinsten sich an und tranken,

»Und um Gottes willen, sagt meinem Alten nichts davon!«

Sie gab noch eine Runde aus. Aber es half nichts. Wahrscheinlich nicht aus Bösartigkeit dem rothaarigen Hürchen gegenüber, das sie kannten, seitdem es laufen gelernt hatte, eher um der Genugtuung willen, dem Kollegen eins auswischen zu können, ließen sie im Eisenbahnerkreis die Sensation die Runde machen.

Zwei Tage später erschien der Vater vor dem *Tauzieher*, im Schlepptau die Mutter, der er die Schande, die die Tochter ihm bereitete, hautnah und beweiskräftig vor Augen zu führen gedachte. Er hatte sich verkalkuliert. Nettchen, umringt von verteidigungsbereiten Kolleginnen, konnte vom Eingang des *Tauziehers* aus sehen und hören, wie die Mutter lautstark und ohne dabei an speziellen Ausdrücken aus dem Severinsviertel zu sparen, des Vaters Ehrbegriff zurechtrückte. Passanten blieben stehen, bildeten einen Kreis um das streitende Elternpaar und diskutierten schließlich unter sich, nachdem sie begriffen hatten, um was es da ging, ebenfalls über Begriffe wie »Anstand« und »Moral«, »ehrlicher« und »unehrlicher Broterwerb«. Weniger die Schlagfertigkeit und die Stichhaltigkeit der Argumente seiner Ex-Frau als die peinliche Menschenansammlung brachten den Vater schließlich zum Verstummen. Dann ging er, ohne Nettchen noch einmal angesehen zu haben,

Von diesem Tag an war Nettchen klar, daß ihr Beruf Prostituierte war. Es stand für sie fest, daß sie von nun an »anschaffen gehen« würde. Ein Jahr später war ihr die Arbeit im *Tauzieher* zu aufwendig und zu mühselig geworden. Auch zu gefährlich, denn viele Matrosen verlangten von den Mädchen, daß sie mit ihnen auf ihre Schiffe im Rheinauhafen kamen, und das war auch für die Abgebrühtesten kein Zuckerschlecken.

»Mama«, sagte sie eines Nachmittags. »Wenn ich schon anschaffen gehe, dann auch richtig!«

»Was meinst du damit?«

»Ich geh in den Puff!«

»Tu was du willst«, sagte die Mutter. »Du bist alt genug, um zu wissen, was du tust.«

Irgendwann im Frühjahr 1956 fing Nettchen in der Kleinen Brinkgasse an.

Über Nacht sind Eisblumen am Fenster zum Stavenhof hochgekrochen. Die Kohlen, die sie am Abend vorher aufgelegt hatte, hielten nicht vor. Die Asche im Ofen ist glutlos, kalt. Sie heizt ein und während im Ofen die Anmachscheite knacken, hält sie einen elektrischen Radiator gegen das Fenster, um die Eisblumen abzutauen, damit man von außen hineinsehen kann. Sie wandert durch das düstere, kalte Zimmer, in dem sie ihre Arbeit verrichtet, rückt einen Sessel zurecht, faltet das Leintuch am Fußende der Liege neu, klopft es mit in langen Jahren erworbener Routine auf einem Knie glatt. Sie breitet es immer erst dann aus, wenn der Kunde gezahlt hat.

Als sie vor acht Jahren aus dem Eros-Center wieder zurück in den Stavenhof wechselte, war das Parterre-Zimmer hier jahrelang ungenutzt gewesen, der Putz bröckelte von den Wänden, die Möbel waren Ruinen. Sie hatte alles zum Sperrmüll gegeben, neu tapezieren lassen und sich bei einem der Gebrauchtwarenhändler auf dem Gereonswall neu

eingerichtet. Sogar ein Eisschrank steht jetzt hinten in der Kochnische, wenn einer Bier oder Sekt will. Aber die meisten wollen nicht. Früher brauchte sie hier keinen Sekt im Eisschrank. Die Frau Brüning hatte gleich nebenan ein kleines Lebensmittelgeschäft, praktisch nur für die Mädchen, die auf der Straße oder an den Fenstern arbeiteten. Wenn einer der Freier was trinken wollte, lief man schnell rüber und ließ anschreiben. Nach der Schicht saßen die Mädchen dann oft zusammen in Frau Brünings Küche, tranken, erzählten und gaben gegenseitig damit an, was sie alles verdient hatten.

Das Lebensmittelgeschäft der Frau Brüning gibt es schon lange nicht mehr. Sie machte zu, als die Stadt den Stavenhof schloß. Und heute, für die paar alten Frauen, die hier noch arbeiten, würde sich so was ohnehin nicht mehr lohnen. Die erste Lage Brikett glüht, der Ofen gibt Hitze ab, doch die erreicht noch nicht den Fensterplatz. Obwohl sie weiß, daß das kaum anziehend wirkt, wickelt sie sich eine Decke um die Schultern und setzt sich damit hinters Fenster. Sie zieht die Gardine zur Seite, damit man sie sehen kann, greift nach ihrem Buch und beginnt zu lesen. Es ist zehn Uhr morgens, die Zeit, zu der vielleicht schon der eine oder andere Freier draußen vorübergehen könnte. Normalerweise. Wenn es nicht so kalt wäre.

Anfangs kostete die Miete für das Zimmer in der Kleinen Brinkgasse elf Mark pro Nacht, später dreizehn. Die Tarife für die Freier waren fest geregelt, wie beim Frisör: Normaltarif fünf Mark, ausgezogen zehn Mark, nach Mitternacht zehn Mark normal, ausgezogen fünfzehn. Der Stundentarif lag bei vierzig Mark. Sie arbeitete in der Nachtschicht, Dienstbeginn 20 Uhr.

Die Kleine Brinkgasse war gegen die Ehrenstraße durch eine Mauer abgeschottet. In der Mauer gab es einen schmalen Durchlaß, dahinter dann die kleinen einstöckigen Häuschen, die heute noch stehen. An den Eingangstüren priesen die Wirtschafterinnen, abgetakelte Prostituierte, zu alt fürs eigentliche Geschäft, die Ware an: »Kommt mal her! Ich hab

Mädchen da! Komm rein! Kannste dir eine aussuchen!« Mit
drei Kolleginnen stand Nettchen hinter der Wirtschafterin im
Flur oder saß im Parterrefenster des zur Straßenseite gelege-
nen Koberzimmers, dem Aufenthalts- und Schminkraum der
Mädchen. Gearbeitet wurde in den vier Zimmern auf dem ersten Stock. Aber manchmal, wenn gleich ein ganzer Ke-
gelclub die Jahreskasse verjubeln wollte, gings auch im
Koberzimmer hoch her.

Die Mädchen hatten sich ein paar Vorführungen ausge-
dacht, um die Kunden auf den Geschmack zu bringen:»Der
Soldat im Freien« oder »Der brennende Christbaum« hießen
die Erfolgsnummern. Anschließend stiefelte dann ein Kegel-
bruder nach dem anderen mit einem der Mädchen die Treppe hinauf. Oder auch nicht:»Nee, das kann ich nicht! Ich
kann nicht mit raufgehen, wegen dem Quatschkopf da. Dann
sagt der das meiner Frau!«

Die Nachtschicht in der Brinkgasse war zwar einträglich,
aber sie war auch anstrengend. Nach drei Jahren wechselte
sie wieder hinunter zum Rhein, in das dortige Pendant zur
Brinkgasse, in die Nächelsgasse. Und sie wechselte in die weniger aufreibende Tagesschicht. Irgendwie entsprach das
ihrem Bedürfnis nach einem geregelten, überschaubaren Leben. Und zumindest tagsüber war der Betrieb hier in der
Nächelsgasse der Inbegriff einer überschaubaren, kleinbür-
gerlich geordneten Welt.

Punkt zehn nahmen die Mädchen ihre Fensterplätze ein
und unterhielten sich über die noch menschenleere Straße
hinweg. Kurz nach zehn stakste die Inhaberin eines Lebens-
mittelgeschäfts aus der Koelhoffstraße mit einem Notizblock
von Fenster zu Fenster und notierte die Frühstücks- und Ge-
tränkewünsche der Mädchen. Wirtschafterinnen wie in der
Brinkgasse gab es hier nicht, zumindest nicht in der Funkti-
on als Anreißerinnen. Standfrauen hießen hier die Besorge-
rinnen. Sie kochten Kaffee, besorgten Essen, Präservative und
Servietten. Und es gab die sogenannten »Abzahler«, Leute
wie die Frau Klever, die Frau Mühlhausen oder den »Düsseldorfer Fred«, die mit Mänteln, Taschen, Schuhen und

Schmuck in die Koberzimmer kamen und die Mädchen zum Kauf animierten. »Abzahler« hießen sie deshalb, weil die Mädchen sich natürlich immer über ihre Verhältnisse mit dem überflüssigen Kram eindeckten. So standen sie immer in der Kreide, und wenn die Abzahler kamen, hieß es eben abzahlen.

»Aber Nett! Du hast doch schon tausend Mark bei mir zu stehen!«

»Aber das Krokotäschchen gefällt mir so gut!«

»Ja, und wann willste das bezahlen?«

»Egal, wenn ich schon ein Kilo bei dir zu stehen hab, dann schreib doch das Täschchen auch noch mit dazu!«

Das Geld kam rein und ging weg. Reichlich Geld. Und sie hatte sich gedacht: Das machst du drei, vier, fünf Jahre, und dann bist du satt. Dann kaufst du dir ein Kiosk und dann hast du ausgesorgt. Ein halbes Jahr später hatte sie ihren ersten Stenz. Der verschwendete keinen Gedanken an ein Kiosk. Zumindest nicht an eines für sie. Zuerst gingen sie zusammen aus. Nächtelang. Sie zahlte. Dann brauchte er eine neue Uhr, einen neuen Ledermantel, mal dies, mal das, sie zahlte alles. In Urlaub fuhr er ohne sie, mit seinen Freunden. Und wenn er von Callella aus anrief, schickte sie ihm Geld nach. Was ihr blieb, ging für den Frisör, für Schuhe, Kleider, Taxi und Essen drauf. Den Rest gab sie der Mutter, die ihr die Wohnung in Ordnung hielt. Zweimal in dieser Zeit wechselte sie den Stenz. Der vierte war Hein. Und Hein war anspruchsvoller als die drei vorhergehenden zusammen. Ein Faß ohne Boden. Er brauchte nicht nur Uhren, Mäntel, Anzüge, Hemden, Schuhe und Urlaubsgeld. Hein war ein Automobil-Liebhaber. Sie kaufte ihm den ersten MG, der in Köln zugelassen wurde. Feuerrot war der Wagen. 13.000 Mark zahlte man Anfang der 60er Jahre für ein solches Fahrzeug. Eine Woche später kam Hein niedergeschlagen vom Nürburgring zurück.

»Was ist, Hein?«

»Ich hab das neue Auto sauergefahren!«

»Das macht doch nichts! Dann kauf ich dir den schwarzen Triumph, der steht doch noch beim Lenders im Fenster.« Nach dem schwarzen Triumph kam ein schneeweißer Jaguar E an die Reihe. Der kostete schon 19.000 Mark. Die Beziehung zu Hein ging zu Ende, als die Stadt im Juli 1964 den Puff in der Nächelsgasse dicht machte. In die Brinkgasse konnte sie nicht zurück, denn da war kein Tagschicht-Platz frei. In die Nachtschicht wollte sie nicht mehr, denn an einen geregelten Arbeitstag hatte sie sich in den acht Jahren Puff-Arbeit gewöhnt. So landete sie schließlich, mit 34 Jahren, zum ersten Mal im Stavenhof. Als sie 42 war, schloß die Stadt auch den Stavenhof, in einem Aufwasch mit der Brinkgasse. »Nach ordnungsbehördlichen und polizeilichen Feststellungen«, schrieb die Stadt, »gehen Sie im Stavenhof der Unzucht nach. Durch ihr Verhalten mit seinen üblen Auswirkungen auf die belebte Umgebung werden die Anwohner, Benutzer und Besucher der umliegenden Straßen und Geschäfte in unzumutbarer Weise belästigt und beeinträchtigt«. Das Lachen blieb ihr im Halse stecken. Am 30. April 1972 marschierte eine Abordnung städtischer Beamter übers löchrige Kopfsteinpflaster des Stavenhofs. Sie schauten in die Fenster hinein, klopften an den Türen, stolzierten durch die Räume der Frauen. Eine 72jährige, die bis dahin immer noch ein paar Stammkunden hatte, durfte bleiben. Allerdings nur zum Wohnen. Die anderen mußten raus. Auch Nettchen. Keine der alten Kölner Bordellstraßen existierte mehr. Der Straßenstrich war ihr zu anstrengend und auch zu gefährlich. Denn zusammen mit den Schließungen der Bordellstraßen war eine Sperrgebietsverordnung in Kraft getreten, die die gesamte Stadt zum Sperrbezirk erklärte. Die Einrichtung der telefonisch abrufbaren Fotomodelle und Mannequins war zu dieser Zeit zwar schon erfunden, doch hatte sie damals noch nicht die Bedeutung, die sie heute besitzt. Aber – und das war unter anderem der Zweck der städtischen Säuberungsaktion – das Eros-Center in der Hornstraße, eben fertiggestellt. sollte seine Scheuer vollbekommen.

Sie war mit 42 Jahren die Älteste im Eros-Center. Und sie

war kreuzunglücklich in diesem Nutten-KZ. Allein schon die Notwendigkeit, zum Kunden zu gehen, hinunter auf den Kontakthof, statt den Kunden zu sich kommen zu lassen, war ihr zuwider. Dieses Herumgefeilsche und Gezänk auf dem Hof! Die Kunden wurden bedrängt, genötigt, angepöbelt. Das entsprach nicht ihrer Auffassung vom Beruf. Auch nicht die ständige Kontrolle der Kunden durch Aufsichtspersonal, Schläger, die oft genug schon aus geringstem Anlaß drauflosdroschen. Trotz dieser Widrigkeiten lief das Geschäft für sie im ersten Jahr ganz gut. Aber dann wuchsen die »Blockschulden«, die Mieten wurden erhöht und die Kunden wurden rarer. Zuerst zahlte sie 84 Mark Miete pro Tag, später wurden es 110 Mark, dann 120. Hinzu kamen die Schulden, die die Pächter »auf den Block« schrieben. Sie entstanden aus all den Nebenkosten, die man den Frauen abnötigte: Essensgeld, ob man das Essen, das angeboten wurde, wollte oder nicht. Rücklagen wurden abgezogen, Zimmerservice berechnet. Nettchen ging. Sie kehrte zurück in den Stavenhof, wo die Stadt inzwischen wieder ein paar ältere Frauen duldete.

Es will und will nicht tauen. In der Nacht hat es wieder leicht geschneit, jetzt am Morgen ist der Schnee auf den Bürgersteigen zu einer eisglatten Fläche geworden. Sie war auf dem Eigelstein, einkaufen, biegt in den Stavenhof ein und muß sich mit der rechten Hand an den Hausfronten abstützen, um einigermaßen sicher gehen zu können. Die Gasse ist menschenleer. Aus einem der schwarzen Hinterhöfe ist ein regelmäßiges Hämmern zu hören, aber niemand zu sehen. Der Spielplatz zwischen Stavenhof und Weidengasse eine öde weiße Fläche, umstanden von nackten Brandmauern, Resten zerbombter Häuser. Eine Taube hockt auf einem Klettergerüst, plustert sich auf. Am Eckhaus gegenüber dem Spielplatz, da, wo der Stavenhof nach rechts abknickt, schaut sie zu einem Fenster hinein. Die Vorhänge sind zur Seite geschoben, sie blickt in das dunkle Zimmer, aber keine der vier Frauen, die sich die Wohnung teilen, ist zu sehen. Es sind dicke Frauen, auf türkische Kundschaft spezialisiert. Sonst, wenn sie vorbeikommt, redet sie ein paar Worte mit ihnen. Später, der Ofen strahlt schon ein wenig Wärme ab, sitzt sie am Fenster, wieder in eine Decke gehüllt, und liest. Nach der Augenoperation vor zwei Jahren braucht sie ein Brille dafür. Der Arzt sagte, sie solle nicht soviel lesen, am besten gar nicht und wenn, dann nur Großgedrucktes. Trotzdem verschlingt sie einen Roman nach dem anderen. Lenz, Konsalik, Uta Danella, Simmel, auch von Walter Kempowski hat sie alles gelesen. Erst um halb zwölf schreckt ein schüchternes Klopfen am Fenster sie vom Buch hoch. Der erste Kunde. Um zwei Uhr nachmittags noch einer. Dann wird es allmählich schon wieder dunkel im Stavenhof. Das war es dann für heute. Die Tagesfreier kommen nicht, wenn es düster ist. Das Geld, das sie verdient hat, braucht sie nicht zu zählen. Sie denkt daran, daß bald Karneval ist. Es wird wieder eine Stange Geld kosten, wenn sie mit ihren Kegelschwestern, alles Jugendfreundinnen aus der Zwirnerstraße, Hausfrauen, Arbeiterinnen, in der Südstadt an Weiberfastnacht einen drauf macht. Irgendwann einmal wird sie hier nicht mehr die Miete zahlen können. Dann wird sie zum Sozialamt gehen. Vielleicht noch zwei, drei Stammkunden, die sie zu Hause besuchen. Aber dieses Jahr wird es noch reichen. Vielleicht sogar noch für die Woche Mallorca, die sie mit ihren Freundinnen geplant hat.

Container-Ottos Ende

Es ist kein Kunststück, in den Rinnstein zu fallen.
Aber es ist eine schreckliche Feuerprobe für einen
Mann, aufrecht und sicher auf den Beinen zu stehen
und festzustellen, daß es auf der ganzen Welt nur ei-
ne einzige Möglichkeit gibt, seine Freiheit zu gewin-
nen, nämlich, seinem Todestag vorzugreifen. Dann hat
dieser Mann die Stunde der weißen Logik erreicht, und
dann weiß er, daß er nur die Gesetze, nie aber ihren
Sinn erkennen kann. Das ist die Stunde der Gefahr für
ihn. Dann beschreitet er den Weg, der ins Grab führt.

Jack London

So, wie der aussah, dachten wir alle am Anfang, das ist ein
Penner. Ausgetretene Sandalen, Löcher in den Socken, ver-
schmierte Hosen, so schlabbrig und zerschlissen, daß nur
breite Hosenträger sie halten konnten. Und natürlich war er
auch immer besoffen. Zumindest sah er so aus. Hochrot der
Kopf bis zur Glatze hinauf, auf der Myriaden von Schweißperlen ununterbrochen aus den Poren krochen. Wenn er einem nahe kam, roch man auch den Fuseldunst, der seinem
Mund entströmte. Eddi ließ ihn die erste Zeit gar nicht rein.
»Raus! Sowat wie dich kann ich hier nich brauchen!«
Dann ging er. Stand stundenlang draußen vorm Büdchen,
die Bierflasche in einer Mauernische versteckt. Irgendwie
kam Eddi aber bald dahinter, Eddi hatte für so etwas seit je-
her eine feine Nase: Otto verfügte über reichlich Kohle. Seitdem stand Otto jeden Abend ab sieben oder halb acht ganz
vorne an der Theke neben den Spielautomaten, seinen ge-
wölbten festen Bauch gegen den Tresen gepreßt, als gäben
die Beine ihm nicht genügend Halt, und kippte, bis Eddi keine Lust mehr hatte und zumachte, Kölsch und Kurze. Und

zwar Mengen, die Respekt einflößten. Eddi erzählte Alfons einmal, da käme bei Otto locker eine ganze Flasche Doomkaat am Abend zusammen. »Und der zahlt immer, anstandslos. Alles, was aufm Deckel ist!«

Eddi konnte es kaum glauben. Und wir fragten uns natürlich auch alle, wo einer, der so aussieht wie Otto, die ganze Knete her hat. So viel wie der am Abend zu versaufen, kann sich gerade Heinzi leisten und selbst Heinzi tut das längst nicht jeden Abend. Nicht nur, weil er's an der Leber hat, sondern dem ist das einfach zu viel Geld, der säuft seinen Schnaps lieber zu Hause. Jedenfalls blieb Ottos Geldquelle die ersten zwei, drei Wochen, nachdem er bei uns aufgetaucht war, das Geheimnis. Und Otto verstand es, eine Schau aus diesem Geheimnis zu machen! Klar, daß er mitkriegte, wie wir alle danach spitzten, wo die Kohle herkam. Wenn Eddi »Letzte Runde« geröchelt hatte und anfing zu kassieren, richteten sich alle Blicke verstohlen auf Otto. Ohne eine Miene zu verziehen, packte dann Otto in aller Ruhe eine Rolle Geldscheine aus seiner Hosentasche, hielt sie unterm Tresen, aber doch so, daß alle einen Blick darauf werfen konnten, und zog dann ein oder zwei Scheine, je nachdem, davon ab, reichte sie Eddi und steckte dann die Kohle wieder weg.

»Du bist ja ganz schön frisch«, wagte Horst eines Abends einen Vorstoß, nachdem er Otto eine Lage spendiert hatte. Ottos rot unterlaufene Augen fixierten kurz sein Gegenüber, und dann fragte er mit seinem rollenden »r«: »Brauchst du Geld?«

Horst kam nicht dazu zu antworten.

»Ich verleihe nichts!« stellte Otto kategorisch fest. Horst aber gab nicht auf und dann ließ Otto eine Geschichte vom Stapel, die Horst größte Mühe bereitete, sie am nächsten Tag noch zusammenzubekommen.

»Also der sagt, die Ostzone zahlt.«

»Zahlt was?« fragte Willi.

»Ja, ihn, den Otto!«

»Und wofür?«

»Auskünfte.«

»Der Otto? Ene Spion? Also bitte!«

»Ich erzähl doch nur, was der mir gesagt hat. Auf alle Fälle kennt der sich aus. Mit dem Tiedge per du gewesen und so.«

»Dann sag mir doch mal, was will der denn hier spionieren? Der sieht doch aus, als ob er in der Mülltonne pennt!«

»Streng geheim, sagt der. Er würde erpreßt!«

Willi und die anderen schüttelten die Köpfe. Horst hatte sich ganz offensichtlich von dem reichen Penner ganz schön verarschen lassen. Trotzdem verliefen die nächsten Abende bei Eddi so, daß alle sich an Otto heranmachten, um näheres über seine Geheimagententätigkeit zu erfahren. Nunmehr der Gunst des Publikums vollends gewiß, wurde Otto zugänglicher. Bereitwillig gab er Auskunft über seine Verstrickungen in die geheimdienstlichen Ost-West-Beziehungen. Schnäuzer-Kurt erfuhr zum Beispiel von ihm, daß Vera Brühne »drüben« als hohe Stasi-Beamtin lebe, und er, Otto, alle Vierteljahre sich im geheimen mit ihr Unter den Linden treffe, um detailliert ins Bild gesetzt zu werden. Peter, dem Fahrstuhlführer, berichtete er flüsternd und mit zitternder Stimme, am Tag zuvor sei schon wieder ein Attentat auf ihn verübt worden. Es werde jetzt brenzlig. Das sei der siebzehnte Anschlag auf sein Leben innerhalb der letzten anderthalb Jahre gewesen.

»Und wer steckt dahinter?«

Otto sah sich in Eddis leerem Laden um, als lauerte hinter dem Plastik-Blumenwald, den Eddi zur Verschönerung mitten ins Lokal gepflanzt hatte, ein halbes Dutzend bis an die Zähne bewaffneter Guerilleros.

»Wußtest du nicht, daß ich Jude bin?« fragte Otto, dessen breites westfälisches Gesicht im Angstschweiß schwamm. Und dann erfuhr Peter, daß Otto seit Jahrzehnten für die MOSSAD arbeitete und natürlich sämtliche Palästinenser auf seiner Fährte waren.

Obwohl Otto während der ersten Wochen in Eddis Laden dergestalt die tollkühnen Höhen und Tiefen seiner Biographie entfaltet, die Abgründe und Geheimnisse seiner Existenz enthüllt hatte, konnte es nicht ausbleiben, daß wir eines Tages hinter seine Fassade blicken würden. Und ihm schien das auch recht zu sein, ja er provozierte sogar seine eigene Entlarvung.

»Guckt mal! Der Otto hat ein Kind gekriegt!«

Kommunisten-Elke, die an lauen Abenden im Fenster zu liegen pflegt und, den Kopf weit herausstreckend, die Straße unter Kontrolle hält, hatte es zuerst entdeckt. Schweißtriefend und kurzatmig zerrte Otto tatsächlich einen Kinderwagen hinter sich her, steuerte damit Eddis Lokal an, stellte den Wagen gleich neben der Kneipentür ab und holte ein großes, grau-braunes Taschentuch aus der Hosentasche, um sich damit den Schweiß vom Nacken zu wischen. Alle, die gerade bei Eddi an der Theke standen, kamen auf die Straße und schauten in den Kinderwagen.

»Da is ja nur Plunder drin!«

»Ja, denkste, ich wär Babysitter?« Souverän schob Otto das Verdeck des Kinderwagens zurück, und alle konnten einen Blick auf die Schätze, die er barg, werfen. Ein Schnellkochtopf, ein Packen funkelnagelneuer hölzerner Kleiderbügel, eine gut erhaltene Porzellanpuppe, ein blechernes Spielzeugauto, vier Kaffeetassen mit Untertellern, ein Haufen alter Bücher und jede Menge Kleinkram. Eddi war dazugekommen, quetschte sich zwischen Otto und Kinderwagen durch und warf auch einen scheelen Blick hinein. Er hatte sofort die geschäftliche Dimension der Kinderwagen-Aktion im Auge.

»Was machste damit?«

»Kannste haben!« Ottos rote Hand beschrieb einen großen Bogen um den Kinderwagen herum, so als zeige er den anderen seine parkähnliche Gartenanlage oder die Zuchthengste seines Gestüts.

»Du verkaufst das!« Eva stellte das fest, fragte nicht. Eva ist immer an einem günstigen Geschäft interessiert und hielt schon den gänzlich unbenutzt aussehenden Schnellkochtopf in beiden Händen, hob ihn hoch, prüfte den Bajonett-Verschluß, klopfte den Boden auf seine Stärke hin ab.

»Dreißig«, sagte Otto. »Neu bestimmt hundertzwanzig«.

»Zwanzig«, sagte Eva und Otto streckte die Hand aus.

Seitdem kam Otto jeden Abend mit seinem Kinderwagen an und hieß jetzt Container-Otto. Der Kinderwagen war jeden Abend aufs neue gefüllt, mal mit altem, halb vermoderten Plunder, ab und zu aber auch mit gut erhaltenen oder gar neuen Stücken wie Evas Schnellkochtopf, in dem sie heute noch für Franz und sich und manchmal noch für den Alträucher-Hans ihre berühmte Gemüsesuppe kocht.

Container-Otto nannten wir ihn, nachdem er an jenem ersten Abend, als er mit dem Kinderwagen ankam, preisgeben mußte, was er tatsächlich trieb und womit er sein Geld verdiente. Er plünderte nämlich, seinen Kinderwagen hinter sich herziehend, die Sperrmüll-Container im Hahnwald, auf der Marienburg, in Rodenkirchen oder sonstigen Vierteln, wo es den Leuten nicht so darauf ankommt, ob die Sachen, die sie wegschmeißen, noch zu gebrauchen sind oder nicht. Mit dieser Beute und dem, was er sonst noch in diesen Gegenden, in denen man ihn gut zu kennen schien, zugesteckt bekam, machte Otto sich dann auf den Weg in die Stadt, wo er das Zeug bei den verschiedensten Alt- und Gebrauchtwarenhändlern losschlug und zu Geld machte. Das, was abends im Kinderwagen lag, waren lediglich die Reste der Beute.

»Ein richtiger Betrüger bist du!« sagte Horst. Er war später hinzugekommen und von den anderen über Ottos wahre Identität aufgeklärt worden. Horst war empört. Schließlich hatte er Otto alles geglaubt, war er der erste gewesen, der Otto auf den Leim gegangen war.

»Du und Geheimagent! Ein besserer Penner bist du!« Otto blickte geradeaus, in Richtung auf Eddis Schnapsregal, nahm mit ruhiger Hand sein Kölschglas und trank es, Kopf im Nacken, aus.

»Trinkste was mit?«

»Mit Hochstaplern trinke ich nicht!«

Otto sah zur Seite auf Horst, zog dabei eine Augenbraue hoch, das konnte er tatsächlich so wie Johannes Heesters, und sagte zu Eddi: »Zwei Kölsch, zwei Doomkaat!« Und dann zu Horst, die Stimme zu einem verschwörerischen Flüstern abgesenkt: »Du hast ja überhaupt keine Ahnung! Hast du schon mal was von Tarnung gehört?«

»Tarnung?«

»Ja, Tarnung. Wie meinst du denn, laufen Spione rum? Mit Hut, Mantel, Sonnenbrille, Fotoapparat und Feldstecher? So erkennt die doch jeder!«

Horst ließ seinen Blick an Otto auf- und abgleiten, von der schweißbedeckten fettig glänzenden Glatze über den monströsen Bauch bis hin zu den löchrigen und schmutzstarrenden Socken in den zerrissenen Sandalen.

»Aha«, sagte er, »Tarnung.« Dann trank er das Kölsch und den Kurzen und stieß dabei mit Otto an.

Otto galt als enttarnt. Der Fall lag klar und offen. Und doch wieder nicht. Es blieb die Frage: wie kommt ein Alträucher der alleruntersten Kategorie, und um einen solchen handelte es sich zweifelsfrei bei Otto, wie kommt so jemand zu so viel Geld? Es wurde damals bei Eddi viel darüber diskutiert. Mit dem Gelumpe, das Otto in seinem Kinderwagen mit sich führte, waren unmöglich die Reichtümer anzuhäufen, die in Ottos zerbeulten Hosentaschen ruhten, und von denen er einen Bruchteil nur allabendlich bei Eddi versoff. Und ein weiteres Geheimnis, das Otto umgab, blieb.

Manchmal, meist nach der Polizeistunde, wenn Eddi die Rolladen heruntergelassen und den eisernen Riegel vor die Türe gelegt hatte, plauderte Otto aus seinem Agentenleben. Und das Bemerkenswerte an Ottos Erzählungen war, daß sie aus dem Munde eines kinderwagenschiebenden Alträuchers doch erstaunliche Detailkenntnis verrieten. Schnäuzer-Kurt, der immer irgendwelche linken Zeitungen oder Flugblätter unterm Arm trägt, meinte, so was hätte er noch nie gehört. Zum Beispiel, was Otto alles über Sicherheitsvorkehrungen für Geld- und Wertpapiertransporte bei der Lufthansa wisse. Daß die deklarierten und scharf bewachten Sendungen oft nur Zeitungspapier enthielten, und daß das Geld und die Papiere auf ganz anderen Routen und getarnt als Reisegepäck transportiert würden. Und nicht nur das, sondern auch, wie das im einzelnen gemacht würde, zu welchen Anlässen und in wessen Auftrag und mit welchen verschlüsselten Codes solche Transaktionen durchgeführt würden, und, wie auf diese Weise, das heißt unter Ausnützung der ausgetüftelten Transport- und Sicherheitsmechanismen, amerikanisches Schwarzgeld rübergebracht würde, und wo es landete und wie das hier saubergewaschen würde. Kurt sagte, ihm wären die Ohren abgefallen, als Otto ihm das geflüstert habe. Und als er Otto gefragt habe, woher er das denn alles wisse und wozu um alles in der Welt dieses Wissen denn gut sei, habe Otto seine wässrig-blauen Augen in unendliche Weiten gerichtet und geschwiegen, tatsächlich geschwiegen, was Ottos Art nicht unbedingt war.

Es umgaben diesen dicken, schwitzenden Glatzkopf, der eines Tages bei uns wie aus dem Nichts aufgetaucht war und sich bei Eddi festgesetzt hatte wie ein Zeck, auch nach seiner Enttarnung Dunkles und Unerforschtes. Ganz abgesehen von den kleinen Geheimnissen, in die er sich gern hüllte. Zum Beispiel wußte niemand, wo er wohnte. Das haben wir schließlich rausgekriegt. Die großen Geheimnisse freilich hat Otto mit ins Grab genommen. Denn plötzlich überschlugen sich die Ereignisse, und am Schluß, als Otto flach im Leichenschauhaus lag, überragt von der bleichen Masse seines mächtigen Bauches, wußte niemand mehr Bescheid, und wahrscheinlich wird Container-Ottos wirkliches Wesen und Treiben auch niemals mehr aufgedeckt werden.

Es begann damit, daß eines Tages, vielleicht ein knappes halbes Jahr, nachdem Otto erschienen war, Tauben-Hilde auftauchte. Das war ungefähr zu der Zeit, in der Eddi seinen Laden dicht machte und aufs Land zog und wir alle in die Kneipe gegenüber, zu Schorsch, wechselten, Otto natürlich mit. Und dann kam Tauben-Hilde dazu. Niemand kannte sie. Keiner hatte sie je zuvor gesehen, weder hier bei uns noch sonst irgendwo in der Stadt. Tauben-Hilde war so um die sechzig, dürr, hatte immer abenteuerliche Hüte auf ihrem dünnen, schütteren Haar sitzen, rauchte Kette, trank Schnaps und hieß deswegen Tauben-Hilde, weil sie, wo sie ging und stand, eine mit Taubenfutter prall gefüllte Handtasche mit sich führte. Tauben-Hilde fütterte nämlich Tauben. Und zwar heimlich, in aller Herrgottsfrühe, morgens um vier oder fünf, wenn noch niemand auf den Straßen war und sie dabei beobachten konnte, trieb sie sich in den Ecken des Rudolf- und des Friesenplatzes rum, lauerte nach rechts und links, und wenn die Luft rein war, griff sie blitzschnell in ihre Handtasche und warf das Taubenfutter auf die Erde. Manchmal kippte sie sogar einfach die ganze Tasche aus und machte dann, daß sie weg kam. Weshalb sie das machte? Jeder hat sie deswegen schon gelöchert, angefangen mit Fahrstuhlführer-Peter, der sie als erster früh morgens beim Taubenfüttern erwischt hatte. Völlig zwecklos. Wenn sie darauf angesprochen wurde, spitzte sie lediglich den Mund, was dann tatsächlich so aussah, als hätte sie einen Taubenschnabel, sah durch den Fragenden hindurch und wurde zu Stein. Sie hatte ganz offensichtlich eine Schraube locker.

Container-Otto aber sah das ganz anders. Als Tauben-Hilde das erste Mal bei Schorsch auftauchte, mit einem kleinen, runden, rosenverzierten Strohhut schräg auf dem Kopf, am Tresen saß und Schnaps trank und Otto kam rein, da wurde die Luft im Eck, so heißt Schorschs Kneipe, hochexplosiv. Ottos Blick traf ihren und der Funke zündete. Schnäuzer-Kurt, der damals dabei war und der ja immer irgendwelche Verschwörungstheorien ausspinnt, meint ja, die beiden hätten sich bereits gekannt. Das wäre eine Begegnung von zweien gewesen, die sich Jahre aus den Augen verloren und dann plötzlich und unerwartet wiedergetroffen hätten, die sich das Wiedererkennen aber nicht hätten anmerken lassen wollen. Schorsch, der auch dabei war, zuckt bei dem Thema nur mit den Schultern und meint: »Könnte sein, könnte auch nicht sein.« Jedenfalls schmiß Otto sich an Tauben-Hilde ran wie Blücher, stellte sich gleich neben den Barhocker, auf dem sie saß und fragte, ob sie auch was tränke.

»Warum nicht!« Tauben-Hilde spitzte ihren Mund. »Heiß, nicht?«

»Heiß?«

»Ich meine, draußen.«

»Ach, das würde ich nicht sagen.«

Und so ging das weiter, den ganzen Abend. Otto produzierte Charme und Smalltalk oder was er dafür hielt, und Tauben-Hilde gab sich spröde, sprach so gut wie nichts, aber soff Schnaps auf Ottos Deckel. Um eins stapften beide, hochaufgerichtet, aber mit vorsichtigen kleinen Trinkerschrittchen aus dem *Eck* hinaus und Fahrstuhlführer-Peter sah, wie sie in Richtung Hildebold-Platz in der Dunkelheit verschwanden.

Ein richtiges Liebespaar wurden Otto und Tauben-Hilde allerdings nicht, obwohl sie von diesem ersten Abend an unzertrennlich blieben, Abend für Abend bis in die Nacht hinein nebeneinander an Schorschs Theke standen, miteinander redeten und tranken und dann gemeinsam in die Nacht hinein verschwanden.

Zuerst dachten natürlich alle, die pennen zusammen, obwohl sich das niemand so recht vorstellen konnte. Aber nein, sie waren kein Liebespaar. Fahrstuhlführer-Peter brachte es raus. Weil er immer vor und nach dem Dienst, zu besonders früher und besonders später Stunde mit seiner Tanja, einem giftigen Spitz-Mischling, Gassi geht. Fahrstuhlführer-Peter entdeckte den tief schlafenden und laut schnarchenden Otto unter einem Haufen Decken auf einer bequemen Luftmatraze über einem Lüftungsschacht am Gerling. Allein. Nur sein Kinderwagen stand bei ihm. Tauben-Hilde aber wohnte gegenüber auf dem Hildeboldplatz, in einer Mansarde. Aber gerade das erscheint jetzt im nachhinein so merkwürdig, eben, daß die beiden kein Paar waren. Was erzählten die sich den ganzen Abend lang? Worum ging es dabei? Niemand weiß das. Weil niemand ihnen zugehört hat, als sie zusammen bei Schorsch saßen und palaverten, denn alle waren froh, daß Otto jetzt Hilde hatte, dann brauchten sie nicht seine krausen Geschichten anzuhören. Und so ließen sie die beiden für sich allein und keiner mischte sich in ihre Gespräche oder hörte zu.

Vielleicht hat Willi ab und zu was gehört, aber Willi ist

zu blöde, um sich an etwas davon erinnern zu können, und wenn er das könnte, ist er zu besoffen, um noch verständlich zu sprechen. Selbst Schorsch, der Wirt, der ja eigentlich alles mitkriegen müßte, kann sich an kein einziges Wort erinnern, das Container-Otto und Tauben-Hilde miteinander getuschelt haben. Dunkle Geschäfte? Aber was für Geschäfte hätten zwischen den beiden schon laufen können?

Schnäuzer-Kurt hat natürlich eine Theorie: Tauben-Hilde ist auf Otto angesetzt worden! Sozusagen nachrichtendienstlich. Schnäuzer-Kurt behauptet, daß es so was durchaus gibt, das könnte man doch in diesem Film mit Robert Redford und Paul Newman, »Der große Coup«, sehen, da sei tatsächlich ein weiblicher Killer über eine arrangierte Liebesaffäre auf Redford angesetzt worden! Natürlich ist Kurt ein linker Spinner, der sich in alles einmischt, der dauernd über alles meckert, dem nichts recht zu machen ist und der hinter jedem Furz ein Komplott der Herrschenden wittert. Aber irgendwie, im nachhinein und wenn man überlegt, wie dann alles weiterging …

Als nächstes verschwand Container-Otto nämlich. Vielleicht drei Wochen, nachdem Tauben-Hilde aufgetaucht war. Es war vorher schon gelegentlich vorgekommen, daß Otto einen Abend nicht bei Eddi oder Schorsch erschienen war. Dann erzählte er am nächsten Tag, »wichtige Besprechungen«, »diffizile Geschäfte«, »komplizierte Transaktionen« hätten ihn leider »verhindert«, so wie ein Chef sich in seinem Vorzimmer entschuldigt, wenn er einen Termin nicht einhalten kann. Aber spurlos verschwinden? Wohin? Hier bei uns hatte Container-Otto doch eine Heimat gefunden, eine Stammkneipe, Freunde, den Alträucher-Hans, der ihm so manches Stück abgekauft hatte, ein warmes, trockenes Schlafplätzchen gleich nebenan. Wo sollte der sonst hin?

»Hastu 'ne Ahnung, wo der Otto steckt?« Schorsch machte sich Sorgen. Otto war schon länger als eine Woche nirgendwo gesehen worden, und Otto bedeutete für Schorsch ein Viertel des abendlichen Grundumsatzes. Tauben-Hilde spitzte den Mund und hob die klapprigen Schultern, theatralisch, übertrieben wie ein Stummfilmstar.

»Ich?«

»Ja, wer soll's denn sonst wissen?«

»Wieso denn ich?«

Zum gespitzten Mund und dem Schulterzucken kam ein hektisches Klimpern mit den wimpernlosen Augenlidern, das Hilde nun vollends das Aussehen einer mausernden Taube verschaffte. Schorsch gab es auf. Etwas Stureres als Tauben-Hilde kann man sich auch kaum vorstellen. Und das Merkwürdige war doch, und da geben alle Schnäuzer-Kurt recht, sie verlor tatsächlich kein einziges Wort über das Verschwinden Ottos. War sie doch, wenn schon nicht seine Geliebte, seit Wochen sein bester Kumpel! Weshalb fragte sie nicht mal nach Otto, wie das alle bei Schorsch taten, beteiligte sich nicht an den Spekulationen über sein Verschwinden, sondern saß, als sei nichts geschehen, vor ihrem Schnapsglas, spitzte den Mund und starrte abwesend ins Leere? Wußte sie, wo er war? Steckte sie vielleicht sogar hinter seinem Verschwinden? Noch heute sind das offene Fragen.

Erst vier Wochen später stand Container-Otto eines Abends wieder neben Tauben-Hilde an Schorschs Theke, als sei nichts geschehen. Aber Otto bot ein Bild des Jammers. Der Bauch eingefallen, die Bewegungen fahrig, die Stimme leise.

»Otto! Wo warst du die ganze Zeit?«

Natürlich erzählte Otto eine Geschichte. Aber was für eine Geschichte. Eine, die wirklich hätte passieren können, und nicht eine, die Otto erzählt hätte, wäre er der alte gewesen. Er habe einen alten Freund aus seiner Heimatstadt in Westfalen getroffen, sie seien schließlich dorthin gefahren, hätten Verwandte und Bekannte besucht. Basta.

Niemand glaubte ihm auch nur ein Wort. So weit war es schon. Wir wollten keine wahren Geschichten, nichts Alltägliches mehr von Otto hören, wir wollten seine Geheimdienst-Abenteuer geboten bekommen, und, so unwahrscheinlich die sich auch anhörten, wir waren alle nahe daran, sie zu glauben. Zumal nach dem, was dann geschah, und das war etwas Unerhörtes, etwas, was es noch nie bei uns in der Straße gegeben hat. Dabei sind wir schon einiges gewohnt. Alle paar Jahre wird ein Fotomodell in seinem Apartment erwürgt, alte Frauen verschwinden und ihre Leichenteile findet man ein Vierteljahr später auf der Ehrenfelder Stammstraße in einer Mülltonne, Messerstechereien drüben auf der Friesenstraße, es ist schon allerhand los. Aber das, was Otto inszenierte, das hatten wir bis dahin nur im Fernsehen gesehen. Und wenn Schnäuzer-Kurt nicht zufällig dabeigewesen wäre, hätten wir's überhaupt nicht mitbekommen.

Kurt sagt, Container-Otto sei gerade von der Alten Wallgasse in die Palmstraße eingebogen, schwitzend und mit hochroter Birne wie immer, den vollbeladenen Kinderwagen im Schlepp. Die Straße war leer, kein Verkehr, es war früher Abend, nur vor der Schule parkten ein paar Autos. Otto trottet daran vorbei, ist schon an dem kleinen Parkplätzchen, da fliegen bei einem der parkenden Autos die Türen auf, sechs Kerle in grünen Kampfanzügen und schußsicheren Westen raus, drei von vorn und drei von hinten, Maschinenpistolen im Anschlag, gehen sofort in Schußposition. Und auf wen zielen die Mündungen ihrer Waffen? Auf Container-Otto! Otto weiß überhaupt nicht, was los ist, erfaßt die Situation nicht, will weiter, zerrt ungeduldig am Kinderwagen, die drei Typen vor ihm scheinen ihn zu stören, er will dran vorbei. Aber da hat er schon zwei Knarren an den Schläfen, eine von rechts und eine von links. Von hinten kommt einer und tritt ihm die Beine weg, so daß Container-Otto mit einem Schlag mitten in der Hundescheiße auf dem Trottoir liegt, die Arme von sich gestreckt und den Lauf einer Waffe im Genick. Das war eine Angelegenheit von ein paar Sekunden und erst jetzt greift Schnäuzer-Kurt ins Geschehen ein.

»Wir sind hier in einem Rechtsstaat, ihr Arschlöcher!« schreit Schnäuzer-Kurt so laut er kann. Sofort ist Kommunisten-Elke im Fenster. Erfaßt die Situation und schreit ebenfalls: »Klaus! Klaus! Komm rüber!«

Klaus ist Kommunisten-Elkes Mann und er schraubte gerade an seinem Moped rum. Klaus kommt, ölverschmiert und einen 28er Maulschlüssel in der Hand. »Laßt sofort den Otto los!« schreit Schnäuzer-Kurt. »Seid ihr bekloppt, ihr Kapitalistenschweine!« Das ist Elke. »Militaristen!« Wieder Kurt. Das reichte. Die ganze Straße war jetzt auf den Beinen. Alträucher-Hans blickte aus seinem Laden, übersah die Szenerie, machte sofort kehrt, schloß die Stahltür hinter sich ab und drehte den Schlüssel zweimal rum. Die anderen, die überall aus den Türen kamen, näherten sich jetzt der Gruppe um den in der Hundescheiße bibbernden Container-Otto. Allen voran, mutig und entschlossen, Schnäuzer-Kurt, dann Klaus, dann Kommunisten-Elke, die blitzartig die Treppe herunter war, dann Willi, Horst, Alfons, Fahrstuhlführer-Peter mit seiner Tanja, die nervenaufreibend kläffte, Eva, Franz, der dicke Heinzi und selbst Schorsch guckte aus dem Eck heraus, blieb aber vorsorglich in Deckung. Jetzt waren die aus der Straße vielleicht noch zehn Meter von Container-Otto und den Bullen entfernt.

»Halt!« rief deren Anführer. Nur daraus, daß er »Halt!« rief, konnte man schließen, daß er der Anführer war. Sie trugen keine Abzeichen, keine Streifen auf den Schultern, kein Lametta, nichts. Nur Kampfanzüge, Fallschirmspringerstiefel, kugelsichere Westen, rasierte Köpfe, dämliche Gesichter und ihre Waffen, die sich immer noch auf Container-Otto richteten. Der lag mittlerweile in einer Lache, er hatte sich vor Angst bepißt.

»Seit ihr eigentlich noch richtig im Kopf?« Jetzt war Kommunisten-Elke die Wortführerin.

»Gehen Sie weg! Räumen Sie die Straße!« sagte der Anführer.

»Von wegen! Das könnte euch so passen. Auf offener Straße Leute bedrohen!«

»Das ist doch der Container-Otto«, sagte Willi. »Das ist unser Freund«.

»Papiere«, sagte der Anführer.

Ottos Hand zuckte, wollte irgendwo hingreifen, wahrscheinlich zu seiner Gesäßtasche. Sofort stand ein Stiefel auf der Hand, die Gewehrmündung bohrte sich noch tiefer in Ottos vom Angstschweiß naß glänzenden Nacken.

»Schweine! Mörder!« schrie Kommunisten-Elke, war mit einem Satz bei dem Anführer und packte ihn an der Weste. Der trat einen Schritt zurück und machte sich von der Furie los. Das war für die anderen das Signal, noch näher an die Kampfgruppe um Otto heranzurücken. Todesmutig. Sturm auf die Bastille! Alle schrien laut durcheinander, beschimpften die Bullen, was aber nichts nützte, denn die verharrten ungerührt und ließen ihre Knarren auf Otto gerichtet, Finger am Abzug. Doch der Anführer war jetzt irritiert, wußte offensichtlich nicht mehr weiter.

»Augenblick«, sagte er. Bückte sich zum zitternden Otto herunter, zog Ottos zerbeultes Portemonnaie aus dessen Hosentasche, öffnete es mit routinierten Bewegungen, klappte einen zerfledderten Personalausweis auf, warf einen kurzen, professionellen Blick hinein, bückte sich dann wieder zu Otto hinunter, sah in Ottos angstverzerrtes Gesicht und richtete sich wieder auf. Seine Waffe beschrieb einen kleinen, harten Bogen durch die Luft.

»Abzug! Verwechslung.«

Und weg waren sie. Plop. Plop. Plop. Die Autotüren klappten auf und wieder zu. Blitzartig saßen sie in ihrem Wagen und waren um die Ecke. Schnäuzer-Kurt schrieb sich natürlich das Kennzeichen auf.

»Und das in einem Rechtsstaat!«

»Von wegen Rechtsstaat! Das hat ein Nachspiel. Das häng ich an die große Glocke!«

Derweil begann Container-Otto sich in seinem See allmählich zu regen, streckte vorsichtig die Arme aus, zog die Beine an, hilflos und schwerfällig kam er auf die Knie. Die anderen halfen ihm auf, Franz klemmte sich Ottos schlappen Arm über die Schulter, Horst schob den Kinderwagen und so zogen sie Richtung Wall, Schnäuzer-Kurt und Kommunisten-

Elke hintendrein sich weiterhin über »Faschismus« und »Staatsterrorismus« ereifernd, während Eva vorging in ihre Wohnung, um Container-Otto ein Bad zu bereiten.

Das war Container-Ottos letzter großer Auftritt gewesen. Öl in die von Schnäuzer-Kurt genährte Flamme, auf der er seine Theorie eines Geheimdienstdramas um Tauben-Hilde und Container-Otto kochte. Schorsch und mit ihm die besonnenen Realisten im Eck winkten ab:

»Das war doch 'ne Verwechslung. Hat der Typ von der GSG 9 doch ausdrücklich gesagt!«

»Was sollte der auch anders sagen? Der mußte zum Rückzug blasen, sonst wärn wir denen auf die Pelle gerückt, aber richtig!«

Schorsch grinste verächtlich. Er hatte zwar nur aus sicherer Entfernung zugeschaut, jenseits der Schußlinie, wußte aber natürlich besser Bescheid als alle, die dabeigewesen waren.

»Das war 'ne Spezialtruppe. Meinste die hätten Angst vor so was wie dir? Wenn die nicht wirklich den Otto mit jemand anderem verwechselt hätten, hätten die den mitgenommen. Hundert Prozent. Oder kaltgemacht. Ende.«

Kommunisten-Elke war nicht zu überzeugen.

»Wartet, die kommen wieder, die Schweine. Die legen den armen Otto noch um, das sag ich euch!«

Zwei Monate später war Container-Otto tatsächlich tot.

Nachdem Eva und Franz ihn gebadet hatten an jenem Abend, war er, noch leicht zittrig, aber doch wieder im Stande, sich Kölsch und Kurze einzuverleiben, im *Eck* aufgetaucht und hatte den ganzen Abend immer wieder gesagt: »Siehste! Ich habs euch doch gesagt! Die wollen mir an den Kragen!«

Die letzten beiden Monate seines Lebens verliefen völlig normal. Jeden Abend stand er, nachdem er den Kinderwagen vor der Kneipentür geparkt hatte, bei Schorsch an der Theke, unterhielt sich mit Tauben-Hilde, schwadronierte ab und zu durchs Lokal mit seinem »Ich habs euch doch gesagt!« und soff im übrigen Kölsch und Doornkaat, wie immer.

Schnäuzer-Kurt beobachtete währenddessen aufmerksam Tauben-Hilde, und später, als alles vorbei und Otto unter der Erde war, erzählte er, er hätte die ganze Zeit nach dem Überfall auf Otto immer so ein feines, hinterlistiges und gehässiges Lächeln um ihre harten Schnabellippen spielen sehen, wenn Otto in der Kneipe rumsalbaderte; als wenn sie in sich hineingelacht hätte:»Warte, Freundchen! Dich kriegen wir noch.«

Aber, wie gesagt, ist das wahrscheinlich purer Unsinn. Schnäuzer-Kurt bastelt immer noch an seiner Verschwörungstheorie und dafür braucht er einen Täter oder zumindest einen Handlanger. Allerdings war es so, daß Container-Otto in seiner letzten Nacht so wie immer kurz nach eins Arm in Arm mit Tauben-Hilde, beide voll mit Schnaps, in der Dunkelheit des Hildeboldplatzes verschwand. Danach hat ihn niemand mehr gesehen. Jedenfalls nicht lebend. Tauben-Hilde war die letzte. Wie er gefunden wurde, weiß auch niemand. Schorsch erhielt als erster die Nachricht, wahrscheinlich von einem Streifenpolizisten. Container-Otto lag am nächsten Morgen auf seinem Belüftungsschacht bei Gerling, schön warm in seine Decken eingepackt und war tot. Woran er gestorben ist? Schorsch, den sie zur Identifizierung holten, sagt, er hätte nichts gesehen, nichts bemerkt. Vielleicht nur, daß sein Kopf ziemlich blau aussah, wo er doch im lebendigen Zustand eher rot gewesen war. Sonst nichts Auffälliges. Herzinfarkt wahrscheinlich, bei dem was der gesoffen und geraucht hat und immer dieser wahnsinnig hohe Blutdruck, kein Wunder. Klar, daß Schnäuzer-Kurt und Kommunisten-Elke überhaupt nichts von Schorschs Theorie hielten, obwohl sie den toten Otto nicht gesehen hatten. Tausende von Möglichkeiten gäbe es doch, einem so was wie einen Herzinfarkt beizubringen! Und zur Todesursache hätte der Gerichtsmediziner Schorsch gegenüber schließlich kein Sterbenswörtchen verloren, obwohl Schorsch ihn danach gefragt hatte! Und was sagte Tauben-Hilde dazu? Das kann man sich denken: Kein einziges Wort! Sie saß da bei Schorsch wie sonst auch, trank ihren Schnaps und schwieg. Bis sie dann, zwei oder drei Wochen nach Ottos Tod, auch verschwand. Niemand hat sie seitdem mehr gesehen. Also das hat mittlerweile auch die größten Realisten unter uns zu der Meinung gebracht, daß an dem, was Container-Otto zu seinen Lebzeiten alles so erzählt hat, vielleicht doch was dran gewesen sein könnte. Vor allem ist ja immer noch die Frage offen, wo Otto immer all das Geld her hatte.

Fast wie Ondra-Schmeling

Wenn du verprügelt wirst, und du siehst plötzlich durch eine Nebelwand drei Gegner auf dich zukommen, achte auf den in der Mitte. Das ist's, was mich ruiniert hat, daß ich auf die beiden anderen losgegangen bin.

Max Baer, Schwergewichtsweltmeister 1934

Der Benz ist im Eimer«, sagte Schmahl. »Da können wir nicht mit fahren.«

»Dann fahren wir eben mit meinem.« Pipelas Zeigefinger richtet sich auf ein Taxi. »Ist sowieso besser. Damit kommen wir auch ohne Probleme in die Anstalt rein. Mit der Taxe lassen sie dich überall durch.«

Sie fahren über die Severinsbrücke, auf den Verteiler, dann über die A 59, Richtung Bonn. Schmahl berichtet, er habe am Tag vorher 60.000 Mark für ein Café in Kalk bezahlt. Alles vom Feinsten. Neue Kaffemaschine, La Cimbali, Küche mit neuen Infrarotgeräten. Draußen schöne Terrasse, funkelnagelneue Bestuhlung.

»So 'ne Art Bistro wird daraus.«

»Wofür haste das gemacht?« fragte Pipela. »Du hast doch schon 'nen Laden.«

Er habe doch den Fußballverein in Kalk, erklärt Schmahl. Und jeden Sonntag nach dem Spiel lüde er die Mannschaft in irgendeine Kalker Kneipe ein. Essen und trinken.

»Da kommt immer schön was zusammen. Paar hundert Mark.«

»Versteh ich nicht«, sagte Pipela.

»Ist doch klar. Die nehm ich jetzt sonntags mit zu mir ins Café. Und die kommen dann auch unter der Woche. Bringen andere mit. Ganz Kalk.«

Pipela nickt. Sie fahren eine Weile schweigend. Es ist ein prächtiger Nachmittag im Mai. Kein Wölkchen am Himmel. Überm engen Autobahnhorizont Hitzeflimmern. Pipelas neuer Diesel brummt. Schmahl hat das Beifahrerfenster ganz heruntergekurbelt und läßt einen Arm herausbaumeln. »Was ist das eigentlich für einer, den wir besuchen fahren?« fragt Pipela. »Ich hab den Namen früher öfters gehört. Heuser. Hab ich aber nie boxen gesehen.«

»Kannste auch nicht.« Schmahl zündet sich eine R 6 an. »Der hat den letzten Kampf glaube ich 1949 gemacht. Der Louis Goldschmitt und ich haben den früher öfters in Bonn besucht. Auch mal nach Köln geholt, zum Boxen oder wenn er Geburtstag hatte, haben wir zusammengelegt. Paar neue Schuhe, ein neuer Anzug. Schade. Aber das war ein Boxer, sag ich dir! Ich sammel ja den alten *Boxsport*, von vorm Krieg. Ist voll von dem. Mindestens zweimal auf dem Titelbild. Adolf Heuser. Deutscher Meister. Europameister. Weltmeister!« »Der war Weltmeister?«

»Ja, das weiß kein Mensch. Immer nur Schmeling, Schmeling, Schmeling. Und den Dagge, den haben sie auch bald vergessen. Nee, der Heuser war Weltmeister! IBU-Weltmeister im Halbschwer, 1938.« Kurz hinter der Bonner Nordbrücke, der Friedrich-Ebert-Brücke, fahren sie von der Autobahn ab.

Sie sollen den Dölfes, so wurde er in Buschdorf genannt, vom Feld, vom Pflug weggeholt haben, damals, 1928, zu seinem ersten Profikampf. Er war ein grobschlächtiger, linkischer, scheuer Bauernsohn, untersetzt, stabile Knochen, schwere Gelenke, eckig sein Schädel. Das zweitälteste von siebzehn Kindern, die der Vater in zwei Ehen zeugte. Bauer war der Vater, eine kleine Landwirtschaft im Bonner Vorland. Sie reichte nicht aus, die große Familie zu ernähren. Deshalb zog er ein kleines Bauunternehmen nebenbei auf. Knochenarbeit. Achtzehn Stunden am Tag. Und Dölfes lernte nichts anderes als Knochenarbeit. Schleppen, graben, schaufeln, pflügen. Irgendwann durfte er auch einmal eine Mauer hochziehen.

Aber da war er schon Boxer. Von seinem neunzehnten bis zu seinem zweiundvierzigsten Lebensjahr hat er dann nie mehr etwas anderes gemacht als boxen. Er war – neben Schmeling – der erfolgreichste professionelle Boxer, den es je in Deutschland gab.

Neunzig Kilo schwer und nur ein Meter dreiundsiebzig groß war Adolf Heuser, als er sich mit achtzehn Jahren beim Bonner Box- und Fechtclub zum Boxen anmeldete. Sie lachten den schweigsamen und ungeschickten Jungen aus. Das Lachen verging ihnen, als sie seinen Schlag sahen. Eine einzige Rechte hätte ein Stierkalb töten können. Seine enorme Schlagkraft prägte später seinen Stil. Er wurde ein Angriffsboxer, einer, der beim Angriff viel einstecken muß und auch einstecken kann, der nahe an seinen Gegner herangeht, aus naher Distanz seine Wirkungstreffer plaziert. Ein Peter Müller der Vorkriegszeit, ein ungleich besserer Boxer jedoch.

Der Kampf, zu dem der Vorsitzende des Bonner Box- und Fecht-Clubs ihn am 17. April 1928 vom Feld weg engagierte, machte ihn im wahrsten Sinne des Wortes mit einem Schlag berühmt. Im Hauptkampf war an diesem Abend Hans Schönrath gegen den dänischen Halbschwergewichts-Meister Tyge Petersen vorgesehen. Petersen war ein absolut erstklassiger Boxer. Olympiasieger von Paris, Berufs-Europameister 1926, 1927, 1928. Schönrath hatte sich einen Tag vor dem Kampf im Training verletzt, konnte nicht antreten. Adolf Heuser bekam seine Chance und nutzte sie. Neunzehn Jahre war er alt. Dreißig Mark Gage bekam er für diesen Kampf, dessen Verlauf jeder vernünftige Boxfachmann als ein Schlachtfest für den dänischen Profi vorhersehen mußte. So ging Petersen diesen Kampf auch an. Er konnte den Anfänger nicht ernst nehmen, so bullig der auch eine Runde lang durch den Ring stakste und so gefährlich dessen Fäuste auch an seinem Kopf vorbeipfiffen. Doch war es nicht nur Petersens Leichtsinn, es war vor allem die gewaltige Kraft Heusers, die diesen Kampf entschied. Und zwar gleich in der zweiten Runde. Heuser landete eine saubere Rechts-Links-Kombination an Petersens Kopf. K.o.

43 K.o.-Siege von 86 Siegen insgesamt in 126 Profikämpfen verzeichnet Heusers Rekordbuch. 19 Kämpfe endeten unentschieden. 21 Niederlagen mußte er hinnehmen. Hinnehmen – ein sport-journalistischer Euphemismus angesichts der Kämpfe, in denen Heuser unterliegen sollte, angesichts der Niederschläge und Verletzungen, die er erleiden sollte. Doch finden sich in jeder großen Boxerkarriere die Niederlagen an deren Ende. Am Anfang gibt es meist nur Siege. Nicht immer. Nach seinem sensationellen Anfangserfolg hatte es Heuser nicht leicht. In einem Schaukampf besiegte er das dritte große Talent jener Jahre, Walter Neusel. Doch wenig später, als es um die Deutsche Meisterschaft des Jahres 1928 ging, unterlag er Neusel. Es sollte bis 1937 dauern, daß er diesen Titel erringen konnte. Ein Jahr später dann aber wieder ein Erfolg, der seinen Namen im Berufsboxen endgültig zu einem Markenzeichen werden ließ: er besiegte den Belgier Fernand Delarge, dem Max Schmeling gerade vorher die Europameisterschaft abgenommen hatte. 1932 wurde Heuser Europameister im Halbschwergewicht gegen den Spanier Martinez Alfara, und 1933, mit 26 Jahren, boxte er im New Yorker Madison Square Garden um die Weltmeisterschaft.

Der Kampf dauerte 15 Runden. Der Gegner, der Weltmeister, den Heuser herausforderte, hieß Maxie Rosenbloom, ein weißer Amerikaner jüdischer Abstammung, ein überaus cleverer, gerissener Konterboxer. Ein Deutscher gegen einen Juden. 1933 in New York. 15000 Zuschauer. 15000 Kehlen feuerten Rosenbloom an: »Kill Hitler! Kill Hitler!« Heusers Sekundant hieß Jack Sharkey, der Schwergewichtsweltmeister von 1932. Er hatte Heuser beigebracht, kürzer als bisher zu schlagen, schneller zu schlagen, noch mehr Körper in den Schlag zu bringen, Dynamit. Und Rosenbloom bekam Heusers Dynamit zu spüren. Dessen Rechts-Links-Dubletten trieben ihn in die Seile. Heuser nagelte ihn fest. Rosenbloom stand am Rande einer Niederlage. Gleich in der ersten Runde. Trotz der »Kill Hitler!«-Rufe. Doch dann wendete sich das Blatt. Rosenbloom verstand es von Runde zu Runde besser,

Heusers Kraft wirkungslos verpuffen, das Dynamit im leeren Raum explodieren zu lassen statt auf seinem Körper. Es muß ein faszinierender Kampf gewesen sein, der die Zuschauer von ihren Sitzen hochtrieb und sie schließlich vergessen ließ, »Kill Hitler!« zu rufen. Denn dort oben setzten sich zwei Männer, zwei Boxer, zwei ganz unterschiedliche Boxer auseinander. Fast gleichstark. Nach den 15 Runden jedoch war der Kampf im Madison Square Garden mehr als nur ein Boxkampf, ein Sportereignis. Da unterlag letztendlich der brutale, schlagkräftige Deutsche dem geschickteren, cleveren Juden.

Heuser kam als gebrochener Mann von seiner zweijährigen Boxreise durch die USA zurück. Die 20 Kämpfe gegen härteste amerikanische Fighter hatten ihm nicht nur die Rosenbloom-Herausforderung, sondern auch schwerste Augenbrauenverletzungen eingebracht. Mehr als seine Verletzungen wog der Tod seines Freundes Ernie Schaaf. Einige Tage nach dem Rosenbloom-Kampf war er in Heusers Armen gestorben. Heuser hatte ein Jahr lang bei Schaaf, einem Schwergewichtsboxer, in der Nähe von Boston gelebt. Schaaf starb an einer Hirnblutung. Zwei Tage nach einem Niederschlag durch den Italiener Primo Camera. Vielleicht hatte er beim Tod des Freundes geahnt, was auf ihn selbst zukommen sollte.

Das Taxi verlangsamt die Fahrt. Schmahl guckt aus dem Fenster. »Hier ist es!«

Er deutet auf ein Schild. *Rheinische Landesklinik-Fachkrankenhaus für Psychiatrie.* Der Wagen biegt von der Straße ab, fährt durch eine breite Einfahrt hinein in ein weitläufiges Gelände: Rasen, Blumenrabatte, Bäume, Sträucher, fast ein Park, dazwischen Bungalows. Krankenstationen. Schmahl weist Pipela den Weg. Er war schon einige Male hier.

»Wir hatten uns angemeldet«, sagt Schmahl zu der Stationsärztin. »Den Adolf Heuser besuchen. Und dann wollen wir fragen, ob wir ihn am sechundzwanzigsten abholen können, zu den alten Sportfreunden nach Köln. Da ist Boxen bei uns. Und da wollten wir ihn mit hinnehmen.«

Die Ärztin hat nichts dagegen. »Solange der nicht selber boxt.«

Es sollte ein Scherz sein.

»Ich werde den dann am sechsundzwanzigsten abholen«, sagt Pipela. »In der Taxe hat er es ja bequem.«

Die Ärztin führt sie durch die Station. Krankenhausatmosphäre. Es riecht bloß etwas strenger als im Krankenhaus. Nach alten Leuten. Sie kommen in einen Aufenthaltsraum. Hell. Die Türen zu einer Terrasse sind weit geöffnet. Im Raum sitzen drei alte Männer. Weit voneinander entfernt. Der eine sitzt an einem leeren Tisch. Der zweite in einem Rollstuhl, der dritte in einem Armlehnstuhl in einer Ecke, die Hände auf die Knie aufgestützt, so, als ruhe er von einer schweren Anstrengung aus. Die alten Männer blicken nicht auf, als Schmahl und Pipela mit der Ärztin eintreten, verharren stumm, wie sie gerade sitzen und starren vor sich hin oder auf einen Punkt an der Wand.

»Herr Heuser ist draußen«, sagt die Ärztin.

Sie gehen hinaus, auf die Terrasse. Ein schöner Blick in den Park. Vögel zwitschern und singen. Die Sonne dringt nicht durch das Laubwerk der umstehenden Bäume und Sträucher. Es ist schattig auf der Terrasse. Vor ihnen wieder ein alter Mann in einem Rollstuhl. Seine Augen starren in den Himmel. Der Mund weit geöffnet. Er röchelt. Aus einem seiner Nasenlöcher ragt eine weiße Kanüle, sie ist über einen Plastikschlauch mit einer Infusionsflasche verbunden, die an einem Galgen über dem Rollstuhl hängt. Im Gebüsch neben dem Rollstuhl singt eine Amsel.

»Das ist er nicht«, sagt Schmahl.

Heuser sitzt an einem Tisch.

»Wollen Sie Kaffee haben?« fragt eine Pflegerin. »Es ist gerade Kaffeezeit.«

»Wenn es Ihnen nichts ausmacht«, sagt Pipela.

Sie setzen sich zu ihm.

Sein Kopf ist immer noch beeindruckend, kantig. Die Haare voll, gelblich grau. Doch seine Gesichtszüge haben sich verloren, sind eingeweicht in eine großporige, ebene graue

Fläche, in der es nur zwei markante Punkte gibt, die gewaltigen Wülste der Augenbrauen. Die Narben sind kaum noch zu erkennen. Er steht auf, stützt sich mit der Linken auf den Tisch, reicht Schmahl die Rechte. Er sieht größer aus, als er ist. Immer noch breit die Schultern, leicht gebeugt bloß. Die Finger der rechten Hand sind braun-gelb verfärbt, Nikotin.

»Ich hab dir was mitgebracht«, sagt Schmahl.

Vorsichtig zieht er ein Paar winzige weiße Boxhandschühchen aus einer Plastikhülle. Auf die Handschühchen hat er *Sportlertreff Gaststätte Klein Köln* drucken lassen. Er reicht sie Heuser. Der nimmt sie, wendet sie zwischen seinen gelben Fingern und legt sie dann vor sich auf den Tisch. Er murmelt etwas.

»Die hängen wir über deine Urkunde vom Aurora-Traditionsverein, zu deinem 80. Geburtstag, drüben, im Aufenthaltsraum.«

Heuser nickt. Er erinnert sich. Sie hatten ihn im letzten Jahr schon einmal nach Köln geholt, ein Fest zu seinem 80. Geburtstag veranstaltet. Heuser raucht. Rothhändle. Ein Zivildienstleistender bringt Kaffee. Sie trinken.

»Was hast du denn all die Jahre hier gemacht?« fragt Pipela. »Hast du noch Sport gemacht?«

»Nee«, sagt Heuser.

»Den haben sie doch völlig ruhiggestellt hier«, sagt Schmahl.

»Hier war ich beschäftigt, in der Therapie«, sagt Heuser. »Mätzchen machen. Da wird so was mit Figürchen gemacht, mit Lehm, Töpferei und so was.«

»Das macht dir doch auch Spaß«, sagt Schmahl.

»Was heißt Spaß? Ich muß was tun. Vierzig Jahre bin ich jetzt hier drin. Ich hab schöne Sachen gemacht. Alle möglichen Tiere, schöne Gänse, Hühner, ich hab alle möglichen Ideen.«

Sie schweigen eine Weile. Heuser trinkt Kaffee und raucht eine Rothhändle nach der anderen. Er inhaliert tief, stößt den Rauch dann gleichzeitig aus Nase und Mund.

»Wenn ich mal meine Freiheit hab, dann weiß ich schon, was ich schreibe: ›Mein Leben – ein wahrer Roman‹. Ich kann mich an alles erinnern, was sie mit mir getrieben haben, was ich gelebt und gelitten habe, das weiß ich alles noch. Und wenn ich dann noch eine Sekretärin kriege, der ich alles diktieren kann …«

Er will sich eine neue Zigarette anzünden. Das Feuerzeug funktioniert nicht. Seine Hände zittern zu stark. Schmahl gibt ihm Feuer.

»Wenn ich abends im Bett liege und schlafe noch nicht, dann mache ich die besten Sachen. Träume.«

»Die besten Einfälle haste dann, Ideen«, sagt Schmahl.

»Irgendwann muß ich eine Sekretärin haben, die stenographieren kann …«

Er bricht ab. Seine Sätze sind schwer zu verstehen. Er nuschelt, zieht die Worte ineinander, verschluckt manche dabei. Doch seine Grammatik ist klar, die Sätze sind vollständig, sie klingen nur nicht immer so. Schmahl hat Heusers

Brille, die vor ihm auf dem Tisch liegt, an sich genommen, blickt durch die dicken Gläser.

»Da kann man ja nix durch sehen!«

Er zieht ein Taschentuch aus seiner Trainingshose, spuckt auf die Brille und beginnt sie mit aller Sorgfalt zu reinigen.

»Da kann ja kein Mensch durch gucken! Ich putze meinem Sohn auch immer die Brille.«

»Und wenn ich mal eine nette Frau finde«, beginnt Heuser wieder, »die ein paar Mark hat, die kann dann den Prozeß führen, denn das Armenrecht haben die mir aberkannt. Entmündigt, enterbt und des Armenrechtes beraubt. Nur, damit ich keine Rechte kriege. Nur, damit ich nicht offenbare, was wirklich war. Ich habe ein Elend hinter mir und eine traurige Familiensache, da muß man schweigen. Und mein Vater sagte: Blamier mir nicht die Familie, Junge!«

Er inhaliert, saugt die Zigarette aus, pafft den Rauch nach oben.

»Junge, bleib ruhig und blamier die Familie nicht«, wiederholt er. »Die Justiz, die habe ich verflucht! Denn der Verbrecher, der meine Ehemalige vergewaltigt hat, von dem haben die einen Meineid angehört. Und ich mußte etwas verschweigen, ich mußte, weil ich meine Schwester und andere in Schutz nehmen mußte.«

Aus dem Aufenthaltsraum nebenan kommt plötzlich ein Schrei, der das Herz stocken läßt. Pipela und Schmahl fahren zusammen, sehen zum Bungalow hinüber. Einer der drei Männer aus dem Zimmer muß es sein.

Kein physischer Schmerz scheint diesen schrecklichen Laut verursacht zu haben, es ist der Ruf einer anderen, einer viel tieferen Not, die niemand versteht. Heuser hat nicht darauf geachtet. Niemand außer Schmahl und Pipela achtet darauf.

»Wenn ich 'ne neue Frau finde, die ein paar Mark hätte für den Prozeß ...«

Schmahl hat sich wieder gefaßt. Die Schreckenslaute aus dem Bungalow sind verstummt.

»Vielleicht läßt sich mal ein Freundeskreis bilden, der da was macht«, sagt Schmahl.

»Ach!« Heusers Linke fährt abwehrend durch die Luft. »Gibt's ja nicht. An mich glaubt ja niemand!«

Vor 40 Jahren, 1948, kurz nach seinem letzten Kampf, wurde er das erste Mal in die Landesklinik eingeliefert. Im Zustand der Verwirrung, hieß es. Er sollte seine Frau verprügelt haben, rasend vor grundloser Eifersucht. Er soll ungeheuer eifersüchtig gewesen sein damals, krankhaft. Dann wurde er wieder entlassen, bald darauf aber zurückgebracht. Dieses mal für immer.

Die verlorene Weltmeisterschaftsherausforderung gegen Rosenbloom hatte er nur schwer verkraftet. Die Gesichtsverletzungen. Der Tod Schaafs. Drei Kämpfe hintereinander ging er technisch k.o. Er legte eine Pause ein. Kümmerte sich um das in den USA verdiente Geld. 70.000 Dollar. Allein 19.000 für den Weltmeisterschaftskampf. In Weiss, zwischen Bonn und Köln, gleich am Rhein und nicht weit von seinem Geburtsort Buschdorf entfernt, baute er ein Haus, kaufte ein großes Grundstück dazu. Vielleicht eine kleine Landwirtschaft, später, nach der Karriere.

Seinen Hauptwohnsitz verlegte er Mitte der dreißiger Jahre nach Berlin. Da trainierte er und von Berlin aus gelang ihm ein Comeback. Ein gewaltiges Comeback, das ihn auf den Gipfel des Boxer-Ruhmes führte und ihm die Gunst der Nazis einbrachte, die sich gern mit den Starken zeigten. 1937 wurde er im Kampf gegen Adolf Witt erstmals Deutscher Meister im Halbschwergewicht. Und dann türmten sich die Erfolge. 1938 wurde ein Adolf-Heuser-Jahr. Er stellte einen Rekord auf, der bis heute nie eingeholt wurde. In diesem Jahr wurde er gleich zweimal Europameister: sowohl im Halbschwer- wie im Schwergewicht. Der Titel im Halbschwergewicht galt gleichzeitig als Weltmeisterschaftitel der International Boxing Union, einem Verband, dem freilich die US-Verbände damals nicht angeschlossen waren. Doch wenn es auch nach den verqueren Regeln der konkurrierenden Boxverbände keine »echte« Weltmeisterschaft war, war es doch ein echter Weltmeisterkampf. Zwei extrem unterschiedliche

Boxer-Typen trafen da aufeinander. Gustave Roth, ein Belgier, galt als der technisch beste Boxer seiner Zeit. Er hatte den erst nach dem Ersten Weltkrieg entwickelten sogenannten Florett-Stil im Boxen kultiviert und war sein elegantester Vertreter. Heusers Boxstil dagegen besaß nichts Elegantes. Er entstammte unmittelbar der Kraft des Körpers: Frontalangriff, Sturmlauf, Trommelfeuer der Fäuste. Martialisch. »Englischer Stil« nannte man damals diese Art zu boxen, ein Überbleibsel aus den archaischen Jahren dieses Sports, in denen es, mehr noch als gewaltige Schläge auszuteilen, darauf ankam, ebensolche Schläge auch einstecken zu können. Wer am meisten aushielt war Sieger. Im überfüllten Berliner Sportpalast boxte Adolf Heuser acht Runden lang gegen Gustave Roth im englischen Stil. Acht Runden lang griff er an, steckte ein, griff an und gewann den Kampf durch K.o., Leberhaken. Die »Rheinische Bulldogge« wurde er fortan genannt. Und er rechtfertigte diesen Namen durch den Kampf gegen den Wiener Schwergewichtler Heinz Lazek. Auch den gewann er, war nun auch Europameister der Schwergewichtler. Sein nächster Herausforderer auf diesen Titel hieß Max Schmeling.

Schmeling galt vor dieser auf den 2. Juli 1939 angesetzten Begegnung als schwer angeschlagen. Er hatte über ein Jahr nicht mehr geboxt. In seinem letzten Kampf – am 22. Juni 1938 in New York – war es um die Weltmeisterschaft im Schwergewicht gegangen, um einen Titel, den Schmeling 1930 gegen Jack Sharkey gewonnen, 1931 gegen Young Stribling verteidigt und ein Jahr später wieder an Sharkey verloren hatte. Sein Gegner 1938 hieß Joe Louis. Schmeling hatte ihn in einem schweren 12-Runden-Kampf zwei Jahre vorher schon einmal geboxt und k.o. geschlagen. Doch der Weltmeisterschaftskampf 1938 dauerte bloß eine knappe Runde. Louis machte Schmeling durch einen unbeabsichtigten Nierenschlag kampfunfähig und verprügelte ihn anschließend. Im Madison Square Garden wurde dies als der Sieg des freien Amerika über den »Nazi-Fighter« Schmeling gefeiert. Umgekehrt war Schmelings Niederlage in Deutschland als Schmach aufgenommen, Schmeling von den Nazi-größen geschnitten worden. Der Kampf gegen Heuser bot ihm nun eine Möglichkeit zur Rehabilitation. Für Heuser bedeutete er die Chance, das Boxidol der 20er und 30er Jahre zu entthronen und sich selbst an seine Stelle zu setzen.

»Sieht man Boxen als Sport«, schreibt Joyce Carol Oates, »so ist es die tragischste aller Sportarten, denn er zerschleißt die Begabungen, die er hervorbringt, mehr als jede andere menschliche Aktivität – dieser Verschleiß ist ein wahres Drama. Sich zu verausgaben, um den größten Kampf seines Lebens zu kämpfen, heißt zwangsläufig, sich auf dem Abstieg zu befinden, denn der nächste Kampf kann eine Niederlage sein, ein abrupter Absturz in den Abgrund.«

Unmittelbar nach dem Eröffnungsgong stürzte Heuser in gewohnter Manier auf Schmeling ein, schlug schwere rechte Haken. Doch prallten sie wirkungslos auf die Deckung Schmelings, der sich wie immer zurückhielt, abwartete. Er brauchte nicht lange zu warten. Heuser griff wieder an und in den Angriff hinein schlug Schmeling mit der Rechten einen harten Konter. Er traf Heusers Kinn. 71 Sekunden hatte der Kampf gedauert. Heuser brach nach dem Treffer mit ausgebreiteten Armen vornüber auf dem Ringboden zusammen. Das »Aus« des Ringrichters hörte er nicht. Blieb liegen. Sie schleppten ihn in eine Ecke, riefen nach einem Arzt. Heuser war immer noch ohne Besinnung. Es dauerte zwei Minuten, bis der Arzt kam. Der begann sofort mit künstlicher Beatmung. Eine Frau kletterte in den Ring, drängte die um den Bewußtlosen Stehenden zur Seite, warf sich neben ihn auf den Boden, weinte, streichelte die Brust des Boxers. Es war seine Frau. Sie hatten ein paar Monate vorher geheiratet,

»Ich hab dem Gericht geschrieben«, sagt Heuser, »nur in der Zusammenfassung aller Einzelheiten ergibt sich die Wirklichkeit. Und dazu brauche ich einen Prozeß! Ich bitte, beantrage und verlange ein Gerichtsverfahren anzuberaumen, die Motive meines Ehestreits festzustellen und zu klären!«

Er spricht noch undeutlicher als sonst. Er leiert es herunter, hat es in diesen vierzig Jahren im Landeskrankenhaus vielleicht schon tausendmal gesagt, tausende Male stumm, bei sich im Kopf repetiert. Er blickt vor sich, auf seine Hände. Pipela und Schmahl schweigen.

»Und was ich weiß ist Wissen. Es ist das Wissen eines Weisen.«

Auch das hat er schon tausendmal gesagt und gedacht. Er lacht kurz auf. »Ich hab immer solche Aussprüche«, sagt er. »Und dann sagen die: der hat es im Schädel!«

»Was heißt das?« sagt Schmahl. »Du sprichst doch nun ganz vernünftig und manierlich. Für'n Mann im 81. Lebensjahr ist das für mich fantastisch!«

»Es gibt welche«, sagt Pipela, »die haben weniger geboxt. Die kriegen mit 70 Jahren schon nix mehr raus. Die wissen noch nicht mal mehr, daß sie verheiratet sind.«

Heuser blickt zu Pipela hinüber. Er steckt sich eine neue Zigarette in den Mund. Schmahl gibt ihm Feuer.

»Ich hab zu meiner Ehemaligen gesagt: Wenn einer kommt, der mir dich stiehlt, der stirbt! Und wenn er dich stiehlt, dann stirbst du mit! Da habe ich sie zehn Jahre später dran erinnert, und dann lügt die noch, sagt, ich hätte sie geschlagen. Und da sagt das Gericht: Boxer? Schlagen! Gemeingefährlich! Und dann sagt der noch: der stirbt und sie stirbt mit. Gemeingefährlich heißt das für die!«

»Wer hat nicht schon mal in der Erregung gesagt: Ich schlag dich tot, oder hat sich mal vergriffen oder so?« sagt Schmahl zu Pipela. »Wem ist das nicht passiert? Das ist doch so'n Ausdruck: Ich schlag dich kapott! Das meint man ja gar nicht so. Das ist doch mehr so'n Ausdruck: Mann, den schlag ich kaputt, oder so.«

»Ach, es ist traurig, daß die die mir geklaut haben.« Heuser hat Schmahl nicht zugehört. Er monologisiert, spricht leise vor sich hin. »Ich war so glücklich und zufrieden ...« Dann bricht er ab. Schmahl kramt aus der Gesäßtasche seiner Trainingshose eine Geldbörse. Zieht zwei Fünfzigmarkscheine heraus, reicht sie Heuser, unterm Tisch.

»He! Tu dir die mal weg!«

Heuser nimmt die Scheine

»Dankeschön.«

»Tu die dir mal gut weg!«

»Zigaretten und so«, sagt Pipela.

Heuser nimmt ein altes Portemonnaie aus der Innentasche seiner Anzugjacke, steckt das Geld ein.

»Demnächst«, sagt Pipela, »wenn ich dich holen komme«, er deutet auf Heusers Portemonnaie, »ich hab noch ein paar schöne Portemonnaies daheim. Der alte Hund da, der ist doch nix mehr. Ich hab nämlich paar, die ich gar nicht mehr brauche.«

»Ich war so glücklich und zufrieden«, Heuser greift den Faden von vorhin wieder auf. Er erzählt jetzt, flüssiger als bisher, aber immer noch undeutlich artikulierend.

»Hätte ich meinen Doktor Goebbels noch mal, dann ging es mir besser. Was meinste, wenn ich ein Nazi gewesen wär, was es mir wohlgegangen wär. Das tut mir leid, daß ich keiner war. Denn ich habe den Mann verflucht und verdonnert. Über den Doktor Goebbels, über den hab ich geschimpft, wie ein Kroat. Verbrecher. Und daß das Verbrecher waren, das wissen wir ja. Sonst hätten sie keinen Krieg angefangen. Und das war der Krieg, durch den Krieg war ich so erbost. Ich konnte eben nicht das Unrecht verstehen. Und wie der den Amerikanern den Krieg erklärt hat, da brüllte der ›Unsere Feinde, unsere Feinde‹. Und ich habe gesagt: ›Ich habe keine Feinde und das sind meine Freunde!‹«

»Die Amerikaner, klar«, sagt Pipela, »du warst ja ein paar Jahre drüben.«

»Und da hat der mir die ›Freunde‹ gegeben. Da kriegte ich Feuer. Jedesmal Einberufung. Hin und her. Und daß ich nicht boxen sollte. Der wollte mich fertig machen.«

»Lizenz entzogen?« fragte Schmahl.

»Wollten, wollten. Und ich war doch kein Nazi. Ich hab nur gesagt: Du sollst nicht töten! Einmal hab ich mit ihm ein Gespräch gehabt, in so 'ner Versammlung, und da hab ich gesagt: Du sollst nicht töten! Und: Wenn Sie mich erledigen

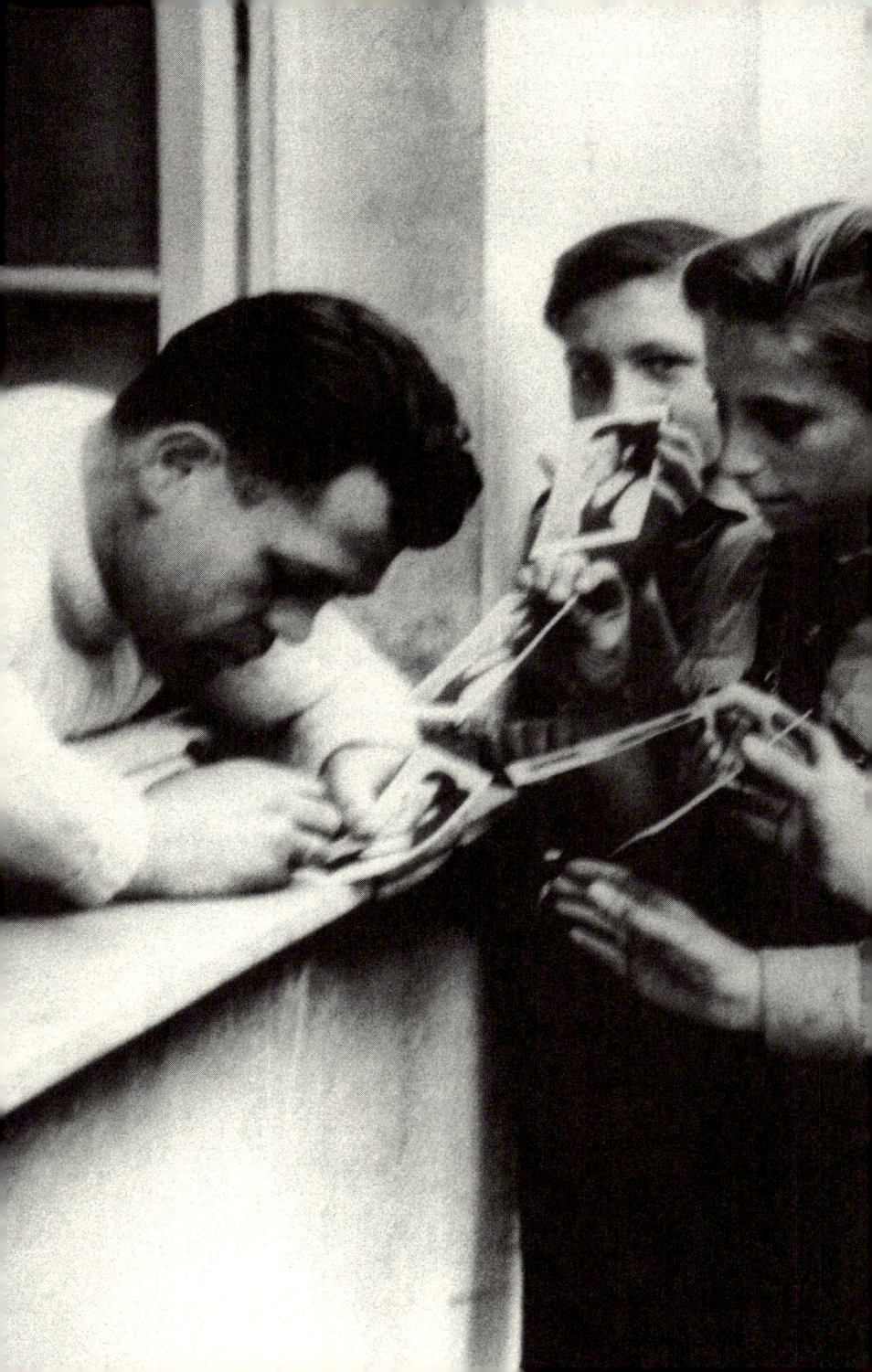

wollen, stellen Sie mich an die Wand, legen Sie mich um und so was.«

»Und da war Ende mit der Freundschaft«, sagt Schmahl.

»Ja, das hat mir den Hals gebrochen.«

Aus dem Aufenthaltsraum nebenan kommt wieder das schreckliche Schreien.

Schmahl und Pipela schauen sich an. Es ist Zeit, aufzubrechen.

»Ich hab noch 'ne Frage«, sagt Schmahl. »Wenn du jetzt nach Köln zum Boxen kommst am 26., hast du da irgendeinen Wunsch, was wir mal machen sollen? Oder wo du mal hin willst? Mal was besonderes zum Essen oder sonst was?«

»Ein Steak«, sagt Pipela.

»Ach, 'nen besonderen Wunsch hab ich doch nicht. Nur eins: eine neue Frau!«

»Müssen wir mal die Ehevermittlung anrufen«, sagt Schmahl »vielleicht ist was da.« Er sagte es im Scherz.

»Die paar Mark hat«, sagt Heuser, »damit ich einen Prozeß machen kann. Ich bin entmündigt, enterbt, des Armenrechtes beraubt. Denn es heißt im Bundesgesetzbuch ...«

»Jeder ist vor dem Gesetz gleich«, sagt Schmahl.

»Warum geben die mir keinen Prozeß?«

Der Stuttgarter Kampf 1939 war weder für Schmeling noch für Heuser der letzte gewesen. Schmeling bestritt danach noch fünf, Heuser weit über 30 Kämpfe. Aber die 71 Sekunden in der Adolf-Hitler-Kampfbahn waren für beide Boxer doch einem Schlußpunkt ihrer Karrieren gleichgekommen. Es war für beide der Kampf gewesen, nach dem sie hätten aufhören sollen.

Schmeling machte der Krieg einen Strich durch seine Pläne, noch einmal zu einem Weltmeisterschaftskampf in den USA anzutreten. Heuser bestritt zwar seine von der Sportpresse hochgelobten Kriegskämpfe – im Gegensatz zu Schmeling und trotz seines Ärgers mit den Nazis hatte das Berufsboxen ihn weitgehend vom Wehrdienst befreit –, 1942 wurde Heuser gegen Lazek sogar noch Deutscher Meister im

Schwergewicht. Aber es wurden immer mehr Ringschlachten als Boxkämpfe, schwerste Auseinandersetzungen, in denen er sehr viel einstecken mußte. Im gleichen Jahr, in dem er den Titel gewonnen hatte, verlor er ihn auch wieder, gegen Walter Neusel, den Boxer, gegen den Max Schmeling 1948 seinen drittletzten Kampf bestreiten und ebenfalls verlieren sollte. Beide, Schmeling wie Heuser, boxten nach dem Krieg nämlich weiter. Beide aus dem gleichen Grund: der Krieg hatte ihr schwer erkämpftes Geld vernichtet.

Doch ist dies nur bei oberflächlichem Hinschauen eine Parallele in der Laufbahn beider Boxer. Wie überhaupt alle Ähnlichkeiten ihrer Karrieren eigentlich nur äußerliche sind. Ein Leben liest sich von seinem Ende, von seinem »Ergebnis« her. Und so erscheinen selbst Schmelings schwerste Niederlagen – die gegen Max Baer 1933 und gegen Joe Louis 1938 – in einem weniger tragischen Licht als die Niederlagen, ja als die Siege Adolf Heusers.

Alles an dem Leben dieses Boxers will, vom Ergebnis her betrachtet, nunmehr als tragisch erscheinen. Schon sein Boxstil, der alle Kräfte, alle Reserven zur Verausgabung brachte, immer aufs Ganze zielte, alle Risiken einging, ständig am Rande des Äußersten, der Vernichtung. Dagegen Schmelings Vorsicht, sein Abwarten, sein zögerndes Die-Chance-Suchen. Und außerhalb des Rings: Heuser linkisch, unbeholfen, ein wenig einfältig. Schmeling dagegen ein Weltkind, schon in den 20er Jahren umgeben von der Prominenz seiner Zeit.

Doch gibt es einen biographischen Punkt, an dem sich die beiden Lebensläufe ganz nahe kommen, eine weitere Parallelität, die freilich, pars pro toto, bei Schmeling sich hin zum Glücklichsten, bei Heuser hin zum größten Unglück entwickelte. Über den Sportredakteur des Berliner *12-Uhr-Blattes*, Willi Fandel, hatte der Reichspropagandaminister dem Boxer Heuser die Bekanntschaft eines Filmsternchens namens Charlotte Daudert vermittelt. Heuser hatte sich zeitlebens schwer mit Frauen getan. Er war kein Frauentyp. Und die Daudert war eine im höchsten Maße beunruhigende Schönheit, die blinkte und glitzerte und die Atmosphäre

ringsum ionisierte. Die Daudert und die »Bulldogge vom
Rhein« – ein neues Traumpaar am braunen Sternenhimmel,
gleich neben Anny Ondra und Max Schmeling. So hatte der
schlaue Klumpfuß sich das wohl ausgerechnet. Ein schlag-
zeilenfüllendes Bilderbuchpaar, Schönheit, Erfolg und teu-
tonische Schlagkraft in stillem privaten Glück vereint. Fast
hätte es auch funktioniert. Die Schöne schleppte den Boxer
wochenlang durchs Berliner Leben, Heiratsgerüchte kursierten und wurden schließlich doch wieder dementiert.

Einmal auf den Geschmack gekommen, entschied sich
Heuser dann doch für eine andere, allerdings schlichtere, weniger schillernde Schönheit. Eine, an die heranzukommen
ungleich schwerer war als an die Goebbels-Vermittelte. Aber
den leichten Weg zu gehen, gehörte auch nicht zu Heusers
Eigenschaften. Die »Berliner Gräfin«, sagten die Leute später,
als das frisch verheiratete Paar zurück an den Rhein, in Heusers Haus nach Weiss zog. Sie war keine Gräfin. Sie war vor
Heuser lediglich mit einem brandenburgischen Adligen verheiratet gewesen. Die Scheidung hatte Heuser einen Haufen
Geld gekostet. Es war die Frau, die am 2. Juli 1939 zu ihm,
dem bewußtlos am Boden Liegenden, in den Ring gestiegen
war. Die ihm 1944 dann einen Sohn gebar. Eine ordentliche,
häusliche, eine brave Frau, sagen die Leute in Weiss. Eine
Frau, die ihm nie einen Grund zur Eifersucht gegeben hat,
sagen die Leute.

Die Eifersucht, die ihn heute noch verzehrt, ihm 35 Jahre nach der Scheidung, 16 Jahre nach dem Tod seiner Frau
noch den Schlaf raubt, ihm böse Träume eingibt, Rachepläne
ne diktiert, ihn nicht ruhen läßt, diese Eifersucht hatte kaum
etwas mit dieser Frau zu tun. Sie hätte ihn wohl auch befal-
len, hätte er damals das Berliner Filmsternchen geheiratet
oder jemand ganz anderes. Nie und nimmer hätte Adolf Heuser zu einem Traumpaar a la Ondra-Schmeling getaugt. Was
ihm fehlte, war eine glückliche Natur. Er war einfach kein
Sonntagskind.

Man sagt, er sei schon vor dem Krieg »gemütskrank« gewesen. Phasen größter Niedergeschlagenheit hätten sich mit

solchen ungebärdiger Euphorie, aber auch mit ungezügelten
Anfällen von Zorn und eben: von Eifersucht abgewechselt.

Heuser war depressiv. Die Ursache dieser Depression? Damals lag sie gewiß nicht im Boxen, in den Schäden, die es einem Kämpfer wie Heuser zufügt. Das kam erst nach dem Krieg.

Am 18. Oktober 1944 fiel die einzige Bombe auf Weiss,
die während der gesamten Kriegsdauer dort abgeworfen wurde. Niemand weiß, warum. Ein Notabwurf? Eine Laune der
Bomberbesatzung? Die Bombe traf Heusers Haus und zer-
störte es, über seinem Kopf brach es zusammen, eine ein-
stürzende Mauer verletzte ihn am Rückgrat. 1945 verlor er
das übrige Vermögen, das er sich erboxt hatte und bei Ban-
ken angelegt hatte. 300.000 Mark gingen auf Ost-Sperrkon-
ten kaputt. Er verdingte sich als Maurer, versuchte sich eine
Existenz mit einer Boxschule in Bonn aufzubauen, schließlich mit einer Kneipe – vergeblich. Dann boxte er wieder.
Nicht mehr um Titel. Diesmal boxte er um sein Leben. Er boxte für 200 Mark pro Kampf. Rund zwanzigmal zwischen 1946
und 1949. Manchmal, für eine oder zwei Runden, zeigte er

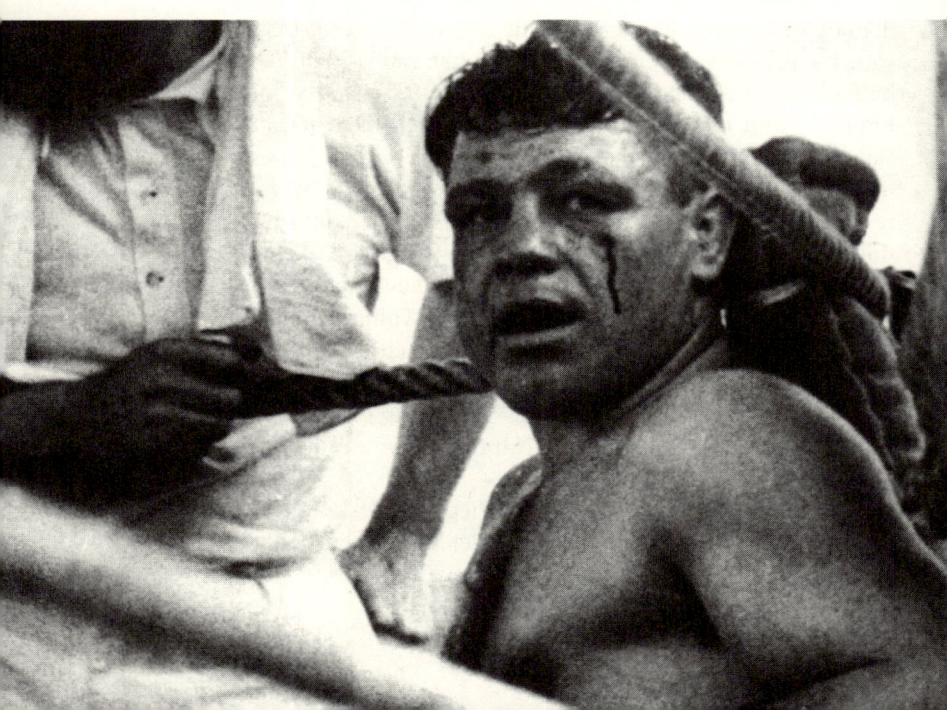

in jenen Nachkriegsjahren sein altes Können. Die anderen Runden wurde er geschlagen, im Wortsinne geschlagen, ging unter unter den ungenau plazierten Schlägen der Zweit- und Drittklassigen, der Jüngeren, die ihren Ehrgeiz dareinsetzten, einen Adolf Heuser auf ihrer Rekordliste zu führen.

Sein letzter Gegner war ein Hamburger namens Janke. Der schlug den 42jährigen in der 5. Runde k.o. Heuser blieb danach bewußtlos, mußte ins Krankenhaus. Eine zeitlang blieben seine Beine gelähmt. Folge einer traumatischen Schädigung des Gehirns, die auszukurieren ihm das Geld und die Zeit fehlten. Zuletzt, bevor man ihn in die Bonner Landesklinik brachte, hatte er als Pferdepfleger gearbeitet.

Bis zur Friedrich-Ebert-Brücke fahren sie schweigend. Pipela konzentriert sich auf den Verkehr, schaut geradeaus. Schmahl hat wie immer das Wagenfenster heruntergekurbelt, sieht hinaus, raucht.

»Also verrückt ist der nicht, auf keinen Fall«, sagt schließlich Pipela. »Ach was!« Mit einer ärgerlichen Geste wirft Schmahl seine Kippe zum Fenster hinaus. »Der spricht doch ganz vernünftig. Klar, der wiederholt immer wieder das ein und selbe. Aber ist doch normal, nach 40 Jahren in der Anstalt. Das ist die Anstalt. Stell dir mal vor, du sitzt da so lange drin. Ruhiggestellt. Was dir da alles durch den Kopf geht!«

»Und dann biste am Grübeln und am Grübeln. Aber dann biste noch lange nicht verrückt!«

Die Sonne in ihrem Rücken nähert sich dem Horizont. Sie sind jetzt wieder auf der A 59. Es ist noch warm. Ein lauer Maiabend beginnt. Schmahl läßt wieder seinen rechten Arm im Fahrtwind baumeln.

»Kann ja sein, daß seine Alte ihn mal ausgeschmiert hat. Hat er ihr paar gegeben. Ist durchgedreht. Aber das passiert doch jedem!«

Pipela geht ein wenig vom Gas, fährt jetzt 110. Er denkt nach.

»Aber was der erzählt von 'ner neuen Frau und so, das ist doch ...«

»Quatsch. Das geht doch gar nicht!« sagt Schmahl. »Wer will sich denn um den kümmern, wenn der draußen ist? Würdest du das tun? Nee. Ich auch nicht. Der ist doch mittlerweile ein Pflegefall.«

»Ich glaube, der ist da in der Anstalt ganz gut aufgehoben. Du holst den am 26. zum Boxen, und dann tun wir mit dem bei mir im Laden was essen, ein Bier trinken. Das ist doch mal was anderes für den!«

»Genau«, sagt Pipela. »Und wenn demnächst noch mal was ist, 'ne Veranstaltung von der Aurora oder so, dann hol ich den noch mal.«

»Mehr kann man da wirklich nicht tun«, sagt Schmahl.

Bübs Brautfahrt

Dicke ham's auch schwer mit Frauen,
denn Dicke sind nicht angesagt.
Drum müssen Dicke auch Karriere machen,
mit Kohle ist man auch als Dicker gefragt.

Und darum bin ich froh, daß ich kein Dicker bin,
denn dick sein ist 'ne Quälerei.
Ich bin froh, daß ich so ein dürrer Hering bin,
denn dünn bedeutet frei zu sein.

Marius Müller-Westernhagen

Jeder Verein, jeder Kegel-, Fußball- oder Skat-Club hat seinen Dicken. Meistens sitzen die Dicken im Vorstand und sind Erster Kassierer. Leibesumfang und Fett prädestinieren für den Umgang mit Geld, Verantwortung, Macht. Trotz ihrer Wabbeligkeit und ihrer Schweißausbrüche strahlen sie für die anderen Ruhe, Gelassenheit und Gerechtigkeitssinn aus. Deshalb brauchen sie sich nicht auf die Kassiererposten zu drängen, sondern werden einfach gewählt. Was nicht heißt, daß den Dicken Machtgelüste abgingen. Einmal auf dem Kassiererstuhl sitzend, verteidigen sie mit Zähigkeit und feinsinnigem Gespür für Intrigen ihren Einfluß. Und so werden sie oft nach einiger Zeit Erster Vorsitzender oder Präsident. Dicke brauchen nämlich Macht, Geld und Intrigen. Sie kompensieren damit die in der Natur ihres Leibesumfanges liegenden Unzulänglichkeiten. Was ihnen an körperlicher Beweglichkeit gebricht, machen sie durch Schläue wett. Und was ihnen an erotischer und sexueller Befriedigung abgeht, holen sie durch den Umgang mit Macht und Geld wieder herein. So erscheinen sie alles in allem als ausgeglichene und auf eine geheimnisvolle Weise sogar glückliche Menschen. Aber wer schaut schon in die Seele eines Dicken hinein!

Büb war ein ganz außergewöhnliches Exemplar. Ein Durchschnittsdicker bringt es auf zweieinhalb bis dreieinhalb Zentner. Büb wog dreihundert Kilogramm. Das sind sechs Zentner. Oder sechshundert Pfund. Sie waren keineswegs gleichmäßig auf und an Bübs Körper verteilt. Sein spärlich mit krausen, aschblonden Haaren bedeckter Kopf erschien im Vergleich zum restlichen Körper winzig, wie der eines eben geborenen Säuglings, fleckig-rot und verknittert. Ein das Haupt mit den Schultern verbindender Hals war nicht zu erkennen. Die Schultern selbst hatten eine Breite, wie man sie früher bei rachitischen Zehnjährigen fand. Doch von den Schultern abwärts nahm Bübs Gestalt wahrhaft gargantueske Formen an. Dort, wo bei anderen die Brustmuskulatur sitzt, hingen bei Büb amorphe Fettmassen, überdimensionalen Brüsten gleich, schlaff herab. Darunter wölbte sich ein Bauch von so tonnigen Ausmaßen, daß Büb auf ihm nicht nur ein, sondern bequem einen ganzen Kranz voller Kölschgläser hätte abstellen können. Natürlich bot sein Bauch nicht nur solche praktischen Vorteile. Äußerst beeinträchtigend wirkte, daß ihm – und das, solange er zurückdenken konnte – die Sicht auf seine untere Körperhälfte völlig verdeckt war. Lediglich im großen Kleiderschrankspiegel konnte Büb – aber nur, wenn er sich so postierte, daß der Bauch keinen Schatten warf – sein winziges Geschlechtsteil erkennen.

Eines Tages, ein paar Wochen vor Beginn der Saison, gelang Büb in seiner Eigenschaft als Kassenwart seines Fußballvereins ein glänzender Coup. Auf der Suche nach einem neuen Mittelfeldspieler war er bei einem belgischen Club auf den idealen Mann gestoßen, auf einen kölschen Legionär namens Männ. Büb fuhr mit ein paar Vorstandskollegen nach Brügge und es gelang ihm dort nicht nur, den neuen Mann glatt von dessen Verein loszueisen. Der kolossale Kassenwart verhandelte so geschickt, daß er die vorher vereinbarte Ablösesumme um ganze sechstausend Mark drücken konnte. Den Spieler, Männ, nahmen sie gleich mit. Auf dem Heimweg, in Aachen, machten die Fußballfreunde Zwischenstation und begossen das gelungene Geschäft. Büb, im Hochgefühl seines Erfolges, kam, was recht selten geschah, in Geberlaune.

»Jungs, wir gehn ins Kasino! Ich spendiere jedem fünfhundert!«

Männ erwies sich schon am ersten Abend als Glückstreffer. Während Büb und die anderen ihre fünfhundert innerhalb von zwei Stunden verspielt hatten, lud Männ gegen zwei Uhr in der Frühe vor den neidglänzenden Augen der Fußballfreunde einen ganzen Berg Hunderter auf einem der Restauranttische des Kasinos ab.

»Das wird verbraten!« sagte er. Und nach einer kleinen Pause fügte er hinzu: »Gemeinsam!« Männ wußte, wie man sich Freunde macht.

Zwei Tage später setzten sich die Belgienfahrer in der Stammkneipe des Vereins zusammen, um zu beratschlagen, was mit dem Gewinn zu tun sei.

»Ich meine«, begann Büb nach den einleitenden Kölschrunden, »ich meine, daß das eigentlich Vereinsgeld ist!«

Männ sah nicht von seinem Glas auf. »Und ich meine«, sagte er betont langsam, »daß du nicht richtig im Kopf bist.«

Die anderen stimmten ihm zu.

»Daß du 'ne Knieskopp bist, das wußten wir, aber so eine Karrigkeit, nä!«

»Quatsch Knieskopp!« Büb blieb ungerührt. »Das war Vereinsgeld. Was eingesetzt worden ist und was verloren worden ist. Logisch, daß der Gewinn auch Vereinsgeld ist.«

Die Runde war erschüttert angesichts dermaßen kaltblütiger Betrugsmanöver des Ersten Kassierers. Erst nach stundenlangem Feilschen gelang es, wenigstens die Hälfte von Männs Gewinn für private Belange zu retten. Aber was damit tun? Einer schlug ein Festmahl im *Goldenen Pflug* vor. Aber von dem zur Verfügung stehenden Geld hätten sie mindestens fünfmal in den *Goldenen Pflug* gehen können. Ein anderer schlug eine Moseltour vor. Männ winkte ab. Das war ihm zu billig. Büb, der eine halbe Stunde beleidigt geschwiegen hatte, plädierte mit belegter Stimme für eine sinnvolle gemeinsame Investition: steuerfreier Ankauf von Krüger-Rand in Luxemburg. Auch sein Vorschlag wurde einhellig verworfen. Die Mehrheit der Runde zeigte sich eindeutig genußorientiert. Als schließlich der Vorschlag kam, in einem Sauna-Club richtig einen draufzumachen, kam wieder Aufregung in die mittlerweile müde vor sich hintrinkende Runde. Kein Problem, da würde man die Scheine schon loswerden. Nur Büb sah ausdruckslos über die Köpfe der anderen hinweg und sinnierte über steigende Goldpreise. Dann hatte der welterfahrene Männ die definitive Idee. Er rechnete die Angelegenheit kurz durch und bat ums Wort: Eine gemeinsame Tour mit einem Bumsbomber nach Bangkok. Das war es. Nicht nur viel abenteuerlicher, sondern auch in der Preis-Leistungsrelation viel effektiver als ein ordinärer Puffbesuch. Damit war die Diskussion beendet. Beschlossen und verkündet. Alle waren begeistert. Außer Büb.

»Was soll ich denn da?« fragte er.

»Komm, Büb, vielleicht findest du da auch mal eine!«

Sie klopften dem Dicken begütigend auf die schmalen Schultern.

Die Behauptung, Büb habe sexuelle Probleme gehabt, wäre so nicht richtig gewesen. Er verschaffte sich schon irgendwie das, was er brauchte. Aber eben nur irgendwie. Sein sexuelles Problem war mehr technischer Natur. Noch nie in seinem Leben hatte Büb mit einer Frau geschlafen, und zwar deswegen, weil ihn nie eine an sich rangelassen hatte, aus Angst erdrückt oder zerquetscht zu werden. Bübs gelegentliche sexuelle Hausmannskost bei den Damen des Gewerbes – anderen hatte er sich nie zu nähern gewagt – war aus den Ersatzzutaten bereitet, deren Genuß sein absonderlicher Körperbau gestattete. Seine ablehnende Haltung den Bangkok-Plänen der Fußballfreunde gegenüber beruhte auf nichts als auf der eben allzu geringen Hoffnung, daß ausgerechnet bei den so unglaublich zierlichen fernöstlichen Damen das Blatt seiner geschlechtlichen Monotonie sich wenden könnte. Fast hätte er Männs Vorschlag abgelehnt. Fast hätte er sich seinen Anteil bar auszahlen lassen. Fast wäre er um sein größtes Glück gekommen. Aber dann willigte Büb doch ein.

Am zweiten Weihnachtstag hob der Jumbo in Frankfurt ab und nahm Kurs auf die fernöstliche Metropole. Im Gegensatz zu seinen Begleitern dachte Büb während des Fluges keinen Augenblick an die abertausend Mädchen, die ihn am Ziel erwarteten. Seine Gedanken kreisten um das vergangene Weihnachsfest, und, quer in den beiden Flugzeugsesseln liegend, die Männ für ihn hatte buchen müssen, ärgerte er sich jetzt zum hundertsten Mal über das Weihnachtsgeschenk seiner Mutter. Jedes Jahr war es das gleiche! Zuerst fragte sie ihn, was er sich wünschte, und dann schenkte sie ihm schließlich doch etwas völlig anderes, etwas, was er überhaupt nicht wollte. Letztes Jahr hatte er sich eine kleine Katze gewünscht. Und was hatte er bekommen? Einen Wellensittich! Dabei wußte sie seit Jahrzehnten, daß er Vögel nicht ausstehen konnte! Und dieses Jahr das gleiche Spiel. Statt des gewünschten Heimtrainers einen Plattenspieler! Natürlich wußte sie genau, daß er sich aus Musik überhaupt nichts machte! Während er die unerwünschten Weihnachtsgeschenke der vorvergangenen Jahre Revue passieren ließ, gärte in ihm eine Ahnung. Die Sache hatte System. Steckte vielleicht eine gezielte Absicht hinter dem verqueren Geschenkritual seiner Mutter? Aber er konnte den aufkeimenden Verdacht nicht weiter verfolgen. Die Schlaftabletten, die er irgendwo über dem Mittelmeer eingenommen hatte, begannen zu wirken.

Bangkok war sicher einmal eine sehr schöne Stadt. Einige ihrer Schönheiten gibt es auch heute noch. Wer sich dafür interessiert – für Pagoden, Klöster und Paläste –, muß sie allerdings suchen in Schluchten von Wolkenkratzern und hinter Gebirgen verspiegelter Bankfassaden.

Die Fußballfreunde um Büb machten sich nicht die Mühe, sie zu suchen. Schließlich befanden sie sich nicht auf einer Bildungsreise.

Ihr Hotel stand mitten im mehrere Quadratkilometer großen Vergnügungsviertel zwischen Innenstadt und Hafen und die Fußballer sahen sich nicht vor die Notwendigkeit gestellt, dieses Viertel zu verlassen. Schon schwer angetrunken aus dem Flugzeug gestiegen, machten sie sich, nach Taxifahrt und Ankunft im Hotel, sofort auf an die Bar und tranken weiter Whisky-Cola. Nach kürzester Zeit hatte jeder von ihnen nicht nur ein Whisky-Glas in der Hand, sondern auch ein Mädchen auf den Knien, das ihnen die freie Hand streichelte und auf die unrasierten Wangen sanfte Küsse drückte.

»Das ist es doch!« sagte Männ, die Hände um die Brüste gleich zweier Mädchen gelegt. »Das findest du doch in keiner Sauna zwischen Köln und Bonn! Und wie lecker die sind. Guckt euch das mal an!«

Da er keine Hand frei hatte, wies er mit dem Kinn auf den Kopf eines Mädchens, der soeben liebkosend in seinem bis zum Nabel geöffneten Hemd verschwand.

»Und dann für das Geld!« fuhr er fort. »Paßt mal auf, ich mache die jetzt alle zusammen für 'ne nette Party bei mir auf dem Zimmer klar!«

Büb erstarrte. Das Mädchen in seinem Nacken – auf seinem Schoß hatte sie keinen Platz gefunden – mußte seine Erstarrung für eine Form der Ablehnung gehalten haben und begann jetzt um so heftiger, seine schütteren Haare in Unordnung zu bringen. Aber Büb hatte lediglich an das Gelächter der anderen gedacht, angesichts seiner fruchtlosen Versuche. Nach ein paar Minuten – die Truppe hatte auf Männs Vorschlag hin noch einmal Whisky-Cola-Nachschub für die Zimmer-Party bestellt – flüsterte Büb dem Mädchen seine Zimmernummer zu und trug ihr auf, ihm in angemessener Zeit zu folgen. Dann verschwand er.

Die folgenden beiden Tage widmete die Reisegruppe fast ausschließlich dem Geschlechtstrieb. Kaum einmal verließ einer für einen kurzen Spaziergang die klimatisierte Atmosphäre des Hotels. Während die Mannschaft um Männ sich den merkwürdigen Reizen kollektiver Sexualpraktiken verschrieben hatte, blieb Büb mit dem jeweiligen Mädchen allein auf seinem Zimmer.

»Ich glaube, du bist ein bißchen pervers, oder?« sagten sie, wenn sie merkten, daß er sich wieder separierte. »Aber uns soll es ja egal sein. Jede Jeck is anders!« Natürlich wußten sie um sein Gebrechen. Aber sie sprachen nicht darüber. Jedenfalls nicht in seiner Anwesenheit. Denn Büb besaß nicht nur die Gestalt sondern auch das Gedächtnis eines Elefanten. Und er konnte sehr nachtragend sein.

Irgendwann am Nachmittag des dritten Tages ihrer Bangkok-Reise saßen sie wieder zusammen in der Hotel-Lobby, umgeben von den unvermeidlichen Siamesinnen. Büb war nicht dabei. Mit einem »Bin mal eben Luft schnappen!« hatte er sich bereits am Morgen absentiert und war im Dickicht des Vergnügungsviertels verschwunden. In der Lobby floß Whisky-Cola in Strömen, wie immer, doch Männ wirkte grau und unzufrieden.

»Also irgendwie ist es das nicht mehr hier!« dozierte er. »Früher war das doch anders. Da waren die Mädchen nicht so aufdringlich, wißt ihr. Nicht so hinter jedem Groschen her. Das extra und das extra und das gar nicht. Das gab es früher nicht. Da tatste einem ein Kleidchen oder so was kaufen, und dann ging die mit dir, die ganze Nacht und den Tag auch noch, wenn du wolltest. Das war alles viel einfacher, gemütlicher. Aber heute?«

Die Runde um ihn nickte zustimmend, obwohl alle das erste Mal in Bangkok waren. Aber Männ mußte es schließlich wissen.

»Ich glaube«, fuhr der polyglotte Mittelfeldspieler fort, »das nächste Mal fahren wir nach Afrika. Kenia oder so. Da, hab ich gehört, da muß richtig noch die Post abgehen. Und das sind ja auch Weiber, die Schwarzen, da ist richtig was dran!«

Wieder nickten die anderen. Aber seinen Zukunftsplänen konnten und mochten sie im Moment nicht folgen. Versonnen glitten ihre Hände über Brüste, Taillen und Hintern der sie umgebenden Siamesinnen. Und dann stand plötzlich Büb vor ihnen. Büb lächelte, breit, rosig und glücklich. So hatten sie ihn seit ihrem Abflug nach Bangkok, nein, eigentlich überhaupt noch nie erlebt.

»Büb, was ist denn mit dir?« In Männs Stimme schwang echte Besorgnis.

Bübs stummeliger Zeigefinger legte sich auf seine kleinen, sich spitzenden Lippen, während sein Blick nach unten wanderte. Neben ihm stand händchenhaltend eine kleine Siamesin. Männ taxierte sie auf maximal 40 Kilogramm.

»Sue Wong«, sagte Büb leise und feierlich, als enthülle er ein Denkmal.

»Aha, angenehm«, murmelte die Runde der Fußballfreunde irritiert, denn sie waren es nicht gewohnt, daß die Identität eines der zahllosen Mädchen von Bedeutung sein könne.

Büb machte eine Bewegung mit beiden Armen, als wolle er fliegen. »Ich bin mal oben«, flüsterte er des Sprechens kaum mehr mächtig und entschwand. Sue Wong, halb so groß wie Büb und ein Sechstel seiner Breite einnehmend, trippelte hinterdrein.

Den Fußballfreunden blieb der Mund weit offen stehen. Stumm blickten sie sich an. Etwas Unglaubliches mußte geschehen sein, etwas von gleichsam historischer Tragweite.

Männ fand als erster die Sprache wieder: »Also, das müssen wir uns ansehen!«

Auf Zehenspitzen schoben sich die Freunde über den Hotelflur und näherten sich Bübs Zimmer. Die Tür war nur angelehnt. Büb hatte gewußt, daß er den Kameraden das Ereignis unter Beweis stellen mußte, unter einen augenfälligen Beweis. Und den schien er in der Tat zu erbringen. Der Blick der im Türrahmen stehenden Männer fiel auf die gewaltige unbekleidete Rückenansicht Bübs, der bäuchlings auf dem Bett lag. Von Sue Wong war nichts zu sehen. Doch es gingen feine rhythmische Bewegungen durch den gigantischen rosafarbenen Fleischberg. In gemächlichem Tempo kräuselten leichte Wellen die glatte, unbehaarte, den Rücken bedeutende Fettschicht bis hinauf zu den mächtigen Wülsten unterhalb der Schultern. Zentrum dieses sanften, aber stetigen Rhythmus war Bübs breiter, faltiger, blond behaarter Hintern, der sich im Takt eines mittelschweren Dampfhammers hob und senkte. Dieses Schauspiel vollzog sich eine Weile stumm. Dann geriet der Rhythmus leicht ins Stocken. Die Bewegung hörte auf, um dann mit erhöhter Geschwindigkeit wieder einzusetzen. Schweißperlen traten aus Bübs Rückenporen. Leise schlossen die Fußballer die Zimmertür. Büb verstand es, sein Glück zu teilen. Seine Gesichtszüge, sonst verknittert und griesgrämig, glätteten sich von Stunde zu Stunde, der Ausdruck einer reinen, unschuldigen Seligkeit breitete sich auf ihnen aus. Er bezahlte jede Rechnung der Fußballfreunde, die sich, je länger der Bangkok-Urlaub dauerte, immer häufiger trinkend an der Hotel-Bar rumlümmelten, als sich mit Mädchen auf ihren Zimmern aufzuhalten. Doch während sie des Amüsierens allmählich müde geworden waren, verschwand Büb mit Sue Wong, die er keinen Augenblick von seiner Seite ließ, alle paar Stunden in die oberen Gemächer des Hotels. Sein Glück war umfassend und am Abend des drittletzten Tages vor ihrer Abreise verkündete er den Freunden: »Wir heiraten!«

Verblüfftes Schweigen. Keiner fand auf Anhieb das rechte Wort. Sie hatten nach Bübs Glückstreffer mit einigem gerechnet, aber heiraten? Schweigend starrten sie ihn an.

Als erster gewann Männ die Fassung wieder. Er begriff den Ernst, der in Bübs Ankündigung lag.

»Prima, Büb! Na, dann herzlichen Glückwunsch!« Und mit einem kurzen Blick auf die anderen fügte er hinzu: »Von uns allen!«

Und Männ war es dann auch, der das Weitere in die Hand nahm. Gleich am nächsten Tag organisierte er Bübs Hochzeit in Bangkok. Entgegen ihren Erwartungen ging das fast reibungslos vor sich, ja, es hatte den Anschein, als wären die Behörden froh darüber, Sue Wong an einen solch stattlichen Mann in Deutschland vermitteln zu können. Einen Tag vor ihrer Abreise streckte der siamesische Standesbeamte strahlend beide Hände dem vor Aufregung schweißnassen Büb entgegen, um ihm zu gratulieren. Die Fußballfreunde umringten ihn und seine zierliche Braut, brüllten im Chor »Zicke-Zacke-Zicke-Zacke-Hoi-Hoi-Hoi!«, überreichten einen ungeheuren Strauß mit exotischen Blumen und betranken sich darauf gemeinsam mit dem Bräutigam bis an den Rand der Besinnungslosigkeit. Männ stieß etwas später zu der Festgesellschaft. Er hatte noch ein paar Ferngespräche geführt und einige Telegramme verschickt.

Als Büb in Frankfurt aus der Maschine stieg, war er der Frischeste von allen. Der lange Flug war ihm sozusagen im Fluge vergangen. Männ hatte für Sue Wong nicht extra einen Platz reservieren lassen, für Büb waren ja ohnehin zwei bestellt. Mit den beiden Sitzplätzen war, wie Männ richtig vorausgesehen hatte, das jung vermählte Paar auch ausgekommen. Vierzehn Stunden Flugzeit hatten sie eng umschlungen in inniger Liebkosung unbeschadet überstanden.

Am Ausgang der Zollabfertigung hatte sich der gesamte Fußballverein – einschließlich Damen- und Jugendabteilung – als Empfangskomitee eingefunden. Als Büb und seine Braut die Schranke durchschritten, ertönte wieder ein vielstimmiges »Zicke-Zacke-Zicke-Zacke-Hoi-Hoi-Hoi«, Blumensträuße wurden überreicht, Sektkorken knallten und Büb weinte. Das war der Höhepunkt seiner irdischen Laufbahn! Er, der bisher nur durch hinterlistige Schläue und Gerissenheit imponiert hatte, er, der dicke Büb, hatte endlich eine Frau gefunden! Und nicht irgendeine Frau! Er hatte eine schöne Frau! Und daß er sein Glück sich in den Augen der Vereinsfreunde widerspiegeln sah, daß sie ihn sehen konnten, ihn und seine Braut Hand in Hand auf dem Weg ins Eheglück, das trieb ihm ganze Sturzbäche von Tränen in die kleinen Äugelchen.

Zu einem eindrucksvollen Zug formiert, schritt die Versammlung durch die endlosen Gänge des Flughafens. Vorneweg, Vereinswimpel schwingend, die Jugendmannschaften, dann die Damenabteilung in Vereins-Trikots, dann das glücklich lächelnde Paar, dicht dahinter die Bangkok-Abenteurer, gefolgt vom Vorstand und der Ersten Mannschaft.

Männ hatte für eine weitere Überraschung gesorgt. Als sie endlich ans Tageslicht traten, wartete nicht etwa ein einfaches Taxi, um das Brautpaar aufzunehmen. Nein, eine weiße Kutsche, bespannt mit zwei Schimmeln, stand an der Rampe. Büb, dem die Tränen auf den Wangen nicht trocknen wollten, blickte sich um zu Männ. Der zwinkerte. Der Kutscher lupfte den weißen Zylinder, sprang vom Bock und öffnete den Schlag.

»Du mußt sie reinheben!« sagte Männ.

Am Abend langte die Kolonne, bestehend aus der bedenklich schräg liegenden Kutsche und den mit weißen Bändern geschmückten Autos der Vereinsmitglieder, in Rüdesheim vor der *Weinperle* an. Ein Sälchen war für die Hochzeitsgesellschaft reserviert, die Tafeln gedeckt.

»Hat eigentlich einer meiner Mutter Bescheid gegeben?« fragte der Bräutigam Männ während des Festessens.

»Klar, die sollte eigentlich mit dabei sein.«

Büb schwante Böses.

Doch es war nicht die Mutter, die diese traumhafte Periode im Leben des dicken Mannes zu einem ebenso jähen wie bösen Ende brachte. Zwar hatte Bübs Ahnung nicht getrogen: keineswegs wollte die Mutter das Glück ihres Sohnes teilen. Eifersüchtig hatte sie zwischen den Gardinen hervorgeäugt, als das Paar vor ihrer Haustür ankam. Eisig war die Mutter geblieben, als der Sohn ihr seine Frau vorstellte.

»Und die soll hier in meinem Haus wohnen?« hatte sie am Abend nach der Ankunft gefragt.

»Aber Mama!«

»Nix Mama! Das ist doch, das ist doch, ein Nüttchen ist das! Und dann noch mit so Schlitzaugen.«

»Mama!«

»Hör auf mit deinem ›Mama‹! Hast du es denn nicht gut gehabt bei mir, all die Jahre?«

»Doch, Mama«, sagte Büb, obwohl Zweifel an der unbedingten Zuneigung seiner Mutter an ihm nagten, seitdem ihm die Geschichte mit den verkorksten Weihnachtsgeschenken so gründlich aufgestoßen war. Im Laufe der folgenden Tage kamen die Verhältnisse dann doch einigermaßen ins Lot. Zumal Büb verkündet hatte, nun auch ein eigenes Heim für sich und seine Frau suchen zu wollen. Die Furcht, den Sohn damit ganz aus der Kontrolle zu verlieren, hatte zu einer nahezu liebevollen Umsorgung der Braut seitens der Mutter geführt.

Das Unglück kam, wie so oft, von ganz unerwarteter Seite. Da die Trauung in Deutschland keine Gültigkeit besaß, bestellte Büb für sich und Sue Wong im Rathaus das Aufgebot. Es gab keine Schwierigkeiten, alles war in bester Ordnung. Der Termin für die Heirat stand fest und Männ organisierte die Vorbereitungen für ein großes Fest. Knappe vierzehn Tage waren es noch bis zum Termin. Büb lebte weiter wie im Rausch. Keinen Augenblick ließ er Sue Wong von seiner Seite und auch die Vereinsfreunde beglückte er mit beständiger Gegenwart. Ihnen wurde sein Gerede von den Freuden eines erfüllten Ehelebens manchmal schon zu viel. So kam es, daß sich eines Nachts nach einer wilden Zechtour einer nach dem anderen von Büb und Sue Wong verabschiedet hatte und selbst Männ von der Seite des dicken Freundes gewichen war. Gegen vier Uhr in der Frühe blieb das Paar allein in der *Drachenburg* zurück. Büb war völlig betrunken. Seine Augenlider hingen herab, die Gesichtsmuskulatur erschlaffte und ein Speichelrinnsal lief ihm aus dem Mundwinkel. Der monströse Bauch hob und senkte sich wie im Tiefschlaf, die kurzen feisten Arme baumelten kraftlos an den schmalen Schultern. Sue Wong saß ein paar Schritte entfernt an der Theke und sog ihren siebzehnten Cocktail in dieser Nacht durch einen Strohhalm. Mit einem leisen zufriedenen Grunzen schlief Büb schließlich ein. Als er aufwachte, war die *Drachenburg* leer. Er rappelte seine sechs Zentner in die Höhe und sah sich nach Sue Wong um. Aber sie war verschwunden.

Tagelange, wochenlange Suchaktionen der Fußballfreunde blieben ergebnislos. Männ hatte mit reichlich Schmiergeld von einer Kellnerin herausgebracht, daß, während Büb schlief, ein stadtbekannter Zuhälter sich neben die Siamesin gesetzt hatte und diese nach zwei, drei Sätzen, die sie miteinander sprachen, ihre Handtasche genommen und mit dem Zuhälter die *Drachenburg* verlassen hatte. Vollkommen freiwillig, betonte die Kellnerin. Darauf konzentrierte sich die Suche auf sämtliche Saunaclubs und Puffs zunächst in Köln, dann in Düsseldorf, schließlich in Mannheim, Frankfurt, ja, bis nach Hamburg fuhr Männ. Nichts. Sue Wong blieb verschwunden. Büb fand nie mehr eine vergleichbare Frau wie Sue Wong. Er bemühte sich auch gar nicht mehr, eine zu finden. Aber jedesmal, wenn er auf der Straße eine Siamesin zu Gesicht bekommt, fährt ihm ein heftiger Stich durch den gewaltigen Bauch mitten ins Herz.

Lohntütenball

oder Vöck wird solide

Und ohne sich weiter umzusehen, ging er in die Rich-
tung der St. Marie des Batignolles, in dem sicheren
Bewußtsein, daß er heute endlich der kleinen Thérèse
die zweihundert Francs zurückzahlen könnte.

Joseph Roth, Die Legende vom heiligen Trinker

*F*ünf Söhne zog Schiefers Anna groß: Saftig, Jäl, Jüngel,
Vöck und Dütz. Fünf richtige Kleiderschränke wurden das,
eisenstark alle fünf, groß und breit und ausgestattet mit
Pranken wie Bären. Wo die hinlangten, wuchs kein Gras
mehr. Jeder von ihnen konnte allein eine Wirtschaft leerräu-
men. Man kann sich vorstellen was los war, wenn die zusammen freitagsnachts einen Königsritt durch die Kneipen
der Nordstadt machten. Aber dazu hatten sie nicht allzu oft
Gelegenheit. Denn der Krieg kam dazwischen und drei von
ihnen wurden Soldat. Und als der Krieg zu Ende war, wurden richtig solide, gestandene Männer aus ihnen, Familien-
väter, und jeder von ihnen setzte wieder eine kleine Herde
Schiefers in die Welt. Natürlich hatten sie auch alle einen or-
dentlichen Beruf, einen Beruf, der ihren Körperkräften entsprach. Die Schiefers wurden alle Möbelpacker. Alle, außer
einem. Das schwarze Schaf war Vöck.

Dafür, daß Vöck so aus der Reihe tanzte, gibt es eigentlich keine Erklärung. Weder war er der Älteste noch war er
der Jüngste. Von beiden sagt man ja, sie schlügen gern aus
der Art. Aber sowohl Saftig, der Älteste, wie Dütz, der Jüngste, wurden ordentliche Schiefers und gingen »an die Möbel«, wie man bei den Schiefers sagt. Vöck war der zweit-
jüngste und ging nicht an die Möbel. Vielleicht war der Krieg

schuld. Denn Dütz war, als der Krieg begann, noch zu klein, um alles mitzubekommen. Vöck aber hatte gerade das Alter, um reingezogen zu werden. Es fing schon damit an, daß er kein Hitlerjunge werden wollte. Was freilich nichts Außergewöhnliches war. Keiner der Schiefer-Jungen ging in die HJ. Das gehörte einfach zur Familientradition. Der alte Schiefer war zwar noch vor dem Krieg an den Nachwirkungen einer Verwundung aus dem Krieg davor gestorben. Aber er hatte Zeit genug gehabt, den Söhnen seinen Standpunkt klarzumachen. Und das war der Standpunkt eines klassenbewußten Proleten, eines Fuhrmannes, der vierzig Jahre lang als Auslieferungsfahrer mit Pferd und Wagen durch Nippes kutschiert war, der Standpunkt eines Ringers zudem, der Zeit seines Lebens im Arbeiter-Kraftsportverein gerungen, geboxt und Gewichte gestemmt hatte. Und solche Standpunkte wie die des alten Schiefer schlossen von vornherein jede Sympathie für das Nazi-Pack aus. Aber auch eine Nachbarschaft wie die von Unter Kahlenhausen, wo die Schiefers nach dem Tod des Vaters lebten, war keineswegs dazu angetan, im kleinen Vöck Ambitionen auf ein braunes Hemd zu wecken. Dafür versuchten sie ihn anderweitig dranzukriegen. Mit vierzehn schickten sie ihn nach Gießen zur Landhilfe. Vöck und Landhilfe! Heuwenden und Kuhställe ausmisten! Vöck haute ab. Nach sechs Tagen Fußmarsch kam er wieder bei seiner Mutter in Köln an. Ein Jahr später steckten sie ihn in ein Wehrertüchtigungslager nach Gemünd in der Eifel. Vöck haute ab. Jetzt brauchte er nur drei Tage. Darauf sollte er in ein Fürsorgeheim, was nunmehr auch das Ehrgefühl der Mutter verletzte. Sie packte Vöck und Dütz und fuhr nach Sachsen zu Verwandten. Als dort aber die Bombenangriffe wegen der Nähe der Leuna-Werke immer stärker wurden, kamen sie wieder zurück. Vor der Tür wartete der Volkssturm auf Vöck. Sie nahmen ihn mit. Vöck blieb nur eine Stunde beim Volkssturm. Aber diesmal brauchte er nicht selbst abzuhauen. Müller, der Ortsgruppenleiter, nahm ihn zur Seite: »Wenn wir jetzt abmarschieren, biegste an der nächsten

Straßenkreuzung rechts ab und läufst nach Hause nach deiner Mutter!«

Vöck bog rechts ab. Das war am 3. April 1945. Am 5. April ergab sich der Volkssturm den Amerikanern.

Vielleicht also war der Krieg schuld daran, daß Vöck nicht solide wurde. Denn der Krieg verschaffte Vöck eine Jugend, die alles andere als wohlgeordnet und behütet verlief und er verhinderte, daß Vöck eine ordentliche Bildung mitbekam. Aber an dem Punkt bereits wird die Sache zweischneidig. Da war nicht mehr allein der Krieg schuld. Vöck ging ganz einfach nicht gern zur Schule. Das heißt, er ging überhaupt nicht hin. Wobei dann die Kriegswirren Vöcks Abneigung noch insoweit begünstigten, als die Schule in der Machabäerstraße einen Volltreffer abbekam. So waren es also nicht allein die Umstände, die dafür sorgten, daß aus Vöck das wurde, als was er sich dann, als der Krieg vorbei war, vollends entpuppte: eben das schwarze Schaf der Schiefers, ein Taugenichts, Herumtreiber und Wüstling. Wenn einer so wird wie

Vöck, dann bringt er auch die Anlagen dazu mit. Und Vöck besaß alle Anlagen zu einem Taugenichts und Wüstling. Wobei die unvollständige, um nicht zu sagen gänzlich fehlende Schulbildung das geringste der Übel war, die Vöck mit auf den Weg nahm. Das machte ihn auch nicht zum schwarzen Schaf in der Familie. Das war sozusagen bloß eine Schiefersche Erbkrankheit. Keinen der anderen vier Schiefer-Jungen, weder Saftig noch Jäl noch Jüngel und auch nicht den kleinen Dütz hatte es je in die Schule gezogen. Wozu braucht man Rechnen, Schreiben und Lesen, wenn man stark ist? Saftig, dem Ältesten, hatten seine unvollständigen Schreibkünste sogar einmal das Leben gerettet.

Eines Morgens, im Frühjahr 1938, standen zwei Gestapoleute in der Schieferschen Tür und holten ihn ab.

»Was soll der dann verbrechen haben?« Die Stimmlage der Mutter näherte sich trotz der tödlichen Lässigkeit der Männer im Ledermantel dem Krakeelton.

»Aufrührerische Inschriften hat der geschrieben, an der Hohenzollernbrücke.«

»Waas?« Jetzt überschlug sich die Stimme der Mutter vor Empörung. »Der Saftig? Schreiben? – Der kann doch gar nicht schreiben!« Wenig später im EL-DE-Haus klärte sich die Angelegenheit. Dem zwanzigjährigen Saftig war es nämlich trotz verkrampften Zunge-zwischen-die-Zähne-Pressens nicht möglich, mit etwas, was einer Schrift annähernd ähnlich kam, das, was auf dem Sockel eines Reiterstandbildes auf der Hohenzollernbrücke geschrieben stand, nämlich HITLER IST EIN ARSCHFICKER, auf ein Blatt Papier zu bringen. Das überzeugte auch die Gestapo-Männer.

Als der Krieg zu Ende war, war Vöck sechzehn und einer der jüngsten und cleversten Einbrecher in Köln. Die Wohnung Unter Kahlenhausen wurde bei einem der letzten Angriffe auf die Stadt ausgebombt. Die Mutter zog mit Dütz und Vöck zu Ohm Hubert. Der lebte in einem Wohnwagen gegenüber dem Bunker auf der Nippeser Werkstattstraße. Der Wohnwagen war das letzte Requisit eines kleinen Wanderzirkus, mit dem Ohm Hubert, der Bruder der Mutter, bis in den Krieg hinein durchs ganze Reich kutschiert war. Zwei Ziegen, ein Pony und zwei Esel waren im zweiten Wagen während einer Bombennacht verbrannt. Die beiden Gäule, die die Wagen zogen, hatten sich losgemacht, waren davongesprengt und wahrscheinlich direkt irgendwo in einen Gulaschtopf galoppiert. Der Raum im übriggebliebenen Wohnwagen war knapp, denn dreiviertel davon beanspruchte ein alter dressierter Seehund mit schneeweißen Schnurrbarthaaren, der den ganzen Tag in einer ausrangierten Badewanne vor sich hinträumte, nur ab und zu rülpste und dabei einen widerwärtigen Gestank verbreitete. Es war schon gut, daß es Mai war und man bei offener Tür schlafen konnte. Ohm Hubert hatte die Einquartierung natürlich nicht in den Kram gepaßt. Mutter Schiefer und die beiden Söhne mußten auf dem Boden neben der Seehundwanne schlafen. Um die Schlafstatt bereiten zu können, wurde allabendlich die gesamte Kücheneinrichtung des Wohnwagens – ein Tisch und vier Stühle – vor die Tür gestellt, wo sie dann eines Nachts Brennholzsuchern zum Opfer fiel. Ohm Hubert fluchte in bester Schaustellermanier, und es wurde noch ungemütlicher im Wohnwagen als vorher. Vöck störte das wenig. Er war ohnehin den ganzen Tag und, trotz Sperrstunde, die halbe Nacht unterwegs, denn er hatte zu tun. Schließlich war er derjenige, der den Lebensunterhalt der Wohnwagenbesatzung verdiente. Wobei Dütz allerdings unentbehrlich war. Denn Dütz, damals erst dreizehn, paßte durch jedes Kellerloch und durch jedes Küchenfenster. Vöck ging tagsüber spazieren, am liebsten die Rheinuferstraße entlang, rechts und links von der Bastei. Da war noch eine ganze Reihe ansehnlicher Villen stehengeblieben und mit ihnen ein nicht weniger ansehnlicher Inhalt: Möbel, Teppiche, Geschirr, silbernes Besteck. Sie begannen mit den kleineren Gegenständen, mit Bildern, Uhren und Meißener Porzellan, und als die Villen davon befreit waren, machten sie sich an die größeren Stücke. Eines Nachts, als sie, eine drei Meter lange Chaiselongue auf den Schultern, die Clever Straße überquerten, wurden Dütz und Vöck von

den Bullen gepflückt. Es war amerikanische MP. Vier baum-
lange schwarze Kerle, zwei von vorn und zwei von hinten.
Es hatte keinen Sinn zu türmen.

»Du bist zu schlecht für unter die Blutwurst!« Patsch, hatte
Vöck eine sitzen. Mit gesträubtem Haar stand die Mutter vor
ihm.

»Wie kann man sich nur erwischen lassen! Wie kann man
bloß so blöd sein!«

»Aber Mama!«

»Mit einem vier Meter langen Sofa nachts über die Straße
laufen!«

»Drei Meter, höchstens.«

»Hättste auch gleich en Klavier nehmen können!«

Es war die erste in einer unendlich langen Reihe saftiger
Gardinenpredigten, die Vöck in den nächsten achtzehn Jahren von seiner Mutter zu hören bekommen sollte. Damit kein
falsches Bild von Mutter Schiefer entsteht: eine geduldigere,
sanftmütigere Frau kann man sich kaum vorstellen. Ihre Söhne vergötterten sie. Die kleinste Andeutung genügte und Jäl
oder Saftig oder Jüngel standen bei ihr und fragten: »Mama,
wat brauchste?«

Umgekehrt vergötterte sie ihre Söhne. Die Ausnahme war
Vöck. Vöck war das schwarze Schaf. Vöck machte nur Ärger. Mutter Schiefer wäre es ja gleich gewesen, was Vöck
trieb, aber daß er sich immer und immer wieder dabei erwischen ließ, das war das Ärgerliche. Und fast noch schlimmer
war, daß Vöck die Beine gemütlich unter ihren Tisch streckte, unermeßliche Mengen von Butterbroten und Bratkartof-
feln in sich hineinschaufelte und dabei keinen Pfennig in die
Haushaltskasse abgab!

Die Villen am Rheinufer waren leergeräumt und Vöck fiel
nichts besseres ein, als sich ein weiteres Feld der damals üb-
lichen Beschaffungskriminalität zu erschließen. Vöck verfiel
immer auf das Naheliegendste, das Bequemste. Von Banane,
der damals der Schwarzmarktkönig von der Eigelsteintor-

burg war, gegen entsprechende Gewinnbeteiligung mit ein paar ansprechenden Tauschobjekten versehen, schloß sich Vöck den kölschen Schmugglern an, die fast täglich mit der Eisenbahn nach Dahlem fuhren, dort ausstiegen, zu Fuß über Losheim marschierten und dann, lange Zeit unbehelligt von Zöllnern, in Belgien gegen ihre Mitbringsel Kaffee tauschten. In Köln bekam man vor der Währungsreform 320 Mark für ein Pfund Kaffee, nach der Währungsreform immerhin noch 18 Mark, das war nicht wenig und solche Männer wie das Ööcher Jüppchen wurden durch gut organisierten Kaffeeschmuggel in diesen Jahren Millionäre. Aber wie dem Ööcher Jüppchen die Millionen zerronnen, so brachte Vöck seine paar hundert oder tausend Mark Kaffeegeld durch, ohne daß er wußte wofür und ohne daß seine Mutter auch nur einen Pfennig Kostgeld davon zu sehen bekam. Vöck, gerade siebzehn, war nämlich auf den Geschmack gekommen. Er hatte den Reiz des Nachtlebens entdeckt. Und das Nachtleben in einer zu vier Fünftel in Schutt liegenden Stadt hat seine ganz besonderen Reize. Als Vöcks Nachtleben begann, passierte jede Nacht etwas. In den wenigen Kneipen und Nachtlokalen, deren Lichter die einzigen Orientierungspunkte in der sonst dunklen Stadt waren, brodelte und brauste die wiedererwachte Lebensgier. Was vor dem Krieg nur freitagsnachts zum Lohntütenball abging, explodierte hier alle Viertelstunde. Ein ununterbrochener Lohntütenball, ein einziger Taumel, dem Vöck verfiel.

In der *Sportklause* auf der Machabäerstraße – hier begann Vöcks allabendliche Tour – tanzten sie auf den Tischen und auf der Theke und vor der Tür kloppten sie sich wie die Kesselflicker. In Louis Goldschmitts *St.Pauli* auf dem Eigelstein gings vorne an der langen Theke gesitteter zu, mit Rheinwein und grellen Damen hinterm Tresen. Hintendurch, wo die Kapelle spielte und getanzt wurde, traf sich die ganze Nordstadt und feierte, als wär's das letzte Mal. Vöcks Ziel freilich war der *Höchste Punkt* in der Mariengartengasse, gleich hinter der Rotkehlchensiedlung, denn im *Höchsten Punkt* ließ Resi, die blonde Bedienung, ihr unvorstellbares

Glockenspiel im engen Dekolleté schaukeln, daß Vöck die Kehle ausdörrte. Er konnte sich nicht satt daran sehen. Dran fühlen allerdings kostete. Und Geld für viele, viele Kilo geschmuggelten Kaffees investierte Vöck in Resis Glockenspiel, bis er endlich selbst einmal ausgiebig läuten durfte.

Natürlich erwischten sie Vöck beim Schmuggeln. Fünf Tage saß er in einem belgischen Knast. Anschließend wurde ihm ein fünfjähriges Aufenthaltsverbot für Belgien verkündet, unter Androhung einer anderthalbjährigen Gefängnisstrafe. Sie setzten ihn vor Losheim an der Grenze ab. Vöck marschierte los, schlug einen Bogen um Losheim, besorgte in Belgien noch einmal ordentlich Kaffee – das letzte Mal – und fuhr nach Hause zu seiner Mutter.

»So geht dat nit weiter mit dir, Vöck! Du bist einfach zu blöd für so was. Vorgestern waren die vom Zoll hier und haben den ganzen Wohnwagen auseinandergenommen. Wenn wenigstens was dabei rumkäme. Vielleicht versuchst du es mal mit richtiger Arbeit, wie deine Brüder!«

Vöck rückte großzügig hundert Mark raus und verschwand in Richtung *Sportklause.*

Was tut ein gescheiterter Schmuggler und arbeitsloser Einbrecher, der mit gerade achtzehn Jahren bereits über die Maße eines ausgewachsenen Grizzlies verfügt und keine Lust hat zu arbeiten? Er wird Boxer. Boxen ist natürlich kein Geschäft. Zumal nicht für einen Amateur in einem Club, der sich BC Nordring nennt. Allerdings machte Vöck das Boxen Spaß, am liebsten hätte er sich den ganzen Tag im Sparringsring herumgeprügelt. Und zumindest ein bißchen kam auch dabei herum. Denn der BC Nordring fuhr in dieser kalorienarmen Gummizeit gern zu Turnieren aufs Land, nicht nur, um seine Staffel da gegen die Bauernjungs antreten zu lassen, sondern auch, damit der ganze Verein sich für ein Wochenende mal eine ordentliche Fettration einverleiben konnte. So kam der frischgebackene Boxer Vöck eine Zeit lang zu einem doppelten Vergnügen: zuerst durfte er in Frechen, Gleuel, Fischenich oder sonstwo in der schönen ländlichen Umgebung von Köln einen Bauernlümmel verprügeln, und anschließend gab's in der Stammkneipe des ländlichen Boxvereins auch noch deftige Hämchen und reichlich Schnaps. Zu spät werden durfte es in der Kneipe allerdings nicht. Irgendwann verschaffte der Kartoffelschnaps den geschlagenen Bauernburschen wieder Klarheit im zerbeulten Schädel und sie erinnerten sich an ihre Niederlagen. Und mit einem Stuhlbein in der Hand sind solche Kerle gefährlicher als im Ring. Da waren sie übrigens deshalb leicht zu schlagen für die Jungs vom BC Nordring, weil sich der Trainer die dorfüblichen Vereinszwistigkeiten zunutzezumachen verstand. Es fand sich immer ein Intimfeind des gerade antretenden dörflichen Boxmatadors in Ringnähe. Von dem ließ man sich dann die Achillesfersen des ahnungslosen Kämpen stecken.

»Du boxt doch den Montré?« näherte sich in Frechen einmal einer dieser Verräter dem sich vorm Ring warmmachenden Vöck.

»Ja. Und?«

»Den Montré«, flüsterte die Stimme, »den Montré, den mußt du immer auf die Augen knäuschelen.«

Vöck knäuschelte. Und gewann, allerdings nach Punkten. Danach war die Hölle los. Denn Montré war der absolute Lokalmatador in Frechen. Und in Frechen konnte der BC Nordring eigentlich nicht nach Punkten gewinnen, auch wenn dem Verlierer das Blut literweise aus den aufgeplatzten Augenbrauen floß. Frechen war für die Nippeser das heißeste Pflaster überhaupt. Hier galt nur ein K.o. Der Tumult nach Vöcks Punktesieg war unbeschreiblich. Vöck wurde von sechs Bauernburschen umringt, die ihm ans Leder wollten und der verräterische Frechener, der zum Augenknäuschelen geraten hatte, wurde mitten im Ring gekreuzigt. So mußte sich der BC Nordring an diesem Wochenende ohne Hämchen und Kartoffelschnaps auf den Heimweg begeben.

Zur gleichen Zeit, in der Vöck beim BC Nordring für Naturalien boxte, begann die Karriere Peter Müllers. Müller war damals noch Junggeselle und wohnte auf dem Gereonswall gegenüber dem Nettchen, der Kneipe zum Stavenhof. Da beide Boxer, Vöck und Müller, trotz ihrer anstrengenden Tätigkeit keineswegs abstinent lebten, begegneten sie sich eines Tages beim *Nettchen*, denn deren Lokal war neben der *Sportsklause* und dem *Böötchen* auf dem Eigelstein zur dritten Attraktion des EWG-Viertels geworden. Nach ein paar Runden Kölsch entdeckten sie ihre Sympathie füreinander und fortan verdiente Vöck beim Boxen richtiges Geld. Zwanzig Mark gab es in Müllers Stall für eine Sparringsrunde mit dem Matador, und im Loopener Trainingslager, wo Müller sich für die größeren Kämpfe vorbereitete, Essen und Logis gratis dazu. Neben Münnichhoffs Jupp und Gansers Fuß gehörte Vöck zu Müllers liebsten Sparringspartnern.

Doch Vöcks Karriere als Boxer wurde jäh unterbrochen. Es war ohnehin schon zu lange gut gegangen. Mutter Schiefer hegte, obwohl sie immer noch keinen Groschen Kostgeld gesehen hatte, bereits die Hoffnung, Vöck hätte endlich Boden unter die Füße bekommen. Eine illusorische Hoffnung. Denn bis das geschah, bis Vöck endlich solide wurde, darüber sollte sie noch älter und grauer werden, als sie es damals schon war. Sie holten Vöck am hellichten Tage aus dem Boxring.

Als die ersten amerikanischen Boxer nach Köln kamen, stieg Vöck auch mit ihnen in den Sparringsring und verdiente nicht schlecht dabei. Vor den Trümmern des zerbombten Opernhauses am Rudolfplatz war noch eine weitflächige Terrasse unversehrt geblieben. In deren Mitte hatte die amerikanische Boxtruppe einen Ring installiert und trainierte hier an schönen Tagen im Freien vor Publikum. Vöck stand gerade mit Bull Charity, einem flinken schwarzen Mittelgewichtler, im Ring, als zwei uniformierte Schutzleute auf den Ring zukamen, der eine die Hände auf die Seile legte und der andere umständlich ein Paar Handschellen aus dem Hosenbund kramte. Diesmal war es ernst. Es nutzte nichts, daß

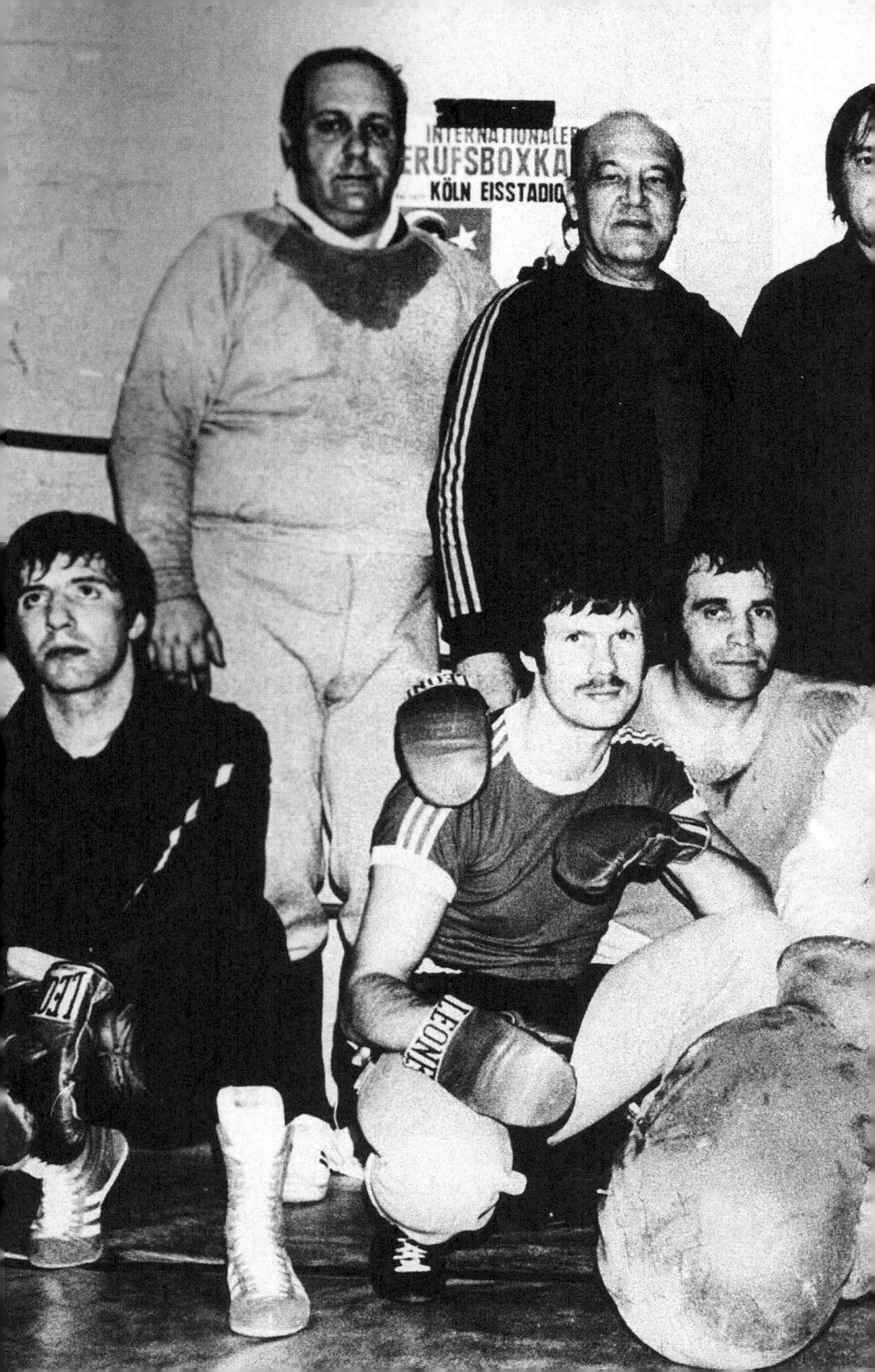

Bull Charity dem Partner zur Hilfe und den beiden Polizisten bedrohlich nahe kam; die rückten nur ihre Tschakos zurecht, ignorierten den Schwarzen und packten Vöck ein.

Ein Jahr Aufenthalt im Klingelpütz wegen wiederholter Körperverletzung und hartnäckigem Hang zu Tätlichkeiten. Vöcks Neigung zum Boxen hatte sich nach den aufbauenden Erfahrungen im ländlichen Umfeld der Stadt nicht auf den Ring beschränken lassen. Er hatte hingelangt, wo und wann immer sich die Gelegenheit zum Hinlangen bot.

Und solche Gelegenheiten lieferte das Nachtleben, in dem sich Vöck tummelte, gleich dutzendweise an einem einzigen Abend. Sieben Mal hatten sie ihn schon erwischt, verwarnt, mit ein paar Tagessätzen bestraft. Das wäre vielleicht weiter so gegangen, aber beim achten Mal geriet Vöck an den Falschen. Dabei fing alles so harmlos an. Und Vöck war eigentlich wieder einmal mehr Opfer als Täter.

Es war ein Freitagabend und Vöck stand mit Münnichhoffs August, dem Bruder des Boxers, bei *Miebach* in der Siebachstraße an der Theke. Die Kneipe war gerammelt voll und mit ihr die ganze Besatzung. Denn hier in Nippes stieg noch ein richtiger Lohntütenball. Wer Arbeit hatte, kriegte am Freitagnachmittag die Lohntüte, und wenn die Frau nicht aufpaßte, war sie am Samstagmorgen leer. Auch an diesem Abend stießen scharenweise Ehefrauen mit entschlossener Handbewegung die Klapptüre zum Lokal auf, verharrten einen Augenblick, um in der Masse der trinkenden, singenden, lallenden Männer den ihren auszumachen, schritten dann geradewegs auf ihr Opfer zu, um es – je nach Temperament der Frau – entweder heimzuzerren oder zur Abgabe der Lohntüte zu bewegen.

Münnichhoffs August glaubte sich in eines dieser Dramen einmischen zu müssen. In der Tat übertrieb die Frau. Die Lohntüte hatte sie ihrem Mann trotz heftiger Gegenwehr und unter lautem Protestgejohle der Saufkumpane schon entringen können. Jetzt zog sie ihn auch noch am Ärmel, wollte, daß er mit raus, nach Hause kam. Das empfand der Kerl wohl als Demütigung, lief rot an, drehte sich aus ihrem Griff. Doch sie faßte nach, bekam seinen Rockschoß zwischen die Finger, zerrte daran und als sie dabei auch noch zu kreischen anfing, war es ihm zuviel. Er drehte sich um und langte ihr eine. Darauf schien Münnichhoffs August nur gewartet zu haben. Mit einem Satz war er in der Mitte des Lokals, schnappte sich den Frauenschänder und verpaßte ihm ein kräftige Kopfnuß. Das gefiel den vielen Freunden, die der Mann bei *Miebach* hatte, nicht. Sie rückten August jetzt auf die Pelle. Vöck begann sich die Hemdärmel hochzukrempeln. Eine schwere Hand legte sich auf Vöcks Schulter. Sie gehörte einem Schutzmann namens Hulm, der ein Stammgast bei *Miebach* war und in Zivil kurz mal auf ein Freitagsabend-kölsch hineingeschaut hatte.

»Fang gar nicht erst an«, sagte der Schutzmann Hulm zu Vöck. Vöck beachtete ihn nicht, denn Vöck sah, wie sein Freund August in immer schwerere Bedrängnis geriet und daß es nicht mehr lange dauern konnte, bis die Freunde des Frauenschänders ihn am Boden haben würden. Und im übrigen wollte Vöck sich auch nicht das Vergnügen nehmen lassen, mal wieder ordentlich hinzulangen. Vöck stieß den Schutzmann Hulm zur Seite und stürzte sich ins Getümmel.

»Aufhören!« schrie der Schutzmann Hulm und packte Vöck von hinten am Hosenbund, wollte ihn wegzerren. Das war zuviel. Vöck drehte sich um, sah dem Schutzmann ins Auge und scheppte dem Störenfried dann eine ein, daß dem für diesen Abend der Ordnungs- nebst einigen anderen Sinnen verging.

Das erste Vierteljahr machte Vöck im Flügel II des Klingelpütz mit dem Aufnähen von *Prym's Druckknöpfen* auf Pappstreifen ab. Sechs Paar Druckknöpfe paßten auf ein Heftchen. Hundertzwanzig Heftchen pro Tag waren die Norm. Vöck war ein braver Häftling und fleißiger Druckknopf-Aufnäher und deshalb wurde er bald zum Kalfaktor bestellt und durfte fortan das Essen in die Zellen hinein und die vollen Latrinentöpfe hinaustragen. Dafür bekam er täglich noch eine halbe Stunde Spaziergangszeit zusätzlich, die er mit den Lebenslänglichen im Innenhof des Klingelpütz abschritt.

Als Vöck herauskam, war kein anderer Mensch aus ihm geworden. Er machte einfach da weiter, wo der Wachtmeister Hulm seinen unsoliden Lebenswandel unterbrochen hatte. Tagsüber boxte er als Müllers Sparringspartner und nachts brachte er das damit verdiente Geld im *Höchsten Punkt* oder im *Böötchen* durch und kriegte Mittag für Mittag, wenn er sich am Frühstückstisch niederließ, das alte Lied der Mutter Schiefer zu hören: »Vöck, so geht dat nit weiter!«

In der Tat ging das so nicht weiter, nachdem Müller den Ringrichter Pipow k.o. geschlagen hatte, dafür lebenslänglich gesperrt und der Müllersche Boxstall aufgelöst wurde. Einer einigermaßen sinnvollen Tätigkeit und des damit verbundenen Gelderwerbs beraubt, gab Vöck sich jetzt nur noch seiner grenzenlosen Vergnügungs-, Rauf- und Saufsucht hin,

pumpte mal hier was, machte ein Lappöhrchen dort und kam nur noch zum Schlafen nach Hause.

»Vöck, wann wirste endlich solide?«

Auch die Brüder wußten keinen Rat, außer dem, Vöck solle endlich, so wie sie,»an die Möbel«.

»Dat jeht nit«, lautete Vöcks stereotype Antwort auf das Ansinnen der Brüden »Ich hab et doch im Kreuz!«

Vöck war eben faul – und hochmütig obendrein: »Soll ich mich für die paar Mark krumm machen?«

Es sollte noch Jahre dauern und einiger einschneidender, ja wunderbarer Erlebnisse bedürfen, bis Vöck zur Besinnung kam. Einstweilen jedoch hatte er eine neue, den Bedürfnissen eines trunksüchtigen Faulpelzes weit entgegenkommende Betätigung gefunden. Er stand beim Nettchen auf dem Gereonswall hinter der Theke und zapfte, eine Lederschürze vorm wachsenden Bauch, vom späten Nachmittag bis in die Nacht hinein für sich und die Gäste Kölsch. Und wie das so ist mit den Kneipiers: sie finden nie ein Ende. Wenn Vöck um eins oder zwei die Kneipe dicht gemacht hatte, ging's weiter in der *Sportklause* bis fünf, von dort bis sieben zum Hauptbahnhof, wo sich im Wartesaal II alles, was im Nachtleben Rang und Namen oder nur außergewöhnlich viel Durst hatte, traf und vom Hauptbahnhof wanderte die besoffene Truppe dann zur Weidengasse und versaute sich dort beim *Haselöhr*, genannt *Zum schmutzigen Löffel*, den Rest des neuen Tages. Sieben Jahre ging das so mit Vöck. Sieben Jahre, Tag für Tag. Seine Wampe wuchs ins Monströse, die Gesichtszüge verloren sich zwischen aufgeschwemmtem Fettgewebe, kurzatmig wurde der einst so athletische Vöck und jeden Morgen mußte er sich erst eine Viertelstunde die Lungen freihusten. Das Weiße in seinen Augen war nicht mehr zu erkennen, sie waren ständig brandigrot, entzündet. Viel tiefer sinken kann man nicht. Aber manchmal, gerade wenn man von jemandem glaubt, es ginge mit ihm nicht mehr vor noch zurück und nirgends eine Rettung, selbst nicht die allerleiseste Hoffnung auf eine Besserung in Sicht ist, manchmal geschieht dann ein Wunder. Vöck geschah ein Wunder.

Es geschah in einer Freitagnacht, kurz vor zwei Uhr in der Früh. Vöck war zu diesem Zeitpunkt so betrunken, wie ein Mann nur betrunken sein kann. Es hatte freilich auch Anlässe genug gegeben in dieser Freitagnacht, auf die serienweise geschluckten Kölsch noch Dutzende Gespritzte, Kabänes oder Doornkaats zu kippen. Schon am Nachmittag drängten sich nebenan im Stavenhof Scharen von Freiern. Dämmerung vor dem Lohntütenball. Die Mädchen verbuchten gewaltigen Umsatz. Und die Kerle wurden, öfter als Vöck es lieb war, munter. Wenn einer munter wird, bedeutet das, es gibt Krach. Viermal kam der kleine Kreutze Josef an die Tür vom *Nettchen* gelaufen und rief:»Die Tante Frieda hat Krach!« Viermal hatte Vöck rausgemußt, war rübergelaufen zum Haus Nr. 12 und hatte bei Friedel, so hieß die Dame, die dort Parterre im Fenster saß und sich auf unorthodoxe Praktiken spezialisiert hatte, nach dem Rechten schauen und die randalierenden Freier vor die Tür befördern müssen. Jedesmal nach der damit verbundenen Anstrengung waren natürlich ein paar Kurze fällig gewesen. Und noch mehr Kurze flossen, als am späten Abend im *Nettchen* der Lohntütenball stieg, die Freier sich Mut für den nächsten Gang antranken und die Stenze an der Theke beim Würfeln das Geld ihrer Bräute zerhackten. Kurz nach der Sperrstunde war es dann allmählich ruhiger in der Kneipe geworden, die meisten Zecher waren weitergezogen und die, die übriggeblieben waren, hatte Vöck rausgeekelt.

Die Musikbox schwieg, das Lokal war leer, nur die Kühlung summte leise. Vöck versuchte, ein wenig Ordnung zu machen, wischte mit unsicheren Bewegungen die Bierdeckel vom Tresen und von den Tischen, stellte mit zitternder Hand leere Kölschgläser ins Spülbecken; alles fiel ihm schwer, er schwankte, der Alkohol hatte einen undurchdringlichen Nebel um sein Gehirn gelegt, so, daß seine Sinne und sein Verstand einer Bewußtlosigkeit nicht fern waren. Und deshalb bemerkte Vöck nicht, daß die Kneipentüre noch einmal aufgestoßen wurde, jemand hineingekommen war und jetzt vor der Theke stand.

»Tu mir ein Kölsch bitte, Vöck!«

Die Stimme war leise. Doch Vöck erschrak, als sei der Blitz in die Zapfanlage neben ihn eingeschlagen. Augenblicklich begannen seine Knie zu wackeln, das Gefühl einer vakuumähnlichen Leere breitete sich in seinem biergefüllten Bauch aus, Vöck schwankte, hielt sich am Spülbecken fest. Der Mann vor ihm schaute ihn stumm an. Die eisgrauen Haare zurückgekämmt, gut in den fünfzigern, stämmig, gekleidet in einem blauen, lederbesäumten Fuhrmannskittel, wie man ihn vor dem Krieg noch manchmal bei Pferdekutschern sah.

»Papa?«

Vöcks Stimmbänder klangen dürr wie das Rascheln im Septembergras. Dann wurde es Vöck schwarz vor Augen, ein stechender Schmerz zuckte durch seine Rippen, setzte sich in der Herzgegend fest und dann kippte Vöck um wie ein nasser Sack Muscheln. Das letzte, was er hörte, war die Stimme seines Vaters:

»Vöck! Wann wirste endlich solide?«

Als Vöck wieder zu sich kam, lag er, in Decken gehüllt, auf dem Küchensofa seiner Mutter. Neben ihm hockte der rosige Doktor Decker auf einem Küchenstuhl und maß den Puls. Als er sah, daß Vöck erwachte, schüttelte er traurig seine speckigen Hängebacken.

»Da haste noch mal Glück gehabt, Jung. Aber wenn du so weitermachst, dann sehe ich schwarz.«

Vöck hätte des hausärztlichen Rates nicht bedurft. Zwei Tage später, am Montagmorgen, stand er, umringt von seinen vier Brüdern, vorm Chef der Möbelspedition Haubrich und fragte nach Arbeit.

Doch wer einmal so tief gesunken ist wie Vöck, für den ist das solide Leben die reinste Tortur, auch wenn ihm ein Toter erschienen ist und ihm nachdrücklich den rechten Weg gewiesen hat. Das frühe Aufstehen. Das frühe Zubettgehen. Das nicht gestillte Bedürfnis nach Rausch und Alkohol. Der Spott der alten Zechkumpane. Es dauerte ein knappes Jahr und Vöck wurde rückfällig. Stand wieder irgendwo hinter

der Theke, soff, zuckte abfällig die Schultern, wenn sein Bruder Jäl hereinkam und sagte, der Chef warte nicht mehr lange auf ihn und die Mutter kriegte noch mehr graue Haare.

Bei einem so hartnäckigen Sünder wie Vöck bedurfte es noch eines Wunders, einer weiteren Erscheinung, um ihn auf den soliden Weg der übrigen Schiefers zu bringen. Die Erscheinung hieß Rosemarie und war 16 Jahre alt. – Wieder war es eine Freitagnacht und wieder stieg ein Lohntütenball, als sie in die Kneipe kam, hinter deren Theke Vöck stand und wieder einmal den Kanal gestrichen voll hatte. Sie wollte nur einen Krug Bier holen. Doch als sie vor der Theke stand und Vöck den Krug reichte, geschah es, ein Naturereignis. Vöck erstarrte, war wie geblendet, denn Rosemarie irisierte die ganze Kneipe, aus ihren Augen sprühte Blütenstaub und Vöck schien, als ginge ein betörender Duft von ihr aus, der ihm den Atem nahm. Vöck griff sich ans Herz. Schon wieder dieser stechende Schmerz. Doch biß er die Zähne zusammen, füllte ihren Krug und nachdem er ihn ihr gereicht und sie bezahlt hatte, begleitete er sie, das Getümmel des Lohntütenballs für immer in der Dunkelheit hinter sich zurücklassend, bis zu ihrer Haustüre. Fünf Söhne haben Vöck und Rös – so nennt Vöck Rosemarie, weil ihm Rosemarie zu lang ist. Drei der fünf Söhne sind Möbelpacker, wie der Vater. Der Jüngste ist 18 und will jetzt auch an die Möbel.

»Du bist doch noch am wachsen!« sagt Vöck. Aber der Kleine läßt nicht locker. Vöck zuckt mit den Schultern.

»Das ist eben bei uns Schiefers im Blut«, sagt er, eher beiläufig, zu Rosemarie. So, als wenn auch er von Jugend an an den Möbeln gewesen wäre.

Hubert und das Biest

Keine Frau kann durch Erziehung gebessert werden.
Das ist, als ob du glaubtest, es genüge, den Hals einer
Ente in die Länge zu ziehen, um einen Schwan dar-
aus zu machen.

Pitigrilli

Es wird erzählt, daß Hubert in Folge eines unglücklichen Schicksals in die Straße verschlagen wurde. Niemand hat die Geschichte jemals nachgeprüft. Wozu auch? Hubert selbst berichtet nur selten davon, da muß er schon an die fünfzehn Whisky-Cola intus haben – etwas anderes trinkt er aus Prinzip nicht, und zwar seit dieser Geschichte mit Monika – und dann erzählt er entsprechend bruchstückhaft und unvollständig. Jedenfalls muß das etwa so gewesen sein: Hubert war einmal Vorarbeiter in einer Baukolonne. Und zwar bauten sie damals die neue Rheinbrücke bei Koblenz und die brach ja bekanntlich während des Baus am hellichten Tage zusammen, und Hubert war dabei! Die Brücke war fast fertig, man konnte schon darauf gehen und fahren, nur in der Mitte fehlte noch ein Stück, das dreizehnte und letzte Teilstück. Es sollte mit Schwimmkränen eingepaßt und an die anderen Teile angeschweißt werden. An jenem Nachmittag, an dem das geschehen sollte, brach die Brücke zusammen. Und zwar knickte das freischwebende rechtsrheinische Brückenteil, auf dem sich gut zwei Dutzend Bauarbeiter befanden, mit dumpfem Grollen einfach ab, die Fahrbahn rutschte, gemächlich zuerst, dann rasend schnell, zur Flußmitte hinunter, und mit ihr Mann und Maus.

Dreizehn Arbeiter kamen dabei ums Leben, wurden von splitterndem Beton, von herabstürzenden Maschinen erschlagen oder in den Rhein gerissen und ertranken. Hubert wurde weder erschlagen noch ertrank er. Obwohl er mitten auf dem freischwebenden und dann herabstürzenden Brückenteil war, als es geschah. Er stand auf dem Trittbrett eines Lastwagens, der auf die Brückenmitte zufuhr. Der Fahrer des Lastwagens bemerkte es nicht. Aber Hubert spürte es: die Brücke unter ihm bewegte sich, senkte sich ab. Er blickte nach vorn, und da sah er es auch, sah, wie das Brückenteil, auf dem er fuhr, sich neigte.

Hubert sprang vom Trittbrett des Lastwagens, schrie dem Fahrer noch zu »Spring!« und dann tat Hubert das einzig Richtige, was in dem Moment zu tun war, er sprang von der Brücke und zwar auf der stromabwärtsgewandten Seite. Leider kam er aber nie im Rhein an. Das ist das Traurige an Huberts Geschichte. Er hatte kein Glück im Unglück. Zwar kam er heil von der Brücke runter. Doch in dem Augenblick, in dem er sprang, fuhr ein Lastkahn unter der Brücke durch, rheinabwärts. Statt ins Wasser zu fallen, fiel Hubert aufs stählerne Ladedeck des Kahns. Er kam mit dem Rücken auf und blieb liegen. Erst anderthalb Stunden später fand ihn der Kapitän. Der hatte nichts bemerkt, weder, daß hinter ihm die Brücke von Koblenz zusammengebrochen, noch, daß Hubert auf seinem Schiff gelandet war. Hubert verbrachte das nächste halbe Jahr im Krankenhaus.

Richtig erholt hat er sich nie mehr von seinem Koblenzer Brückensprung. Ein paar Kleinigkeiten sind geblieben. Sein Gleichgewichtssinn ist nicht ganz in Ordnung, er geht leicht schwankend, manchmal wippt er im Schritt, geht gleich darauf wieder merkwürdig schleppend. Auch spricht er ein wenig seltsam, leicht unartikuliert, guttural, ganz hinten aus der Kehle kommen die Laute.

So ist er dann in der Straße gelandet wie schon viele vor ihm. Wie Wolfgang, der Seebär oder Alfred, der Fremdenlegionär oder Otto oder Tauben-Hilde. Irgenwo unterm Dach hatte er ein Zimmer, bekam ein paar Mark Invalidenrente, nicht genug, um den ganzen Abend lang davon bei Eddi Whisky-Cola trinken zu können. Das hat er ja auch erst später angefangen. Zuerst trank er nur Kölsch, wie alle anderen auch. Und dann brannte Gabor mit Petra durch und kurz darauf kam Krumm für vier Jahre hinter Gitter und Hubert übernahm sowohl Gabors wie auch Krumms Job und seitdem ist Hubert eine echte Institution, einer der wichtigen Leute in der Straße, obwohl man ihm das gar nicht ansieht.

Bis er mit Petra verschwand, war Gabor der Aufwärter sowohl im *Parisienne* wie im *Lotus-Cabaret* gewesen. Das heißt er besorgte und entsorgte die beiden Läden. Kleenex-Tücher, Servietten, Klopapier, Pariser, Schnaps und alles, was da sonst so gebraucht wird in einer langen Nacht, transportierte Gabor hinein und am nächsten Morgen den Müll und Batterien von leeren Pikkolo- und Sektflaschen wieder hinaus. Gabor war ein schludriger Aufwärter gewesen. Mindestens einmal die Woche hatte Soffie, so heißt die Chefin vom *Parisienne* und vom *Lotus-Cabaret*, sich mit ihm in der Wolle gehabt, weil er wieder irgend etwas vergessen hatte, und die Mädchen sich zum Beispiel die Pariser selbst bei Eddie am Automaten holen mußten.

Oder er hatte sternhagelvoll mitten in der Nacht die leeren Sektflaschen in der Mülltonne auf dem Hof zertrümmert, und die halbe Nachbarschaft hatte bei Soffie Sturm geläutet. Deshalb war niemand richtig traurig, als Gabor verschwunden war. Aber daß er Petra mitgenommen hatte, das verzieh vor allem Soffie ihm nicht. Denn Petra war der absolute Bringer im *Parisienne* gewesen, obwohl dünn und lang wie ein Laternenmast und vorne und hinten flach wie ein Matjesfilet. Trotzdem kam Petra gut an. Sie hatte halt etwas. Etwas, was den meisten anderen Mädchen in der Straße fehlte, sie war charmant. Aber jetzt war sie weg, und Hubert bekam Gabors Job.

Hubert machte den Job gut, viel besser als Gabor. Er kümmerte sich richtig um die Mädchen, holte ihnen was zu Essen aus dem Wienerwald oder vom Chinesen, baute sich aus ein paar Kisten und zwei Fahrradreifen ein Handwägelchen, mit dem er die leeren Flaschen zum Glascontainer fahren konnte, statt die Mülltonnen mit den Scherben vollzustopfen. Ein Mann mit Ideen und ein Mann mit Manieren.

Dann holten sie eines Tages Krumm. Krumm war der Rausschmeißer in den beiden Läden gewesen. Gleich für vier Jahre wanderte er in die Blech. Warum weiß kein Mensch, bis heute nicht. Natürlich wäre Soffie nie auf die Idee gekommen, Hubert jetzt auch noch Krumms Job zu geben. Keiner hätte Hubert zugetraut, daß er auch nur einen Pudel aus einem Lokal raustragen könnte. Bis dann die Geschichte mit dem Typ aus Hamburg passierte. Ein Baum von einem Kerl und richtig viel Schmalz auf der Tasche. Der hatte geglaubt, mit Geld könne er alles bekommen. Aber das hat halt seine Grenzen, zumindest im *Lotus-Cabaret*. Hubert kam gerade mit ein paar halben Hähnchen rein, als der Hamburger von Sonja und Carmen verlangte, sie sollten es zusammen machen, nur für ihn, auf der Theke. Er hatte zwei Tausender auf den Tresen gelegt, und Hubert sah, wie Sonja danach schielte. Sonja hätte für einen Tausender noch ganz andere Sachen gemacht. Carmen vielleicht auch. Aber Soffie war da. Und Soffie sagte, so was liefe im *Lotus-Cabaret* nicht, das könne er in St. Pauli machen, er solle den Mädchen lieber noch einen ausgeben. Der verhinderte Spanner machte einen Mordsaufstand, brüllte, das sei der allerletzte Puff hier, so was hätte er noch nie erlebt und dann für das Geld, und als Soffie sagte, es wäre jetzt Zeit zu gehen, fing er an, Gläser und Flaschen auf dem Tresen zu zerschlagen. Da trat Hubert in Aktion. Es war wie Zauberei. Plötzlich war er da, stellte sich vor den schäumenden Typ, einen Kopf größer und doppelt so breit wie Hubert, packte ihn mit nie gekannter Kraft an beiden Oberarmen, hob ihn hoch und trug ihn zur Tür. Der Hamburger wehrte sich keinen Augenblick, sträubte sich nicht gegen Huberts Griff, gab keinen Laut mehr von sich. Und dann war er draußen. Hubert schloß behutsam die Tür. Von dem Abend an war er nicht nur Aufwärter, sondern auch Rausschmeißer im *Parisienne* und im *Lotus-Cabaret*. Sein Ansehen in der Straße stieg und er hätte es bestimmt noch zu etwas gebracht wäre nicht eines Tages Monika aufgetaucht.

Bis dahin hatte noch niemand bemerkt, daß Hubert Frauen irgend etwas bedeutet hätten. Das hatte sicher etwas mit seiner Gestalt, mit seinem seltsamen Gang und seinem merkwürdigen Sprechen zu tun. Man kann sich Hubert nur schwer vorstellen, wie er mit einem Mädchen flirtet, Händchen hält, küßt oder gar im Bett liegt. Allenfalls hätte man sich Hubert als schnaufendes Ungeheuer vorstellen können, das sich eine Frau schnappt und kurzerhand aufs Kreuz legt. Aber dazu ist Hubert in Wirklichkeit viel zu sanft. Zu seinem körperlichen Handicap, an dem er schließlich ja keine Schuld hatte, kam sein weiteres äußeres Erscheinungsbild. Hubert war, zurückhaltend ausgedrückt, ungepflegt. Tagelang rasierte er sich nicht, und es schien äußerst fraglich, ob er sich überhaupt je wusch. Und seine Klamotten! Als hätte er sich bei der Kleidersammelstelle der Sozialhilfe mit sicherer Hand die Stücke ausgesucht, die an keinen anderen mehr loszuschlagen waren. Ein schmieriges Hemd. An den Hosen fehlten die Knöpfe. Nicht nur, daß der Hosenstall ständig offen stand, die Hosen schlotterten so schlapp an seinen dünnen Beinen, daß er sich mit den Absätzen den Schlag hinten durchtrat und er ständig eine Hand brauchte, um die Hosen wieder hochzuziehen. Kurz: Ein Bild des Jammers.

Huberts Erscheinung stand tatsächlich in krassem Gegensatz zu der Welt, in der er arbeitete, zur Welt entblößter Frauenarme, aufdringlich plazierter Parfums, lüsterner Augenaufschläge. Ihn schien das alles nicht zu berühren, geschweige zu erregen. Er trottete, achtzig Rollen Klopapier schleppend, durch einen Wald von Sex wie ein ungeschlechtliches Wesen, ein kalter Lurch in einem schwülen Aquarium voll der betörendsten exotischen Blüten. Ein Quasimodo des Animierbetriebs. Und dann erschien Monika.

Die Mädchen in der Straße sind fast alle lieb und dem durch Schminke, falsche Augenwimpern und tiefausgeschnittene Dekolletés erzeugten Schein zum Trotz im Grunde ihres Herzens anständig und treuherzig bis zur Biederkeit. Monika war weder lieb, noch war sie anständig und erst recht nicht treuherzig. Sie war ein falsches Biest und jeder in der Straße wußte das, einschließlich Soffie, die sie engagiert hatte. Die Mädchen kommen meist aus den Betonburgen in Chorweiler, den Siedlungen in Bocklemünd oder vom Kölnberg. Sie haben da ihre Familien, ihre Väter, Männer, Freunde, Mütter, Verwandte, Kinder, für die sie arbeiten gehen. Es sind verantwortungsbewußte Frauen. Monika kam nirgendwoher und Monika hatte niemanden außer sich selbst. Sie war eine streunende Katze, ein verwildertes Tier, das wegen einer stinkenden leeren Fischdose dem nächstbesten das Fell über die Ohren zieht. Alle in der Straße merkten das sehr bald, nur Hubert nicht. Hubert hat wahrscheinlich bis heute nicht begriffen, was Monika für ein Biest war. Aber sie war schön, das stimmt. Das waren schon keine Brüste, die sie präsentierte, das waren Atommeiler. Und einen Gang hatte sie, da blieb den Kunden im Parisienne glatt das Herz stehen. Wenn sie hinterm Tresen vorkam, dann drehten sich die Köpfe der Männer alle gleichzeitig, als wären sie durch eine Kurbelwelle miteinander verbunden. Zum Leidwesen Soffies schritt sie aber sehr wenig außerhalb des Thekenbereichs.

»Ich mache nur Buffet!« hatte sie mit unterkühlter Bestimmtheit gleich zu Anfang gesagt. »Séparée und so was, das kommt nicht in Frage. Ich bin schließlich keine Nutte.«

Was, nebenbei gesagt, eine Unverschämtheit war. Denn natürlich sind die Mädchen hier keine Nutten. Sie sind Animierdamen. Und das ist etwas ganz anderes. Trotzdem konnte Soffie mit Monikas Arbeit zufrieden sein. Denn Monika machte, auch wenn sie nur hinter der Theke arbeitete, einen wahrhaft sensationellen Umsatz. Ein Wimpernschlag, die Andeutung eines Lächelns genügte, und um die Kunden vibrierte die Luft, füllte sich die Atmosphäre mit dem Geruch unzüchtiger Versprechen. Und wenn sie sich dann noch mit ihren beiden phänomenalen Brüsten vor dem Kunden über den Tresen lehnte, dann rollte der Rubel, dann erschien wie durch Zauberhand eine Flasche Schampus nach der anderen auf der Theke und die Kunden zahlten und zahlten, daß sich Soffie nur den Mund abputzen konnte. Alles in allem: Monika war der Renner der Saison, trotz oder sogar wegen ihrer offensichtlichen Charakterlosigkeit.

Seit sie aufgetaucht war, waren mit Hubert bemerkenswerte Veränderungen vor sich gegangen. Es fing damit an, daß er sich täglich wusch und rasierte, im Agrippabad stundenlang unter der Dusche stand, seine Klamotten in Ordnung hielt, zum Italiener ging, um die Knöpfe an den Hosen annähen zu lassen, sich die Schuhe putzte. Damit nicht genug. Eines Tages kam er zu Soffie und fragte sie, ob sie mit ihm zu Weingarten gehe.

»Was soll ich?« Soffie schielte ihn entgeistert von der Seite an. »Das ist doch was für alte Männer. Was willste da?«

»Einkaufen«, sagte Hubert.

Soffie ging mit. Anschließend sah Hubert aus wie Warren Beatty als Clyde, nur nicht ganz so schön, und seinen etwas mühsamen Gang konnten auch die schwarz-weiß gestreiften Bundfaltenhosen nicht kaschieren, doch rutschten die Hosen nicht mehr, denn sie wurden von breiten blauen und mit weißen Sternchen gepunkteten Hosenträgern gehalten. Eine Kollektion bunt karierter Hemden und eine Lederjacke mit so breit wattierten Schultern, daß selbst Robert Mitchum darin versunken wäre, vervollständigten Huberts neue Garderobe. Die Straße kam aus dem Staunen nicht mehr heraus. Wilde Gerüchte kursierten. Nur auf die Idee, Huberts neuen Outfit mit Monika in Verbindung zu bringen, kam noch niemand. Schließlich war er seit langem schon endgültig als Neutrum klassifiziert und solche Einordnungen sind stabil, zumal in einer Straße wie dieser.

Hubert ging nicht direkt vor. Das versteht sich, denn er ist überhaupt nicht der Typ von Aufreißer, der mit zwei, drei Worten und einer Handbewegung gleich alles klarmacht. Hubert trieb sich, seitdem Monika da war, auffällig häufiger im *Parisienne*, wo sie arbeitete, als im *Lotus-Cabaret* herum. Vor allem zu Zeiten, wo im *Parisienne* noch nichts los ist, am frühen Abend. Dann schleppte er Kisten und Kartons hin und her, fragte Monika, wo die verstaut werden müßten, obwohl er das viel genauer wußte als sie, und anschließend, nach getaner Arbeit, setzte er sich zu Monika an die Theke, trank ein Kölsch, steckte sich eine Zigarette an und blies genießerisch den Rauch vor sich hin, als sei er eben aus der Sklaverei entlassen worden. »Und sonst?« fragte er nach einer Weile. Monika sah ihn an, als käme er von einem anderen Stern. Dann hatte sie die Frage verstanden. »Alles-klar-und-selbst«, sagte sie, auf keine Antwort wartend und polierte weiter Sektgläser. »Alles klar«, antwortete Hubert leise. Aber Monika hörte ohnehin nicht zu. Dann schwieg Hubert. Trank noch ein Kölsch und sah sich interessiert im leeren Lokal um. »Ich muß mal wieder, weiter«, sagte er dann schließlich. »Ist gut«, Monika sah gar nicht zu ihm rüber, fummelte an der Stereoanlage.

So ging das eine Woche lang, zwei, drei, jeden Tag. Die Variationsbreite von Huberts Annäherungsversuchen hielt sich in bescheidensten Grenzen. Mal fragte er sie, ob sie was zu Essen brauche, mal, ob er ihr Zigaretten vom Büdchen mitbringen solle. Viel mehr hatte er nicht zu bieten. Saß die ganze Zeit wie ein Stockfisch am leeren Tresen und starrte sie an. Für sie war er weniger als Luft. Luft brauchte sie zum Atmen. Aber wozu sollte sie Hubert brauchen? Reden, plaudern? Das Reden und Plaudern war ein Geschäft für sie, eine Ware, ein Kapital, das sie einsetzte, um die Kunden zum Trinken zu animieren. Für Monika zählte nichts als Geld. Der Wert eines Mannes bemaß sich für sie nach der Anzahl der Pikkolos und Cocktails, die er ihr ausgab, und nach der Anzahl der Getränke, die er sich selbst reinschüttete. An beidem war sie mit 30 Prozent beteiligt. Es brauchte Zeit, bis Hubert das begriff. Dabei begriff er es auch dann nur unvollständig. Er reagierte bloß. Wie ein Pawlowsches Kaninchen, das auf ein bestimmtes Glockenspiel hin die von ihm erwarteten Aktionen ausführt, weil es weiß, daß es jetzt an die Möhren kommt. Es war das Glockenspiel, auf das Hubert reagierte, Monikas Glockenspiel, ihr Kapitaleinsatz.

»Was fürn schöner Name!« sagte Hubert eines Abends mit glasig verklärtem Blick zu Eddi.

»Monika!« Hubert legte die Betonung auf das »n«, sagte »Monnika«.

»Wie das klingt! Wie eine Geige! Wie ein Gedicht!«

Eddi starrte ihn einen Augenblick fassungslos an, hatte ihn im nächsten Augenblick unter der Kategorie »Volltrottel« abgehakt (unter der liefen bei ihm die meisten seiner Gäste) und kümmerte sich dann um etwas anderes. Hubert litt. Seine Nächte verliefen ebenso einsam wie schlaflos. Er konnte zwanzig oder dreißig Kölsch in sich hineingeschüttet haben, schlafen konnte er dann immer noch nicht. Eine quälende, fordernde Sehnsucht hielt ihn wach. Eine Sehnsucht, die sich auf weit mehr als auf Monika erstreckte und doch in Monika ihr Zentrum fand. Monika war der Inbegriff des Weibes. Ihre Augen, ihre Haare, ihre Brüste, ihre Arme, ihre Hände, ihr Hintern, ihre Beine. Alles vollendet, so rund, so samtig, ein unermeßliches Glücksversprechen lag in all dem und in Monika als Ganzem, wie Hubert es nie zuvor in seinem Leben kennengelernt hatte. Was waren dagegen die Erlebnisse mit Frauen, die er vorher gehabt hatte. Kleine, rasch vergessene Episoden, schnelle Nummern mit Baustellen-Nutten in feuchten Baracken, wenn er auf Montage gewesen war, einmal ein Bratkartoffelverhältnis mit einer enervierenden grünen Witwe auf der Schwäbischen Alb. Das, was ihm mit Monika widerfuhr, hatte Hubert noch nie erlebt. Er war verliebt.

Natürlich ist es völliger Schwachsinn zu behaupten, daß man das, was man sich von ganzem Herzen wünscht, eines Tages auch bekommt. Das sind fromme Märchen, um das Volk hungrig und dumm zu halten. Hubert verhielt sich lediglich wie das Kaninchen in einem Pawlowschen Käfig. Versuch und Irrtum. Er gab ihr einfach Getränke aus! Auf die Idee hätte er allerdings früher schon kommen können. Aber dazu hätte er sie durchschauen müssen, ein klein wenig jedenfalls. Doch, wie das so ist in diesem Zustand, war Hubert dazu nicht in der Lage, er war ja verliebt. Im übrigen ist es nicht üblich, daß das Personal sich gegenseitig Getränke ausgibt. Das ist von Soffie sogar ausdrücklich verboten worden, weil es geschäftsschädigend ist. Wenn einer einen ausgibt, dann ist es der Kunde. Dazu ist der schließlich da. Hubert durchbrach das Gebot. Einfach so, Versuch und Irrtum. Ihm fiel nichts anderes mehr ein. Tagelang hatte er schon nicht mehr bei ihr im *Parisienne* an der Theke gesessen. Ihr eisiges Schweigen hatte er einfach nicht mehr ertragen. Statt dessen hatte er gegrübelt, hatte es in ihm gegärt. Und dann ging er eines Freitagabends ins *Parisienne*, fröhlich pfeifend, obwohl sein vegetatives Nervensystem aufs äußerste in Aufruhr war. Er wollte es ihr sagen. Es ihr einfach sagen. Nichts einfacher als das! Was ist denn schon dabei? Was kann denn da schiefgehen? Ja oder nein! Die Düsternis im Inneren des *Parisienne* konnte ihn keineswegs beruhigen. Er setzte sich an die Theke. Monika hatte bloß kurz aufgeblickt, sich gleich wieder in das Kreuzworträtsel des *Prisma* vertieft.

»Und sonst?« fragte Hubert.

Monika blickte nicht auf, murmelte »Alles-klar-und-selbst« und tippte mit silbrig lackiertem Fingernagel die Buchstaben zählend einmal »waagrecht« entlang.

»Tu mir bitte ein Kölsch«, sagte Hubert nach einer Weile.

Als sie es vor ihn hinstellte, rutschte es ihm raus, einfach eine Floskel, weil er nicht wußte, wie er sonst hätte anfangen sollen.

»Trinkste auch was?«

Ein, zwei Sekunden sah Monika Hubert an, wahrscheinlich das erste Mal überhaupt.

»Gerne«, sagte sie und von da an war auf einen Schlag alles anders. Natürlich trank sie den teuersten Cocktail, den das Parisienne auf seiner Preisliste führt. Als sie ihn fertig gemixt hatte, stieß sie tatsächlich mit Hubert an und sagte »Skol!«

Hubert verschluckte sich an seinem Kölsch, prustete. Sie kam hinter dem Tresen vor, klopfte ihm auf den Rücken, setzte sich neben ihn, sog mit dem Strohhalm ihren Cocktail mit einem Zug halb leer und fragte: »Was machste eigentlich so 'n ganzen Tag?«

Daraufhin erzählte ihr Hubert sein ganzes Leben. Und eins muß man Monika lassen: sie konnte zuhören. Sagte zwischendurch bloß: »Ja?« oder »Tatsächlich?« oder »Ist das wahr?«, legte dabei ihre schmale, weiche Hand mit den silbernen Fingernägeln mal auf Huberts Unterarm, mal umklammerte sie damit sanft seinen Bizeps, ruschte dann auf Huberts Oberschenkel ab und ließ die Hand einen Moment dort liegen. Elektrische Ströme jagten durch Huberts Körper. Nur um sich einen neuen Cocktail zu mixen und Hubert ein weiteres Kölsch zu zapfen, wich sie ein paar Augenblicke von seiner Seite. Als Hubert schließlich fertig war mit seiner Geschichte, der erste Kunde des Abends erschien und sie ihr Gespräch beenden mußten, hatte Hubert sieben Kölsch getrunken, Monika neun Cocktails. Die schmale, weiche Hand schrieb zierliche kleine Zahlen auf ein Blöckchen, zog energisch einen Strich darunter, tippte die Zahlenreihe hoch und schrieb dann »343,00 DM« unter den Strich. Als Hubert gezahlt hatte, gab sie ihm einen leichten, kaum spürbaren Kuß auf seine rechte Wange und hauchte: »Bis morgen, Schatz!«

Man kann sich leicht vorstellen, was in Hubert anschließend vor sich ging, wie sein schleppender Gang draußen vor der Tür sich in ein beschwingtes Hüpfen verwandelte. Man kann sich ebenso leicht vorstellen, wie die Geschichte endete, die zwischen Hubert und dem Biest. Eigentlich gibt es da auch gar nicht mehr viel zu erzählen. Erst mal ging es nun so weiter wie an jenem Freitag. Hubert saß, sobald Monika den Laden aufgemacht hatte, bei ihr an der Theke, und ihre schmale weiche Hand auf seinem Oberschenkel sorgte dafür, daß seine Invalidenrente, sein Lohn und einiges mehr in Cocktails und überteuertes Kölsch investiert wurden. Man kann sich vorstellen, daß das nicht allzulange gutgehen konnte. Ob je einmal mehr als Handauflegen aus der Sache geworden war, weiß kein Mensch in der ganzen Straße. Natürlich behauptete Hubert das, zumindest machte er Andeutungen in diese Richtung. Eines Abends kramte er bei Eddi sein Portemonnaie aus der Gesäßtasche, zog ein Foto daraus hervor und zeigte es Horst.

»Ach, was ist denn das!« rief Horst. »Das ist doch das Raubtier aus dem *Parisienne*! Wofür haste denn von der 'n Foto in der Tasche?« Hubert zog die Augenbrauen hoch und seine Miene signalisierte äußerste Verzückung, so, als wäre er nicht mehr von dieser Welt.

»Sag bloß, du hast was mit der!« Horst stellte energisch sein Kölschglas ab. Hubert hatte die Augen geschlossen, als ertrüge er das Licht im siebten Himmel nicht mehr.

»Das ist doch 'ne Nutte!« stellte Horst mit leichter Entrüstung in der Stimme fest. Hubert erwachte. Zornesröte stieg in sein eben noch verklärtes Gesicht.

»Für dich«, sagte er mit einer für ihn ungewöhnlichen Schärfe, »für dich sind wohl alle Frauen Nutten?«

»Ach weißte«, sagte Horst bedächtig und reichte Hubert das Foto zurück. »Schlecht wäre das nicht, wenn alle Frauen Nutten wären und alle Männer Arbeiter. Dann wüßte man wenigstens, wofür man arbeitet.« Dann trank er an seinem Kölsch. »Jedenfalls bist du bekloppt. Die Alte ist dein Ruin!«

Natürlich hatte Horst recht. Hubert ruinierte sich nicht nur mit teuren Cocktails. Er schlug auch noch jeden anderen möglichen Weg ein, der es Monika gestattete, ihm die letzte Mark aus der Tasche zu ziehen. An ihren freien Abenden lud er sie zum Essen ein und es braucht nicht eigens erwähnt zu werden, daß sie sich nicht zum Gyros-Griechen auf der Ecke führen ließ. Und jedesmal nach dem Aperitif zum Abschluß eines Dreihundert-Mark-Essens bekam sie ihre Migräne oder war urplötzlich zum Umfallen müde, so daß Huberts ausgetüftelter Plan, sie anschließend in eine Disco und dann vielleicht noch woanders hin abzuschleppen, immer wieder zunichte gemacht wurde.

Hubert realisierte einfach nicht, welches Spiel mit ihm getrieben wurde. Er lebte in einem von Sehnsüchten und Hoffnungen gespeisten Traumreich und sein Glück war schon nahezu vollkommen, wenn er nur in ihrer Nähe sein durfte und wenn die schmale weiße weiche Hand ihre Ströme durch seinen Körper schickte.

Hubert investierte weiter in seinen Traum. Der Gipfel war der Papagei, den er ihr eines Tages gekauft hatte. Apo hieß das Tier, das 93 Jahre alt sein sollte und in seiner Jugend wohl einmal so bunt ausgesehen haben mußte wie der Vogel, der früher auf den »Stollwerck«-Pralinenschachteln grün und rot prangte. Jetzt war von dieser Farbenpracht wahrlich der Lack ab, das Gefieder stumpf, im Zustand der Dauermauser, sah aus wie abgenagt, angefressen. Trotzdem hatte der Papagei Hubert eine ganze Stange Geld gekostet. »Der spricht nämlich wie ein Buch«, hatte der Händler gesagt. Was sich leider als allzu wahr herausstellte.

»Ach was ist das denn für ein Leckerchen!« log Monika mit unverschämt schlecht geheuchelter Entzückung. »Wie heißt der denn?« »Apo«, sagte Hubert.

»Apo? Was ist das denn fürn Name?«

»Hat vorher mal so 'nem Student gehört, sagt der Typ von der Zoohandlung.«

»Und kann der sprechen?«

»Und wie!«

»Sag mal Arschloch«, sagte Monika zum Papagei.

»Za ma Asslo«, sagte der Papagei.

»Sag mal Pikkolo!«

»Za ma Piolo«, sagte der Papagei.

»Monika ist lieb!«

»Mohia iz lieb«, sagte der Papagei.

Apo war wirklich ein Phänomen. Er konnte nicht nur jedes Wort nachsprechen, er behielt die Worte auch, und nicht nur Worte, sondern ganze Sätze. Und das eigentlich Phänomenale an Apo war, daß er die Worte und Sätze bei den passendsten Gelegenheiten anzubringen vermochte. Zum Beispiel, wenn abends um halb zehn Martina, eine der Animierdamen im *Parisienne*, kam, krächzte Apo zur Begrüßung »Ah! Matina! Zon wieda bezoffen!«, was in 90 von 100 Fällen mit der Wirklichkeit übereinstimmte.

Wie gesagt, Monika war in jeder Hinsicht ein Biest. Apo aber wurde zur Attraktion des *Parisienne*. Er saß den ganzen Abend auf einem von Hubert eigens gebauten Gestell hinter der Theke, schiß in ein eigens für ihn errichtetes und von Hubert täglich frischgemachtes Katzenklo am Fuße des Gestells und kommentierte von dort aus das Geschehen im *Parisienne* mit den unflätigsten Bemerkungen, die der Kehle eines Tieres je entwichen sein dürften. Soffie, die Chefin, duldete das Tier und sein Treiben, nicht aus besonderer Tierliebe, sondern weil Apo den Laden binnen kürzester Zeit zu einem besonderen Anziehungspunkt für die Kundschaft machte. Ja, es gab sogar eine ganze Reihe von Gästen, die nur wegen Apo ins *Parisienne* kamen, um sich dort von ihm beschimpfen zu lassen. Sie schlugen sich vor Vergnügen auf die Schenkel, wenn Apo ihnen »Asslo« oder »Wixa!« zurief.

Doch ist die Geschichte mit Apo letztlich nur deshalb erwähnenswert, weil sie praktisch den Endpunkt von Huberts unerfüllter Leidenschaft markierte. Zwei, drei Wochen nämlich, nachdem er Monika den Papagei zum Geschenk gemacht hatte, verschwand Monika aus dem *Parisienne* und aus der Straße. Sie hatte einen Typ aus der Werbebranche kennengelernt, der ihr das Blaue vom Himmel herunter versprach, darunter natürlich eine steile Karriere als Fotomodell.

»So, wie du aussiehst. Du gehörst doch nicht in so ein Rums hier«, hatte er gesagt.

Ob sie dann schließlich Karriere machte und ob sie dem Werbefritzen die branchenüblichen Gegenleistungen erbrachte, oder ob es ihr gelang, auch ihn an der Nase herumzuführen, weiß niemand in der Straße. Jedenfalls war Hubert abgemeldet, seine Cocktails wurden verschmäht.

»Ach Hubert, laß mich in Ruh mit deinem ewigen ›Trinkste was mit‹«, sagte Monika, und das eisige Schweigen machte sich wieder im *Parisienne* breit, wenn Hubert am frühen Abend hineinkam. Das Schweigen wurde jetzt nur noch unterbrochen durch Apos heisere Stimme: »Hubät-du-stinkst!« Das hatte ihm natürlich Monika beigebracht. Hubert verstand die Welt nicht mehr. Ihm fiel nichts besseres ein, als Monika zu fragen, ob sie ihn heiraten wolle. Darauf ließ Monika ein solch schauerliches Hohngelächter los, daß Hubert endlich floh, nach nebenan zu Eddi, bei dem er sich eine Whisky-Cola bestellte. Zwei Tage später war Monika weg. Seitdem ist Hubert bei Whisky-Cola geblieben. Apo, der Papagei, wurde von Soffie übernommen. Und es ist Apos Schuld, daß Huberts Erinnerung an Monika einfach nicht verblaßt.

Denn jedesmal, wenn Hubert zu Soffie kommt, um mit ihr abzurechnen, plustert Apo sein marodes Gefieder auf, hüpft auf seiner Stange hin und her und krächzt: »Hubät-du-stinkst!«

Geh mal zur Seite, Kleiner!

*Guter Mann, wenn ich dir sage, daß eine Fliege den
Pflug ziehen kann, frag mich nicht wie, sondern spann
sie an!*

Muhammad Ali

Vor dem Kiosk auf der Vogelsanger Straße tritt einer vom
Bürgersteig auf die Straße, winkt. Das Taxi hält. Der Mann,
ein ziemlicher Brocken in Jeansjacke und mit Schnauzbart,
Anfang dreißig vielleicht, umrundet den Wagen, steigt an der
Beifahrerseite ein. Der Fahrer blickt kurz hinüber zum anderen und tippt schweigend auf das Messingschild auf dem
Handschuhfach. »Bitte nicht rauchen!« Der mit der Jeansjacke kurbelt – ebenfalls schweigend – das Fenster hinunter
und wirft seine Kippe hinaus.

»Ecke Widdersdorfer und Oskar-Jäger-Straße.«

Der Fahrer legt den Gang ein, drückt auf den Nullknopf
des Taxometers. Geisselstraße, Widdersdorfer, über den Gürtel. Ein paar Meter bloß. Der Wagen hält.

»Fünf Mark«, sagt der Taxifahrer.

Der andere kramt in seiner Jeansjacke, hält dann aber
plötzlich inne, blickt den Fahrer an. Er ist sauer, das mit der
Zigarette eben hat ihn geärgert.

»Et gibt kein Geld!« sagt er, sieht dem Taxifahrer frech ins
Gesicht.

Dann stößt er die Tür auf. Der Chauffeur greift in See-
lenruhe zum Zündschlüssel, dreht ihn herum, der Diesel
stirbt.

»Ach, du sagst, et gibt kein Geld?«

Beim Aussteigen steckt er die Schlüssel in die Hosentasche, umrundet seinen Wagen. Der andere ist ebenfalls aus-

gestiegen, steht neben dem Auto und schaut herausfordernd auf den kleinen dicken alten Mann mit dem tonnenförmigen Bauch hinunter. Der nähert sich ihm mit aufreizender Gelassenheit. Der in der Jeansjacke will lachen über den dicken Kleinen, aber soweit kommt er nicht. Eine Linke reißt seine zwei Zentner im Bruchteil einer Sekunde zu Boden. Ein Fahrradfahrer nähert sich, hat die Szene beobachtet. Und der kleine dicke Taxifahrer hat mitbekommen, daß der Radfahrer ihn beobachtet hat. Deshalb sagt er jetzt laut: »Und wenn du mich noch mal trittst, dann kriegste noch 'ne Knallzigarre!«

»Richtig!« ruft der Fahrradfahrer und radelt vorbei. »Und jetzt die fünf Mark«, sagt der Taxifahrer.

Der andere rappelt sich hoch, hat glasige Augen, sucht in seiner Jackentasche und reicht schließlich dem Fahrer ein Fünfmarkstück. Hätte er gewußt, daß der Taxifahrer Pipela heißt und gewußt, wer Pipela ist, er hätte ihm das Geld schon im Wagen gegeben.

Bis zum neunten Schuljahr war Pipela der Stärkste in der ganzen Schule gewesen. Bis dann eines Tages ein Neuer gekommen war, groß, viel größer als Pipela. Und der hatte dem ungekrönten König der Nußbaumerstraße die erste ordentliche Abreibung besorgt. An der Größe des anderen konnte es nicht gelegen haben. Gerade mit den Großen war Pipela immer schon am besten fertiggeworden. Es stellt sich heraus, daß der andere im Sportverein boxte. Danach stand für den kleinen Pipela fest, daß auch er boxen würde. Mit fünfzehn Jahren bestritt er seinen ersten Kampf für den BC Westen.

Er wußte nicht, daß Ley schon raus war, als er mit Elfi im *Vierbaum* auf der Stammstraße tanzte, und er wußte es immer noch nicht, als er später mit ihr knutschend im *Glaspalast* nebenan im Dunkeln vor der Klotüre stand. Er massierte ihr so sanft, wie es seine harten Verputzerfinger zuließen, die Brustwarzen, als ihm jemand auf die Schulter klopfte. Es war König, sein Freund. Der nickte nur kurz mit dem Kopf

zur Tür hin. Pipela ließ los. Als er rauskam, stand Ley mit drei anderen vor der Tür.

»Was ist denn mit dir, du Zwerg?«

Ley stemmte die Fäuste in die Hüften und warf mit einer knappen Kopfbewegung die Schmalzlocke aus der Stirn, die ziemlich blaß war nach dem Jahr im Rheinbacher Knast.

»Soll ich dir 'ne Leiter bringen, damit du an meine Elfi drankommst?«

»Brauchst du nicht«, sagte einer der drei anderen, »der kriegt sowieso keinen hoch.«

»Und wenn, dann ist das Pipelchen viel zu klein.«

Pipela sah sie einen nach dem anderen an. Es hatte keinen Zweck. Auf König konnte er nicht zählen, der war auch schon abgehauen. Also einer gegen vier. Die drei anderen hätte er vielleicht noch geschafft. Aber der Schwarze Ley galt als übler, unberechenbarer Schläger. Pipela sagte nichts, obwohl es in ihm kochte. Die Fäuste blieben in den Hosentaschen und er ging zur Seite weg, genügend Abstand zwischen sich und den vieren lassend.

Zwei oder drei Tage später war es wieder Königs Herm, der Pipela den Tip gab. Der Schwarze Ley stünde im *Sackgassen-Eck* an der Theke und zwar allein. Pipela überlegte nicht lange.

»Du gehst mit«, befahl er Herm, »und hältst mir den Rücken frei.«

Dann marschierten sie zum Sackgassen-Eck in die Sennfelder Straße. Ley stand tatsächlich ganz hinten an der Theke und unterhielt sich mit dem Wirt. König blieb an der Tür, Pipela stellte sich vorn an die Theke. So konnte er den Gang zwischen Theke und Gang leicht blockieren. Als Ley an ihm vorbeikam, um zum Klo zu gehen, ließ er ihn wortlos durch. Als er zurückkam, drehte Pipela sich um und versperrte ihm den Gang.

»Kannste das noch mal wiederholen, was du da vor'n paar Tagen zu mir gesagt hast, als du so stark warst mit deinen drei Mann?«

»Du kannst von mir paar vorn Kopp haben, jetzt, auch ohne die drei Mann!«

Pipelas Linke kam trocken an Leys Leber und eine zehntel Sekunde später folgte die Rechte und landete krachend an der Kinnlade des anderen. Leys Kopf schlug auf die Theke, mit der Nase voran. Die Nase platzte auf, ein Schwall Blut schoß über den Tresen, Ley sackte in die Knie. Pipela hätte ihm noch eine geben können. Er ließ es, wandte sich ab und ging zur Tür. König war verschwunden. Er drehte sich beim Hinausgehen nicht um, und da König ihn nicht warnen konnte, weil König nicht mehr da war, bekam Pipela noch die Flasche an den Hinterkopf. Es tat nicht weh. Er spürte nur etwas Warmes im Nacken und faßte danach. Es war sein eigenes Blut. Da mußte er doch noch umkehren und Ley den Rest besorgen.

Abends, zu Hause in der Körnerstraße, klingelte es. Der Vater ging zur Tür. Es war der Wirt vom *Sackgassen-Eck*. Er wollte hundert Mark haben, für die Reinigung seiner Kneipe. Die hätte im Blut gestanden. Der Vater zahlte und schüttelte den Kopf:»So was macht der Jung doch sonst nicht!«

Damals nannten ihn alle schon Pipela, kaum jemand kannte seinen richtigen Namen. Den Spitznamen Pipela verdankte er nicht seiner Körpergröße, sondem seiner Großmutter. Als Kind ging er oft zur Großmutter in die Platenstraße.

»Wo gehste hin?« fragten ihn die Großen, die Zigaretten rauchend an der Ecke standen.

»Zu meiner Kippels Oma«, antwortete der kleine Hans.

Die Oma hieß eben Kippel mit Nachnamen. Und als er das nächste Mal an den Eckenstehern vorbeikam, riefen sie ihm nach:»Kippela, die Oma.«

Später riefen sie nur noch »Kippela« und aus dem »Kippela« wurde dank der geheimnisvollen Gesetze der Kölschen Lautverschiebung »Pipela«. Pipela heißt er heute noch.

Trainiert wurde in der Sporthalle der Schule in der Nußbaumerstraße. Zweimal in der Woche. Die Talente und die Staffel absolvierten zusätzliches Training im Hinterraum des *Kristallpalastes*. Pipela lieferte seine ersten sechs Kämpfe ab, ohne daß jemand im BC Westen besonders auf ihn aufmerksam geworden wäre. »Brav«, »ordentlich«, »talentiert«, sagten die Trainer. Pipelas Fähigkeiten schlummerten noch. Eigentlich war er nur stark. Er schlug mit der Linken, Rechtsausleger. Wenn die Linke durchkam, wirkte sie wie ein Pferdetritt. Aber sie kam selten durch. Die Gegner waren zu groß für den kleinen Pipela, ließen ihn an ihren ausgestreckten Armen verhungern. Das änderte sich vom siebten Kampf an. Siegburg. Der Gegner hieß Münch und gab am Ende der zweiten Runde auf. Abbruchsieger Hans Paffenholz, genannt Pipela. Pipela hatte sein Rezept gefunden. Der andere, Münch, überragte ihn um Haupteslänge, ließ ihn eine ganze erste Runde lang um seine ausgestreckte linke Führhand herumturnen, grinste, nahm Pipela nicht ernst. Das ging so bis zur Mitte der zweiten Runde. Dann brach Pipela durch. Ignorierte die Linke des anderen, steckte ein, zwei Schläge ein und war jetzt dran am Körper des anderen. Aufwärtshaken mit der Rechten zum Kopf, ein trockener Haken mit der Linken, hinter den er sein ganzes Gewicht legte, ein Leberhaken, der dem anderen die Luft nahm und die Augen glasig werden ließ. Pipela setzte nach, blieb an ihm dran. Münch nahm die Deckung nach unten, schützte seinen Körper, doch dadurch wurde sein Kopf frei und Pipela traf, unsauber noch, noch nicht k.o.-reif, aber er traf, so lange, bis das Handtuch aus Münchs Ecke kam. Damals war Pipela siebzehn und hatte gerade den berüchtigten Ehrenfelder Schläger Ley in dessen Stammkneipe fertiggemacht.

Vollends zum Ehrenfelder Lokalmatador wurde Pipela ein Jahr später, 1950. Ausgerechnet in Düsseldorf. Mit Frankreiter, Theis, Schmitz und Kessler fuhr er in der Kölner Stadtauswahl zum Städtekampf ins Düsseldorfer Reiterstadion. Der Städtekampf begann als Vernichtungsfeldzug der Düsseldorfer. Die ersten drei Kämpfe beobachtete Pipela von der Zuschauerbank aus. Einer nach dem anderen gingen die Kölner unter. Pipela wurde es mulmig. Welter, sein Gewicht, kam an fünfter Stelle. Er ging in die Kabine, um sich Bandagen und Handschuhe anlegen zu lassen. Er hörte am Johlen und

Pfeifen des Düsseldorfer Publikums draußen, daß auch sein Vorgänger Prügel bezog. Sein Magen schrumpfte zu einem kleinen, harten Stein. Er ging hinaus, in Richtung des Rings, dorthin, wo sich die Boxer vor dem Kampf in einer Wanne Magnesiumstaub unter die Sohlen treten konnten. Sein Gegner, Brodesser, war schon da, zwei Betreuer bei ihm. Vom Ring der Gong zum Schluß der letzten Runde. Der Kölner hatte verloren. Nummer vier. Pipela sah nicht zum Ring hinauf, er schaute auf die Füße seines Gegners in der Magnesiumwanne. Der Druck im Magen wuchs.

»Mach jetzt schnell«, hörte er die Stimme eines der Düsseldorfer Betreuer, an Brodesser gewandt. Der sah kurz hoch.

»Ja, mach schnell, Jung, dann kriegste noch 'ne heiße Wurst ab!«

Pipela hörte es genau: »Mach schnell, dann kriegste noch 'ne heiße Wurst.« Mit einem Mal wurde sein Kopf klar, die Beklemmung wich, der Druck im Magen ließ nach. »Mach schnell!« Angestaute Luft presste sich in einem kurzen Schub aus seiner Lunge. Pipela lachte, ein kurzes, durch die Nase geschnaubtes, wütendes Lachen. »Heiße Wurst!«. Er trat in die Magnesiumwanne. Ganz ruhig. Er atmete tief. Der Druck im Magen war jetzt ganz weg. Sein Körper warm, die Muskeln locker, er ließ die Arme baumeln. Dann wurden sie aufgerufen. Paffenholz, Köln. Brodesser, Düsseldorf. Gong. Der andere war lang, schmal, gute Beinarbeit, tastete mit der Linken. Pipela bewegte sich wenig. Drehte sich, die Deckung hoch.

»Laß ihn kommen!«

Brodesser kam. Bereitete mit der Linken vor, die Rechte lauerte tief. Pipela unterlief die Führhand des anderen und eine zehntel Sekunde später traf sein linker Haken das Kinn des Gegners. Bis acht zählte der Ringrichter. Pipela zählte stumm weiter. Bis zwölf. Erst dann bewegte sich Brodesser wieder, versuchte den Kopf, dann den Oberkörper zu heben, der flach auf der Gummimatte lag. Pipela sah ihm von seiner Ecke aus zu, die Fäuste immer noch oben. 50 Sekunden hatte der Kampf gedauert. Pipela dachte an die heiße Wurst.

Boxen war in den 50er Jahren Volkssport in Köln. Überall in der Stadt gediehen die Boxsportvereine. Die Besten kamen aus dem Postsportverein, aus der Colonia und natürlich vom BC Westen. Wenn die Staffel des BC Westen in Ehrenfeld boxte, im Kino am Lenauplatz oder auf dem Fußballplatz des SC West im Freien, dann kamen ein paar hundert Zuschauer, um die Lokalmatadoren siegen zu sehen. Pipela gehörte jahrelang zu den Siegern. Von über 200 Kämpfen im Weltergewicht gewann er 170. An die hundert davon durch K.o. Einmal gelang ihm eine Serie von 14 K.o.-Siegen hintereinander. Er war der berühmteste Kölner Rechtsausleger seiner Zeit, gefürchtet wegen seiner Schlagkraft und seiner Kaltblütigkeit. Immer die gleiche, seinen und den Proportionen seiner Gegner angemessene Taktik: hinein in den Mann, Leberhaken.

Sein letzter Kampf liegt an die dreißig Jahre zurück. Sein Rekordbuch – so nennen die Boxer das Heftchen, in das der Verband jeden einzelnen Kampf des Boxers einträgt – sein Rekordbuch hat er schon vor zwanzig Jahren verloren. Statt dessen bewahrt er noch eine Mappe mit gelb und brüchig gewordenen Zeitungsausschnitten auf, dazu ein paar Fotos. Aber er braucht weder ein Rekordbuch, noch die Zeitungsausschnitte, um sich an seine Kämpfe zu erinnern. Merkwürdig: ein Boxer trifft meist nur ein einziges Mal auf einen Gegner, sieht ihn ein paar Minuten vor dem Kampf, die zehn Minuten, die ein Kampf in der Regel dauert, danach nie mehr. Trotzdem und obwohl dreißig, vierzig Jahre dazwischen liegen, es gibt kaum einen Boxer, der den Namen eines Gegners vergißt. Gleichgültig ob er oder der andere gewann, Pipela erinnert sich genau an seine 200 Gegner. Das heißt, er weiß nicht mehr, wie sie aussahen, würde sie nicht wiedererkennen. Aber er hat ihre Namen behalten. Nick Münch, Siegburg, Sieg in der zweiten Runde durch K.o. Ossendorf, Leverkusen, erste Runde Sieg durch K.o. Berg, Hamburg, unentschieden. Kandel, Hamburg unentschieden. Keffer, Fendel, Hövel, Adi Müller … Es ist nicht selbstverständlich, über einen so langen Zeitraum all die Namen im Gedächtnis zu behalten, Namen von Menschen, denen man eine Viertelstunde bloß begegnete. Aber was für eine Viertelstunde! Ist es die Angst vor dem anderen, vor und während des Kampfes, die die Erinnerung wach hält? Der Boxer kennt seinen Gegner nicht, hat vielleicht das eine oder andere über seinen Stil, seine Taktik, seine Statur gehört. Noch zehn Minuten bis zum ersten Gong, und er hat ihn immer noch nicht zu Gesicht bekommen, kennt nur seinen Namen: Münch, Brodesser, Ossendorf. Wie wird er boxen? Wird er gleich angreifen? Oder läuft er weg? Muß ich ihn stellen? Ist er auf Konter aus? Pipela würde entschieden die Deutung ablehnen, die Angst vor dem Gegner hätte dessen Namen für immer in sein Gedächtnis geschrieben.»Das ist einfach so«, würde er antworten, fragte man ihn nach einer Erklärung. Der letzte Name in Pipelas Liste heißt Heinze. Heinze, Berlin, Sportpalast, 1959.

Öllich hatte die Bandagen fertig, hart gewickelt, mit Lasso-band überklebt. Stülpte jetzt die Sechs-Unzen-Handschuhe über Pipelas Fäuste und riffelte mit beiden Händen das Futter weg von der Schlagfläche, nach hinten, auf die Handgelenke zu.

»Ist, als wenn du bloß zwei Glacéehandschuhe über den Fäusten hättest«, sagte Öllich und schnürte die Handschuhe zu. Pipela beobachtete den Trainer und knurrte irgend etwas Unverständliches. Pipela war sauer.

Von oben, aus dem Sportpalast, dröhnte die Stimme des Ringsprechers herunter in die Kabinen. Prominenz wurde in den Ring geholt: Hans Albers, Nadja Tiller, Walter Giller, O.E. Hasse! Applaus. Geklatsche. Gejohle. Die Halle war voll, einen Tag nach den Filmfestspielen. Alle waren noch in Berlin geblieben, um im Hauptkampf Bubi Scholz gegen Peter Müller zu sehen.

»Noch drei Minuten«, sagte Öllich.

Pipela stand auf, hüpfte, schlug angedeutete Haken in die Luft, dann Gerade gegen Öllichs flache Hand.

»Was ist mit dir?« fragte Öllich.

»Nichts«, sagte der Boxer, »gar nichts«. Er schlug eine schnelle Serie von Rechts-Links-Kombinationen in die Luft.

»Außer, daß ich heute Mittag das erste Mal seit zwei Tagen was gegessen hab.«

»Waas?« Öllich ließ die ausgestreckten Arme sinken. Aber dann rief der Ringsprecher die Boxer zum ersten Rahmenkampf aus: Heinze, Berlin gegen Paffenholz, Köln. Öllich packte seine Ring-Utensilien und sie gingen nach oben.

Heinze war gerade erst aus der DDR gekommen. War da ein Klasse-Boxer gewesen und hatte in seinem letzten Amateurkampf den bulgarischen Olympiasieger im Weltergewicht von 1956 besiegt.

Linksausleger, einen halben Kopf größer als Pipela, eigentlich der ideale Gegner. Pipela ließ ihn kommen, ließ ihn angreifen, bot ihm die rechte Seite an, drehte nach außen ab, wenn der andere mit linken Geraden auf seine Deckung punkte, während die Rechte auf Körpertreffer lauerte. Pipe-

la spürte, er mußte haushalten mit seiner Kraft. Acht Runden waren angesetzt. Schon nach zwei Minuten wurden ihm die Beine schwer. Das Steak eben, das bißchen Salat, das belastete nur den Magen. Zwei Tage hatte er im *Bristol* allein herumgesessen, hatte gehungert. Die Müller-Truppe war aus dem Trainingslager in Obernau nach Berlin gefahren, donnerstags, in Müllers Hotel war kein Zimmer mehr frei, sie hatten Pipela im *Bristol* abgesetzt, alleingelassen, ohne Geld. Thelen, der Manager, kümmerte sich um seinen Star Peter Müller. Dessen Sparringspartner, Pipela, vergaß er.

Als Gretchen ihn Samstagsmorgens zum Wiegen abholte, starrte sie ihn an: »Wie siehst du denn aus?«

Pipela hatte ein Kilo mehr abgespeckt, als ihm bekommen sollte. Nach dem Wiegen fuhr sie ihn in ein Restaurant, spendierte das Steak. Knapp zwanzig Sekunden vor dem Schlußgong der ersten Runde brach Pipela durch, ging an Heinzes Körper. Der Zorn auf Thelen, nicht eine Schwäche des Gegners, diktierte seinen plötzlichen Ausfall. Er kassierte zwei, drei Linke mehr als sonst, bevor er einen Haken an Heinzes Leber landen konnte. Und auch dem fehlte es an Durchschlagskraft.

»Der liegt nur ganz knapp vorne.« Öllich versuchte ihn in der Pause aufzubauen. »Den kannst du schaffen.«

Pipela atmete schwer, lehnte sich weit in die Ringecke zurück, die Beine ausgestreckt.

»Reiß dich am Riemen.« Öllichs Stimme kam von ganz fern, dünn, als spräche er durch eine Telefonleitung.

»Laß ihn angreifen. Und dann Leber, Leber ...«

Er fühlte, wie die Schwäche ihm die Beine hinaufkroch, sich im Bauch, in der Brust ausdehnte wie ein gefährliches Gas.

Zwei Jahre lang hatte er hingehalten. Als Bubi-Scholz-Ersatz mit Müller gesparrt. Immer wieder. Weit wichtiger als die anderen Sparringspartner war er gewesen, als Quatuor, Höhmann, Langer, als Sobero. Und dann das! Vergaßen ihn glatt. Ließen ihn hängen, hungern, ohne Geld. Geld! Keine müde Mark bekam er für die Arbeit im Trainingslager. Statt ihm Geld zu geben, besorgte Thelen ihm Kämpfe im Rahmenprogramm. 500 Mark pro Kampf. Läppische 500 Mark. Und nur 7 Profikämpfe in den zwei Jahren. Er hätte besser aufgehört mit dem Boxen, damals, wie er es eigentlich vorhatte. 200 Amateurkämpfe waren genug, hatte er damals gedacht. Schließlich war er schon 26 und es gab genug Jüngere, die heiß auf ihn waren, manche von ihnen schneller als er. Er wollte nicht verprügelt werden. Aber Louis Goldschmitt hatte ihm dann den ersten Profikampf besorgt, und den hatte er glänzend absolviert, Punktsieg gegen Schilka im Eisstadion. Ein paar Mark nebenbei und schließlich ist Boxen ja etwas, was ich kann!

Heinze hatte die Schwäche des anderen gewittert. Er griff jetzt pausenlos an. Pipela ließ ihn auf die Deckung schlagen, blockte ab, und wenn ihm der andere zu nahe kam, schlug er seine Haken gegen dessen Körper. Die Kraft für einen Gegenangriff fehlte. Aber sein Kopf war jetzt vollkommen klar. Er beobachtete Heinze, sah jeden Schlag, fast bevor der andere dazu ansetzte, wich aus, duckte, konterte, wann immer sich eine Möglichkeit bot. Er hielt mit. Gerade so.

»Ran! Ran!« schrie Öllich. »Greif an!

Er schrie es in den Gong hinein. Öllich bearbeitete ihn nach allen Regeln der Sekundantenkunst. Schwamm, Wasser, Handtuch, Riechöl, bearbeitete ihn mit Worten. Pipela hörte kaum hin. Er meinte, seine vor ihm ausgestreckten Beine zittern zu sehen, setzte sich auf, stemmte die Beine auf die Ringmatte, so fest er konnte. Sie zitterten nicht. Er ließ die Arme herunterhängen, schüttelte sie aus, machte sie ganz lang, entspannen, entspannen.

Beim Gong zur dritten Runde war er schon in der Ringmitte, fiel in Heinze hinein wie eine Sturmböe, war an seinem Körper, der andere hatte keine Zeit gehabt, ihn sich vom Leibe zu halten, Pipela schlug einen rechten, einen linken Haken gegen den Bauch des Gegners, erstklassige Wirkungstreffer, er spürte geradezu, wie er dem anderen die Luft aus den Lungen schlug, dann war er zu nahe an ihm, um noch einen wirkungsvollen Hebel zu haben. Klammern. Nierenschläge. Trennen. »Box!« Heinze ließ sich die beiden Treffer nicht anmerken, aber er wurde vorsichtiger, abwartend, tendelte, fintierte. Pipela war hellwach. Die Füße zwar flach auf dem Boden – Beinarbeit war nie seine Stärke gewesen – pendelte er die Schläge des anderen mit dem Oberkörper aus, ging jetzt nach vorn, suchte Chancen und fand sie. Ein zweites Mal gelang ihm ein Durchbruch, er bezahlte ihn mit einem Kopftreffer, war dann aber wieder am Körper des anderen. Gerade Rechte, dem folgenden linken Haken wich Heinze aus.

»Dranbleiben! Dranbleiben!« Öllichs Stimme. Heinze, zum Seil hin abgedreht, konterte den linken Haken Pipelas mit einem Cross zum Kopf, links, dann rechts. Hals, Augenbraue, erst dann bekam Pipela die Deckung wieder nach oben, Reflexe, der Schlag an den Hals hatte es ihm schwarz vor den Augen werden lassen, für einen Moment sah er den anderen nicht mehr, spürte nur noch ein Trommelfeuer auf seine Fäuste vor dem Gesicht. Gong. Er fand kaum noch seine Ecke. Öllich bearbeitete ihn, flüsterte ihm Anweisungen zu. Doch sein Kopf dröhnte, und, das war das erste Mal, daß ihm das im Ring widerfuhr, er wollte weg hier, raus aus dem Sportpalast, aus Berlin, wollte nach Hause. Nie mehr boxen! Es war klar, so kann man nicht siegen. Anderthalb Minuten später, zu Beginn der vierten Runde, warf Öllich das Handtuch.

An diesem Abend hatte nicht nur Pipela seinen Kampf verloren. Schmachvoll war auch der Hauptkämpfer, Peter Müller, untergegangen. Seine Fäuste hatten wie Windmühlenflügel durch die Luft gewirbelt, eine Runde lang, aber sie hatten nur Wind gemacht. Scholz plazierte in der zweiten Runde einen trockenen Knockout und die Windmühlenflügel lagen platt auf der Ringmatte wie zwei alte Pommes Frittes.

Entsprechend gedrückt war die Stimmung, als man sich später zum Abendessen ins *Roxy* begab. Jeder starrte vor sich aufs Tischtuch. Öllich, der Trainer, Thelen, der Manager, Pipela und Müller, die beiden geschlagenen Boxer. Nur Gretchen, Müllers Frau, schien nicht an dieser Katastrophe teilgenommen zu haben. Nicht, daß sie strahlte. Aber irgendein verborgenes, inneres Glück glänzte in ihren Augen. Müller beobachtete sie mißtrauisch. Das war ihr Pech. Sie konnte sich nicht genug verstellen. Und so kam es raus. Als sie in ihrer Handtasche nach Zigaretten suchte, suchten Müllers Augen mit. Und dann, schneller, als sie im Ring je gewesen war, stieß seine Rechte vor. Sie brachte eine dicke Rolle Geldscheine aus Gretchens Handtasche hervor und hielt sie zitternd in die rauchige Luft des Roxy. Seine Stimme war ein zischendes, heiseres Bellen: »Wo haste das her?«

Das Tragische an diesem Abend lag für Pipela darin, daß es wieder nichts zu Essen gab. Es gab den Ärger mit Gretchen, Schimpf-Kanonaden, Wutausbrüche, Theater, nur kein Essen. Wie hätte Müller auch nur einen Bissen herunterkriegen können, nachdem er erfahren mußte, daß seine eigene Frau auf Scholz gewettet und gewonnen hatte!

Pipela verließ die streitende Truppe und verzehrte in einer Frittenbude auf der Kantstraße einsam eine Portion Gulasch. Immer dieses Theater mit Müller! Pipela war es leid. Noch kurz bevor sie nach Berlin gefahren waren, hatte es im Obernauer Trainingslager auch einen solchen Aufstand gegeben. Jäcki Sobero, ein farbiger Sparringspartner Müllers, hatte es gewagt, nach dem Training vor dem Meister in die Badewanne zu steigen. Jäcki hatte Müller im Training wohl weh getan. Denn als der die von Sobero hinterlassene Seifenschicht auf seinem Badewasser sah, veranstaltete er einen hysterischen Tanz um den »dreckigen Negerschweiß«, und Sobero zog es vor, sofort und für immer das Müllersche Traingslager zu verlassen.

Pipela kippte eine Cola auf den Gulasch und ging schlafen. Am nächsten Morgen reisten sie gemeinsam ab. In Helmstedt machten sie Rast. Es wurde gegessen. Endlich ein richtiges Essen! Das erste seit vier Tagen. Und es wurde abgerechnet. Thelen zahlte Pipela die vereinbarten 500 Mark für den Kampf gegen Heinze.

»Da komm ich nicht mit aus«, sagte Pipela.

»Das war so ausgemacht.«

»Da geht es nicht drum.«

»Sondern?«

»Ich hatte jede Menge Ausgaben. War zwei Monate nicht zu Hause, im Trainingslager, unterwegs.«

»Weiter!«

»Nix weiter. Wenn ich nach Hause komme, muß ich 'ne Menge bezahlen ...«

»Okay, hier sind noch mal tausend. Erst mal geliehen. Und nächste Woche treffen wir uns in Zollstock bei mir im Gemüseladen und dann wird abgerechnet.«

Pipela nahm die tausend, steckte sie ein. Er kam nie in den Gemüseladen nach Zollstock.

Er wendet die Koteletts, dreht das Gas unter den Kartoffeln eine Stufe niedriger, schaut auf die Uhr. Die Stieftochter, für die er jeden Mittag kocht und die ihm dafür die Wäsche macht, müßte schon seit zehn Minuten hier sein. Fett zischelt aus dem Fleisch in der Pfanne. Der Kanarienvogel am Fenster versucht zaghaft Bruchstücke einer Melodie, bricht ab und hüpft im Käfig auf und ab. Pipela marschiert durch die Küche. Eine ordentliche, saubere Küche. Linoleumboden. Zwischen dem Küchenweiß bunte Kleinigkeiten, liebevoll gesammelter Kitsch: ein Wandspruch auf Holzteller, ein Bauernkalender, auf ein Küchentuch gedruckt. Überbleibsel einer Ehe, die vor ein paar Jahren geschieden wurde. Die zwei erwachsenen Söhne sind aus dem Haus. Er lebt allein jetzt in der Deutzer Wohnung.

Seine Frau hatte er ein, zwei Jahre nach dem Kampf gegen Heinze kennengelernt. Ihretwegen gab er damals seinen Job auf. Sie war entsetzt, als sie sah, was er machte. Wie viele Ex-Boxer, wie auch der große Dübbers Männ, Europameister von 1927, der zuerst das *St. Pauli* auf dem Eigelstein und dann bis in die 70er Jahre hinein das *Moulin Rouge* auf der Maastrichter Straße bewachte, war auch Pipela Türsteher geworden. Sein Revier war zuletzt Heini Nettersheims *Parisiana* am Sudermannplatz. Schon vorher hatte er, noch

in seiner aktiven Zeit, für den berühmten Ringer und Kneipenbesitzer Nettersheim gearbeitet. Als Kellner und dann als Türsteher im *Tabaris* auf der Severinsstraße, wo gegenüber in der *Bierbar* damals Schäfers Nas der gleichen Beschäftigung nachging.

Dieser Beruf sei aber keine Grundlage für eine Ehe, hatte seine zukünftige Frau nach einer Samstagnacht im *Parisiana* gemeint. Drei, vier Mal hatte Pipela hinlangen müssen, als Kerle, die er nicht reinlassen wollte, sich mit Gewalt Zutritt in den Laden verschaffen wollten. Kein Wunder, bei einem so kleinen Türsteher.

»Geh mal zur Seite, Kleiner«, hatte ein baumlanger Typ über ihn hinweggeröhrt und ihm dabei die Tür vor die Nase gestoßen. Als der Lange ein paar Augenblicke später auf den Bürgersteig des Sudermannplatz knallte, schlug er im Fall mit dem Kopf gegen die Rinnsteinkante. Aus einer Platzwunde an der Schläfe lief das Blut in Strömen. Auch Pipela durchfuhr ein gewaltiger Schreck. Nachdem der Lange sich mit blutender Wunde und einem blauen Auge wieder davongemacht hatte, gab er seiner Braut recht. So was war wirklich keine Grundlage für eine Ehe. Er wurde Taxifahrer. Das ist er heute noch.

Die Stieftochter ist doch noch gekommen, mit einer Viertelstunde Verspätung.

»Jetzt sind die Koteletts trocken!«

Schweigend essen sie. Pipela ist ein Pünktlichkeitsfanatiker. Nach dem Essen geht er in sein Arbeitszimmer, in dem schläft er auch. Das Ehebett im Schlafzimmer benützt er schon lange nicht mehr, im Schlafzimmer hängt jetzt Wäsche zum Trocknen: die Trikots der Jugendstaffel des BC Westen. Auch das Arbeitszimmer ist gefüllt mit Vereinskram: Pokale, Aktenordner, Boxhandschuhe. Pipela ist Zweiter Vorsitzender. Der »Mann im Hintergrund«, wie er selbst sagt. Er sucht ein paar Schriftstücke zusammen, steckt sie in eine Aktentasche. Heute abend, nach der Tagschicht auf der Taxe, ist Vorstandssitzung. Und nach der Vorstandssitzung wird er vielleicht noch auf eine Stunde in der Bar *Incognito* sitzen. Allein, wie immer. Ein, zwei Kaffee trinken und den Mädchen einen ausgeben.

Banane in der Falle

Stets denke man: Besser allein als unter Verrätern!

Arthur Schopenhauer

Aus dem Eduscho zieht ein feiner, kaum spürbarer Duft von frisch aufgebrühtem Kaffee den Eigelstein hinunter. Vermischt sich mit den Abgasen der Lieferfahrzeuge, die, Türen aufgeklappt und mit laufendem Motor an den Straßenrändern stehen. Erste Einkäufer, Hausfrauen, Bummler zwischen eiligen Aktentaschenträgern, die zu spät ins Büro kommen. Halb neun. Ein klarer Morgen voller Geschäftigkeit, der einen optimistisch stimmen könnte. Doch Banane wird von seiner Vergangenheit eingeholt. Der Tag ist versaut.

Er will gerade ins Eduscho, da trifft er den alten Veteranen mit seinem Hund.

»Ach, du lebst auch noch?«

»Stell dir vor! Und mir geht es gut!«

»Und was macht der Hund?«

»Ach, der ist ja steinalt. Der kriegt einmal in der Woche en Vitaminspritz, dann geht et wieder.«

»Mein Hund ist ja tot mittlerweile. Altersschwäche«, sagt Banane.

Alte Männer, alte Hunde. Ein anderer Veteran kommt dazu, Brötchentüte in der Hand. Banane kennt ihn nur vom Sehen.

»Ich muß weiter«, sagt Banane. »Kaffee, damit die Pump in Gang kommt.« Geht aufs Eduscho zu, und da passiert es. Er hört im Weggehen noch die beiden Veteranen:

»Wer war dat dann?«

»Ach, den kennste nit? Dat war der Banane, der V-Mann.«

Das fährt ihm wie ein vergifteter Degen von hinten zwi-

schen die Schulterblätter. Geht ihm runter bis zwischen die Beine. Augenblicklich Prostataschmerzen. Hört das denn nie auf? »Banane der V-Mann«! Kriegt er den verdammten Ruf, ein Verräter, ein Zinker zu sein, das gemeinste, was man sich überhaupt vorstellen kann, denn nie los? Es ist zum Kotzen und der Kaffee schmeckt nach so was schon gar nicht. Ein versauter Tag! Und dabei ist die Geschichte in Wahrheit doch ganz anders gelaufen!

Der *Schlauch* auf der Friesenstraße war tatsächlich eng wie ein Schlauch. Rechts die Theke, davor eine Reihe Barhocker, und wenn die besetzt waren, hatte man Mühe sich daran vorbeizuquetschen, um nach hinten zum Klo zu kommen. Die Beleuchtung unterstützte den Eindruck, als bewege man sich durch ein Kanalisationsrohr. Über der Theke ein paar schwarze Hängelampen, die im Abstand von anderthalb Metern gelbe Lichtkreise auf das Mahagoni warfen. Der Rest, die Decke, der Boden und der hintere Teil des Ladens, blieben im Dunkeln.

Entsprechend war die Zusammensetzung der Kundschaft. Männer, die etwas miteinander zu besprechen hatten. Hier ging keiner hin, um sich zu amüsieren.

Es war Mittwoch, nachts um drei. Der *Schlauch* war leer. Banane begann, die Zapfhähne abzuschrauben und die Theke zu scheuern. Dann ging doch noch mal die Tür auf. Ed und Jupp. Sahen aus, als wenn sie gerade von der Arbeit kämen.

»Kölsch«, sagte Ed.

»Ich hab schon saubergemacht. Könnt Pils aus der Flasche haben«, sagte Banane.

Die beiden tranken schweigend. Jupp zündete sich die Zigarette an einer noch glühenden Kippe an. Kettenraucher. Banane räumte weiter die Theke auf, hob die Bleche aus ihren Leisten und stellte sie hochkant gegen den Tresen. Sollte die Putzfrau morgen früh scheuern. Dann schepperte eine Münze vor ihm über die Theke, kullerte in seine Richtung. Gold. Ed hatte sie aus der Tasche gezogen. Banane galt als Goldfachmann. Hielt in seiner Arbeit inne, griff nach der Münze, prüfte sie.

»Wat ist die dir wert?« fragte Ed.

Banane hob die Schultern. Ed kramte in der Tasche seiner Lederjacke, brachte fünf weitere Goldmünzen zum Vorschein, legte sie vor Banane auf den Tresen, eine neben die andere.

»Die sind echt«, sagte Jupp durch eine Qualmwolke hindurch.

»Dat seh ich, bin ja nicht blind.

»Drei Scheine, sind sie dir.«

»Dat ist ein Ländchen!« sagte Jupp.

»Ist gut. Morgen bring ich dem Ed das Geld vorbei.«

Als Banane am nächsten Mittag in den Zülpicher Wall einbog, um zu Ed zu gehen, wußte er, was los war. Die sechs Goldmünzen waren so etwas wie ein Vorabgeschäft zu Vorzugsbedingungen. Eine Art Köder. Dahinter steckte mehr. Ed und Jupp waren ein professionelles Einbrecher-Duo, zwei klassische Schränker, und er, Banane, galt immer noch als eine erstklassige Hehleradresse, obwohl sein letzter großer Coup an die zehn Jahre zurücklag. Da hatten sie ihn erwischt. Seitdem stand er unter Bewährung, vermittelte eigentlich nur noch hier und da. Hatte es auch nicht nötig, sich auf größere und riskante Geschäfte einzulassen. Er kellnerte. Das und ein paar unverfängliche kleine Geschäfte nebenbei brachten genug ein. Zumindest im Augenblick.

Im Treppenhaus auf dem Zülpicher Wall roch es nach Verfall. Die Wände waren feucht, der Putz war plackenweise abgeplatzt, Mauerwerk und Rohrleitungen wurden darunter sichtbar. Auch von den hölzernen Treppenstufen war die Farbe bis auf ein paar Reste in den Ecken ab. Das Holz mürbe und rissig. Eds Wohnung war ein Loch, in einem noch verrotteteren Zustand als das Treppenhaus. Löchrige Decken statt Gardinen verdunkelten die Fenster; die Tapeten an den Dekken wölbten sich, ganze Streifen hingen herab oder fehlten, ließen porösen Putz frei. Banane ekelte sich. Er hielt viel darauf, daß eine Wohnung »proper« auszusehen hatte. Ed kam gleich zur Sache, knotete auf einem Tisch einen kleinen Leinensack auf, ein Haufen Schmuck kam zum Vorschein, Ringe, Armbänder, Halsketten, Ohrringe.

»Das haben Jupp und ich gestern ...«

Weiter kam er nicht.

»Hör op! Dat will ich gar nicht wissen!«

Banane war vorsichtig geworden, seitdem er unter Bewährung stand. »Wo krieg ich das abgeschlagen, ich meine zu einem vernünftigen Preis?«

»Wieso kommst du damit zu mir?«

»Unser Hehler sitzt seit letzter Woche in der Blech. Die anderen, die wir kennen, zahlen zu wenig.«

Banane griff in den Schmuck, ließ ein paar Stücke einzeln durch die Finger wandern.

»Da gibt's nur eins«, sagte er schließlich.

»Und?«

»Brüssel.«

»Brüssel?«

»Ja. Da hab ich ne erstklassige Adresse.«

»Brüssel. Und wie komm ich dahin?«

»Ist das mein Problem?«

Ed zögerte. Schaute auf die Sore, dann zu Banane hinüber.

»Wat kriegste dafür?«

»Wofür?«

»Daß du die Sachen in Belgien verkaufst?«

Bananes Finger kneteten weiter im Schmuck. Er ließ den anderen ein bißchen zappeln. Wußte jetzt, daß der in der Luft hing. Dann sagte er mit ruhiger Stimme:

»Zwei Mill.«

Ed sah ihn scharf an. Überlegte. Zweitausend, nur für einen Vermittlerdienst?

»Gut«, sagte Ed. »Dafür fährst du mich aber nach Brüssel.«

»In Ordnung«, sagte Banane.

»Such dir statt der zwei Mill was aus von der Ware hier«, sagte Ed und deutete auf den Tisch.

Bananes Finger stocherten im Schmuck. Er nickte.

Im Hinterhof des Hauses im Stavenhof, in dem Banane mit seiner Frau auf der ersten Etage wohnte, gab es tatsächlich einen kleinen Garten. Im Schatten von drei hohen Ziegelmauern versuchte ein mannsgroßer Holunderstrauch in der einen Ecke ein paar grüne Blätter an seinen vertrockneten Ästen zu behalten. In der anderen Ecke hatte jemand einmal ein Rosenbeet angelegt. Zwei oder drei Rosensträucher hatten zwischen Gras, Brennesseln und Hahnenfuß überlebt, streckten absurd lange, verholzte Triebe gegen die Mauer. Von Blüten keine Spur. Banane grub mit den Händen eine Grasnarbe aus, legte sie zur Seite, buddelte das freigewordene Loch tiefer und legte dann auf dessen Grund die drei in Ölpapier verpackten Ringe, seine Provision. Dann wieder Erde darüber, die Grasnarbe; vorsichtig drückte er sie an ihrem alten Platz fest. Die sechs Goldmünzen, für die er Ed dreihundert Mark gegeben hatte, versteckte er ebenfalls in Ölpapier gewickelt im Keller unter den Briketts.

Zwei Tage später fuhren Banane und Ed nach Belgien. Ed hatte keinen Führerschein. Banane fuhr; er hatte sich für die Fahrt einen VW Käfer geliehen. Die Sore lag fein säuberlich in Butterbrotpapier eingepackt im hinteren Gepäckfach des Autos, versteckt zwischen Eßbesteck, Plastiktassen, belegten Brötchen in einem Campingbeutel. An der Grenzstation in Aachen reichte Banane dem Zöllner seinen und Eds Ausweis. Der Zöllner klappte die Ausweise auf, schaute auf die Fotos, dann bückte er sich, sah den beiden in die Gesichter. Klappte die Ausweise wieder zu. Er ging zurück in sein Häuschen. Kurz darauf kam er mit einem zweiten Beamten wieder heraus.

Es war wegen Ed. Ed stand in der Fahndungsliste. Hatte dem Zöllner den Ausweis seines Bruders gezeigt. Das kam jetzt raus. Ed und zwei Uniformierte palaverten draußen vor dem VW. Banane blieb hinter dem Steuerrad, schaute desinteressiert geradeaus. Doch ihm rann der Schweiß von der Kopfhaut den Nacken hinunter, sein Rücken war naß, das Hemd klebte daran. Ein dritter Zöllner umschritt gemächlich den VW, blickte von allen Seiten immer wieder hinein, brachte dabei seine Augen ganz nahe an die Scheiben, das Gesicht mit einer Hand dabei beschattend, um nicht von Reflexen behindert zu werden. Banane blieb stocksteif und klatschnaß auf seinem Sitz. Scheibe hochgekurbelt. Scheißdreck! Wenn sie die Ware im Wagen finden, ist er dran. Dann schieben sie ihm womöglich auch noch den Einbruch in die Schuhe. Mindestens aber Hehlerei. Der Schweiß ist an der Unterhose angelangt, rinnt problemlos unterm Gummiband durch, sickert über seinen Hintern. Einer der Zöllner, der mit Ed verhandelt hat, klopft ans Wagenfenster. Banane wird es mit einem Schlag übel. Er könnte kotzen. Wird kreidebleich. Dann dreht er das Fenster runter.

»Ihren Freund müssen wir hierbehalten. Der wird gesucht. Wir haben die Kripo verständigt.«

»Und ich?«

»Sie? Sie können fahren. Nach Belgien, wenn Sie noch wollen.« Der Zöllner grinst. Banane drehte den Zündschlüssel um, startete und fuhr. Natürlich fuhr er nicht nach Belgien, sondern zurück, nach Köln. Legte sich ins Bett, immer noch zitternd vor Furcht, kurz vor einem Nervenzusammenbruch. Seine Frau mußte ihm Wärmflaschen ans Fußende legen und Beruhigungstees kochen. Dann zog Banane die Bettdecke über den Kopf und schlief, den Nachmittag, den Abend, die Nacht und die Hälfte des nächsten Tages.

Nach dem Mittagessen schwor er sich, nie mehr in ein solches Geschäft einzusteigen. Für ein paar Mark Kopf und Kragen zu riskieren. Hatte er das nötig? Nein. Schluß! Die Ware versteckte er neben seinen drei Ringen unter den Briketts. Ein paar Tage später kam Ed. Jemand hatte Kaution für ihn gestellt und er war wieder frei. Banane gab ihm die Ware.

»Da! Haste den Driss zurück. Will ich nix mehr mit zu tun

haben!« Danach ging das Leben weiter. So, als wäre der Zwischenfall an der belgischen Grenze nie geschehen. Banane vergaß ihn fast. Stand abends im *Schlauch*, zapfte Bier, bediente. Ed und Jupp ließen sich nicht mehr blicken. Es schien Gras über die Sache zu wachsen.

Zwei, vielleicht zweieinhalb Wochen waren vergangen. Als Banane abends in den *Schlauch* kam, sah er sofort, was los war. Es war erst sieben. Normalerweise kein Betrieb im *Schlauch*. Der fing frühestens um neun an. Und den beiden, die jetzt am Tresen saßen, konnte man sofort ansehen, daß sie nicht zum Stammpublikum gehörten. Bullen haben eine besondere Ausstrahlung. Ganz unabhängig davon, wie sie aussehen und in welchen Kleidern sie herumlaufen. Banane jedenfalls konnte einen Bullen gleichsam am Geruch erkennen. Und die zwei hier rochen verdammt nach Bullen.

»Ist das ne Hitze hier!« sagte Banane, die Tür noch in der Hand.

Einer der beiden drehte sich um, sah zu Banane hinüber. Er schien ihn gleich erkannt zu haben. Blieb sitzen. Gelassen, fast gelangweilt räkelte er sich auf seinem Barhocker. Vielleicht waren sie doch nicht wegen dem Ding von neulich hier? Er ließ die Türklinke los, die Tür zurückpendeln, wollte an den beiden vorbei.

»Ja«, sagte der, der sich umgedreht hatte, »heiß hier. Aber wenn man ne Lampe für vierzig Mill am brennen hat, Banane, dann wird es schon mal heiß.«

»Vierzig Mille?« Banane saß ein Frosch im Hals.

»Vierzig Mille. Eine rauf oder runter. Spielt keine große Rolle.«

»Und wer soll die Lampe am brennen haben?«

»Ganz einfach.« sagte der Bulle. »Du!«

Banane mußte sich am Barhocker festhalten. Setzte sich schließlich drauf.

»Ich? Dat ist doch wohl ein Irrtum, Herr Hauptkommissar!«

Der schwieg.

»So viel Schmalz hab ich noch nie in meinem Leben gesehen. Und wenn, würd ich dann in so einem Scheißladen wie hier den Kellner machen?«

»Geht nicht um Geld, Banane.«

»Na, also.«

»Schmuck.«

»Schmuck? Ich bin doch keine Tunte. Wat hab ich mit Schmuck am Hut?«

»Einbruch, Banane. Du kennst doch sicher den Juwelier auf der Breite Straße. Eschweiler?«

Banane stierte den andern an. Die Angst von vorhin wandelte sich allmählich in Wut, Aggressivität um. Die Arschlöcher wollten ihm was in die Schuhe schieben.

»Könnt ihr euch abschminken. So Dinger hab ich noch nie gemacht.

»Geht auch gar nicht um den Einbruch«, sagte der Bulle. Ließ sich partout nicht aus der Ruhe bringen. Dafür schien jetzt der andere aufzuwachen. Streckte sich auf seinem Barhocker, gähnte, streckte sich noch mal, die Arme rechts und links ausgestreckt.

»Hehlerei, Banane«, sagte er. »Und jetzt ab zum Revier!«

Als sie am Waidmarkt ankamen, war es Freitag abends um neun Uhr. Die Sitzung dauerte bis Samstagsmittag um zwei. In der Zwischenzeit stellte Banane seine hohe Kunst der Verstellung unter Beweis. Er war das, was man in der Fauna als den Typus des Fluchttieres bezeichnet. Er konnte eine Gefahr erspüren, ohne daß es schon das geringste sichtbare Anzeichen für ihr Heraufziehen gegeben hätte. Furchtsam dabei bis zum Herzinfarkt, nach allen Himmelsrichtungen äugend und Witterung aufnehmend. Kam dann die Gefahr wirklich auf ihn zu, verschwand Banane. Blitzschnell und ohne die kleinste Spur zu hinterlassen. Harrte irgendwo in einem Versteck aus. »Ducken« sagt man in der Jägersprache für das Verhalten beim Hasen, der in der Deckung hockt und wartet, bis die Gefahr vorüber ist. Oder er flieht. Doch gerät der Hase in Gefangenschaft, verteidigt er sich mit Todesmut. So auch Banane. Einmal auf dem Revier, einmal in der Falle, fiel alle Ängstlichkeit von ihm ab und er verteidigte sich mit Zähnen und Klauen. Er log das Blaue vom Himmel herunter. Leugnete schlechtweg alles, was die Bullen ihm zu unterstellen suchten. Und Banane kannte die Tricks der Bullen. Wußte, wie sie versuchten, einen mürbe zu machen. Verzichtete auf jede angebotene Zigarette, jeden Kaffee, jedes Bier, das sie ihm bringen wollten oder auf den Tisch stellten. Samstagsmittags gaben sie es auf. Der Bulle zerknüllte eine leere Zigarettenschachtel, drehte das Knäuel in seiner Faust, warf es schließlich auf den Schreibtisch.

»Das hat keinen Zweck so, Banane.«

»Hat es auch nicht. Ich bin nämlich unschuldig, Herr Hauptkommissar.«

Der Bulle ging zum Telefon, hob den Hörer ab, wählte drei Nummern, wartete und sagte dann in die Muschel:

»Bringt ihn rauf!«

Das saß. Banane erstarrte. Eine neue, noch unbekannte Gefahr zog heran. Er schielte nach der frischen Packung HB, die der Bulle aus der Tasche seiner Jacke fischte, beobachtete, wie er sie aufriß, eine Kippe herausfingerte und sie sich gelassen ansteckte, während dabei sein Blick zu Banane hinüber wanderte. Banane sah zu Boden. Dann ging die Tür auf. Sie brachten Jupp herein. Dem stand der Verrat ins Gesicht geschrieben. Als er Banane sah, änderte sich sein Gesichtsausdruck, er versuchte, trotzig, wütend zu wirken.

»Da ist ja die Sau!«

Tat so, als wolle er auf Banane losgehen. Der rührte sich nicht. Wurde hart, kalt.

»Halten Sie mir bitte den Verbrecher vom Leib, Herr Hauptkommissar!«

»Ziehen Sie hier keine Schau ab. Wiederholen Sie mal eben, was Sie heute Nacht dem Kollegen erzählt haben«, sagte der Bulle zu Jupp.

Der tat so, als beachte er den Bullen gar nicht, baute sich weiter vor Banane auf, den Wütenden, Enttäuschten markierend.

»Gib's doch zu!« Sein Finger stocherte in Bananes Richtung. »Gib's doch zu, du Drecksack! Du wolltest mit dem Ed in Belgien die Ware verscheuern, und ich wär draußen gewesen! Da habt ihr euch verkalkuliert. Ganz so blöd bin ich auch nicht!«

Banane stierte den anderen an, war bleich geworden. Wieder in der Falle. Der eben erwachte Appetit auf eine Kippe und Kaffee erlosch.

»Das reicht«, sagte der Bulle.

Jupp wurde wieder in den Keller gebracht.

»Und jetzt? Was sagen Sie jetzt?«

»Wat soll ich denn da sagen?« antwortete Banane. »Ich weiß nicht, wovon der Blödmann spricht.«

»Ich krieg dich noch an den Arsch, Banane«, sagte der Bulle. »Wart's nur ab.«

»Ich bin mal gespannt«, sagte Banane. »Vorher können Sie mir aber noch verraten, was euch das Geständnis von dem gekostet hat.«

»Das war billig.« Der Bulle steckte sich eine neue HB an. »Fünf Zigaretten und zwei Flaschen Bier. Dann hat der gesungen wie eine Amsel im Mai.«

Banane nickte.

Bis zum Sonntagnachmittag behielten sie Banane in U-Haft. Dann wurde er entlassen, weil er festen Wohnsitz und Arbeit hatte. Den Nachmittag verbrachte er am Telefon. Mußte rauskriegen, wer sie verpfiffen hatte. Ed war untergetaucht, nirgends eine Spur von ihm. Hatten sie Jupp bei einem anderen, einem neuen Ding erwischt? Und hatte er dann in einem Aufwasch den Juwelier-Einbruch mitgebeichtet? Unwahrscheinlich. Erstens machen Ed und Jupp nach so einem Bruch wie bei Eschweiler, immerhin vierzig Mille, zuerst mal Pause. Und falls sie ihn doch bei irgend etwas anderem geschnappt hatten, weshalb sollte er dann den ersten Einbruch gestehen? Bananes Zeigefinger wurde wund vom Betätigen der Drehscheibe. Er zapfte jede nur mögliche Quelle an, nichts! Die meisten wußten noch nicht einmal, daß Jupp saß, daß der Eschweiler-Bruch also aufgeflogen war. Trotzdem wurde es eng. Denn Banane war von dem Zeitpunkt an, als er den Waidmarkt verlassen hatte, klar gewesen, welche Suppen jetzt in der Gerüchteküche der Unterwelt zu kochen begannen. Der Eschweiler-Bruch aufgeflogen, Ed untergetaucht, Jupp in U-Haft, Banane nach kurzem Verhör auf freiem Fuß. Da konnte doch jeder dran fühlen! Der Banane war doch als Hehler an dem Ding beteiligt. Der war doch der einzige, der davon wußte. Banane gab dem Telefon einen Tritt und warf sich aufs Sofa. Am liebsten hätte er geheult.

Bis zum Prozeß kam er nicht dahinter, wer die Sache ins Rollen gebracht, den Bruch verzinkt hatte. Als er es raus hatte, war es schon zu spät. Da klebte ihm selbst schon der Ruf an, ein Zinker, ein Verräter zu sein.

Auf den, der sie tatsächlich verraten hatte, fiel der Schatten nie. Kurz vor dem Prozeß steckte einer der Bullen Banane die Information: Ein kleiner Stenz, der Wind von dem Ding gekriegt hatte, kaufte sich mit seinem Tip von einer Anklage wegen Zuhälterei frei. Tauchte anschließend unter, wurde nie mehr in Köln gesehen.

Banane aber blieb. Die erste Riege der Unterwelt saß auf den Zuschauerbänken, als der Einbruch und Bananes Versuch, die Ware zu verscherbeln, zur Verhandlung kam. Sie alle wollten natürlich wissen, wie das vor sich gegangen war. Denn, daß da Verrat im Spiel war, schien klar. Und daß Jupp und Ed sich nicht selbst ans Messer geliefert haben konnten, war auch klar. Alle Blicke richteten sich auf Banane. Der sah nunmehr, anwaltlich beraten, im Angriff die beste Verteidigung. Er rückte mit der Wahrheit raus. Gestand, die sechs Goldmünzen gekauft, gestand, mit Ed und der Sore zur belgischen Grenze gefahren zu sein, um den Verkauf des Zeugs in Belgien zu vermitteln, gestand, dafür von Ed drei Ringe als Provision bekommen zu haben.

Als der Prozeß zu Ende ging und der Richter die Urteile verlas, wurde Banane um einige grundsätzliche Erfahrungen reicher. Zum einen die, daß es sich nicht lohnt, die Wahrheit zu sagen. Das hätte er eigentlich schon vorher wissen müssen. Ed, den die Bullen inzwischen geschnappt hatten, bekam drei, Jupp zweieinhalb Jahre und Banane, der nun wirklich so gut wie unschuldig war, auch zweieinhalb Jahre. Damit nicht genug. Es stellte sich heraus, daß die beiden Schränker ihn schon mit den Goldmünzen aufs Kreuz gelegt hatten. Die waren pro Stück nur zweiunddreißig Mark wert, und er hatte ihnen fünfzig gegeben! Banane schäumte angesichts dieser Häufung von abgrundtiefen Ungerechtigkeiten. Es war diese Wut, die ihn zu dem verleitete, was er dann tat. Hätte er das Urteil hingenommen, die Blech abgemacht, er wäre reingewaschen gewesen, befreit vom Verdacht, ein Verräter zu sein, mit den Bullen unter einer Decke zu stecken. Aber das, was er jetzt tat, sollte seinen Ruf als V-Mann erst recht begründen und auf alle Zeiten zementieren. Banane floh. Der Richter blätterte noch im Urteil, da war Banane schon aus dem Saal, raste die Treppen des Amtsgerichts herunter und verschwand. Danach gelang es ihm, sein Verfahren, abgetrennt von dem gegen Jupp und Ed, noch einmal aufzurollen, ein neues Urteil zu erwirken, eines, das seine bis auf wenige Tage abgelaufene zehnjährige Bewährung mit in Rechnung stellte. So, daß er am Ende mit anderthalb Jahren wieder auf Bewährung ausgesetzt davonkam. In den Augen der anderen war das natürlich nicht mit rechten Dingen zugegangen. Ein solches Urteil, das konnte nichts anderes bedeuten als den Lohn für V-Mann-Dienste.

Nach der Begegnung mit den beiden Veteranen ist Banane die V-Mann-Geschichte den ganzen Morgen lang nicht aus dem Kopf gegangen. Lief rum wie Falschgeld. Immer wieder zogen in seiner Erinnerung dieselben Szenen auf: die Nacht im *Schlauch*, in der er auf die Münzen hereinfiel, das Verhör, der Prozeß, die Demütigung, als die Bullen mit ihm in den Hinterhof gingen und er die Münzen ausgraben mußte, und dann noch in den Kohlenkeller. Was wäre sein Leben gewesen, wenn dieser Ruf nicht an ihm geklebt hätte wie käsiger Schweißfußgeruch! Wenn er nicht dreißig Jahre lang immer und immer wieder diesen lauernden, mißtrauischen

Blicken begegnet wäre, wenn er nicht hundert Mal hätte mit anschauen müssen, wie ihm die schönsten Geschäfte durch die Lappen gingen, nur, weil dieses Gerücht sich so hartnäckig hielt! Er tigert durch die Stadt, den Blick aufs Pflaster vor seinen Füßen gerichtet. Nichts kriegt er mit von dem klaren, sonnigen Morgen. Schließlich kommt er eine halbe Stunde zu spät zum Mittagsskat in seine Stammkneipe am Steinfelder Platz. Die anderen stehen schon am Tisch, grinsen, machen Witze, die falschen Witze. Ausgerechnet diese nämlichen, abgerutschten V-Mann-Witze. Banane kriegt ganz enge Augen. Wie ein Kälberstrick drückt sich die Zornesader aus seiner Stirn heraus, dunkelblau. Sieht so aus, als wenn er mit sechsundsechzig noch mal zulangen wollte. Überläßt das dann aber doch seinem Mundwerk, seit seinen Obstverkäufer-Zeiten hat zumindest das nichts an Schärfe verloren, den dritten Zähnen zum Trotz.

»Halt jetzt endlich die Schnauz' davon, du widderlich Frese!«

Dem Skatbruder gefriert das Grinsen. Banane ist ernst. Das hört man der Stimmlage an.

»Ich hab noch nie im Leben einen verzinkt! Ich hab für den Lang den Finger krumm gemacht, hat der fünf Jahre Zuchthaus weniger für gekriegt. Ich hab im Leben noch nie einen verblasen.«

»Ist ja gut, Banane. Weiß doch jeder.«

»Dat weiß jeder? Wofür erzählst du dann so einen Stuß, wenn ich hier reinkomme? Ihr wißt doch gar nicht, was ein V-Mann ist. Dann wär ich doch normal Millionär, wat ich all so weiß; mich interessiert dat aber nicht. Kann jeder machen und tun, wat er will. Sollen mich aber nur in Ruhe lassen!«

Die Ader an der Stirn ist abgeschwollen.

»Ich hab noch nie einen verzinkt!«

Seine Stimme verliert jetzt etwas an Schärfe.

»Ich kann mit stolzem Haupte, kann ich jedem in die Augen sehen!« Jetzt ist seine Stimme sogar weich geworden. Die anderen schauen ihn schon nicht mehr an, blicken auf den runden Skattisch, auf dem das Skatblatt noch unberührt liegt. Tatsächlich: Banane hat Tränen in den Augen. Schämt sich auch gar nicht. Läßt ein paar laufen. Dann wischt er kurz mit der Hand über die Augen. Aber noch mal stößt ihm der Zorn auf:

»Sowat laß ich nicht auf mir ruhen! Wenn ich jetzt krebskrank wär', verstehste, dann tät ich in Köln ein Massaker machen, dann tät ich zehn Mann umlegen, Knall auf Fall, hätt' ich nix mit am Hut!«

Die anderen blicken weiter auf den Tisch, bis einer das Skatblatt aufnimmt und sagt:

»Wer gibt als erster?«

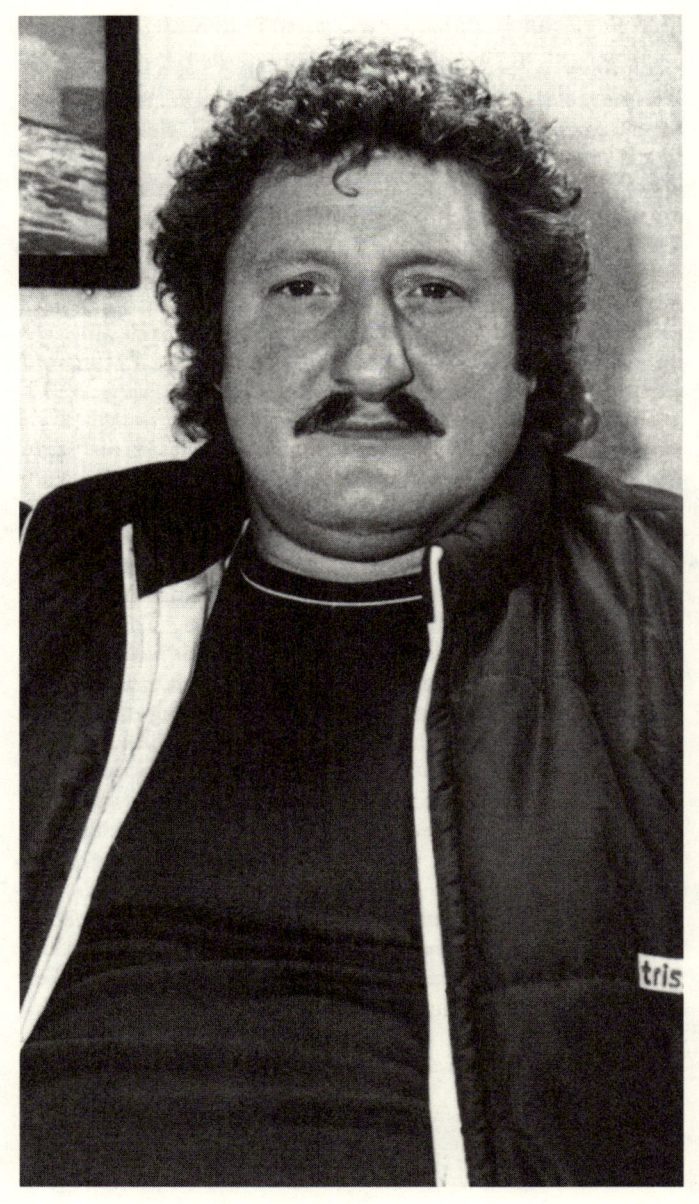

Die Nas

oder vom Wesen des kölschen Gangsters

*Der Gangster ist der Mann der Stadt mit der Sprache
der Stadt, mit ihren fragwürdigen und unehrlichen
Fertigkeiten und ihren rücksichtslosen Waghalsigkei-
ten. Für den Gangster gibt es nur die Stadt; er muß
sie bewohnen, um sie zu personifizieren; nicht die
wirkliche Stadt, sondern jene gefährliche und traurige Stadt der Phantasie, die die moderne Welt ist. Und
auch der Gangster ist in erster Linie ein Geschöpf der
Phantasie. Die wirkliche Stadt bringt nur Kriminelle
hervor; die eingebildete Stadt bringt den Gangster hervor. Das ganze Leben des Gangsters ist der Versuch,
sich von der Masse zu entfernen; und immer stirbt er,
weil er ein Individuum ist; die letzte Kugel wirft ihn
zurück, läßt ihn am Ende doch scheitern. Für den
Gangster gibt es in Wahrheit nur eine Möglichkeit –
das Scheitern.*

Robert Warshow

Wie sein Schiff hieß, weiß ich nicht. Ich achtete auch nicht
darauf, als ich es das erste Mal betrat. Es war eine Mo-
toryacht, schlank, blau gestrichen, zwanzig Meter lang und
hochseetüchtig. Ich hatte lange gebraucht, um sie an ihrem
Ankerplatz im Rheinauhafen zu finden. Um ihn zu finden.
Ich hatte seine Freunde, seine Anwälte angerufen: niemand
wollte oder konnte mir sagen, wo er war. Erst auf dem Waidmarkt war ich fündig geworden, der Kripo-Chef wußte, daß
er sich auf dem Schiff aufhielt. Es schien, als verstecke er
sich hier wie auf einer letzten, freilich sinkbaren Bastion. Er
stand unter Anklage und, wie er mit Recht glaubte, unter

ständiger Beobachtung der Polizei. Auf freiem Fuß war er nur, weil er Kaution gestellt hatte. Nicht Geld, sondern sein Schiff war das Pfand. Die Anklageschrift war damals noch nicht verfaßt, aber es hieß, sie liefe in der Hauptsache auf Menschenraub hinaus, und es standen viele Jahre Gefängnis auf dem Spiel.

Auf der Yacht rührte sich nichts. Ich rief. Keiner antwortete. Es war Hochwasser und zwischen Kai und Yacht bildete ein Schlauchboot den Verbindungssteg. Ich stieg hinüber. Auch jetzt rührte sich nichts an Bord. Ich ging um den Aufbau herum, fand die Tür, die hinunter in die Kabine führte. Sie war offen, die Kabine jedoch leer. Dann hörte ich ihn. Er arbeitete im Maschinenraum, hantierte mit Schraubenschlüsseln an verchromten Rohren, grummelte fluchend. Ich machte mich bemerkbar. Unwillig, langsam erhob er sich aus seiner gebückten Stellung und drehte mir dann sein Gesicht zu. Ich sagte, wer ich sei und was ich wolle: Recherchen über die Kölner Unterwelt in den 60er Jahren. Er sagte nichts, sein Gesicht war ausdruckslos. Das, was man für eine Unmutsfalte hätte halten können, war eine acht Zentimeter lange, senkrechte Narbe neben der Nase. Ich hatte ihn bis dahin noch nie gesehen, außer auf Fotos. Die Nase war wirklich beeindruckend, für sich genommen. In dem gewaltigen Gesicht fiel sie aber nach einer Weile nicht mehr sonderlich auf. Er sagte immer noch nichts.

»Soll ich ein anderes Mal wiederkommen?«

Er sagte nichts, wandte sich wieder seinen Rohren zu, legte eine Hand auf eines und rüttelte daran.

»Ich baue grad die Wasserpumpe um«, sagte er, erklärte dann eine Reihe technischer Details, die ich nicht verstand, und erzählte dann eine Geschichte, wie ihm einmal ein Tankwart ein paar hundert Liter Diesel in den Wasser-Stutzen statt in den Sprit-Stutzen gefüllt hatte. Dann erzählte er, welche Häfen er letztes Jahr in der Karibik mit seinem Schiff angelaufen sei. Er erzählte, während er weiter arbeitete, Muttern löste, Muttern wieder anzog. Dann, ziemlich unvermittelt, legte er das Werkzeug weg und wandte sich mir wieder zu.

»Nächstes Jahr geht es nach Rio«, sagte er und starrte mich dabei an, als wolle er prüfen, ob ich an sein nächstes Jahr in Freiheit glaubte.

Ich reagierte naiv: so weit? Ob das der Kahn denn schaffe? Sein Mißtrauen schien sich zu verlieren und er zählte noch einmal die Häfen und die Route seiner letzten Karibik-Kreuzfahrt auf. Schließlich kam er aus dem Maschinenraum hervor, stellte sich neben mich.

»Sechziger Jahre?« sagte er nach einer Weile. »Das gibt es heute doch alles gar nicht mehr. Das sind doch heute alles ganz andere Jungen. Die sind doch heute froh, wenn sie einen Schuß haben, einen einzigen, und die gibt denen fuffzig oder hundert Mark und dann gehen die sich davon ein bißchen Hasch oder so was kaufen und dann sind die zufrieden. Das sind doch Waschlappen.«

Ich murmelte etwas Zustimmendes und hakte nach: »Und früher?« Er antwortete nicht gleich. Sein großer Körper richtete sich ein wenig auf, er sah mich zum ersten Mal während unseres Gesprächs an der Reling an:

»Ja, meinst du denn, einer von uns wär zu 'nem Schuß gegangen und hätte gesagt: bitte, bitte, gib mir fünfzig Mark?« Er lachte nicht dabei.

»Ich will nicht sagen, daß wir brutal waren. Mit Gewalt und so, Prügel, das braucht ja nicht zu sein. Aber ich meine doch: Ordnung muß sein, oder?«

Wieder sagte ich etwas Zustimmendes. Ich hatte nicht den Mut, genauer nachzufragen, ihn zu fragen, wie er es denn gemacht hatte. Aber er achtete ohnehin nicht auf mich. Er schwieg wieder. Für einen Augenblick wurde sein Blick fast weit, richtete sich auf die Hafenausfahrt. Dann sagte er: »Wenn die Jungen heute irgendwas haben, ja meinst du, es stellt sich einer von denen? Das sind doch Feiglinge! Jeder von denen hat doch 'ne Knarre in der Tasche oder im Halfter. Und wenn was ist: Peng! Die legen dich um wie nichts!« Unwillig schüttelte er den Kopf. Dann sah er wieder auf mich herab. Von einsneunzig auf einssiebzig.

»Ich«, sagte er, »ich hab immer draufgehalten, ich hab

nicht stillgehalten, ich hab ganz schön was verteilt. Und: ich hab mich immer gestellt. Aber dafür hab ich auch immer ganz schön viel eingesteckt. Ist doch logisch. Wenn ich austeile, dann kriege ich sie auch, oder?«

Er starrte mich jetzt fast an und ich wußte nicht, was ich sagen sollte. »Das brauchst du mir nicht zu glauben«, sagte er, »daß ich ganz schön was draufgekriegt habe, das kannst du sehen. Willst du das mal sehen?«

»Was?« fragte ich.

Er öffnete sein Hemd, knöpfte es Knopf für Knopf auf, zog die beiden Hemdteile auseinander und richtete seine nackte Brust und seinen nackten Bauch gegen mich. Der ganze Oberkörper vom Hals über die Schultern, die Brust bis unter die Achseln, der Bauch, alles war übersät von Narben.

»Die hab ich mal gezählt, das sind über fünfzig Stück.«

Er knöpfte das Hemd wieder zu. Wir schwiegen. Obwohl ich eigentlich gern Genaueres über die Herkunft der einen oder anderen Narbe erfahren hätte. Als ich mich endlich dazu aufraffte, ihn danach zu fragen, sagte er:

»Ich muß jetzt wieder nach der Pumpe sehen.«

Mitte der sechziger Jahre hatte Köln den Ruf, das Chicago am Rhein zu sein. Über Jahre wies die Statistik Köln als die deutsche Stadt mit der höchsten Kriminalitätsquote aus. An den Ruf vom *Klein Chicago* war die Stadt gekommen durch Zeitungsgerede, daß hier das *»organisierte Verbrechen mafiaartig«* die Stadt beherrschte, Schlägerbanden die Vergnügungslokale auf den Ringen abkassierten. Das war Unsinn. Oder doch nur die halbe Wahrheit. Jedenfalls war Köln nicht durch mafiaartige Schlägerbanden, sondern durch ganz andere Umstände zu einer Kriminellen-Hochburg geworden.

Keine Mafia, keine organisierte Bande von Großgaunern beherrschte die Stadt, sondern lediglich zwei Figuren, zwei Männer: Schäfers Nas und Dummse Tünn. Wobei von »herrschen« nur sehr eingeschränkt die Rede sei kann. Denn sie herrschten nur in der Unter- und Halbwelt, und »herrschen« bedeutet hier lediglich: wo sie hinkamen, in welches Lokal

auch immer, sie waren die Könige. Und natürlich herrschten sie über Frauen, die für sie liefen und die sie reich machten. Vor allem aber herrschten sie in der Presse: ganze Scharen von *Express*-Reportern lebten von den Buhmännern Nas und Tünn: keine Schlägerei wurde ausgelassen, kein Fahren ohne Führerschein – Tünns Lieblingsdelikt blieb im *Express* unerwähnt. 1966 rief Anton Dumm den Deutschen Presserat an, und zwar wegen Rufmord durch den *Express*. Viel mehr als sie selbst trug der *Express* dazu bei, daß Tünn und Nas zu Königen der Unterwelt wurden.

Was war so faszinierend an Männern, deren offizieller Beruf Nachtlokal-Pförtner war? Natürlich das Flair der Halbwelt, das sie umgab, die Nutten, Halbnutten, Fußballspieler, Boxer, die zu dieser Besetzung dazugehörten. Aber das alles gab es auch ohne sie. Was sie herausragen ließ, war einzig und allein ihre körperliche Stärke. Bis zum Entscheidungskampf, und der fand erst 1975 statt, hatte Tünn den Ruf, der stärkste Mann von Köln zu sein. Ein Ruf, dem viele folgten: aus Gladbach, Viersen, Frechen, Brauweiler, aus allen umliegenden Dörfern reisten Lokalgrößen an, suchten Tünn, und es ging keine Nacht vorüber, in der er sich nicht einem von ihnen hatte »stellen« müssen. Er schlug sie alle. Bis auf einen. Der hieß Mustafa und kam aus Persien. Im Kampf mit Mustafa hatte Tünn den Fehler gemacht, den Gegner zu nahe an sich herankommen zu lassen. Mustafa schlug nicht. Mustafa war ein Ringer. Einmal an Tünn heran, hebelte er ihn aus. Anschließend tranken sie Whisky.

Sonst aber blieb Tünn der Stärkste. Denn er war nicht nur sehr stark, sondern ebenso brutal, wobei Brutalität hier nicht moralisch zu verstehen ist. Für Tünn und Nas war das Kämpfen kein Sport, sondern eine Sache des Überlebens. Was heißt, es gab kein Fairplay. Es gab nur eine Regel: die erste Aktion – ob mit der Faust, dem Fuß, dem Kopf oder mit was auch immer – muß absolut unvorbereitet und unvorhersehbar kommen. Und sie muß absolut präzise sein, damit der andere sofort k.o. ist oder doch so benommen, daß genügend Zeit bleibt für die zweite, endgültige Aktion.

In solchen Kämpfen blieb Tünn lange Jahre der Beste, eben der stärkste Mann von Köln. Er blieb es zumindest bis zum September 1975. Zwischen ihm und Nas herrschte eine Art Gentlemen Agreement. Jeder hielt sich aus dem Revier des anderen heraus, sie waren keine Freunde, sondern respektierten sich gegenseitig als gleichrangig. Nur einmal stand Tünn, ziemlich besoffen, mit ein paar seiner Männer im Entree eines Blatzheim-Lokals, für das Nas die Verantwortung hatte. Nas kam – solche Kundschaft breitet sich rasend schnell aus – und stellte sich vor Tünn:

»Tünn, wenn du hier Ärger machst, dann tu ich dir weh!«

Tünn, wohl gerade seines Betrunkenseins innewerdend, drehte ab. Freunde hätten sie nie werden können. Sie waren zwei zu unterschiedliche Varianten des Typs Unterweltgröße. Wobei Tünn eigentlich die kölschere Spielart darstellte. Köln ist ja eine Ansammlung von Dörfern, die man hier »Viertel« nennt. Wer in Köln in der Unter- und Halbwelt eine Rolle spielen will, der muß zuerst ein Viertel beherrschen. Das heißt: durch eine lange Kette von Kämpfen und Duellen muß er konkurrierenden Anwärtern auf die Krone klargemacht haben, daß er der stärkere ist. Auf dieser Basis gewinnt er Bewunderer und Freunde, kann, wenn es denn so weit ist, diese Männer um sich scharen und, gestützt auf die massierte Schlagkraft, zu neuen Ufern aufbrechen, beispielsweise die Innenstadt, die Ringe erobern. So war es jedenfalls zu Tünns und zu Nas' Zeiten. Tünn und Nas sind Fossile in der Landschaft der Kölner Unterwelt, Überreste aus ihrer heroischen Epoche, aus der Zeit, in der hier allein die Stärke den Wert eines Mannes ausmachte und in der der Kampf Mann gegen Mann noch das prägende Muster abgab für alle anderen Verhaltensmaßregeln.

Aber wie gesagt, waren Tünn und Nas zwei ganz unterschiedliche Typen in dieser jetzt versunkenen, mythischen Welt der Stärke. Tünn kam aus Rath, hatte am Bau gearbeitet, hatte von Rath aus Kalk unterworfen, eine Mannschaft aus Freunden um sich versammelt, war auf den Ring gegangen, immer von seinen Männern umgeben, und war hier zum König gekürt worden. Aber dieser König war, obwohl stark und unbesiegbar, alleine nichts. Er brauchte um sich immer seine Freunde, sie waren das Element, in dem er leben konnte.

Ganz anders Nas. Nas war der Prototyp des Einzelkämpfers. Nicht die sentimentalen Freundschaftsbande, wie Tünn sie pflegte, sondern allein die Autorität der Stärke war die Grundlage seiner Beziehungen zu anderen. Seine mächtige Gestalt und seine enorme Kraft hatten ihn nach oben gebracht. In den fünfziger Jahren war er noch ein Ringroller, ein Hafenarbeiter, dann auch auf dem Bau. Seine steile Unterwelt-Karriere begann mit der Eröffnung von Blatzheims *Eve*, wo Nas »die Türe« machte.

»Freunde?« er lehnte sich zurück, brüsk, so, daß sein Rücken gegen die Holzverkleidung knallte. »Ich hab keine Freunde! Vielleicht früher hab ich mal Freunde gehabt.«

Er beugte sich jetzt wieder vor, seine Hände legten sich um die Kaffeetasse vor ihm. Jetzt eben war er erregt gewesen, hatte für den Bruchteil einer Sekunde das Gefühl gehabt, etwas Unkontrolliertes zu sagen. Nun hatte er sich wieder in der Gewalt und in seiner Stimme schwang jetzt ein Ton von Belehrung.

»Das ist ein hartes Geschäft. Da stehst du Brust gegen Brust. Da gibt es kein Shake-Hands zwischendurch. Entweder du fällst oder du bleibst stehen, sonst gibt es nichts.«

Bei meinem zweiten Besuch auf seinem Schiff hatte ich ihn in einer entspannteren Situation angetroffen. Er saß einer Frau und einem anderen Typ beim Kaffee in der Kajüte. Legte schon mal seinen Arm um die Schultern der Frau, gab ihr, um Charme bemüht, den Auftrag, neuen Kaffee zu machen. Ich wollte wissen, wie es früher war. Er erzählte, allerdings nicht besonders bereitwillig, eher in der Art knapper Kommuniques, nur kurze Episoden. Über Polizisten zum Beispiel. Da hatte er die gleiche Meinung wie zu seinen heutigen Berufskollegen: alles Waschlappen.

»So Hemden, die kann ich doch überhaupt nicht ernst

nehmen! Früher war da noch der eine oder andere drunter, der wirklich einen Schlag hatte.«

Er erzählte eine Geschichte, von ganz früher, als er noch bei seinem Vater wohnte. »Da hatten wir im Eigelstein-Viertel mal ein bißchen ein Kino auseinandergenommen, so ein bißchen an der Sitzbank gewackelt und so. Und da saßen rechts und links von uns – wir hatten die überhaupt nicht gesehen – zwei Bullen. Plötzlich standen die auf, die hatten beide Arme wie mein Oberschenkel, hatten mich im Kasten und dann mit auf die Wache. Ich kann dir sagen, so, wie die mich da auseinandergenommen haben, das ist mir seitdem nie mehr passiert. Ich bin nach Hause gekrochen, auf allen Vieren. Ich sah aus, als wenn ich grade unter die Walz gekommen wäre. Mein Vater hat mich nicht mehr erkannt.«

Gewaltiger Respekt vor diesen Polizisten schwingt mit, wenn er solche Geschichten erzählt. Und er weiß auch noch den Namen des Polizisten aus dem Eigelstein-Viertel, der ihn einmal mit einem Schlag k.o. geschlagen hatte. Dann, später, als er als erster in Köln einen roten Triumph TR 6 fuhr und dazu noch eine 750er BMW, die nicht ganz vorschriftsmäßig ausgerüstet war, da gab es einen Motorradpolizisten, der scharf auf ihn war. »Fuss« hieß der, und der verfolgte Nas, wo er ging, stand und fuhr, ließ x-mal die BMW stillegen, den Triumph, wenn er nicht vorschriftsmäßig geparkt war, abschleppen.

»Der wollte mich kleinkriegen. Und da hab ich zu dem gesagt: Fuss! Wenn ich dich einmal kriege, dann kannste dich ganz warm anziehen, dann nehm ich dich in die Mangel!«

Natürlich kam die Stunde der Rache. Der »Fuss« war in der Gegend um die Nächelsgasse gesichtet worden, in Zivil. Nas wurde benachrichtigt, rollte an und nahm sich den Mann vor. Der hat sich anschließend in eine andere Stadt versetzen lassen, denn er tauchte nie mehr in Köln auf.

Draußen war es dunkel geworden. Ein leichter Wellengang hatte die Yacht ein wenig zum Schaukeln gebracht. Beinahe hätte ich mich wohlfühlen können in seiner Kajüte. Er erzählte noch ein paar Geschichten von Autos, Motorrädern, seinen Fahrkünsten, dann stand er auf, trug ordentlich die gebrauchten Tassen nach nebenan in die Kombüse, zog sich seine Jacke an und sagte:

»Ich hab Hunger.« Auf dem Kai stiegen wir in unsere Wagen. Er öffnete die Tür eines orangefarbenen, angerosteten Kadett, Baujahr 73. Bevor er einstieg, sagte er: »Ein schön unauffälliges Auto. Die Schmier guckt nur nach meinem Jeep, aber der steht in der Garage.« Wir fuhren los.

Bertolt Brecht war ein kleines, ungewaschenes, nach Schweiß und kaltem Zigarrenrauch riechendes Männlein. Ende der 20er Jahre schrieb er ein Gedicht, das heißt:

GEDENKTAFEL DER 12 WELTMEISTER

JOHNNY WILSON
Der 48 Männer k.o. schlug
Und selber k.o. geschlagen wurde von

HARRY GREBB, der menschlichen Windmühle
Dem zuverlässigsten aller Boxer
Der keinen Kampf ausschlug
Und jeden bis zu Ende kämpfte

Und wenn er verloren hatte, sagte:
Ich habe verloren.

Bertolt Brecht ließ damals keinen Boxkampf aus und liebte es, sich mit diesen menschlichen Kampfmaschinen zu umgeben. Was fasziniert jemanden, der mit Worten und Ideen und Büchem umgeht, an Männern, die seit ihrer Kindheit nichts als ihre Unterschrift geschrieben, nur ans Geld gedacht und kein Wort zuviel verloren haben? Deren Ausweis fast einzig in ihrer Kraft und im rücksichtslosen Gebrauch dieser Kraft besteht? Die oft unerträglich borniert, oft menschenverachtend, und manchmal sogar dumm sind? Vielleicht ist es eine regressive und deshalb immer vergebliche Sehnsucht nach einem Sein, das noch nicht begonnen hat, sich in Frage zu stellen. Unvorstellbar: ein Boxer, zu einer Geraden ansetzend, der darüber nachdenkt, *weshalb* er jetzt, weshalb er überhaupt schlägt. Er *ist* dieser Schlag, *ist* diese Aktion. Ein Gangster, der ein Geschäft abschließt, denkt darüber nach, ob es sich lohnt, wägt das Risiko ab, aber er denkt nicht über den Wahrheitsgehalt oder den Wirklichkeitsgrad dieses Geschäftes *an sich* nach, noch kommt ihm in den Sinn, es unter dem Aspekt zu betrachten, ob er sich in ihm wesensgemäß verwirklichen kann. Boxer und Gangster sind das, was sie tun und weiter nichts. Archaische Gestalten, fern dem Elend der Reflexion, ohne eine Spur unglücklichen Bewußtseins. Machtmenschen par excellence: so, unverrückbar in sich selbst ruhend, können sie nur das tun, was ihnen *wesensgemäß* ist, nämlich das, was ihnen nutzt, was sie stärkt und mächtig macht, und nicht der Schatten eines Skrupels belastet sie. Für jemanden, dessen tägliches Geschäft und beständige Qual eben solcher Skrupel ist, der hoffnungslos und endgültig verstrickt ist in Zweifel und Selbstzweifel, der aber gleichzeitig auch gehört werden will, für so einen, das ist klar, sind Männer wie Nas und Tünn Faszinosa ersten Ranges.

Das wären sie nicht, wenn sie wirklich, bis auf den Grund ihrer Seele, so wären: so einfach und eindeutig, in sich ruhend und in schlichter Naivität stark und brutal. Denn, und das ist der springende Punkt: sie tun nur so als ob. Sie sind nämlich die geborenen Mythomanen. Sie können gar nicht anders, als sich selbst zum Mythos zu machen. Das fängt bei ihren Bewegungen, ihren Gesten an. Die sind, als wären sie, die Gangster, hundertmal in den gleichen Gangsterfilm mit Lino Ventura gegangen und hätten jede Miene von ihm, jede Handbewegung, jede Drehung des Oberkörpers bis ins kleinste Detail studiert. Vielleicht haben sie das tatsächlich. Denn so knapp kalkuliert, so präzise abgezirkelt wie die ihren können Gesten überhaupt nicht sein, außer im Kino. Hier gilt der Satz vom Filmhelden, den Herr Wondratscheck von Mr. Warshow gestohlen hat und für seinen eigenen ausgibt: ein Gangster ist einer, der so aussieht wie ein Gangster. So haben die starken Männer und Schriftsteller wie Brecht und Wondratschek eines gemeinsam, sie sind süchtig nach Mythen.

Doch sind nicht nur die Gestalt des Gangsters, sein Gesichtsausdruck, seine Bewegungen und seine Sprache sein eigener und sein liebster Gegenstand des Mythologisierens. Er schafft – und das ist auch der Stoff, aus dem die Dichter-Träume sind – um sich eine dichte, geschlossene Welt, eine Welt mit einer eigenen Ordnung. Sprachliches Gerüst dieser Welt, und da wissen wir sofort, wo wir dran sind, sind Redewendungen wie: »Das ist doch normal!« – »Aber mit Sicherheit!« – »Hundertprozentig!« – »Das tut man nicht!« – »Ist doch logisch, oder?«

Diese straffe formale Ordnung kennt natürlich auch Werte: den Wert der Freundschaft, den Wert der Treue, den Wert der Verschwiegenheit, den Unwert des Verrats, alles Werte, die im gleichen Maße wie sie unverbrüchlich im Ehrenkodex festgeschrieben sind, pragmatischer Handhabung bedürfen. So, wie eines Mittags Dieter Kramer, Tünns bester Freund, mit einem dicken Zeitungsbündel unterm Arm in die *Express*-Redaktion gestürmt kam und laut nach dem Reporter schrie, der wieder mal was Böses über seinen Freund geschrieben hatte, dabei eine überdimensionale automatische Pistole aus dem Zeitungsbündel zog und wahllos auf Boten, Sekretärinnen und Redakteure zielte, bis er schließlich besänftigt werden konnte und sich dann sogar bereitwillig darauf einließ, einmal die erfreulichen Seiten von Tünns Persönlichkeit exklusiv für den *Express* zu erhellen, – gegen ein ordentliches Honorar selbstverständlich.

Aber solche pragmatischen Handhabungen sind im Ehrenkodex selbst nicht vorgesehen. Dort sind, als wenn sie Jahrtausende alt wären, die Riten und Bräuche ehern festgelegt und Nas und Tünn waren die letzten in Köln, die ihnen noch einmal Glanz verschafft haben.

Banane wohnt in Nippes. Es war leicht, ihn zu finden, nämlich dort, wo er sich jeden Morgen mit den anderen Jungs trifft, in einer Kaffeebude auf dem Eigelstein. Ich hatte ihn da gesehen und mich mit ihm in seiner Wohnung verabredet. Banane hat einen großen Ruf in der Kölner Halb- und Unterwelt, jeder kennt ihn, fast jeder hatte schon mal mit ihm zu tun, geschäftlich. Er ist keiner vom Schlage der starken Männer, obwohl er sich mit Sicherheit auch körperlich einzusetzen versteht oder verstand, denn schließlich ist Banane jetzt über sechzig. Banane ist eher der Typ des Geschäftemachers, man spricht davon, daß er zur Zeit in Gold macht.

Ich klingelte. Die Tür öffnete sich und zwei riesige Schäferhunde streckten ihre Schnauze heraus. Bananes Stimme: »Aus!« Die Schnauzen verschwanden. Ich stand in der Küche. Peinlich sauber aufgeräumt, keine einzige schmutzige Tasse im Spülbecken, der Boden glänzte, noch naß hing der Putzlumpen sorgfältig über dem Putzeimer. Wir setzten uns. Banane ging es schlecht.

»Meine Frau ist vor zwei Wochen gestorben, seitdem hab ich den ganzen Brassel hier am Hals. Vor allem die zwei Hünde! Die müssen dreimal am Tag raus. Dann muß ich mit denen spazierenlaufen.«

Er sagte noch eine Menge über Hunde, daß seine Hunde im Schäferhundverein soundsoviele Medaillen gewonnen hätten und daß es seine besten Freunde seien. Die Hunde mußten in der Küche bleiben, als wir ins Wohnzimmer gingen, um zu telefonieren.

Ich war zu Banane gekommen, um ihn als Vermittler in Anspruch zu nehmen. Als Vermittler zwischen Nas und Tünn, die damals, so hatte ich gehört, nicht besonders gut zueinander standen. Aber ich hätte gern beide zusammen erlebt, und wir wollten jetzt versuchen, per Telefon einen Termin zu vereinbaren.

Das Wohnzimmer Bananes war noch ordentlicher als die Küche: Schrankwand, Couch, Couchtisch, Teppichboden, wie aus dem *Möbel-Buch-Katalog*. In der Schrankwand ein paar Fotos, Andenken. Banane zeigte mir einen vergoldeten Zellenschlüssel aus Alcatraz, das war der Höhepunkt seines

USA-Urlaubs letztes Jahr gewesen, der Besuch auf der berühmten Gefängnisinsel. Banane nahm das Telefon. Eine Frauenstimme war am anderen Ende der Leitung.

»Hier ist et Banänchen«, sagte Banane, »ist der Hein da?« Hein war nicht da, er war auf seinem Schiff.

»Und sonst? Wie geht's dir sonst?

»Mir? Mir geht's schlecht! Du weiß doch, das mit meiner Frau. Und dann muß ich jetz die Hünde ganz allein versorgen, was meinste, was das für 'ne Lauferei is?«

Banane klagte noch eine ganze Welle und während er telefonierte, hatte er vor sich auf dem Teppichboden einen Flusen entdeckt. Er beugte sich vor, hob den Flusen mit zwei Fingerspitzen auf und legte ihn sorgfältig im Aschenbecher ab. Dann sah er einen weiteren Flusen. Banane glitt aus seinem Sessel, den Telefonhörer immer noch zwischen Ohr und Schulter geklemmt und näherte sich auf den Knien rutschend dem zweiten Flusen, dann entdeckte er einen dritten, einen vierten und einen fünften. Er sammelte sie alle ein, behielt sie in der Hand und legte sie dann zu dem ersten in den Aschenbecher. Schließlich war der Teppichboden von Flusen gereinigt und Banane legte auf. Tünn war nicht zu erreichen. Nas war auf seinem Schiff.

Wir fuhren hin. Nas war in der Kajüte. Der Empfang war frostig. »Ich hab gehört, daß du gestern abend bei dem Italiener warst?« Seine Frage an Banane klang eher wie eine sachliche Feststellung, ein lauernder, herausfordernder Unterton war nicht zu überhören.

»Hein, du weißt doch wie so was ist …«

»Nein, ich weiß das nicht! Ich verkehre nicht mit Zinkern.«

»Ich war höchstens zehn Minuten da. Der hat mich angerufen, daß er seinen Geburtstag feiern tät, und ich sollt doch mal vorbeikommen. Da bin ich ganz kurz mal vorbeigefahren, das waren bestimmt noch keine zehn Minuten, die ich da war.«

Der Blick von Nas bekam etwas steifes, undurchdringliches, kein Mienenspiel war in seinem Gesicht.

»Zehn Minuten zu viel.« Damit war das Thema beendet. Dann klagte Banane wieder über den Tod seiner Frau, sagte, daß sie sich durch ihren Tod an ihm räche, weil er jetzt so viel Arbeit im Haushalt und vor allem mit den Hunden hätte. Er stützte dabei die Ellbogen auf seine Knie, legte den Kopf in die Hände, ein Bild des Jammers. Nas stand ihm gegenüber, blickte auf ihn herab.

»Dann bring die Hünde doch zum Viehdoktor, der gibt denen 'ne Spritze, dann sind die weg.«

Bananes Oberkörper schnellte hoch.

»Nee, das kann ich nicht, das bring ich nicht übers Herz. Ich hänge doch an den Tieren!«

»Dann hör mit deinem Geknatsche auf.«

Banane klagte weiter. Dann erzählte Nas, wie er vor zwei Jahren seinen Dobermann erschossen hatte, mit einer Magnum. Banane sagte nichts mehr.

Weshalb er ihn umgebracht habe, wollte ich wissen.

»Der hat Kunden von mir gebissen.«

Es kam keine Stimmung zwischen den beiden auf. Die Unterhaltung stockte. Auch ein mögliches Treffen zwischen Nas und Tünn blieb vage. Nur noch ein paar Einzelheiten über den richtigen Umgang mit Waffen wurden erörtert.

»Bei den Leuten, mit denen ich so zu tun habe, mußt du so ein Dingen dabei haben, sonst bist du verloren«, gab Nas zum besten. »Ich trage rechts. Das ist für mich der schnellste Weg zum Ziehen. Aber ich hab immer den Schlüsselbund mit, der macht das Jackett schwer. Und wenn ich jetzt ziehe, muß ich erst das Jackett zurückwerfen. Wenn da kein Schlüsselbund drin wär, wär das zu leicht und würde direkt wieder zurückfallen und würde mich behindern und ich bekäm das Ding nicht schnell genug raus. Aber mit dem Schlüsselbund bleibt das Jackett lang genug hinten, und ich kann ziehen.«

Nas mußte fahren. Es war der Tag in der Woche, der einzige, an dem er Köln verlassen durfte, um sich um sein »Haus« in Aachen kümmern zu können, das letzte von vielen, die er einst verwaltet hatte.

Den Ruf, »Klein Chicago« zu sein, behielt Köln nicht allzulange. Ende der sechziger, Anfang der siebziger Jahre verschwand Köln von der Spitze der Kriminalitätsstatistik und
langweilige Städte wie Oldenburg nahmen seinen Rang dort
ein. Eine ganz gewöhnliche Art von Kriminalität hatte den
Grundstein für den besonderen Ruf Kölns auf diesem Gebiet
gelegt, nicht Leute wie Nas oder Tünn waren dafür ur-
sprünglich verantwortlich. Sie waren erst später aufgetaucht
und bildeten schließlich nichts weiter als die pressegerecht
aufpolierte sprichwörtliche Spitze des Eisberges.

Anfang der sechziger Jahre war es in Köln zu einer
ganzen Reihe von Sensationsverbrechen gekommen – *Dop-
pelmord in Gartenlaube, Der wahnsinnige Mörder von Volk-
hoven, Die schrecklichen Schwestern* und so weiter in einer
langen Folge. Sie gaben den Anstoß für eine lange Prozes-
sion von Kriminellen aus aller Herren Länder nach Köln.
Denn jeder an einem neuen Arbeitsfeld Interessierte mußte
glauben, daß hier am Rhein besonders günstige Bedingungen für dunkle Geschäfte aller Art herrschten.

Die Kölner Polizei hatte alles andere als den Ruf, eine
schlagkräftige Truppe zu sein und Kölns Repräsentanten in
der Welt waren damals Hennes Weisweiler, Willy Millowitsch
und Theo Burauen, rheinische Frohnaturen allesamt, von denen man auf ein rasches Stadt- und Polizeiregiment schließen
konnte. Zudem war Köln von seiner topographischen Anla-
ge her eine ideale Stadt für Straftäter, vor allem für solche auf
der Flucht, denn die drei die Stadt umringenden Grüngürtel
gaben sozusagen natürliche Fluchtzonen ab. Der Rhein bildete in dieser Kriminalitäts-Geographie übrigens eine Art von
Hochgebirge, eine Grenze, die niemand ohne Zwang über-
schritt: kein rechtsrheinischer Krimineller beging je links-
rheinisch, kein linksrheinischer je rechtsrheinisch Straftaten.

Was dann den Ausschlag gab, Köln den Ruf einer Hochburg der Unterwelt zu verschaffen, war ein Ergebnis der In-
tegrationskraft kölscher Mentalität. Diese bewies nämlich
auch in der Unterwelt ihre Wirksamkeit. Die aus allen umliegenden Großstädten zureisenden Unterweltler kamen nicht

dazu, hier ein autonomes Geschäftsleben zu entfalten. Es entstand weder eine Wiener noch eine Frankfurter Zuhälter- und Schläger-Dependence. Sie alle wurden integriert. Das heißt: Die Kölschen behielten die Oberhand. Die Viertelshäuptlinge behaupteten ihr Revier. Kein Eingewanderter hat in jener Zeit in der Kölner Unterwelt eine bedeutende Karriere machen können. Wo die Integration sich nicht mit guten Worten herbeiführen ließ, mußte die Gewalt überzeugen. Die mit solcher Überzeugungsarbeit verbundenen Behauptungskämpfe – *Mord und Totschlag auf den Ringen* – fielen zeitlich zusammen mit dem Höhepunkt der Klein-Chicago-Pressekampagne und provozierten die ersten Gegenmaßnahmen. Bürgerwehren wurden gegründet, die Kölns Straßen durch Selbstjustiz »sicherer« machen sollten. Vor allem aber die Polizei rüstete sich.

Wir müssen denen beweisen, daß sie nicht unschlagbar sind, lautete die Devise des neuen Polizeichefs, Hamacher. Korrupte Bullen – z.B. der, der gern ein Auge zudrückte, wenn er nur eine Runde mit Anton Dumms weißem Jaguar E drehen durfte – wurden gefeuert. Hit-Listen hingen im Präsidium, die jede Woche auf den neuesten Stand gebracht wurden. Darunter: die zehn meistgesuchten Gangster Kölns. Die Kripomänner bekamen »Kopfprämien« für jeden »Abschuß«. Monatelang wurden am Waidmarkt Sonderschichten gefahren. Und wenn die Kräfte nicht mehr ausreichten, gingen sie schlafen, während im nunmehr leeren Präsidium alle Räume die Nacht hindurch hell erleuchtet blieben und signalisieren sollten: wir sind dran! Mit laufenden Sirenen fuhren zwei Polizeimotorräder durch die Stadt, eben nur, um Unruhe im Milieu zu verbreiten. Eine dreißig Mann starke Spezialtruppe in Zivil wurde in den Untergrund entsandt. »Bremsprobe« hieß dieses Unternehmen.

Der eigentliche Anfang vom Ende von »Klein-Chicago« aber war Hamachers Kampfdevise: »Ran an die Lokalgrößen.« Einem der Großen mußte gezeigt werden, daß er verwundbar war. Es mußte ihm etwas nachgewiesen werden. Etwas, das ihn die Begrenztheit seiner Macht spüren ließ und ihm zeigte, daß das Eis dünn war, auf dem er sich bewegte. In der Welt der starken Männer ist so etwas schwer. Denn in dieser Welt gibt es keine Zeugen. Und wenn es doch Zeugen gibt, dann schweigen diese gewöhnlich in der Hauptverhandlung. Durch einen Präzedenzfall mußte solchen Zeugen klargemacht werden, daß sie keine Angst zu haben brauchten. Die Strategie war klar. Es fehlte das Opfer. Es fehlte der Präzedenzfall.

Dieser Fall wurde der Fall von Anton Dumm. Er kam für fünf Jahre in die Kiste, in erster Linie wegen wiederholten Fahrens ohne Führerschein.

Es ist eines der schmucken kleinen Häuschen in Köln-Rath, das heißt, es war eines. Aus Backsteinen gebaut, spitzgiebelig, einstöckig, wobei das erste Stockwerk eines für Zwerge gewesen sein muß. Tünn empfing mich an der Tür, er war allein im Haus. Die blonden Haare nicht mehr im stacheligen Bürstenschnitt, sondern modisch gelockt. Wir gingen durch. Im Vorraum der Eichenküche lagen ein paar schwere Hanteln.

»Immer noch im Training?« fragte ich. Tünn, so groß wie ich, aber, obwohl ich nicht gerade schmal bin, gute zwanzig Zentimeter breiter als ich, sagte in einem Ton, gemischt aus Belehrung und Stolz:

»Das muß ich doch, Junge. Die wollen es doch alle immer noch wissen. Wenn ich abends ab und zu in der *Drachenburg* an der Theke stehe und dann erkennt mich einer von denen, dann läuft der zwanzigmal um mich rum, und dann stellt der mich. Die wollen es alle noch mal wissen. Das geht dann: bumm, bumm, und dann liegt der auf der Schnauze. Aber dafür muß ich eben fit bleiben.«

Wir saßen im Wohnzimmer, Blick auf den Garten, in Lederpolstern. Ich sagte etwas über den Reiz des kleinen Häuschens.

»Das bleibt nicht mehr lang«, sagte Tünn, »das wird bald abgerissen.«

»Schade«, sagte ich.

»Neu ist neu«, sagte Tünn.

Dann erzählte er eine Geschichte, wie er nach Jahren endlich an die Baugenehmigung für das neue, dreistöckige Haus an der Stelle des kleinen, von seiner Mutter geerbten Häuschens gekommen war. Die wäre nämlich jahrelang immer wieder herausgezögert worden. Im Express hatte er sogar einmal gedroht: *»Wenn ich die Baugenehmigung nicht kriege, wandere ich aus!«* Und der *Express* hatte in der Schlagzeile getextet: *Anton Dumm wird Bayer.* Aber dann hat sich doch noch einmal alles zum Guten gewendet: Tünn hatte dem zuständigen Beamten über den Schreibtisch rüber, mit der Akte in der Hand ein paar ordentliche gelangt, »daß der mit dem Kopf gegen die Heizung geflogen ist.«

Der wollte Tünn natürlich anzeigen. Aber Tünn schlägt heute nicht mehr ohne Bedacht. Er hatte wohl etwas gegen den Beamten in der Hand, was auf Bestechung hinauslief. Die Anzeige unterblieb, und so trug Tünns Stärke nicht nur zu seinem mittlerweile vollendeten Hausbau, sondern auch wieder einmal zur Gerechtigkeit in Köln bei. Denn seit er aus dem Knast ist, und das ist schon lange, lange her, macht Tünn eigentlich nur noch positive Schlagzeilen. Das fing damit an, daß er, eine Malerrolle in der Hand, in der Zeitung abgebildet wurde beim Renovieren der mütterlichen Küche, auf einem anderen Foto sah man ihn mit einer seiner Brieftauben in der mächtigen Faust: *Dummse Tünn ist brav geworden: »Meine Mutter und meine Tauben sind das liebste, was ich habe!«* Wenig später brachte der *Express* ein Bild, auf dem er hoch zu Roß saß: *»Meine Pferde sind mein Ein und Alles«.* Schließlich schaltete er sich sogar in die Fahndung nach einem Verbrecher ein, spielte, und zwar mit Erfolg, den Privatdetektiv. Da hatte er allerdings vorher der Polizei Bedingungen gestellt: bei Erfolg Rückgabe des Führerscheins. Er bekam ihn. Seitdem fährt Tünn BMW 5er Baureihe.

Jetzt ging es ihm augenscheinlich ganz gut. Er steckte sich eine HB an. Wir sprachen nicht darüber, ob er noch im Geschäft ist, wovon er lebt. Ich fing an, von den alten Zeiten zu erzählen, von seiner Rolle damals. Er nickte geschmeichelt. Dann stand er auf und nahm ein gerahmtes Foto von der Wand und zeigte es mir. Man sah einen elfjährigen Jungen auf einem Springpferd.

»Das ist mein Junge«, sagte er, »der gewinnt mit seinem Pferd einen Pokal nach dem anderen.« Er zählte ein paar Turniere, ein paar Preise auf.

»Der wird mal ein As«, sagte er und bot mir eine Zigarette an. Wir rauchten und schwiegen. Dann fuhr er nachdenklich fort: »Deshalb weiß ich nicht, ob das gut ist, wenn der Junge mitkriegt, was ich früher gemacht habe, verstehst du?«

Ich nickte und stellte dann doch noch weiter Fragen nach früher. Er hätte jetzt ärgerlich werden können, aber er blieb freundlich. Er stand wieder auf und ging zur Schrankwand. Er mußte sich strecken, um an das oberste Klappfach zu kommen und einen Schuhkarton herauszuholen. Der Karton war zum Bersten voll mit Zeitungsausschnitten, Hunderte von Berichten über Dummse Tünn. Er blätterte sie durch, zeigte mit dem Finger auf die Fotos, versuchte zu datieren, sich zu erinnern: Helden-Mythos in *Express*, *Bild*, *Quick* und *Bunte*. Aber er schien weit weg von dem. Wie waren noch lange nicht durch mit den Zeitungsausschnitten, als er sagte: »Komm, wir fahren jetzt zum Stall, da siehst du dir mal meine Pferde an!« Er zeigte mir seinen Stall, seine Pferde. Wir fachsimpelten und es zeigte sich, daß er ein ausgefuchster Pferdehändler war.

Zum Abschied sagte er: »Bestell der Nas Grüße von mir. Ich komm demnächst mal auf dem Schiff vorbei.« Natürlich kam er nicht.

Vielleicht hängt es damit zusammen, daß ihr Beruf ihnen die Freude an der Menschenfreundschaft genommen hat, jedenfalls sind Gangster häufig ausgesprochene Tierfreunde. Als ich das nächste Mal vor der Yacht stand, hechelte ein Dobermann über Deck. Es schien mir riskant, unangekündigt über die Reling zu steigen. Ich rief: »Hein«, bekam aber keine Antwort.

Der Dobermann war jung und ich streckte die Hand nach

ihm aus. Er leckte daran. Als ich dann aufs Deck gestiegen war, spielte er mit mir, sprang mit dem Schwanz wedelnd an mir hoch. Er folgte mir um den Aufbau herum. Hein war wieder im Maschinenraum. Er blickte heraus, als ich ihn ansprach, war verärgert, sagte nichts und als er sah, daß der Hund mir die Hand leckte, langte er mit dem Arm aus dem Maschinenraum heraus und plazierte eine rechte Gerade so hart gegen die Rippen des Hundes, daß, wenn sie mich am Kopf erwischt hätte, ich für drei Wochen in die Lindenburg gewandert wäre. Der Dobermann jaulte und zog den Schwanz ein und hockte sich unterwürfig neben die Luke zum Maschinenraum.

»Das ist ein Kindskopf, der Hund«, sagte Nas, als er herauskletterte und sich die Hand mit einem Lappen abwischte.

»Der kommt nächste Woche in die Dressur. Der nützt doch so nichts. Der soll das Schiff bewachen.«

Wir saßen in der Kajüte, tranken Kaffee. Ich hatte eine Flasche Osborne mitgebracht. Nas wollte keinen Schnaps und sagte zu mir: »Du rauchst zu viel.«

»Mein schwerster Kampf?« wiederholte er meine Frage. »Ich hab mich soviel geschlagen, ich hab soviel ausgeteilt und auch eingesteckt ...« Er überlegte eine Zeit lang und steckte sich jetzt auch eine Zigarette an, Lord Extra.

»Da rauch ich am Tag vielleicht zehn Stück von«, sagte er.

»Du mußt in meinem Beruf solide sein. Ich hab nie getrunken. Wenn ich nachts mit meiner Arbeit fertig war, bin ich brav allein nach Haus gegangen.« Es klang merkwürdiger Weise überzeugend und ich glaubte es. Ich kam noch einmal auf das Kämpfen zurück.

»Der schwerste Brocken, den ich hatte, das war ein Zimmermann oder ein Maurer oder so was. Der kam aus Bayern, einsneunzig, so ein Schrank! Der hat nachts – ich glaub, das war im Eve – gesoffen gehabt und fing an zu randalieren. Ich kam und wollte den raustragen, aber der hat sich gewehrt. Da hab ich ausgeholt und dem eins auf die Zwölf gehauen. Aber der blieb stehen, gar nichts, keine Reaktion. Und dann fing der an. Ich glaub wir haben uns in der Nacht anderthalb Stunden gekloppt. Ich hatte nachher nur noch ein zerrissenes Unterhemd an und das war klatschnaß vor Schweiß. Den hab ich nicht besiegt gekriegt, der war wirklich stark!«

Ich fragte nach der Stärke von Tünn. »Der war stark«, sagte er, »aber wir hatten nie miteinander zu tun.«

Ich korrigierte ihn, erinnerte an den Kampf im September 1975 auf dem Kaiser-Wilhelm-Ring. Er winkte ab:

»Da war der Tünn doch schwer besoffen, da hatte der doch mindestens anderthalb Flaschen Whisky zwischen den Rippen.«

Ich rekonstruierte den Kampf von damals: Sie waren nie Feinde gewesen, hatten nie die Konfrontation gesucht. Er nickte. Es waren ihre Clans, ihre Anhänger und Freunde, die es damals wissen wollten, die wissen wollten: wer von den beiden starken Männern in Köln ist der allerstärkste? Boten wurden in jener Nacht hin- und hergeschickt, so lange, bis es zu einer formellen gegenseitigen Herausforderung kam. Ein Kampfplatz war bestimmt worden. Morgens um zwei beim Bonner Verteiler sollte der Kampf stattfinden. Nas war da, Tünn kam nicht. Man suchte nach ihm und fand ihn in einem Lokal auf dem Ring. Er kam heraus, ziemlich besoffen. Ein paar Schritte neben dem Lokal, auf dem Hohenzollernring, umringt von fünfzig, sechzig Afficionados und soviel Schaulustigen, wie sich nachts um halb vier auf dem Ring noch einfinden, standen sie sich gegenüber. Hat Nas sich damals demonstrativ die Linke auf den Rücken gelegt und gesagt: »Für dich brauch ich nur eine Hand«?

Nas schüttelte den Kopf: »Ich brauchte dem tatsächlich nur eine zu geben, einen rechten Haken, da war der weg.«

»Und weiter?«

»Ich wollte schon weggehen, da kam der noch mal, obwohl der am Boden lag. Plötzlich spür ich an meinem linken Oberschenkel eine Kralle, die packte zu wie Stahl. Ich hab geschrien vor Schmerz. Das war so eine Klammer mit den Händen. So eine wahnsinnige Kraft, die der Tünn noch hatte! Ja, und da mußte ich ihm noch eine geben, und dann war er weg!«

Rechts vom Ring

Ghandis letzter Bozzi

Es ist ihm anzusehen, daß seine wirklich starke Zeit einiges zurückliegt. Schlaff hängt er auf seinem Barhocker, die Schultern hängen, die Gesichtszüge hängen, tiefe Furchen und Falten, grau, weisen nach unten. Er wird seinen Hunden immer ähnlicher. Alles an ihm hängt. Selbst die Rothändle, ein heruntergebrannter dünner und krummer Aschenstengel, hängt zwischen seinen Fingern, verglüht schließlich, ohne daß er es zu bemerken scheint. Zwischen dem siebten und achten Kölsch, morgens um elf, läßt er die Asche einfach los, auf den Tresen fallen, zündet sich eine neue Kippe an. Trinkt, ein Schluck, dann ist das Glas zu dreiviertel leer. Er rührt es nicht mehr an. Der Mann hinterm Tresen stellt ihm wortlos ein frisches hin. Die Leute, die allmählich den Laden füllen, nimmt er nicht wahr. Wenn es das gäbe, könnte man meinen, er schaut in sich hinein. Reglos. Ein stummer, schlaffer, aber ein gewaltiger Berg. Wenn er sich dann, gegen eins, schließlich vom Barhocker hebt, sieht man, wie gewaltig er ist. Immer noch. Einsneunzig groß. An die zweihundert Pfund schwer. »Bozzi«, sagt er, ohne dabei in eine bestimmte Richtung zu schauen. Geht, aufrecht, mit trägem, gleichzeitig jedoch erstaunlich biegsamem, kraftvollem Schritt zur Türe. Der Hund, der neben seinem Barhocker gelegen hatte, folgt ihm, ein durchtrainierter, hellbrauner Boxerrüde mit breiter, weißer Brust. Jeden Mittag das gleiche, bis auf den Ruf »Bozzi!« stumme Schauspiel. Immer derselbe Laden, immer die gleichen müden, schlaffen und gleichermaßen gefährlich elastischen Bewegungen des schweren Mannes am Tresen. Für die Sekretärinnen und Büroangestellten, die hier ihren Mittags-Cappucino trinken, gehört er zum Inventar. Sie nehmen ihn kaum wahr, und selbst wenn sie wüßten, wer sich in dieser ebenso traurigen wie gewaltigen Gestalt verbirgt, es würde sie kaum interessieren.

Abends, wenn er wieder da sitzt in seiner Ecke, einge-
klemmt zwischen Tresen und Mercury-Spielautomat – die
Kippen verglühen wie am Mittag zwischen Zeige- und Mit-
telfinger, bis er die Asche einfach neben sich herunterfallen
läßt, dreiviertelleere Kölschgläser reihen sich vor ihm auf,
der Hund liegt wieder auf der anderen Seite des Kippenber-
ges neben seinem Barhocker –, abends dann beginnt er zu
reden. Erzählt, erzählt Geschichten, von früher. Früher. Am
liebsten zeigt er seine Fäuste. Hält sie, die rechte wie die linke, den Umstehenden unter die Nase. »Fühl mal! Kannst ruhig dran fühlen. Da ist jeder Knochen in der Hand, Mittel-
handknochen, Fingerknochen, jeder Knochen mindestens
drei Mal gebrochen.« Natürlich trauen sich die anderen nicht,
die knorpeligen, wulstigen, breit aus den Fugen geratenen
Fleisch- und Knochenmassen, die einmal Hände gewesen
sind, zu berühren. Aber dann zieht er die Hand auch wieder
weg, greift zum Glas, trinkt. Der Zeigefinger der Linken weist
auf den sechs Mal gebrochenen, jetzt schief eingehängten,

unnatürlich dicken Daumen der Rechten. Und er erzählt eine seiner Geschichten. »Verteidigen« ist seine Lieblingsvokabel, wenn er an der Theke ins Schwadronieren gerät. »Das Traurige ist ja«, sagt er, »auch die anderen hatten ihre Läden. Aber ich mußte meine verteidigen!«

In der Tat hatte er sich die denkbar schlechteste Zeit für seinen gastronomischen Expansionsdrang ausgesucht, als er Anfang der 60er auf die Ringe ging, das *Panoptikum*, eine Disco, wenig später das *Santa Marlena*, ein Café, und schließlich noch ›Omas Schnapshaus‹, auch eine Disco, aufmachte. Alle Lokale wurden absolute Renner. Wer damals auf sich hielt, verkehrte bei Ghandi. Alle buhlten um Ghandis Freundschaft, – fast alle. Denn, wie gesagt, war es damals um die Gastronomie am Ring nicht gerade rosig bestellt, obwohl sie blühte wie in besten Vorkriegsjahren. Eine Disco-Eröffnung jagte die andere, in den Cafés, Restaurants, Bars, Kinos und Nachtclubs war nicht nur am Wochenende, war jeden Abend und jede Nacht die Hölle los – der Ring war Kölns Vergnügungsmeile. Freilich – und das konnte man fast täglich in der Zeitung lesen, war sie von der »Mafia« kontrolliert. Schlägerbanden zogen von Lokal zu Lokal, kassierten Schutzgelder oder legten, wenn sie mit ihren absurden Forderungen auf taube Ohren stießen, ein Lokal innerhalb von Minuten in Schutt und Asche.

Ghandi zahlte weder Schutzgelder noch wurde eines seiner Lokale je auch nur angerührt. Die Zeiten waren zwar hart, aber harte Zeiten bringen auch große und harte Männer hervor. Man denke an die genialen Condottiere der Renaissance! Aus Ghandi, der sich bis dahin lediglich durch das Talent hervorgetan hatte, ohne auch nur eine einzige Stunde wirklicher Arbeit ein bequemes Leben fristen zu können, aus dem Müßiggänger, dem Rauf- und Trunkenbold, dem Sprücheklopfer, Freizeitschwimmer und Hundeliebhaber Ghandi wurde der Condottiere der Kölner Ringe. Ein Stratege der Vorwärtsverteidigung entfaltete auf den Kriegsschauplätzen der Vergnügungsmeile sein Genie.

Als erstes baute Ghandi eine Armee auf. Deren Hauptwaffe war selbstverständlich sein massiger, durch regelmäßiges Schwimmen und nun zusätzlich durch Sandsack- und Punchingball-Übungen gestählter Körper mit seinen damals schon enormen Fäusten, – die Panzerwaffe sozusagen. Aus dem Boxerrüden Bozzi Nr. 2 – seit dem Ustinov-Film »Der Hund, der Herr Bozzi hieß«, hielt Ghandi nur noch Boxerrüden und nannte sie alle Bozzi – aus Bozzi machte er so etwas wie eine Wunderwaffe: knurrend, zähnebleckend, ein Abschreckungswirker. Und dann, für den allerschwersten Notfall, verfügte Ghandi noch über eine Artillerie in Gestalt seines Geschäftsführers Alfons. Da Alfons nur Zwergenstatur besaß und überdies nicht gerade ein Ausbund an Mut war, ließ er sich nie auf körperliches Kräftemessen ein. Dafür besaß er aber ein unter der Theke bereitliegendes Schrotgewehr, dessen Lauf er, der besseren Handlichkeit wegen, abgesägt hatte. So mit dem Nötigsten ausgestattet, hielt Ghandi über Jahre seine Lokale frei von allem, was nach Gangster, Mafioso, Zuhälter, Schläger, Pöbler, Anmacher oder sonstwie nach Krach aussah. Aber mehr noch als das. »Saubere Ringe« hieß seine Parole damals. Nächtelang patrouillierten er, Bozzi, Alfons und das Schrotgewehr im 280er Benz, und Ghandi fotografierte die erpresserischen Gangster bei der Ausübung ihres verwerflichen Tuns, stellte ihnen todesmutig nach, zeigte sie an – doch blieb dies alles ohne Erfolg. Sowohl die damals lasche Polizei, vor allem aber die Willfährigkeit der anderen Gastronomen den Gangstern gegenüber ließen eine Zeitlang noch alles beim Alten. Nicht ganz. Denn natürlich staute sich auf die Dauer in allen Unterweltlern und Krawallbrüdern schäumender Haß auf den Condottiere der Ringe. Keine Nacht verging ohne einen mittelschweren bis schweren Zusammenstoß in einem seiner Lokale. Mal versuchten sie, im ›Schnapshaus‹ die Theke glattzumachen, mal im ›Panoptikum‹ – immer da, wo Ghandi mit seiner Armee gerade nicht Wache hielt. Nervenaufreibende Zeiten für den großen Verteidiger. Er richtete heiße Telefonverbindungen von den beiden anderen Läden zum *Santa*

Marlena ein, seinem Hauptquartier, wo er jetzt Nacht für
Nacht in Stellung saß. Ein Knopfdruck des Türstehers im
›Schnapshaus‹ und schon leuchtete im *Marlena* die rote Lam-
pe und Sekunden später saßen Ghandi, Bozzi, Alfons und das
Schrotgewehr im Benz. Dauereinsatz. Rundumverteidigung.
Vierfrontenkrieg.

Einmal gingen zwei Notrufe gleichzeitig im *Marlena* ein.
Um die Aktion im *Panoptikum* abzukürzen, griff Ghandi zum
Telefon und fragte Klaus, den Türsteher vom *Panoptikum*,
wo die Randalierer gerade stünden und wo genau der größte von ihnen stehe. Denn, so die Erfahrung und das entsprechende Kalkül des Ring-Strategen: schnappt man sich den
größten und vermeintlich stärksten aus einer Gruppe von
Raufbolden und macht ihn als ersten nieder, sind die anderen so beeindruckt, daß sie von selber abhauen. Es gibt keinen Lebensbereich, der sich nicht rationalisieren ließe.
Außerdem lagen Ghandis Reichweite die Großen viel eher als
die flinken, aggressiven Kleinen. »Der Größte?« sagte Klaus,

der Türsteher. »Der steht gleich hinter der Garderobentür.«
Augenblicke später springt Ghandi aus dem Benz, geht gar
nicht erst ins *Panoptikum* rein, bleibt vor der Garderobe und
schlägt seine Faust - durch die Holzlamellen der Garderobentür durch - an den Kopf des größten der Krawallmacher.
»*Brutal?*« Er hebt nachlässig die massige Schulter. Natürlich war er brutal. Blieb ihm anderes übrig, damals. Er reibt
die knorpelige Rechte und sagt, daß das ja jetzt vorbei ist.
Ich bin doch kein Schläger gewesen, behauptet er, dem Augenschein seiner zertrümmerten Fäuste zum Trotz. Ich habe
Schlägereien *geschlichtet,* das Schlimmste *verhindert,* – mit
einem Schlag: Ende! Das sagt er ohne zu grinsen. Nein, ein
Schläger ist er nie gewesen. Im Grunde ist er doch ein Schöngeist! Fast so was wie ein Intellektueller. Auf alle Fälle aber
ein Musikliebhaber und Musikkenner! Wer hat denn schon
in den Fünfzigern alles, was im Jazz damals Rang und Namen hatte, in den *Kintopp-Saloon* geholt, den Stammsitz der
Cremer-Geschwister Helga und Ghandi? Ray Brown! Percy
Heath und das *Modern Jazz Quartet*! J.J. Johnson! Curtis
Fuller! Kay Winding! Jan Toots Thielemanns! Und Oscar
Peterson, der hat sogar keine Gage genommen für seinen
Auftritt im *Saloon*! Und schon fällt ihm wieder eine Geschichte ein. Wie Helga und er sich geschämt hatten, dem
Weltstar kein anderes Instrument anbieten zu können als die
alte Drahtkommode und beschlossen hatten, ein neues Klavier zu kaufen und sich die Frage erhob: wohin mit dem alten? In einer Sylvester-Laune banden sie es schließlich an
Oskar Buschmanns schneeweißes 170V-Kabrio und fuhren
johlend mit dem Klavier die Zülpicher Straße rauf und runter. Ein Spaß, der in einem Verkehrsunfall und dann vor einem Richter endete. Ghandi schnorchelt sein bronichitisches
Lachen, wenn er den erstaunten Tonfall des Unfallopfers
nachmacht: »Ja, und da bog ich mit meinem Wagen in die
Zülpicher Straße ein und da kam mir ein Klavier entgegen.«
Musikliebhaber also. Und Fotograf ist er natürlich. Chargesheimers letzter und bester Freund. Und Kunstliebhaber ist er.
Hanel ist sein Kumpel und er selbst zeichnet selbstverständ-

lich auch. Sein knorpeliger Zeigefinger tippt auf die Männchen, die die Speisekarte des *Bocadillo* zieren. Na ja, gut. Aber hatte er nicht auch sein Vergnügen dabei, wenn er sich kloppte? Und trägt nicht auch der, der seine Hunde auf Menschen hetzt, irgendwo in seiner Brust die Seele eine Faschisten? Da protestiert Ghandi. Pazifist ist er, Antimilitarist bis auf die Knochen. War schon sein Vater, den haben sie nie in die HJ reingekriegt, weil der nämlich abgehauen ist, damals. Und schon wieder will er eine seiner Geschichten erzählen. Aber wie war das denn mit seinen Hunden? Gibt es nicht zahllose Beispiele dafür, daß er, wenn ein unliebsamer Gast eines seiner Lokale betrat, sich zu Bozzi Nr. 2 oder dann Nr. 3 herabbeugte und dem Hund zumurmelte »Mögen wir den?« – und der Hund darauf mit entblößtem Gebiß auf den Störenfried einstürmte? Da protestiert Ghandi, wird bitterernst und läßt die heruntergebrannte Rothändle achtlos auf die Mahagoni-Theke fallen. Niemals hat einer seiner Bozzis einen Menschen gebissen! Die haben nur abgeschreckt, Angst gemacht, das war alles. Denn nie im Leben wäre er auf die Idee gekommen, einen seiner Bozzis scharf zu machen! Abgerichtete Hunde sind Sklaven. Ghandi haßt Sklaven. Hunde müssen frei und selbständig sein. Kameraden. Freunde. Und eben das war es wohl, was die Hunde dazu brachte, unbequeme Besucher anzuspringen: die konnten sich in ihn hineinversetzen, intuitiv, die teilten seine Vorlieben wie seine Abneigungen, denen brauchte er nicht groß Kommandos zu geben, die wußten von selbst, wer ein Arschloch war und wer keins. Seine Bozzis – und dabei richtet sich Ghandis Blick in die Tiefen des Zigarettendunsts über der Theke – seine Bozzis, das waren seine besten, seine wirklichen Freunde.

Ein Genie auf einem Gebiet ist fast nie eines auf einem anderen. Als Zocker und Billardspieler muß Mozart eine ziemliche Niete gewesen sein, und die Verluste, die ihm das Spiel einbrachte, trugen sicher mit zu seinem frühen Untergang in Wien bei. Ähnliches widerfuhr auch dem Condottiere der Kölner Ringe. Es half ihm wenig, seine Lokale bis zu deren letzten Atemzug zu beschützen und zu verteidigen.

Daß man solche Goldgruben aber auch irgendwie betriebs-
wirtschaftlich im Griff halten muß, davon hatte Ghandi nie
gehört. Am Schluß mußte er es mit einer Macht aufnehmen,
der man selbst mit den gewaltigsten rechten Haken nicht bei-
kommen kann. Eine exakte Buchführung beispielsweise wäre da vielleicht ein probateres Mittel gewesen. Kurzum, am
Ende brach Ghandis gastronomisches Imperium zusammen
wie ein schief aufgebautes Kartenhaus. Marlene, seine Frau,
rettete, was zu retten war, und so blieb wenigstens noch der
Laden hier, das ›Bocadillo‹. Um abends darin Hof zu halten,
reicht es allemal.

Was fängt ein arbeitsloser Condottiere mit dem Rest seines Lebens an? Ghandi hielt zunächst einmal Rückschau,
kontemplative Bestandsaufnahme des bisher Geschaffenen,
zog, sechs Jahre lang und bei unzähligen Gläsern Kölsch die
Bilanz seines wilden Lebens, in dem Ordnungssinn und Frei-
heitsliebe sich zu einem anarchischen Mäander verschlun-
gen hatten. Der Körper altert. Auch des dritten Bozzis Bart-
haar wurde allmählich grau. Zu beschützen gab es nichts
mehr, keine Verteidigungsstrategien zu entwerfen, Verfol-
gungsjagden zu inszenieren – Ghandis Ordnungswille be-
schränkte sich auf die Logistik des Alltags: Hund ausführen,
Kölsch trinken, gebremstes Schwimmtraining, Kölsch trinken. Wobei Kölsch trinken für einen wie Ghandi nicht einfach nur Kölsch trinken bedeutete. Kölsch trinken verband
sich bei ihm immer mit der Lust an groben Späßen, was nicht
selten zum Exzeß führte. Den Höhepunkt seiner Spätkarrie-
re erlebte Ghandi wieder im alten Cremer-Stammsitz, dem
›Kintopp-Saloon‹. »Falscher Priester hebt die Kutte«, titelte
der ›Express‹ am nächsten Tag. Da hatte er eine halbe Nacht
lang, in eine Priester-Soutane gehüllt und bis an den Rand
der Besinnungslosigkeit betrunken, am Tresen des ›Saloons‹
Schwarze Messen zelebriert, sich dabei sämtlicher Unterwä-
sche entledigt, seinen massigen Leib in zierlichen Pirouetten
gedreht, so, daß sein Gehänge unterm glockig sich wölben-
den Priesterrock für jedermann sichtbar wurde. Auch für je-
derfrau. Zwei vorübergehende hennarote Pädagogikstuden-

tinnen nahmen Anstoß, als der fette Priester am Schluß auch noch anfing, bei gravitätisch hochgehaltener Soutane aus der Tür des Lokals hinauszupinkeln.

Wer weiß, wo der Weg des genialischen Ex-Condottiere der Kölner Ringe geendet wäre, wenn nicht ein letztes, entscheidendes Ereignis das Ruder seines lustvollen Lebens noch einmal herumgeworfen hätte? Wie am Ende fast jeden Königsdramas steht auch hier die Katharsis, die schmerzvolle Reinigung und Umkehr des Helden. Und zu dieser Katharsis führen alle Verstrickungen, alle Laster, alle Frevel, mit denen er sein bisheriges Schicksal bis zur Ausweglosigkeit zugemauert hat. In Ghandis Fall also Trunksucht, Herrschsucht, und – letztendlich – die Vergötterung von Hunden, speziell von Bozzis.

Ghandi steht, Bozzi Nr. 4 eine Fußbreit hinter sich, im ›Flönz‹ an der Theke und ist mit Erdmann, dem Wirt, in ein trunkenes Geschichten-Erzählen vertieft. Da springt die Tür auf, und ein wutschnaubender Türke betritt die Szene. Er ist mit dem Wirt in einen Händel verstrickt, den sie nun lautstark und mit wilden Drohgebärden untermalt auszufechten beginnen. Ghandi kümmert die Streiterei nicht, doch Bozzi ist die Sache unangenehm, und um dies kundzutun, stupst er Ghandi mit seiner platten Boxer-Schnauze gegen den Unterarm. »Laß uns gehen«, heißt dies in der zwischen Hund und Herrn vereinbarten Sprache. Doch Ghandi ist zu betrunken, um die Bitte des Hundes wahrzunehmen. Türke und Wirt kommen zu keiner Einigung, und zorniger als er gekommen ist, verläßt der Türke das Lokal, aber nur, um zehn Minuten später wiederzukommen. Diesmal hält er ein langes Messer in der Hand, als er sich dem Wirt und Ghandi nähert. Mit einem Satz ist Bozzi am Türken, und seine Zähne umfassen das Handgelenk der messerbewehrten Faust. Ghandi, mit dem Rücken zum Geschehen stehend, dreht sich bloß halb um, ruft »Aus!«, ohne das Messer gesehen zu haben. Der Hund gehorcht, läßt die Messerhand los – und im gleichen Augenblick sticht der Türke zu. Bozzi bricht zusammen. Jetzt erst, als Totenstille ins ›Flönz‹ einkehrt, dreht Ghandi sich

um, und ist sofort über seinem blutenden Freund, als er entdeckt, was geschehen ist, daß ein Messer in Bozzis Brust
steckt, er drückt die Wunde zu, versucht, den Blutstrom aufzuhalten, doch zu spät. Die Augen des Hundes brechen. Bozzi Nr. 4 ist tot. Sein Mörder verschwunden. – Als wenig später Marlene, vom Wirt gerufen, das Lokal betritt, sieht sie
Ghandi am Boden liegend, seinen toten Freund mit beiden
Armen umklammernd, weinend. Sie packt den bibbernden
Ghandi ins Auto, fährt zum Flughafen und setzt ihn in die
erstbeste Maschine nach Spanien, wohl wissend, daß der Bo-
zzi-Mörder Ghandis Rache nicht überlebt und diese Vergel-
tung den Ex-Ring-Condottiere in die endgültige Katastrophe
getrieben hätte.

Aus Spanien kehrte nach einem halben Jahr ein geläu-
terter Ghandi zurück. Ein um sechzig Pfund verschlankter
Ghandi. Ein Nichttrinker Ghandi. Ein Nichtraucher Ghandi.
Ein abgeklärter und hellwacher Endfünfziger, den Kopf voller Pläne für seine dritte Karriere.

Auf der Kippe

Wozu Manni diese überdimensionale Armbanduhr trägt, weiß kein Mensch. Noch dazu eine *talking watch*! Mit einer Frauenstimme aus einer anderen Galaxie sagt sie, wieviel Uhr es ist. »Sieben Uhr und fünfzig Minuten« beispielsweise. Und wenn Manni will, weckt sie ihn auch. Mit einem digitalen Hahnenschrei! Aber brauchen tut er sie eigentlich nicht, seine *talking watch*. Und erst recht nicht läßt er sich morgens um sieben Uhr fünfzig von seinem digitalen Hahn wecken. Denn Manni ist einer, den man früher einen »Eckensteher« genannt hätte. Das heißt: Manni geht keiner geregelten Arbeit nach. Meistens überhaupt keiner Arbeit. Manni ist arbeitslos. Und das schon ziemlich lange. »Langzeitarbeitslose« heißen solche Leute wie Manni in der Sprache der Elendsverwalter. Doch ist »Eckensteher« für das, was Manni tut oder nicht tut, ein viel zutreffenderer Begriff. Denn *ganz* arbeitslos ist Manni nicht, und erst recht nicht untätig. Manni ist ständig auf Achse. Ein Eckensteher eben. Zwar nicht um sieben Uhr fünfzig, aber doch so ab neun steht er am *Express*-Automat vorm Tchibo und wenn er sich's gerade leisten kann, trinkt er auch einen Kaffee und quasselt mit denen, die, wie er, auch jeden Morgen hier stehen, den Verputzern, Installateuren, Elektrikern, die seit Jahren dabei sind, eine Boutique nach der anderen ins Viertel zu pflanzen. Oder er quatscht die an, die gerade vorbeigehen. Manni kennt alle im Viertel. »He! Wo gehste hin? Wat machste?« ist die stehende Wendung, mit der Manni Kontakt aufnimmt. Keineswegs eine nichtsbedeutende Floskel wie »Wie geht's?«. Manni will *wirklich* wissen, wo die Leute hingehen, was sie machen. Denn es könnte ja sein, daß sie irgend etwas zu erledigen haben, wozu sie im Augenblick absolut keine Lust oder keine Zeit haben und was dann Manni für sie erledigen könnte. Einen Einkauf oder etwas Fotokopieren oder den Lottoschein abgeben. Oder, noch besser, sie haben was zum Reparieren für ihn. Staubsauger, Fernseher, Bügeleisen, Radio, Tonband, eine Lampe, die nicht mehr funktioniert, eine verschmorte Steckdose. Mit all dem kennt Manni sich aus und es gab Zeiten, da konnte er sich mit solch kleinen Jobs, die man früher »Lappöhrchen« nannte, ganz gut über Wasser halten. Aber die Zeiten scheinen vorbei. Entweder funktionieren die Geräte heute länger oder den Leuten ist die Repariererei zu lästig geworden und sie kaufen sich gleich ein neues Teil. Jedenfalls steht Manni immer häufiger morgens ohne Kaffee am Express-Automat und im *Treffpunkt* sieht man ihn auch immer seltener, weil da zu viele unbezahlte Deckel auf ihn warten.

Als Manni vor 17 Jahren ins Viertel kam, sah das noch ganz anders aus. Da war er zwar auch schon ohne Arbeit gewesen, aber da gabs hier noch jede Menge Jobs. *Richtige* Jobs. Zum Beispiel den eines Filmvorführers. Und genau den bekam Manni damals auch angeboten. Was übrigens auch der Grund war, weshalb er hier im Viertel hängenblieb. Zwar war es bloß ein Sex-Shop, in dem Manni Filme vorführte, aber das störte ihn nicht weiter. Die Hauptsache für ihn war, er verfügte über einen richtig großen Filmprojektor. Manni und der Filmprojektor, den es damals tatsächlich in dem Sexshop gab, das war Liebe auf den ersten Blick. Mit dem kannte er sich innerhalb kürzester Zeit aus, den reinigte er ununterbrochen, nahm ihn auseinander und baute ihn wieder zusammen, – kein Staubkorn sollte das Funktionieren dieses Wundergeräts stören. Die Liebe zum Filmprojektor machte aus Manni einen leidenschaftlichen Tüftler. Er war fasziniert von der Technik dieses Gerätes. Immer noch kann er stundenlang und mit Begeisterung von der wunderbaren Erfindung des Malteserkreuzes oder von den verschiedenen Perforationsarten der Filme schwärmen oder von der Schwierigkeit berichten, bei laufendem Programm zurückzuspulen und die Kassette zu wechseln. – Manni ist ein begeisterter Erzähler und wenn man nicht achtgibt und eine abschließende Bemerkung findet, hört er nicht auf zu erzählen.

– Zwei Jahre lang also war Manni Herrscher über den Projektor und Chef im Vorführraum des Pornoschuppens. Dann stellten die Sexkinos auf Video um. Um ein Videogerät zu bedienen, braucht man keinen Filmvorführer. Manni war wieder arbeitslos, ging auf Stütze. Das Arbeitsamt bot ihm Jobs an. Etwa beim Grünflächenamt: Parks kehren, die Rheinufer säubern. – Parks kehren und Rheinufer säubern! Als *Filmtechniker* mit nem Rechen über der Schulter durch die Landschaft laufen! Dachte Manni nicht im Traum daran. Er bestand darauf, *Filmtechniker* zu sein. Aber er kam nicht an so einen Job. Obwohl die Innenstadt voll von Kinos ist. Also weiter Stütze. Einmal bot ihm dann doch jemand einen Filmvorführerjob an. Auch wieder in einem Sexkino. In irgendeinem Vorort. Aber die schienen klamm zu sein. Zahlten nur unregelmäßig oder gar nicht. Und als Manni dann, um der Forderung nach einem rückständigen Monatslohn Nachdruck zu verleihen, ein Gerät aus dem Sexshop mitnahm und quasi als Druckmittel sicherstellte – was hätte es anders sein können als der Filmprojektor? – da landete er ganz schnell für ein halbes Jahr im Knast. Danach wars erst recht aus mit richtigen Jobs und außerdem ging Manni schon ziemlich hart auf die sechzig zu. Die Zähne tatens nicht mehr, mußten raus und die billigen Gebisse, die die Zahnärzte ihm verpaßten, saßen nicht nur nicht richtig, sahen nicht nur aus wie Karnevals-Dracula-Attrappen aus Plastik, sie *waren* aus Plastik und Manni sah damit zum Fürchten aus. Manni war am Ende, er hatte keine Lust für gar nichts mehr, hing schon von mittags an im *Treffpunkt* und in seiner Ein-Zimmer-Bude türmten sich neben dem überkrusteten Spül und den ungewaschenen Klamotten die Räumungsklagen. Manni war alles egal. Er investierte die Stütze in Kölsch und bot ein Bild des Jammers. Er war ohnehin noch nie ein Kraftpaket gewesen, aber die Sauferei machte ihn jetzt so dünn und klapprig, daß die im ›Treffpunkt‹ sich manchmal zumurmelten, der Manni mache es nicht mehr lange. Die schmutzigen Brillengläser hingen ihm auf der Nasenspitze, das Gebiß stand vor, daß er die Lippen nicht mehr zusammenkriegte und verstehen konnte man ihn auch kaum, weil er wegen der falschen Zähne so komisch sprach. Wenn er wollte, daß ihn jemand tatsächlich verstehen sollte, mußte er die Zähne herausnehmen. Und dann erzählte er meistens von seiner Zeit als Seemann.

Seemann, Matrose, ist Mannis eigentlicher Beruf. '59, nachdem er aus Ostberlin abgehauen war, hat er bei der Binnenschiffahrt angefangen, als Hilfsarbeiter auf Schleppkähnen auf dem Main malocht. '66 dann in Hamburg-Finkenwerder den Matrosenbrief gemacht und unter der Flagge der *Hansa*, einer Hamburger Reederei, über die Weltmeere geschippert. Schwertransporte. Werkzeugmaschinen, Traktoren, Kräne, Bohrtürme haben sie von Hamburg nach New York und von New York nach Murmansk und von Murmansk nach Arabien und von Arabien nach Japan verschifft. Oder umgekehrt. Auf jeden Fall Knochenarbeit. Drei Mal am Tag vier Stunden Wacheschieben auf den Außenbrücken. Draußen! Im Winter! Auf dem Atlantik! Und das Zeugs im Hafen verladen mußten sie dann auch. Und dabei, eines Tages auf Coney Island, ist es dann passiert. Sie mußten einen Wärmeaustauscher für eine Raffinerie in Libyen an Bord nehmen. Ein Riesengerät. Um es überhaupt in die Luke zu bekommen, bauten sie ein Traverse. Und die mußten sie per Hand verschieben, weil der Kran nicht drankam. 15 Matrosen. Eins und zwei und drei schrie der Bootsmann. Die anderen hatten sich abgesprochen, wollten Manni einen Streich spielen, Manni war der einzige, der hob, mit aller Kraft. Und dabei hat's einen Knacks in seinem Kreuz gegeben. Seitdem haben ihn die anderen immer nur noch »Opa« genannt, weil er mit gebeugtem Rücken über Bord schlich. Von diesem Scheiß-Tag auf Coney Island an, erzählt Manni, hat ihm die Seefahrt keinen Spaß mehr gemacht. Außerdem fingen die Augen an nachzulassen. Ein Seemann muß topfit sein, sagte Manni, der muß auch gute Augen haben. War alles nicht mehr. Und außerdem kriegt man bei der Seefahrt nichts von der Welt mit, sagt Manni jetzt. Denkt zwar jeder, daß man bei der Seefahrt die Welt kennenlernt, ist aber nicht so. Immer nur Häfen. Zwei Tage Aufenthalt, dann weiter. Immer wieder die gleichen Häfen! Nee! Irgendwann war genug. »Aber«, brabbelte Manni zahnlos und angeschickert, wenn es aufs Ende seiner Seemanns-Geschichten zuging, »aber es war die schönste Zeit meines Lebens!«

Von einer schönen Zeit war Manni damals, nach dem Knast, Lichtjahre entfernt. Der Vermieter ließ seine Bude räumen, und Manni gehörte dann für eine Weile zu jenen undurchsichtigen Gestalten, die den ganzen Tag im Waschsalon rumsitzen, ohne was zu waschen zu haben und schon morgens früh auf den Bänken am Kinderspielplatz gegenüber der Kirche hocken, Bier trinken und *Express* lesen und von tollen Abenteuern erzählen. Seine Klamotten wurden von Tag zu Tag ein bißchen schmutziger, von Tag zu Tag ein bißchen ausgebeulter und wenn mal der Heiermann für die Dusche im Agrippabad fehlte, dann war auch Mannis Gesichtsfarbe kaum mehr von der seiner Klamotten zu unterscheiden.
   Manni ist ganz sicher weder ein eine Kämpfernatur noch ein Ausbund an Willenskraft. Aber Manni ist nicht blöd und Manni ist ziemlich eigenwillig. Was nicht unbedingt heißt, er weiß immer, was er will. Meistens weiß er aber, was er nicht will. Und bald wußte er, daß er dieses Abenteuer, das Abenteuer, auf der Straße zu liegen und am Ende tatsächlich in einem zerlumpten Schlafsack gehüllt vorm Eingang zum *Plus-* oder zum *Lidl* zu pennen, daß er das nicht wollte. Weil das eben kein Abenteuer ist. Und außerdem, fand er, war sein Leben bisher abenteuerlich genug gewesen. Also packte Manni seine verbliebene Energie zusammen und machte sich auf die Suche nach einer neuen Bude und fand eine. Einen Abstellraum mit Toilette in einem Hinterhaus gleich neben der Bundesbahntrasse. Und dann begab er sich auf die Suche nach einem Job und fand – keinen. Landete dafür bei Institutionen, die sich KALZ oder GAB nennen, – Kölner Arbeitslosen-Zentrale oder Gesellschaft für Arbeits- und Berufsförderung – und kriegte dann schließlich, nachdem er ihnen ein halbes Jahr lang die Türen eingelaufen hatte, eine

ABM-Stelle: als Elektriker-Aushilfe. Für ein Jahr. Dann war's vorbei. Jetzt steht er wieder am *Express*-Automat vorm Tchibo. – »He! Wo gehste hin? Wat machste?«

In dem Jahr mit der ABM-Stelle als Hilfselektriker hat er sich ein bißchen sanieren können. Wohnt jetzt statt in dem Hinterhof-Abstellraum in einem Appartement. 25 Quadratmeter, im 5.Stock. Das klingt besser als es ist. Erstens sind 25 Quadratmeter für einen Tüftler wie Manni, der alles gebrauchen und reparieren und absolut nichts wegschmeißen kann, nicht gerade viel. Schlimmer ist, daß es ihm aufs Bett regnet. Seit sich die Nachbarin über ihm auf ihrem Penthouse-Balkon Jalousien hat anbringen lassen und dafür Löcher in den Boden gebohrt werden mußten, tropft es durch die Decke. Alle Proteste Mannis fruchten nichts. Zuerst soll er mal die drei ausstehenden Monatsmieten berappen, hat der Vermieter gesagt.

Es ist also wieder mal so weit. Aber diesmal, sagt Manni, diesmal will er sich nicht unterkriegen lassen. Und das sieht man ihm auch an. Seine Hemden sind immer absolut sauber und tip-top gebügelt. Und außer der *talking watch* trägt er neuerdings in der linken hinteren Hosentasche auch noch ein Telefon. Eines, das so aussieht wie ein *handy*, aber nichts weiter ist als ein ganz normaler drahtloser Telefonapparat. Da Manni sich nie über die Grenzen des Viertels hinausbewegt, genügt die Reichweite. Hauptsache mobil und immer erreichbar. Es könnte ja einer mal einen Job oder wenigstens was zum Reparieren für ihn haben. Hat aber keiner. Schon seit Wochen nicht mehr. Und am *Express*-Automat machen viele schon einen Bogen um ihn, wenn er mit seinem »He! Wo gehste hin? Wat machste?« ankommt. Es ist manchmal ganz schön zum Verzweifeln und dann sitzt Manni grübelnd im *Treffpunkt*, läßt anschreiben und erzählt seinen Thekennachbarn, daß er bald keine Lust mehr hat. »Aber Manni«, sagen die dann schulterklopfend, »et ess doch bisher immer noch jotjejange.« »Ach Quatsch!« sagt Manni dann. »Wat ist denn bisher jutjegangen? Gar nischt! Det janze Leben verpfuscht! Wenn ick wenigstens damals im Heim ne richtige

Berufsausbildung jemacht hätte. Dann ständ' ick heute vielleicht janz anders da. Und nicht als *Hilfselektriker*, der seit Jahren auf ne Arbeitsbeschaffungsmaßnahme wartet. *Arbeitsbeschaffung*! Det muß man sich mal reinziehen!«

Vielleicht liegts wirklich am Heim, daß es bei Manni nicht so reibungslos funktioniert hat, mit dem Leben und überhaupt, auch mit den Frauen nicht. Daß er nie so richtig eine abgekriegt hat. Sind immer haarscharf danebengegangen, seine Geschichten mit Frauen. *Muß* irgendwie am Heim liegen. Manni war sechs Monate alt, da hat ihn seine Mutter oder wer auch immer im Waisenhaus abgegeben. 1936 in der Alten Jacobstraße in Kreuzberg. Und im Heim ist er mehr oder weniger auch geblieben, 23 Jahre lang. Denn die Mutter oder wer ihn auch damals abgegeben hat, sie hat sich nie mehr gemeldet. Zwischendurch war er mal kurz bei Pflegeeltern. Aber das haute nicht hin. Der Pflegevater mußte in den Krieg und die Pflegemutter kam allein nicht mit ihm zurecht. Also weiter in Kinderheimen und später in Fürsorgeheimen. Er hat sie alle durchgemacht. In Berlin und in Templin. Ist immer mal gerade zurechtgekommen. Was Vernünftiges gelernt hat er dabei nicht. Schule abgebrochen. Lehre abgebrochen. Und dann immer nur Hilfsarbeiter. Hat irgendwie von vornherein nicht richtig geklappt. Na ja, sagt Manni. Ist eben so. Aber das Schönste!, und jetzt regt er sich richtig auf: das Schönste ist, daß sie ihm jetzt bei der Rente die sechseinhalb Jahre Heim, in denen er ja schließlich auch gearbeitet hat, auch wenn nur für dreißig Pfennig die Stunde, daß sie ihm die Zeit bei der Rente nicht anerkennen wollen! Das kann doch wohl nicht mit rechten Dingen zugehen! Das steht doch schon im Grundgesetz, daß keiner wegen seiner Herkunft benachteiligt werden darf! »Mußte eben noch mal zum Amt«, sagen die Kumpel im *Treffpunkt*. »Hör mir auf mit Amt!« sagt Manni. Mit Ämtern hat er langsam die Schnauze voll. Tut jetzt schon den ganzen Tag nichts anderes, als auf Ämtern rumzustehen. Wohnungsamt! Läuft er schon seit Wochen hin. Wegen der Miete und dem Mietrückstand. Die hatten ihm versprochen, die zweitausend Mark zu übernehmen. Aber irgendwie klappt das nicht. Muß er dauernd hin. Und dann zur GAB, wegen der ABM-Stelle. Die hatten ihm wieder mal ne ABM-Stelle in Aussicht gestellt, diesmal als Hilfshausmeister in nem Altenheim. Klappt aber auch nicht. Jedenfalls nicht so richtig. Wenn, dann im Herbst oder im Winter, haben sie gesagt. Aber auch nur vielleicht. Vielleicht! Meine Güte! Mit den 880 Mark Arbeitslosenhilfe kommt er nicht vor und nicht zurück. Kann er bloß die Hälfte von den 500 Mark Miete von bezahlen. Irgendwas essen zwischendurch muß er ja wohl auch mal. Und dann noch die Geschichte mit der Rente! Nee. Irgendwann ist Schluß. Manni schüttelt den Kopf. Aber schließlich trinkt er dann doch sein Bier aus, läßt anschreiben, wie immer, und geht noch mal zum *Express*-Automat vorm Tchibo. Mal sehen, ob er noch jemanden trifft. – »He! Wo gehste hin? Wat machste?«

Hansi im Glück

*W*elche Mühe sich die Kneipenwirte geben, um ihre Lokale zu In-Lokalen zu machen und irgendeine »Szene« an ihren Tresen zu locken! Auf welch manchmal absonderliche Ideen sie dabei kommen und vor allem: was das alles kostet! Die Chrom-Stühle, die Pine-Tische, die Art-Deco-Lampen, – nur das ausgefallenste Interieur zählt und natürlich: alles nur vom Edelsten, Besten, Teuersten!

Hansi, der Wirt vom *Treffpunkt*, hatte nie im Leben auch nur einen Gedanken daran verschwendet, aus seiner düsteren Eckkneipe einen In-Laden zu machen. Ganz im Gegenteil. Gäste im *Treffpunkt* störten ihn bloß. Seine Kneipe führte er als eine Art Wohnzimmer und es hing von seinen Launen ab, ob die, die vorbeischauten, willkommen waren oder nicht. Meistens waren sie es nicht. Denn meistens saß Hansi mit einem oder zwei seiner Kumpel beim Würfeln und das nahm sein Interesse so vollständig in Beschlag, daß der Gast, der neu hereinkam und es wagte, Hansis Würfelspiel durch eine Bestellung zu stören, von Glück sagen konnte, wenn ihm nach einer Viertelstunde widerwillig ein Kölsch über den schmierigen Tisch geschoben wurde. Und das oft genug auch noch begleitet von abfälligen Bemerkungen wie »Haste nix besseres zu tun, als wieder zu saufen?« oder »Mach, dat du schnell austrinkst, du siehst ja, ich hab zu tun.« Hansi war in der Tat weder ein guter Wirt noch das, was man unter einem Menschenfreund versteht. Obwohl er sich manchmal den Anschein eines solchen zu geben versuchte. Das aber nur dann, wenn die Würfelkumpel nicht da waren und er – was dann verständlicherweise häufiger der Fall war – allein vor seinem Tresen hockte und sich langweilte. Dann schob er unaufgefordert seinen Hocker neben den Platz des Neuankömmlings, lehnte sich aufdringlich und den anderen mit seiner atemberaubenden Bierfahne eindeckend zu ihm hinüber und fragte im vertrauensseligen Ton: »Na, erzähl mal! Wie is et denn

so?« Wer sich, im Glauben, endlich einmal sein Herz aus-
schütten zu können, darauf einließ, saß innerhalb kürzester
Zeit in der Falle. Denn Hansi hatte, abgesehen vom neuesten
Tratsch, keinerlei Interesse am Privatleben, geschweige den
Kümmernissen seiner Gäste. Gespräche suchte er nur zu dem
Zweck, seine eigenen Geschichten loszuwerden. Äußerst
langweilige Geschichten übrigens, Angeberstories aus seiner
Zeit als Trucker, – wie er die und die Strecke in der und der
Zeit heruntergestocht sei, Klageepen über seine Ex-Frau, –
wie sie ihn ständig vor den Kadi schleppe und ihm jede mü-
de Mark aus der Tasche ziehe, Liebesschmonzetten, ebenso
angeberisch wie die Truckergeschichten, – wie er Lilo, seine
derzeitige Freundin angegraben und gleich vernascht habe:
»Wir haben uns vielleicht geliebt! So was sieht man sonst
nur in Naturfilmen.« Alles in allem lieferte Hansi also, selbst
da, wo er unterhaltend sein wollte, das Jammerbild eines
Gastwirtes und stand darin dem Anblick, den seine Kneipe
bot, in nichts nach. Eine Putzfrau leistete sich Hansi mit der
Begründung, seine Ex-Frau lasse ihm keine Mark übrig, nur
einmal in der Woche. Zum Wochenende hin – die Putzfrau
kam nur Montags – standen die Gäste vor der Theke in Bergen von Kippen, aufgeweichten Bierdeckeln, zusammenge-
knüllten Zigarettenschachteln und leeren Ültjes-Tüten,
während aus dem Zapfhahn unablässig der penetrante Geruch halbverdauten Bieres strömte. Eine dicke Fett- und
Schmutzschicht überzog den restlichen Boden, die Stühle,
Tische und Fenster, selbst die Theke, die Hansi nur vorm
Würfeln abwischte, – damit die Würfel nicht klebenblieben.
Für jeden Liebhaber eines gepflegten Kölschs war der ›Treffpunkt‹ ein Ort des Grauens.

Nun liegt es nahe zu sagen: Wer geht schon in so eine
Kneipe zu so einem Wirt? Das sagt sich leicht in einem Viertel, in dem es, da wo sich zwei Straßen kreuzen, vier Eckkneipen gibt. Wo man also die Wahl hat. Auch hier im Viertel gab es einmal an jeder Kreuzung vier Eckkneipen, gab es
den Genuß eines gepflegten Kölschs, propere Wirte, ge-
scheuerte Tische, appetitliche Metthäppchen und halbe Häh-

ne, kurz alles, wonach einem gelüstet, dessen Herz für Viertelskneipen schlägt. Aber was ist daraus geworden? Schräg gegenüber vom ›Treffpunkt‹ servieren Weißlivrierte Salmsüppchen und Kalbsbrieskößchen an Rucola auf Damasttischdecken, die so steif sind, daß man sich die Knie daran stößt. Aus der zweiten Eckkneipe ist ein Italiener geworden, in dem pomadisierte Lackaffen einem mit dicken Sahnesoßen verkleisterte Fettucine mit der kennerhaften Warnung »Iste aber al dente!« anbiedern. Und die dritte mutierte zu einem geklonten Brauhaus mit Messsingbeschlägen am polierten Eichentresen, hinter dem ein in Golfklamotten gewandeter Wirt den ganzen Abend nichts anderes zu tun hat, als sich seinen gezwirbelten Schnurrbart in die Höhe zu streichen. Kurz: Die Luxuswelle ist übers Viertel nicht nur hinweggeschwappt, sie hat sich tief in sein Innerstes hineingefressen, es ausgehöhlt und alle, die sich keine Eigentumswohnungen mit Marmorbadezimmer leisten können, hinweggespült. Dem Viertel sind also seine Bewohner abhanden gekommen, zumindest die, die sich nicht von Carpaccio und Piper-Heidsieck ernähren. Zurück blieben ein paar kümmerliche, Gestalten, aber nur, weil sie in irgendwelchen Kellerlöchern oder Dachböden ihr Leben fristeten, welche sich absolut nicht zum Umbau in Lofts oder Penthouses eigneten.

Was blieb diesem Häuflein der Verlorenen anderes, als Hansis ›Treffpunkt‹ anzusteuern, wenn sie abends oder zwischendurch das Bedürfnis nach einem Kölsch oder einem nachbarschaftlichen small talk oder beidem zugleich anwandelte? Selbstverständlich hätte ihnen freigestanden, in ein anderes Lokal zu gehen, das noch den Namen Kneipe verdiente. Dazu hätten sie aber erstens kilometerweite Fußmärsche in Kauf nehmen müssen – wozu die meisten von ihnen schon altersbedingt nicht in der Lage gewesen wären, und zweitens hätten sie dort niemanden getroffen, mit dem sie hätten schwätzen können. Von früher zum Beispiel, als es noch richtige Menschen im Viertel gab, Familien, Leute mit Kindern. Also nahmen sie wohl oder übel mit Hansis ›Treffpunkt‹ vorlieb und mithin das Leiden unter Hansis Re-

giment in Kauf. Schweigend ertrugen sie seine Unfreund-
lichkeit und seine Launen, erduldeten das Gezänk, in das er
ewig und lautstark mit seinen Würfelfreunden verstrickt war,
erduldeten das lange Warten auf die Getränke, die schmierigen Tische und Stühle, die ungeputzten Fenster und die dadurch bedingte Finsternis im Lokal und – was das Schlimmste war: Joe Cocker. Hansi war ein Joe Cocker-Fan. Und das
absolut. Wer auf die Idee kam, ihn höflich zu fragen, ob er
nicht mal was anderes auflegen könnte, den sah er an, als
würde man ihn zwingen, Rot-Grün zu wählen. Also dröhnte den ganzen Tag und mit zum Abend hin zunehmender
Lautstärke »Unchain my Heart« und »Rivers Rising« durchs
Lokal und nichts und niemand konnte Hansi davon abbrin-
gen, mal für ein paar Minuten die 1000-Watt-Boxen, die er
überall im Lokal aufgehängt hatte, zum Schweigen zu bringen. Kurz: Joe Cocker machte für die im Viertel Übriggebliebenen den abendlichen Canossa-Gang in Hansis ›Treffpunkt‹ vollends zu einem qualvollen Aufenthalt im Inferno,
bei dem sie sich zu fortgeschrittener Stunde nur noch per
Zeichensprache unterhalten konnten.

Aber dann verschlug es eines Nachts einen jungen Künstler, einen aufstrebenden und deshalb ganz in schwarz ge-
kleideten und mit passender anämischer Gesichstfarbe ver-
sehenen Komponisten, ins Viertel. Auf der Suche nach einem Absacker stolperte er in den ›Treffpunkt‹, stellte sich an
die Theke und sah sich während der obligatorischen viertel-
stündigen Wartezeit auf sein Kölsch im Lokal um. Und was
er sah, gefiel ihm, aus welchem Grund auch immer. Vielleicht
war er der vielen In-Lokale, in denen er bisher sein Leben
hatte fristen müssen, gerade einmal überdrüssig. Vielleicht
befand er sich in einer depressiven Phase und empfand die
Ödnis des ›Treffpunkts‹ als passendes Korrelat zu seinem inneren Zustand. Wie dem auch sei: am nächsten Abend brachte er ein paar – ebenfalls schwarz gekleidete und mit entsprechend abgezehrten Gesichtern ausgestattete Freunde mit.
Und das Unglaubliche geschah: auch die fanden den Laden
irre chill – und so wurde der ›Treffpunkt‹ zuerst zu einem Ge-

heimtip der Künstlerszene und dann mit der Zwangsläufigkeit eines Naturgeschehens zum absoluten In-Lokal. Aus allen Stadtteilen strömten von nun an Abend für abend ganze Bataillone aufstrebender schwarzgekleideter anämischer Künstler zum ›Treffpunkt‹ und drängten sich samt ihrer Höflinge und Groupies um Hansis Theke. Staunend blickten sie sich um wie die Entdecker einer fremden Welt und fanden alles, auf das ihre Augen und Ohren stießen, absolut hip: den Schmutz, die Finsternis, Joe Cocker, die alten Leute, die verschüchtert auf einer Eckbank zusammengedrängt mit weit aufgerissenen Augen dem *lifestyle* ins Antlitz starrten. Vor allem aber meinten sie, der Wirt, Hansi eben, der habe total den groove. Denn Hansi hatte überhaupt noch nicht mitgekriegt, daß aus seiner Kneipe ein In-Laden geworden war. Jedenfalls verhielt er sich nicht dementsprechend, das heißt, er verhielt sich so wie immer: er würfelte, soff wie eine ganze Arbeiterklasse und krakelte und scherte sich auch um seine neuen Gäste einen Dreck.

Es konnte allerdings nicht ausbleiben, daß Hansi eines Tages doch mitbekam, daß sich in seinem *Treffpunkt* etwas verändert hatte. Und das war, als er feststellen mußte, daß ihm seine Freundin Lilo durchgebrannt war. Einfach abgehauen. Und das ausgerechnet mit einem dieser anämischen Künstler! Erstaunlicherweise geriet der Szenen-Auftrieb im *Treffpunkt* ausgerechnet nach diesem Ereignis in eine schier unglaubliche hausse. Denn jetzt erst gingen Hansi die Augen darüber auf, wem überhaupt er hier sein Kölsch ausschenkte. Und Hansi verarbeitete den Trennungs-Schock mit einem kaum vorstellbaren Haß auf seine neuen Gäste, die Künstler. Ignorierte sie, tat einfach so, als säße er immer noch allein mit seinen Würfelfreunden am Tresen, schenkte einfach kein Kölsch mehr aus beziehungsweise nur noch dann, wenn er sich selbst eins zapfte, raunzte jeden an, der etwas von ihm wollte und stellte die Stereoanlage mit Joe Cocker so laut, daß sich nun auch die Künstler nur noch mittels Zeichensprache den neuesten Szenen-talk mitteilen konnten. Aber genau das war's offenbar, was sie wollten und was sie brauchten, die gastronomieverwöhnten Künstler: Ignoranz, ja pure Verachtung statt der gewohnten Speichelleckerei seitens des Personals in ihren In-Läden. Am liebsten wären sie von Hansi wahrscheinlich noch verprügelt worden, so sehr standen sie auf die ruppige Art des neuen Szenen-Wirts. Und sie kamen in immer neuen Hundertschaften, standen Schlange bis auf die Straße, nur, um von Hansi gesagt zu bekommen, daß er sie alle für Arschlöcher hielt, so groß, daß ein Lastwagen durchfahren könnte.

Der *Treffpunkt*-Boom hält immer noch an. Wie lange noch, scheint nunmehr allerdings fraglich. Denn Hansi hat von seiner Ex-Frau eine exorbitant hohe Unterhaltsforderung für die gemeinsame Tochter bekommen. Die Frau hatte mal in seine Steuererklärung geschaut und festgestellt, daß sich die zum In-Treff gewandelte Kaschemme Hansis in eine Goldgrube verwandelt hat. Und jetzt erst geht es auch Hansi allmählich auf, was mit seinem Laden geschehen ist und jetzt arbeitet es in seinem Schädel und er erwägt eine Reihe grundlegender Verbesserungen im ›Treffpunkt‹, um den Geldregen noch wärmer herunterkommen zu lassen: eine gründliche Renovierung, alles heller, schöner, neue Stühle, vielleicht aus Chrom, neue Tische, Pine wäre ganz nett, die Musik vielleicht ein bißchen ändern, bißchen softer und nicht mehr so laut – und so weiter. Was natürlich das Ende des In-Lokals ›Treffpunkt‹ bedeutete. Aber so weit im Voraus hat Hansi noch nie gedacht.

Bildnachweis

Köln Bibliothek

DER DOM SO FERN UND DOCH SO NAH
Das Leben eines Mädchens im Versteck und auf der Flucht
von Inge Hoberg

Für die einen ist es graue Vorzeit, für die anderen lebendige
Vergangenheit ...
In eine behütete Kindheit bricht mit dem zweiten Weltkrieg
eine Zeit ein, die in fortgeschrittenem Maße das Leben verändert. Da sind die ersten, von den Nichtbetroffenen als Sensation erlebten Luftangriffe. Da sind die zunehmend besorgten Mienen und ernsten Gespräche der Eltern, die verstummen, wenn man hinzukommt. Und irgendwann bricht plötzlich die trügerische Geborgenheit auseinander, als offenbar
wird, daß die Mutter und folglich auch die ganze Familie zu
den »unerwünschten Personen« der Machthaber gehört. Die
Mutter ist Jüdin! Niemand heute vermag noch nachzuvoll-
ziehen, was diese Erkenntnis für das Weltbild eines zehnjährigen Kindes bedeutet. Was immer gut war, soll nun plötzlich verbrecherisch sein!
Wie die Familie bis zum Kriegsende den Alltäglichkeiten und
Gefahren begegnet und ob sie in der Lage ist, sie zu meistern,
schildert das vorliegende Buch. Bleibt die Familie zusammen
oder wird sie - wie so viele in gleicher Lage - auseinander-
gerissen?

KÖLN BIBLIOTHEK Band 1
Französische Broschur, 49 Abbildungen, 160 Seiten,
ISBN 3-89705-110-9, 19,80 DM

Weitere Bücher von Peter Meisenberg

SCHMAHL

Schmahl lebt auf geklaute Kreditkarten. Horst ist fanatischer Krimileser, und, wie die meisten Anhänger dieser Passion, gänzlich ohne eigene kriminelle Erfahrung. Deshalb ist Horst froh, in Schmahl einen richtigen Gangster gefunden zu haben. Denn Horst hatte immer schon eine Idee, und die stammt aus einem amerikanischen Krimi. Nun ist Köln aber nicht Detroit oder New York. Am Tag nach ihrem ersten Raubüberfall finden Schmahl und Horst ihre Konterfeis lebensecht im Express wieder. Was sie freilich nicht davon abhält, weiter an ihrer kleinkriminellen Karriere zu stricken. Bis eines Tages ein Bulle auftaucht. Ein echter Bulle, der sie zum ganz großen Coup anstiftet. Dem Raub der Adveniat-Kollekte.

Köln Krimi 7
Paperback, 146 Seiten, ISBN 3-924491-31-3, 16,80 DM

Weitere Bücher von Peter Meisenberg

HAIE

Das Eisstadion ist seit langem zu klein und renovierungsbe-
dürftig. Und Köln kann sich die Eishockeyweltmeisterschaft
1997 holen. Was liegt näher, als alte SPD-Pläne für den Bau
eines Super-Stadions, für eine Megahalle, aus der Schubla-
de zu holen und in die Tat umzusetzen? Das Ratsmitglied
Henseleit sieht darin aber auch eine ganz persönliche Chance, nämlich die, sich an die Fraktionsspitze seiner Partei zu
setzen. Im Verein mit dem in tausend dunkle Geschäfte ver-
wickelten KEC-Präsidenten Ossendorf, der die nötigen CDU-
Stimmen besorgen will, scheint der Plan reibungslos durch-
setzbar zu sein. Wenn es nicht den abgewrackten Kriminal-
polizisten Reiß gäbe, der seit langem schon auf Rache an
Ossendorf sinnt und durch einen mysteriösen Todesfall jetzt
endlich seine Chance bekommt.

Köln Krimi 11
Paperback, 220 Seiten, ISBN 3-924491-66-6, 16,80 DM

Weitere Bücher von Peter Meisenberg

LEIDENSCHAFT

Eine Schauspielerin, die zu allem bereit ist, um eine Rolle zu bekommen. Ein Serienschreiber, der reichlich von der Rolle ist. Ein Polizist, für den nur noch das Fressen eine Rolle spielt. Sie haben nichts gemein, außer, daß Sex für sie keine Rolle mehr spielt. Das ändert sich durch eine mysteriöse Mordserie an den Hauptdarstellern einer Seifenoper, die alle drei in ein schwüles Gewitter sexueller Leidenschaften zusammenführt, in dem am Schluß nur noch eines eine Rolle spielt: Wer überlebt?

Meisenbergs dritter Köln Krimi greift wieder mal voll ins Leben - diesmal der Medienmetropole Köln. Eine hektische »daily-soap«-Produktion bildet den Hintergrund, verluderte Möchtegern-Schauspieler(innen), abgebrühte Produzenten und durchgeknallte Schreiber geben die Komparsen in einem Krimi-Melodram, in dem nicht nur die Protagonisten kochen - vor Leidenschaft - sondern auch die Leser: vor Spannung.

Köln Krimi 15
Paperback, ca. 280 Seiten, ISBN 3-89705-125-7, 16,80 DM
Erscheint im November 1998